Aus Freude am Lesen

Die beiden Brüder Marek und Andrzej sind aus Polen nach Island gekommen, um hier ihr Glück zu machen. Und die Rechnung scheint aufzugehen: die beiden sind offiziell im Baugewerbe tätig und gehen nebenbei mit Erfolg ihren illegalen Geschäften nach. Doch dann ist die Glückssträhne vorbei: Marek wird ermordet, und sein Bruder muss untertauchen. Die Kripo Reykjavik beginnt zu ermitteln, als eine weitere, grausam zugerichtete Leiche gefunden wird: der Tote ist Daniel Marteinsson, einer der mächtigsten Männer Islands. Der Baumogul kannte auch die Brüder aus Polen – führt diese Verbindung Kommissar Árni und seine Kollegen auf die Spur des Mörders?

ÆVAR ÖRN JÓSEPSSON, Jahrgang 1963, studierte an der Albert-Ludwigs-Universität in Freiburg Philosophie und Englische Literatur. Seit 1994 arbeitet er als freiberuflicher Übersetzer und ist als Journalist für zahlreiche isländische Zeitungen und Magazine tätig. Jósepsson lebt in Reykjavík. »Verheißung«, sein vierter Roman, der bei btb erscheint, war nominiert für den skandinavischen Krimipreis und wurde mit dem Isländischen Krimipreis ausgezeichnet.

ÆVAR ÖRN JÓSEPSSON BEI BTB
Dunkle Seelen. Kriminalroman (73476)
Blutberg. Kriminalroman (73858)
Wer ohne Sünde ist. Kriminalroman (74172)

Ævar Örn Jósepsson
Verheißung

Kriminalroman

Aus dem Isländischen
von Coletta Bürling

btb

Die isländische Originalausgabe erschien 2006 unter dem Titel
»Land Taekifaeranna« bei Uppheimar, Reykjavík.

Verlagsgruppe Random House FSC-DEU-0100
Das für dieses Buch verwendete FSC®-zertifizierte Papier
Lux Cream liefert Stora Enso, Finnland.

1. Auflage
Deutsche Erstveröffentlichung November 2012
Copyright © 2008 by Ævar Örn Jósepsson
Copyright © der deutschsprachigen Ausgabe 2012 by btb Verlag
in der Verlagsgruppe Random House GmbH München
Umschlaggestaltung: semper smile, München
Umschlagfoto: Corbis / Jim Smithson
Satz: Uhl + Massopust, Aalen
Druck und Einband: CPI – Clausen & Bosse, Leck
KR · Herstellung: BB
Printed in Germany
ISBN 978-3-442-74172-4

www.btb-verlag.de

11. September 1986

Gleich als Marek an diesem Morgen in die Küche kam, spürte er, dass es kein normaler Tag werden würde. Andrzej saß an seinem Platz und mampfte seinen Haferbrei, während ihre Mutter wie gewöhnlich mit dem Rücken zum Herd Kaffee trank, aber sie trug nicht den geblümten Nylonkittel, den sie an jedem Morgen angehabt hatte, seit er sich zurückerinnern konnte, und sie hatte auch keine Lockenwickler im Haar, wie sonst immer mittwochs.

Nein, sie trug ein schwarzes wadenlanges Baumwollkleid, das er nie zuvor an ihr gesehen hatte, und ihre Frisur war perfekt. Sie hatte sich sogar schon geschminkt, obwohl es nicht einmal sieben war.

Sie durften zu Hause bleiben, weil ihre Mutter erklärte, sie bräuchten heute nicht zur Schule zu gehen, aber darüber hatte er sich nicht gefreut. Es musste etwas dahinterstecken, etwas Wichtiges und bestimmt Unangenehmes.

In seiner Erinnerung war der Tag grau, kalt und regnerisch gewesen, grauer und kälter als alle anderen Regentage, die er erlebt hatte. Gegen Mittag kamen sie mit dem Sarg, vier uniformierte Männer, die keinen Ton sagten. Auch ihre Mutter schwieg, sie war noch nicht einmal zur Tür gegangen, als es klin-

gelte, sondern sie überließ es Tante Maria, ihrer Schwester, die Männer zu empfangen und mit ihnen ins Wohnzimmer zu gehen, in dessen Mitte vier plüschbezogene Stühle standen.

Während der Sarg ins Wohnzimmer gebracht und auf die Stühle gestellt wurde, blieb ihre Mutter an ihrem Platz in der Essecke der Küche und hielt die Hände der beiden Brüder umklammert. Sie rührte sich erst vom Fleck, als sie eine Tür ins Schloss fallen hörte. Da sprang sie auf und lief in den Flur. Ohne zu überlegen, hüpfte Marek ebenfalls vom Stuhl und folgte ihr. Er sah, wie sie die Wohnungstür aufriss und den Sargträgern hinterherspuckte. Dann schlug sie die Tür wieder zu, drehte sich um und blickte in die tränenfeuchten, weit aufgerissenen Augen ihres Sohnes.

»Mama«, hatte er gesagt, »du hast gespuckt!« Da hatte sie ein wenig gelächelt, daran erinnerte er sich, sie hatte schwach gelächelt, ihn bei der Hand genommen und ihn wortlos ins Wohnzimmer geführt, wo Tante Maria bei dem geschlossenen Sarg saß. Andrzej war noch in der Küche, wahrscheinlich inspizierte er den Inhalt des Kühlschranks.

»Zieh die Vorhänge auf«, sagte sie zu Maria und nickte in Richtung der Wohnzimmerfenster.

Maria wollte offensichtlich Einwände machen, aber sie fügte sich, als sie den Ausdruck im Gesicht ihrer Schwester sah, und riss die schweren, dunklen Vorhänge auf. Es wurde hell im Zimmer, und der Sarg war in grellweißes Licht getaucht. Die Bezeichnung Sarg verdiente der schlichte längliche Kasten aus grob gehobelten halbzolldicken Planken eigentlich kaum, der diese Helligkeit ausstrahlte. Der Widerspruch, der sich in seiner Erinnerung verbarg, war Marek unangenehm bewusst, aber ganz gleich, wie intensiv er sich zu besinnen versuchte: Immer war draußen Regen, doch drinnen im Wohnzimmer schien an dem Tag immer die Sonne.

Seine Mutter ließ seine Hand los und ging zu dem Sarg. Sie hob den Deckel ab und ließ ihn geräuschvoll auf den Boden fallen. Sie bedeutete ihm näher zu kommen. Er hatte nicht lange gezögert. Er betrachtete seinen Vater, der von demselben strahlenden Licht beschienen wurde, auch wenn es wohl kaum vorhanden gewesen war. Er hatte den Vater zuletzt vor drei Jahren gesehen und erkannte ihn kaum wieder. Glaubte im ersten Moment nicht, dass es sein Papa war, der Mann, an den er sich erinnerte, der Mann auf den Fotos im Album und im Rahmen auf dem Kaminsims.

Marek wollte gerade seiner Mutter sagen, dass das blanker Unsinn sei und es sich um jemand anderes handeln müsse, doch dann fiel sein Blick auf die Narbe am Kinn und die kleine Kerbe am linken Ohr dieses alten ausgemergelten Mannes, der leblos in dieser schäbigen Kiste lag. Ihm war schwindlig geworden, er hatte sich umgedreht und versucht wegzulaufen. Sich in Sicherheit zu bringen. Aber seine Mutter hielt ihn fest, packte ihn bei den Schultern und schüttelte ihn. Zwang ihn, die Augen zu öffnen und ihr ins Gesicht zu sehen und nicht mehr zu weinen.

»Nun ist es deine Aufgabe, auf deinen Bruder aufzupassen, damit ihm kein Unglück widerfährt«, sagte sie ruhig und beherrscht. Sie trocknete die Tränen von seinen Wangen und führte ihn wieder zum Sarg seines Vaters. »Jetzt musst du auf Andrzej aufpassen.«

In wenigen Wochen würde Andrzej seinen dreizehnten Geburtstag feiern, und er selbst war gerade erst zehn geworden, doch Marek hatte sich nicht gegen die Bürde gewehrt, die seine Mutter ihm auferlegte. Auch der Tod ihrer Mutter knapp zwei Jahre später, am Tag vor seinem zwölften Geburtstag, hatte ihn nicht von dieser Pflicht befreit. Ganz im Gegenteil, er fühlte sich noch mehr für seinen Bruder verantwortlich, nachdem sie als Waisen zurückgeblieben waren. Er hatte die Verantwortung auf sich genommen und sein Bestes gegeben. Und so würde es immer bleiben.

Oktober 2008

1

Donnerstag

Árni starrte bestürzt auf den völlig haarlosen Körper, der sich nicht bewegte. Nie zuvor hatte er so etwas gesehen. Nicht nur der Kopf war kahl, sondern auch sonst war kein einziges Haar an dem nackten Körper zu erblicken, der von Kopf bis Fuß von Blut, Schleim und noch einer anderen, schwer zu bestimmenden Flüssigkeit bedeckt war. Der zahnlose Mund stand halb offen. Das blaurot angeschwollene Gesicht war wie in einer Schmerzgrimasse verzerrt, und die geschlossenen Augen versanken fast in ihren Höhlen.

Er musste schlucken, einmal, zweimal. Das konnte einfach nicht wahr sein, das durfte nicht wahr sein. Er hatte doch nicht angefangen zu weinen? Nein, nein, *nein*. Der Arzt blickte ihn fragend an. Árni räusperte sich, versuchte, sich zu ermannen, sich nichts anmerken zu lassen. Ich schaffe das, dachte er und trat einen Schritt näher. Und spürte im gleichen Augenblick, wie sich die Nasenhöhlen füllten und die Tränen zu strömen begannen.

Scheißescheißescheiße, dachte Árni, aber die Tränen ließen sich nicht zurückhalten. Der Arzt legte ihm seine Hand auf die Schulter.

»Alles in Ordnung mit dir?«, fragte er.

Árni schniefte, nickte und atmete tief durch. Schloss die Augen, holte noch tiefer Luft, öffnete sie dann wieder. Nichts hatte sich geändert, sie lag immer noch da, genauso kahlköpfig und zahnlos, verquollen und verzerrt wie zuvor. Und blutverschmiert. Er richtete sich auf.

»Ja«, sagte er. Er war nicht darauf gefasst gewesen, dass er so reagieren würde, er musste sich zusammennehmen. Sich am Riemen reißen. Er schniefte noch einmal und wischte sich die Tränen aus dem Gesicht. »Ja, mit mir ist alles in Ordnung.« Er gab sich einen Ruck, versetzte sich ein paar Klapse auf die Wangen, stampfte mit dem Fuß auf und sah dem Arzt entschlossen in die Augen. »Alles okay – ich … Sie – sie ist einfach so schön …«

Dann wandte er sich zu der Krankenschwester, nahm die Schere entgegen, die sie ihm hinhielt, und zerschnitt beherzt die Nabelschnur.

Seine Tochter schien das als Signal zu verstehen, dass es nun an der Zeit für ihren Auftritt war, sie strampelte mit all ihren winzigen vieren und begann zu brüllen.

»So unwahrscheinlich schön«, sagte Árni und ließ sich auf der Bettkante nieder. Es war eine schwierige Geburt gewesen, und Ásta war geschwächt nach den Strapazen. Er streichelte ihr die schweißverklebte Stirn und grinste albern. Sie sah ihn nicht an, lächelte aber auch, als ihr das schreiende Kind an die Brust gelegt wurde und im gleichen Moment verstummte.

»Das war das erste Vernünftige, was du heute von dir gegeben hast«, murmelte sie leise. Árni lächelte noch breiter.

»Und vermutlich auch das letzte«, sagte er und küsste beide auf die Stirn. »Wenn ich mich richtig kenne.«

* * *

Marek Pawlak tauchte die rechte Hand ins Badewasser und drehte den Kaltwasserhahn zu. Er war allein zu Hause. Ewa war bei der Arbeit, und Andrzej war noch nicht aus Breiðholt zurück, dem größten und zeitraubendsten Stadtviertel, das die Brüder abwechselnd versorgten. Andrzej war diese Woche dran, und obwohl sich die Zahl der zu bedienenden Kunden deutlich verringert hatte, beanspruchte die Runde immer noch sehr viel Zeit.

Während das warme Wasser einlief, entkleidete sich Marek in aller Ruhe, fischte eine Zigarette aus der Schachtel, die zwischen Aschenbecher und Bierdose auf dem Hocker mitten im Badezimmer lag, und zündete sie an. Schob den Hocker näher an die Badewanne, legte die Zigarette auf dem Aschenbecher ab und drehte den Heißwasserhahn zu. Tauchte prüfend den Arm ins Wasser, rührte um und ließ sich dann vorsichtig bis zum Kinn ins Wasser gleiten.

Was für ein Luxus, dachte er und schloss die Augen. Die Zigarette rauchte sich selbst, während Müdigkeit und Stress allmählich aus den Muskeln wichen. Als Schläfrigkeit ihn zu übermannen drohte, zwang er sich, die Augen zu öffnen, und setzte sich auf. Schlafen konnte man immer, jetzt galt es nachzudenken. Marek streckte die Hand nach der Bierdose aus und leerte sie zur Hälfte, bevor er sich eine weitere Zigarette anzündete und versuchte, sich auf die unvermeidlichen Probleme zu konzentrieren, die den Brüdern bevorstanden. Und Ewa natürlich auch.

Für den Liter verlangten sie zweitausend und für eine Stange dreitausendfünfhundert. Entsprechend gut lief das Geschäft. Zumindest hatte es das bis vor kurzem getan, doch nun schien alles in rasantem Tempo zum Teufel zu gehen. Die Kunden wurden immer weniger, und der Kurs der Krone verfiel so schnell, dass sie schon fast in einem gigantischen Fass ohne

Boden verschwunden war. Er wusste, dass Andrzej nicht imstande war, diese Sorgen mit ihm zu teilen, aber das war schon immer so gewesen und ließ sich nicht ändern. Andrzej hatte sich noch nie wegen irgendwas den Kopf zerbrechen können oder müssen, dafür hatte Marek gesorgt.

Es war ein verfluchter Zustand, wie auch immer man es betrachtete, und es würde mit Sicherheit noch schlimmer kommen. Die Kundenzahlen würden weiter heruntergehen, und ob die Krone sich je wieder erholen würde, stand in den Sternen. Marek ärgerte sich nicht deswegen, er machte sich nie wegen irgendetwas verrückt, was er nicht ändern konnte. Sein Motto lautete, sich mit den Tatsachen abzufinden und angemessen auf die jeweilige Situation zu reagieren. Bislang war er damit gut gefahren, doch egal, aus welcher Perspektive er jetzt das Problem anging, diesmal schien jede vorstellbare Lösung nur weitere Probleme nach sich zu ziehen. Im Grunde genommen gab es sowieso nur drei: in Island zu bleiben oder sich in einem anderen Land eine neue Lebensgrundlage zu schaffen – oder wieder nach Stettin zurückzugehen.

Die dritte Möglichkeit war natürlich keine reale Alternative, Marek hatte zu viele Brücken hinter sich verbrannt, als er seinerzeit abgehauen war. Lösung Nummer zwei war denkbar, aber derzeit weder verlockend noch realistisch. Wohin sollte er auch gehen? Den Nachrichten zufolge herrschte an jeder Ecke die gleiche Krise, und seine Landsleute strömten aus aller Welt nach Polen zurück, denn die Rezession in Industrie und Baugewerbe grassierte überall.

Es war also wohl doch das Beste, einstweilen noch in Island zu bleiben, glaubte er. Angesichts der Ereignisse der letzten Wochen, wo eine große Firma nach der anderen halbe und ganze Arbeitsbrigaden mehr oder weniger fristlos gefeuert hatte, konnte man sich auf nichts mehr verlassen. Trotzdem hielt er es für unwahrscheinlich, dass ihm und Andrzej in absehbarer Zeit gekündigt würde, und es war so gut wie sicher, dass Ewa ihren Job behalten konnte. Die isländische Krone war auch kein Problem, solange sie hier in Island blieben. Rund die Hälfte des Geldes, das sie während der letzten zwei Jahre zurückgelegt hatten, lag wohlverwahrt in einer deutschen Bank – zumindest so wohl, wie es in diesen schlimmsten aller schlimmen Zeiten verwahrt sein konnte. Der Rest bestand zum größten Teil aus baren Euros in einem Banktresor in Reykjavík. Hinzu kamen ein paar hunderttausend isländische Kronen auf ihren Gehaltskonten bei einer isländischen Sparkasse, bei der auch Ewa ihr Konto hatte.

Also, der Absturz der isländischen Krone zog nach sich, dass ihr Gehalt in isländischen Kronen sehr viel weniger wert war, aber auf der anderen Seite wurde das durch die Rücklagen in Euros kompensiert, die zu einem enorm viel höheren Kurs umgewechselt werden konnten. So ließe sich das Leben im Kronenland vielleicht bestreiten. Wenn sie weiterhin hierblieben, hatte das allerdings den Haken, dass es nicht nur immer schwieriger werden würde, sich Nebeneinkünfte zu verschaffen. Wahrscheinlich war es besser, den Zigarettenhandel dranzugeben, zumal er wesentlich geringere Einnahmen brachte als die Wodkaproduktion. Aber auch diese Einnahmen würden sich im Takt mit dem Verfall der Krone reduzieren. Er hatte auch schon seit einiger Zeit überlegt, den Zigarettenhandel abzuschreiben, hatte aber nichts unternommen, denn er fürchtete, dass der Wodkaumsatz darunter leiden würde. Die Kunden wollten alles vom gleichen Lieferanten, und selbst wenn sie sich damit abfanden, dass Zigaretten nicht immer im Angebot waren, konnte es nur zu gut sein, dass sie zur Konkurrenz gehen würden, falls Andrzej und er den Verkauf ganz einstellten. Und die Konkurrenz war natürlich der größte Nachteil, wenn sie weiterhin in Island bleiben würden.

Die verfluchte Konkurrenz. Die Typen hatten schon zweimal von sich hören lassen, und zwar ziemlich massiv. Marek hatte seiner Meinung nach vollkommen richtig reagiert und mit gleicher Münze zurückgezahlt. Er befürchtete aber, dass das auf Dauer nicht ausreichen würde, die würden nicht klein beigeben, und schon gar nicht jetzt, wo der Kuchen, den man sich teilen musste, immer kleiner wurde. Es sei denn, sie würden auch das Land verlassen, genauso wie die Kunden. Marek hatte allerdings seine Zweifel daran. Wenn er die richtig einschätzte, machten die weiter, solange noch etwas zu holen war.

Er streckte die Hand nach der Bierdose aus und trank einen ordentlichen Schluck. Drückte die Zigarette aus und steckte sich die nächste an. Es gab nur zwei Lösungen für dieses anstehende Problem: entweder den ganzen Vertrieb aufzugeben oder ans Telefon zu gehen und anzurufen.

Der Haken bei der ersten Lösung war der, dass sie noch größere Einnahmeverluste bedeutete als bisher schon. Ein Anruf dagegen würde ihn die frisch errungene Eigenständigkeit kosten, und das war wesentlich schlimmer. Damit würde er wieder in die Welt zurückkehren, mit der ein für alle Mal Schluss zu machen er sich selbst und Ewa versprochen hatte, als er sich seinerzeit dazu aufgerafft hatte, nach Island zu gehen. Das war ja der Sinn der Sache gewesen. Und deswegen hatte er denen eine unmissverständliche Antwort gegeben, als sie ihn letztes Jahr aufgespürt hatten und ihm die Chance geben wollten, sich reuig zu zeigen, um wieder in Gnaden aufgenommen zu werden. Sie hatten ihm angeboten, weiter sein bequemes Leben führen und sich um das einträgliche Geschäft kümmern zu dürfen, das er auf die Beine gestellt hatte – nur mit dem Unterschied, dass sie dann den Löwenanteil des Gewinns kassieren würden. Im Gegenzug würden sie dafür sorgen, dass die Konkurrenz ihn in Ruhe ließe, hatte der alte Wieslaw behauptet.

Die Erinnerung an Wieslaws Besuch führte dazu, dass Marek endgültig zu der Überzeugung gelangte, keinesfalls anzurufen. Denn sie würden ihn selbstverständlich in die Zange nehmen, um aus ihm herauszupressen, was aus dem alten Wieslaw geworden war. Irgendwie bezweifelte er, dass ihm geglaubt würde, wenn er behauptete, den Kerl nie getroffen zu haben. Diese Alternative war also ausgeschlossen. Außerdem verspürte er auch nicht die geringste Lust, mit diesen Arschlöchern zu reden.

Das Ergebnis lag auf der Hand, er musste sich eben mit dem Einnahmenverlust abfinden. Vor einem halben Jahr, nein, noch vor einem halben Monat wäre ihm nicht im Traum eingefallen, einfach so zu kapitulieren und einen Rückzieher zu machen, dazu verdiente er viel zu gut in diesem Business. Aber die Zeiten waren vorbei. Jetzt – jetzt war es vielleicht gar kein großer Verzicht. Solange sie alle drei noch Arbeit hatten, konnten sie relativ sorgenfrei auf dieser merkwürdigen Insel leben, und sogar noch sorgloser, wenn er tatsächlich aus der Branche ausstieg. Ewa würde froh sein, und Andrzej würde sich nicht beklagen. Er selbst würde nicht mehr ständig auf der Hut sein müssen und bräuchte nicht mehr mit einem Messer unter dem Kopfkissen zu schlafen. Trotzdem, bestimmt würde er weiterhin das Messer unter dem Kopfkissen haben, manche Gewohnheiten ließen sich nicht so leicht ändern. Er würde aber auf jeden Fall mehr Zeit zum Schlafen haben. Trotz des schrumpfenden Umsatzes ging immer noch täglich mindestens eine Stunde damit drauf, die Ware auszuliefern, was zusätzlich zu einem zehn- oder zwölfstündigen Arbeitstag auf dem Bau einfach zu viel war. Hinzu kam die Zeit, die mit der Herstellung draufging, und der Zigarettenimport war ebenfalls umständlich und zeitraubend. Ja, wahrscheinlich lag hier die Lösung – aus der Branche aussteigen und weiter in Island bleiben. Und damit würde er Ewas Träume erfüllen und einfach nur ein anständiger Handwerker sein, Punkt, aus. Zumindest zeitweilig.

Marek zog den Stöpsel aus der Wanne und stand auf. Griff nach dem Handtuch, trocknete sich sorgfältig damit ab und warf es zu der schmutzigen Wäsche. Bevor er sich ankleidete, blickte er noch rasch in den Spiegel. Ewa behauptete, er sähe männlicher aus als je zuvor, und eigentlich fand er, dass sie recht hatte. Zweiunddreißig Jahre alt und verdammt gut gebaut.

Das Gesicht war allerdings kaum schöner geworden, seit er sich das letzte Mal betrachtet hatte: Die Knubbelnase saß immer noch genauso schief, und nach einem langen und anstrengenden Arbeitstag fielen die Ringe unter den Augen sogar mehr auf als sonst. Die grauen Haare, die ihn anfangs so entsetzt hatten, waren immer noch zur Stelle, aber er hatte schon lange aufgehört, sie zu färben. Ein paar graue Haare zwischen den schwarzen verliehen ihm nur ein würdigeres Aussehen, hatte Ewa gesagt. Die Narben waren nicht weniger geworden, und die Finger nicht mehr. Die Narbe dort, wo sich einmal der kleine Finger an der linken Hand befunden hatte, war trotz der elf Jahre, die vergangen waren, seit seine Wege und die des Fingers getrennt wurden, immer noch genauso lilablau und schwulstig. Aber alles in allem sah er in Anbetracht seines Alters und seiner früheren Betätigungen erstaunlich gut aus, fand er, eigentlich sogar besser als je zuvor. Genau wie Ewa sagte.

* * *

Die Welt drehte sich vor Árnis Augen, als er draußen vor dem Krankenhaus stand und die erste Zigarette rauchte, nachdem er Vater geworden war. Una hieß sie, Una Árnadóttir. Ásta und

er waren sich einig gewesen, dass es einem Kind nicht zuge-
mutet werden konnte, wochen- oder monatelang namenlos
zu sein, nur weil ihm noch irgendein Pfaffe Wasser über den
Kopf schippen musste. Damit endete aber auch bereits ihre
derzeitige Einigkeit. Árni wollte nämlich beispielsweise gar
keine Taufe für das Kind, aber Ásta reichte es nicht, ihm auf
irgendeinem Büro einen Namen verpassen zu lassen, nein, da
musste auch unbedingt ein Pastor seine magischen Tricks voll-
führen. Außerdem wollte Ásta, dass er bei der Kriminalpolizei
aufhörte und sich eine anständige Arbeit mit anständigen Arbeitszeiten und anständiger Bezahlung suchte. Darauf war sie
herumgeritten, seit sie um ihre Schwangerschaft wusste. Und
ihre Forderungen waren noch kategorischer geworden, nachdem sie eines Nachts von einer klirrenden Scheibe aus dem
Schlaf hochgeschreckt wurden und mitten im Wohnzimmer
einen faustgroßen Stein und eine zerbrochene Flasche gefunden hatten. Es bedurfte keiner chemischen Analyse, um fest-
zustellen, was in der Flasche gewesen war, der Uringestank ge-
nügte. Die Tatsache, dass Árni dem Mistkerl nachgesetzt war
und es geschafft hatte, ihn zu schnappen – einen aggressiven
Junkie, den er erst drei Tage vorher in eine Gefängniszelle befördert hatte –, änderte nichts an Ástas Einstellung. Und es
trug keineswegs zur Entspannung bei, dass dasselbe Arschloch
zwei Tage später zusammen mit zwei anderen Männern wieder auftauchte und von außen gegen das Haus hämmerte, als
Ásta allein zu Hause gewesen war. Das hatte dazu geführt, dass
Árni sämtliche Prinzipien über den Haufen warf und Guðni
um Hilfe bat. Gemeinsam gelang es ihnen, dem Kerl einzu-
bläuen, dass ein für alle Mal Schluss mit derartigen Besuchen
sein musste. Aber der Schaden war nicht wieder rückgängig
zu machen: Ásta hatte Angst und wollte nicht mehr in Árnis
Wohnung bleiben. Sie sprach davon, in ihre Eigentumswoh-

nung in Garðabær zu ziehen und ihren Mietern dort einen Wohnungstausch anzubieten. Árni konnte sie zwar gut verstehen, aber er konnte sich andererseits nicht vorstellen, aus Reykjavíks Stadtmitte fortzuziehen. Alles, was sie über seine Arbeit sagte, stimmte, der Job war schlecht bezahlt, die Arbeitszeiten waren mitunter absurd, und man konnte sich nie dagegen absichern, dass die Arbeit einem nicht bis nach Hause ins Wohnzimmer folgte.

Dummerweise mochte er seine Arbeit. Es war der erste Job, in dem er es länger als zwei Jahre ausgehalten hatte, und die einzige Arbeit, die ihm umso besser gefiel, je länger er dort arbeitete und je kompetenter er wurde. Bis dahin hatte er alle möglichen Jobs angenommen, die ihn entweder bereits am ersten Tag angeödet hatten oder die er nie richtig in den Griff bekam. Und wo sollte er jetzt bei dieser Wirtschaftslage überhaupt Arbeit finden?

Im Mai hatte sie damit angefangen, jedes Mal ein schiefes Gesicht zu ziehen, wenn er sich eine Zigarette anzündete. Im Juli reichte es nicht mehr, dass er mit der Fluppe auf den Balkon oder vor die Haustür ging – er musste aufhören, und zwar sofort.

Im September zog sie aus. Sie kündigte ihren Mietern und zog zurück in ihre kleine Wohnung in Garðabær. Unzählige Besuche und noch unzähligere Anrufe hatten nichts daran ändern können. Árni hatte sich nach und nach mit diesem Zustand abgefunden. Er würde ein Wochenendvater werden, dagegen war nichts zu machen. Bis jetzt. Doch jetzt war es irgendwie nicht mehr so leicht, sich mit dieser Rolle abzufinden.

Scheiße, Scheiße, Scheiße.

Er drückte die Zigarette aus, ging zu seinem Auto und ließ den Motor an. Er wollte gar nicht nach Hause, am liebsten wollte er zurück zu Ásta und Una, aber er wusste, dass das alles nur noch verschlimmert hätte, sie würde die Zigarette riechen und herummotzen. Dafür hatte er im Augenblick keinen Bedarf. Es war kurz nach zehn, und das Radio brachte nichts als Weltuntergangsnachrichten aus dem Wirtschaftsleben. Árni hatte nicht die geringste Lust, sich das anzuhören, und wechselte zum iPod über. Joy Division, das war jetzt angesagt.

* * *

Andrzej pfiff sich fröhlich eins, während er die letzten Flaschen ins Regal stellte. Zwei Kunden, die jeweils fünf Flaschen und fünf Stangen bestellt hatten, waren nicht zu Hause, als er bei ihnen anklingelte, und Dariusz, der als Nächster auf der Liste stand, hatte beschlossen, ihm nur zwei Flaschen abzunehmen statt der bestellten vier, und statt drei Stangen hatte er nur eine gekauft. Von Dariusz erfuhr er, dass Jacek und Adam wieder nach Polen gegangen waren, und Dariusz würde wohl auch in der nächsten Woche abreisen. Andrzej hoffte nur, dass Marek sich ebenfalls bald entschließen würde zurückzugehen, daheim in Stettin war es viel schöner als hier. Dort hatte er Freunde, nette, gute Freunde, die sich nicht über ihn lustig machten und alles verstanden, was er sagte, immer.

In Stettin war auch Tante Maria, die Kuchen für ihn backte, wenn er zu Besuch kam. Und Alycia. Andrzej hatte Alycia angeboten, mit ihnen nach Island zu gehen, ins Land der Verheißung, aber ihre Mutter hatte das nicht zugelassen. Marek hatte auch gemeint, dass es nicht ginge. Andrzej hatte das unfair gefunden. Wieso durfte Ewa mitkommen, aber nicht Alycia?

Andrzej schüttelte den Kopf, es hatte keinen Zweck, sich den Kopf darüber zu zerbrechen, wie Marek immer sagte. Er legte die übrig gebliebenen Zigarettenstangen an ihren Platz und zündete sich eine Zigarette an.

Das war die zweitschönste Zeit des Tages, fand er. Wenn er

sein Tagewerk vollbracht hatte und sich zur Entspannung eine Zigarette genehmigen konnte. Es war zwar besser, sie zusammen mit Marek zu rauchen, doch auch allein schmeckte sie gut. Die beste Zeit des Tages war kurz vor dem Schlafengehen. Dann rauchten sie gemeinsam, er und Marek, tranken einen heißen Kakao oder ein kaltes Bier und pafften eine, bevor sie ins Bett gingen. Immer. Auch wenn Ewa sauer war. Andrzej grinste. Ewa war ziemlich oft sauer. Aber sie konnte auch nett sein.

Vielleicht wollte sie ebenfalls am liebsten zurück nach Hause? Er beschloss, Marek von Jacek und Adam zu erzählen. Und von Dariusz. Bisher hatte Marek nur gelächelt, wenn Andrzej ihn fragte, wann sie wieder nach Hause fahren könnten. »Später«, sagte er immer und klopfte ihm auf die Schulter. »Irgendwann später.« Aber jetzt waren eigentlich alle weg oder auf dem Weg nach Polen. Alle, die sie in diesem blöden Land kannten. Viktor war weg, Stanislaw, Zbigniew, Ryszard – wer war denn überhaupt noch da?

Andrzej stand auf, drückte die Zigarette aus und blickte sich um. Alles war an Ort und Stelle. Er löschte das Licht und machte die Tür hinter sich zu. Jetzt konnte er nach Hause fahren, zu Marek.

* * *

Marek ballte die Faust und küsste den vernarbten Stummel, wie um sich an die Aufgabe zu erinnern, die daheim in Stettin auf ihn wartete, wann auch immer er dorthin zurückkehren würde. Die Erinnerung an den Verlust des Fingers, das, was dem vorausgegangen war und was darauf gefolgt war, verursachten jetzt bei ihm kein Zittern und keine Gänsehaut mehr. Die Angst war verschwunden, aber Hass und Wut lebten immer noch in ihm, unverfälscht und eiskalt. Er hatte seine Gefühle vollkommen unter Kontrolle. Alles hatte seine Zeit.

Er drehte sich vom Spiegel im Badezimmer weg und begann sich anzuziehen. Ewa war die treibende Kraft hinter der Übersiedlung nach Island gewesen, aber um sich damit einverstanden zu erklären, hätte es bei Marek im Grunde genommen gar nicht so viel gutes Zureden gebraucht. Sie hatte zunächst wortlos die aufgeschlagene Zeitung auf den Tisch gelegt und den Becher mit Kaffee daraufgestellt, direkt neben die Anzeige, die sie unübersehbar mit einem neonrosa Marker angestrichen hatte. Er hatte nichts gesagt, nur seinen Kaffee getrunken und weitergeblättert wie immer, wenn sie ihn auf etwas hinweisen wollte. Es war ja auch nicht das erste Mal, dass sie das tat. Aber im Gegensatz zu all den anderen Patentlösungen, die Ewa ihm unterbreitet hatte, nistete sich diese Idee bei ihm ein und ging ihm den ganzen Tag bis zum späten Abend durch den Kopf. Je länger er darüber nachdachte, desto besser gefiel sie ihm.

Und als er am nächsten Tag aufwachte, kam ihm die Idee keineswegs schlechter vor. Er beschloss, dieses Angebot genauer unter die Lupe zu nehmen, so gut das möglich war, ohne dass die falschen Leute argwöhnisch wurden. Er fand keinen einzigen Haken bei der Sache, eine solche Umsiedlung schien ihm wie ein Blankoscheck auf ein neues Leben zu sein, ein neues und sorgloses Leben für Ewa und ihn. Und natürlich für Andrzej, er musste mitkommen, egal, ob Ewa damit einverstanden war oder nicht. Etwas anderes kam überhaupt nicht in Frage. Marek hatte sich längst mit der Aufgabe abgefunden, die ihm seine Mutter vor mehr als zwanzig Jahren auferlegt hatte, einen Tag nach dem Tod seines Vaters. Er hatte sich auch schon damit abgefunden, noch bevor die Mutter ihm diese Rolle übertrug, sie hätte es ihm gar nicht zu sagen brauchen, denn er wusste es bereits.

Es war jedoch fraglich, ob er seiner Aufgabe derzeit gewissenhaft nachkam. Andrzej war nicht glücklich, das war ihm anzumerken, auch wenn er sich nie beklagte. Tag für Tag erzählte er von Landsleuten, die entweder schon fort waren oder Island bald verlassen wollten. Und jedes Mal fragte er, ob sie nicht auch bald zurückgehen würden. Marek wusste nie, was er seinem Bruder antworten sollte. Er ließ es dabei bewenden, ihm auf die Schulter zu klopfen, »später« zu sagen und sein Lächeln so strahlend und selbstsicher wie möglich wirken zu lassen. Das hatte meist die erwünschte Wirkung bei Andrzej. Was konnte er auch anderes sagen? Es hatte ja ohnehin keinen Sinn, ihm die Situation zu erklären, Andrzej war nicht imstande, so etwas zu begreifen. Und das wenige, was möglicherweise bis zu ihm durchdrang, würde ihm nur unnötige Ängste bereiten.

Marek war darauf gefasst, heute Abend wieder die gleichen Nachrichten zu hören und anschließend die gleichen Fragen gestellt zu bekommen. Und er wusste, dass seine Antworten nicht anders ausfallen würden. Lächeln, Schulterklopfen und »später«. Das musste genügen.

Er hatte gerade seine gute Hose zugeknöpft und war im Begriff, die Badezimmertür zu öffnen, als er Tritte auf der Treppe vernahm. Langsame und zögernde. Unregelmäßige. Er erstarrte, horchte. Er hatte nicht gehört, dass jemand ins Haus gekommen war.

Einen Augenblick lang verstummten die Geräusche, doch dann knarrte wieder eine Stufe. Und noch eine, weiter oben. Ewas Schicht war frühestens in zwei Stunden zu Ende, und wenn es Andrzej wäre, hätte er sich schon längst bemerkbar gemacht. Marek blickte sich um. Er wusste, dass er die Badezimmertür nicht öffnen konnte, ohne dass man es von der Treppe aus sehen würde, und das zu öffnende Fensterfach war zu klein, um dort hinauszuschlüpfen.

Diese verdammten Kanaillen. Er hatte angefangen zu glauben, dass er diese Arschlöcher los wäre. Zeitweilig zumindest.

Langsam, überaus langsam, trat er zwei Schritte zurück, um das Federmesser aus der Tasche seiner Arbeitshose zu holen, die er auf den Fußboden geworfen hatte. Er klappte es geräuschlos auf und schlich wieder zur Tür. Wartete.

* * *

Andrzej war schon fast zu Hause, als er sich daran erinnerte, dass er vergessen hatte, eine Stange Zigaretten mitzubringen. Er fuhr an den Straßenrand, schaute im Kofferraum nach, fasste unter Vorder- und Rücksitze und warf einen Blick in das Handschuhfach, fand aber keine einzige Schachtel, geschweige denn eine Stange. Und in der Schachtel in seiner Brusttasche steckten nur noch drei Zigaretten. Er wendete das Auto. Marek wollte eine Stange, eine Stange sollte er bekommen.

Zehn Minuten später fuhr er bei der Lagerhalle vor und stellte den Motor ab. Irgendwie war es hier aber nicht so, wie es sein sollte, fand er. Da stand ein anderes Auto vor dem Haus, und im Fenster brannte Licht. War er zum falschen Eingang gefahren? Das lange Gebäude hatte viele Türen, es war in zahlreiche Gewerberäume unterteilt. Es war also denkbar, dass er sich im Dunkeln vertan hatte. Er blickte nach links und zählte die Türen. Eins, zwei, drei – vier. Es war die richtige Tür. Hatte er wirklich vergessen, das Licht auszuschalten? Nein. Das vergaß er nie. Und außerdem stand da dieses Auto…

Andrzej stieg aus. Das Auto kam ihm bekannt vor, er hatte das Gefühl, als hätte er es schon einmal gesehen. Vor längerer Zeit, aber auch vor ganz kurzer Zeit, erst heute Abend. Das klang komisch: vor langer oder vor kurzer Zeit. Wie drückte man so etwas aus? Was sollte er Marek sagen? Musste er nicht Marek anrufen? Er zog sein Handy aus der Tasche, steckte es dann aber zögernd wieder ein. »Du musst dir selbst helfen«, sagte Marek manchmal, wenn er dumme Fragen stellte, und manchmal auch: »Woher soll ich denn das wissen?« Marek war meistens gut, jedoch nicht immer, manchmal war er ärgerlich. Vor allem, wenn Andrzej dumme Fragen stellte. Er ging auf das Gebäude zu, hielt sich dabei im Schatten.

Nach einigem Kopfzerbrechen beschloss Andrzej, Marek nicht zu belästigen. Der lag bestimmt in der Badewanne und würde böse werden, wenn er das Bad nicht in Ruhe genießen konnte. Marek liebte sein tägliches Bad, vielleicht noch mehr, als Andrzej es tat. Und dabei mag ich es doch auch schon sehr, dachte er. Das ist das einzig Gute an Island, hier kann man jeden Tag die Badewanne volllaufen lassen.

Lärm von drinnen riss ihn aus seinen Badeträumen, er schrak zusammen und wich noch weiter ins Dunkle zurück. Was würde Marek tun? Was würde Marek ihm sagen, falls er ihn anrief? Wieder griff er in seine Tasche, und wieder besann er sich anders, denn ihm fiel eine ähnliche Situation in Stettin ein. Da waren sie beide zu einem Haus gekommen, in dem angeblich niemand war, um Kartons abzuholen, von deren Inhalt Andrzej nichts wusste. Damals war es ebenfalls drinnen hell und draußen dunkel gewesen. Ein Licht, das da nicht sein durfte, genau wie jetzt. Marek hatte ihm befohlen, stehen zu bleiben, er selbst war zum Fenster geschlichen und hatte furchtbar vorsichtig hineingespäht – und dann gelacht, denn da drinnen war ein Freund von ihnen, der aber erst später hätte kommen sollen.

Andrzej erwartete zwar jetzt keinen Freund, aber trotzdem spähte er zum Fenster hinein. Furchtbar vorsichtig, genau wie Marek seinerzeit. Und atmete erleichtert auf. Kein Wunder, dass er das Auto gekannt hatte, dachte er. Und gut, dass ich Marek nicht angerufen habe. Er richtete sich auf, ging zur Tür und öffnete sie.

* * *

Marek riss die Tür weit auf und warf sich über den Mann, der auf der anderen Seite gestanden und auf ein Lebenszeichen aus dem Bad gelauscht hatte. Der Angriff gelang perfekt, der Mann wurde gegen die Wand geschleudert, und Marek schaffte es, ihn mit dem rechten Knie und der linken Hand so in die Zange zu nehmen, dass er ihm mit der rechten das Messer an den Hals setzen konnte.

Sie sahen einander ein paar Sekunden in die Augen, beide nach Atem ringend. Marek hatte den Mann nie zuvor gesehen. Er war jung, knapp zwanzig, sehr viel größer als Marek und wesentlich schlanker. Er machte keinen Versuch, sich zu befreien, und nickte schließlich resignierend. Marek lockerte seinen Griff, nahm das Messer einen halben Zentimeter vom Hals weg und begann mit der Waffensuche. Zwei Messer und einen Schlagring später schob er den Mann die Treppe hinunter in die Diele.

»Wer bist du?«, fragte er. Der Mann antwortete nicht. Marek trat dicht an ihn heran, setzte ihm wieder das Messer an den Hals und drückte ihn gegen die Wand.

»Wer bist du?«, wiederholte er, schärfer als vorher, und presste das Messer fester gegen seinen Hals.

»Gregor«, sagte der Mann. »Ich heiße Gregor.«

»In Ordnung, Gregor. Aber wer bist du? Was willst du?«

Gregors Mundwinkel zuckten, und die Augen verengten sich.

»Kein Grund zu flennen, Gregor«, sagte Marek. »Du bist doch ein großer Junge...«

Gleich wurde ihm klar, dass er Gregors Mienenspiel vollkommen missverstanden hatte. Er drehte sich auf dem Absatz um, das Messer gezückt, aber einen Sekundenbruchteil zu spät. Der Hammer traf ihn am Handgelenk, er verlor das Messer aus dem Griff, es flog in hohem Bogen durch die Luft und landete unter der Kommode. Marek rührte sich nicht vom Fleck, die Hände an die Seiten gelegt. Er war nicht auf der Hut gewesen, er hatte zu langsam reagiert, weil er sich zu sicher gefühlt hatte, und das waren die Folgen.

Bartosz war gekommen, Bartosz hatte gesiegt. Überragte ihn und füllte beinahe die Diele aus, in der einen Hand ein großes Küchenmesser, in der anderen einen Klauenhammer. Seine Lieblingswaffe, ganz legal und problemlos im Fachgeschäft zu kaufen. Totale und bedingungslose Kapitulation war das Einzige, was ihm möglicherweise das Leben verlängern konnte, das wusste Marek.

»Hallo Marek«, sagte Bartosz, »kein Grund zum Flennen.«

»Hallo Bartosz«, antwortete Marek und rührte sich nicht, als Gregor ihm in den Rücken trat. »Was gibt's Neues?«

Das Grinsen im breiten Gesicht des Riesen verwandelte sich in ein Strahlen. Jetzt war es an Marek, kräftig zu schlucken, denn dieses Lächeln verhieß nichts Gutes. Er spürte, dass sich Gregor näherte, der lange Kerl verhakte seine mit Mareks Ellbogen, zog sie nach hinten und setzte ihm sein Knie in den Rücken. Zumindest hoffte Marek, dass es nur ein Knie war. Bartosz steckte den Hammer in seine Innentasche und trat noch näher an ihn heran.

»Schöne Grüße von Tomasz«, sagte er. »Ich soll dir ausrichten, dass er dich unbedingt wieder zurückhaben will. Ich habe ihm angeboten, dich in einem Sarg zu schicken, aber er bestand darauf, dass du persönlich kommst. Keine Ahnung warum. Na, du weißt ja, wie Tomasz ist.« Marek atmete auf. Eine Galgenfrist war eine gute Frist, zumindest besser als gar keine.

»In Ordnung«, sagte er. »Du kannst ihm sagen, dass ich komme.« Das hörte sich idiotisch an, aber so auf die Schnelle fiel ihm keine bessere Antwort ein. Bartosz' Grinsen wurde noch breiter.

»Keine Sorge, das werde ich ausrichten. Und jetzt hör mir zu. Du hast eine Woche Zeit, um das Geld zusammenzukriegen, um das du ihn in den letzten drei Jahren betrogen hast. Verstanden?«

Marek nickte.

»In einer Woche fährst du zurück nach Polen, und zwar mit dem ganzen Geld. Und keine verdammten Kronen, sondern Euros. Verstanden?«

Marek nickte wieder.

»Gut«, sagte Bartosz. »Prima.« Er hielt immer noch das Messer in der Hand.

»Und was dann?«, wagte Marek zu fragen.

»Wird sich zeigen. Ich glaube, dass Tomasz das noch nicht entschieden hat, komischerweise. Das ist ungewöhnlich. Aber du hattest ja bei ihm immer einen Stein im Brett, du und dieser Schwachkopf von deinem Bruder. Wo steckt der überhaupt?«

»Ich weiß es nicht«, sagte Marek leise. »Er ist irgendwo unterwegs.« Und das wird er auch hoffentlich bleiben, bis ihr weg seid, fügte er im Geiste hinzu. Nicht auszudenken, wenn Andrzej ins Haus platzte, bevor die Männer verschwunden waren. Man konnte überhaupt nicht wissen, wie er reagieren würde.

»Spielt keine Rolle«, erklärte Bartosz jovial. »Er darf auch wieder zurück in die Heimat. Und die kleine Ewa. Ist sie immer noch so süß und so sexy?«

Mareks Muskeln spannten sich unwillkürlich, und Bartosz lachte. »Egal, die beiden dürfen jedenfalls gerne mitkommen. Sie müssen nicht, aber sie dürfen es. Verstanden?« Marek nickte.

»Prima, dann wäre da nur noch eines«, sagte Bartosz. »Gregor …«

Marek machte keinen Versuch, Widerstand zu leisten,

als Gregor ihn zu Boden warf und sich ihm auf den Rücken setzte, denn jede Verzögerung war nicht nur zwecklos, sondern würde auch die Wahrscheinlichkeit vergrößern, dass Andrzej nach Hause käme. Gregor ließ seine rechte Hand los, stattdessen packte Bartosz ihn am schmerzenden Handgelenk und legte die Hand mit der Innenfläche nach unten flach auf den Boden.

»Das ist für den alten Wieslaw«, sagte er. Marek wusste, was ihm bevorstand. Er biss sich auf die Lippen, aber das half nicht viel. Er schrie wie am Spieß, als Bartosz das Messer ansetzte und das oberste Glied des kleinen Fingers abtrennte. Und er brüllte noch lauter, als Bartosz das nächste Glied des Fingers absäbelte.

»Und das war für die unterschlagenen Schutzgelder der letzten Jahre.« Bartosz stand auf, Gregor ebenfalls. Marek blieb liegen. »Ich weiß nicht, weshalb ich nur zwei Fingerglieder entfernen sollte. Wahrscheinlich will sich Tomasz selbst um den Rest kümmern. Es geht ihm sehr nahe, wenn jemand ihn betrügt, wie du weißt.« Bartosz steckte die abgeschnittenen Gliedmaßen in eine kleine Plastikdose, stieg über Marek hinweg und öffnete die Tür. »Man sieht sich.«

Gregor gab ihm noch einen kräftigen Tritt in die Seite, bevor er seinem Boss nach draußen folgte und die Tür zuknallte.

* * *

Am gleichen Abend um 23:17 ging bei der Notrufzentrale die Meldung ein, dass es in einer Lagerhalle im neuesten Gewerbegebiet von Hafnarfjörður brannte. Die gesamte verfügbare Mannschaft am Ort wurde dorthin beordert, doch der Großteil der Mannschaft schaute nur tatenlos zu, während zwei Kollegen ein kleines Feuer mit Handgeräten löschten. Diese Arbeit war beendet, als die Polizei eintraf, zwei uniformierte

Männer, die auf die sechzig zugingen, schwer verärgert, dass man sie an diesem ansonsten so ruhigen Abend belästigt hatte.

»Was meint ihr, Jungs«, sagte der Fahrer, als er aus dem Wagen stieg, »hat sich die Sache nicht einfach erledigt?«

»Was uns betrifft, ja«, antwortete einer der Feuerwehrmänner. »Aber ich glaube, euer Einsatz fängt jetzt erst an.«

2

Donnerstag auf Freitag

Das harmlose Plätschern der Wellen trug nicht dazu bei, Árni zu beruhigen. So wie er sich im Augenblick fühlte, hätte er eine anständige, tosende Brandung vorgezogen. Er fand das auch nicht zu viel verlangt, schließlich war es ja bereits Oktober. Der Stein, auf dem er saß, war ein alter Bekannter, ein zuverlässiger Freund, stabil und unerschütterlich, egal, wie hoch die Wellen schlugen. Jenseits des Fjordes standen die beiden erleuchteten Industrieanlagen. Die eine sah aus wie eine abenteuerliche dunkle Felsenburg, die andere wie ein weißer Strich in der Finsternis, schnurgerade und scharf kontrastiert durch die Flutlichtanlage auf dem Fabrikgelände. Für Árni hatte dieser Anblick etwas Schönes, beinahe Hypnotisierendes. Es wirkte auf jeden Fall viel besser als das Gluckern des Meeres, zumindest heute Abend.

Árni verstand überhaupt nicht, was man gegen moderne Industrie haben konnte. Sogar vernünftige Leute wie sein Bruder Elli oder Katrín waren manchmal wegen irgendwelchem Naturschutzquatsch nicht zu bremsen und faselten sich den Mund fusselig über die unberührte Landschaft, die Weite, die Blumen, die Vögel, so als würde das tatsächlich eine Rolle spielen.

Er selbst verließ die Stadtgrenzen nur höchst selten, mit dem Rest vom Land konnte er nichts anfangen. Campingfahrten und Ferienhausaufenthalte, Beerensammeln und Besuche bei Verwandten am Arsch der Welt – all das hatte er schon als Kind entsetzlich uninteressant und ätzend gefunden. Daran hatte sich nichts geändert.

In den letzten Jahren hatte er aber öfter, als ihm lieb war, nach Húsavík fahren müssen, um Ástas Eltern zu besuchen. Jede dieser Reisen war eine Qual gewesen, egal ob mit dem Flugzeug oder mit dem Auto, aber er hatte sich nichts anmerken lassen. Hatte sich positiv und gut gelaunt gegeben, hatte auf alles reagiert und sämtliche Zacken und Zinnen, Wasserfälle und Berge, auf die Ásta ihn hinwies, bewundert, hatte sich ohne zu meckern die ungenießbare Kaffeeplörre an Raststätten und in der Küche seiner Schwiegermutter reingezogen ebenso wie den Trangeruch am Kai.

Er hatte sich auch zu zahllosen Reisen in unselige Ferienhäuser breitschlagen lassen, von denen die wenigsten mehr zu bieten hatten als einen heißen Pool auf der Veranda und dazu Gras, Steine, Erde und Dreck ringsherum. Kahles Land, Erdhuckel oder krüppeliges Gebüsch in der näheren Umgebung und der eine oder andere Berg in der Ferne: Was für einen Reiz sollte das haben? Was sollte einen daran faszinieren? Er konnte das einfach nicht sehen. War es nicht genauso gut möglich, zu Hause im Garten zu grillen? Mit besserem Grill und außerdem viel höheren Bäumen, mit einem anständigen Bett und einem großen Fernseher in einem solide gebauten Haus, das nicht bei jedem Schritt und Tritt knarrte und bebte. Aus irgendwelchen Gründen hatten diese Argumente keine Wirkung auf Ásta gehabt, sie lachte bloß darüber und sagte ihm, er solle seine Sachen einpacken.

Zumindest den ganzen Quatsch war er nun los, dachte er.

Nie wieder in ein Ferienhaus, nie wieder nach Húsavík. Von jetzt an konnte er seine Überlandfahrten auf den ihm lieb gewordenen Denkstein am Ufer des Hvalfjörður beschränken, mit Blick auf die Industrieanlagen jenseits des Fjords. Das war zwar auch schon jenseits der Grenze zur zivilisierten Welt, aber dort fühlte er sich wohl – zumindest eine Viertelstunde oder so. Árni stand auf. Die Viertelstunde war vorbei, und ihm war schweinisch kalt am Hintern geworden. Er setzte sich ins Auto, ließ den Motor an und ließ die Heizung auf vollen Touren laufen. Der größte Vorteil an diesem Platz war, dass man ihn in einer halben Stunde von der Stadt aus erreichen konnte, und man konnte sogar in einem normalen Pkw fast bis an ihn heranfahren.

Als Árni gerade wieder auf die Hauptstraße einbiegen wollte, klingelte das Handy in seiner Hosentasche. Wenn das Ásta ist, dachte er, während er versuchte, es aus der Tasche zu ziehen, ohne anhalten zu müssen oder im Graben zu landen, wenn das Ásta ist, dann – ja, was dann? Was sollte er sagen? Dass er zu allem bereit wäre, also mit dem Rauchen aufzuhören, sich eine andere Arbeit zu suchen, in ein Ferienhaus zu ziehen oder sogar nach Húsavík, falls es erforderlich war, damit er bei Mutter und Tochter wohnen und mit ihnen leben durfte? Blödsinn, dazu war er gar nicht bereit – oder?

Die Viertelstunde auf dem Stein hatte diesmal offensichtlich nicht genügt, um Ordnung in seine Gedanken zu bringen. Nach einer halben Minute erfolglosen Fummelns fuhr er an den Straßenrand, löste den Sicherheitsgurt und bekam endlich sein Handy zu fassen. Es war nicht Ásta, sondern Katrín.

»Verdammt noch mal«, brummte Árni. Die kleine Una war eine Woche vor der Zeit auf die Welt gekommen, und er hatte vergessen, Katrín Bescheid zu geben und sich vom Bereitschaftsdienst befreien zu lassen.

»Árni.« Er hoffte, dass es sich um keine große Sache handelte, etwas, womit Katrín und Guðni allein fertigwerden konnten. Sie mussten doch verstehen, dass er jetzt ein paar Tage Urlaub und ein bisschen Zeit für sich selbst brauchte. Katrín würde es bestimmt verstehen, und das war das Wichtigste.

»Wo bist du?«, fragte Katrín.

»Auf dem Land«, sagte Árni. »Im Hvalfjörður, auf dem Weg in die Stadt. Was gibt's?«

»Beeil dich. Wir sind auf dem Weg nach Hafnarfjörður, zum neuen Gewerbegebiet in der Nähe der Aluminiumfabrik in Straumsvík. Melde dich, sobald du in der Nähe bist, ich lass dich dann von jemandem lotsen.«

»Ja, aber … Weißt du, ich hatte vor …«

»Später«, sagte Katrín kurz angebunden. »Beeil dich.«

* * *

»Was sagt das Bürschchen? Wo steckt er?«, fragte Guðni und stellte den Motor ab.

»Er ist auf dem Weg«, antwortete Katrín. »Komm.«

»Der Hund ist natürlich schon zur Stelle«, brummte Guðni, während sie zu der angestrahlten Lagerhalle hinübergingen. »Wie immer als Erster am Tatort. Wie schafft der Kerl das bloß? Nicht zu fassen.«

Katrín hatte keine Lust zu antworten, denn im Gegensatz zu den meisten anderen war ihr dieses große Rätsel völlig schnuppe. Friðjón Karlsson, der Chef des Erkennungsdienstes, der in seiner Abwesenheit nur der Hund genannt wurde, war ausnahmslos immer der Erste am Einsatzort, wenn er Dienst hatte. Guðni, Stefán und Árni konnten sich endlos darüber wundern und hatten sogar schon einige Versuche gemacht, Friðjón irgendwie aufzuhalten, aber ohne Erfolg. Dasselbe galt für die meisten anderen Kollegen bei der Kriminalpolizei, die jetzt an die dreißig Mitarbeiter zählte, nachdem sämtliche Dienststellen im Hauptstadtbereich vereinigt worden waren. Katrín begriff nicht, welche Rolle es spielen sollte, ob Friðjón nun vor oder nach ihnen beim Tatort eintraf. Nicht zuletzt in Anbetracht der Tatsache, dass sie ohnehin nichts anrühren oder den Schauplatz betreten durften, bevor der Hund und seine Mitarbeiter fertig waren und ihnen grünes Licht gegeben hatten.

Das ist wohl wieder mal typisch Mann, glaubte sie. Irgendeine Spielart von Penisrivalität, die im Dezernat alles zu bestimmen schien. Und nicht nur dort, denn offenbar dominierte der kaum kaschierte Wettstreit, der größte, beste, wichtigste, reichste, flotteste und schnellste Kerl zu sein – praktisch also die Superlative von sämtlichen maskulinen Adjektiven –, viel zu sehr in dieser Gesellschaft, wenn nicht sogar überall auf der Welt. Das musste ja auch nicht unbedingt nur von Übel sein und konnte in manchen Bereichen durchaus Gutes bedeuten, aber wenn man Islands derzeitige Situation bedachte...

Katrín riss sich zusammen, indem sie die Hände ballte und die Augen zusammenkniff, und anschließend entspannte sie die Muskeln. Weder Ort noch Zeit waren dazu angetan, um über globale Missstände nachzudenken, befand sie. Sie streifte sich sterile Einmalschuhe über, zog Latexhandschuhe an und trat in den Lichtkegel.

»Wo ist Geir?«, kläffte der Hund. »Keine Lust, hier den ganzen Abend rumzuhängen, wollte den Krimi im Fernsehen gucken. Aber meine Alte zeichnet ihn für mich auf, ich schau ihn mir dann später an, auch wenn es eine blöde Serie ist. Kompletter Schwachsinn, wie da der Typ vom Erkennungsdienst immer an den Leichen herumstochert!«

»Geir wird sicher bald kommen«, sagte Katrín und betrachtete die übel zugerichtete Leiche auf dem hochglanzlackierten

Steinfußboden. Männlich, groß, ziemlich korpulent; die genauere Beschreibung musste noch warten, denn der Mann lag auf dem Bauch, und das wenige, was von seinem Gesicht zu sehen war, hatten Brandwunden so entstellt, dass man keine Schlüsse ziehen konnte. Vielleicht war die abgekehrte Kopfseite unversehrter. Das würde sich zeigen, wenn der Gerichtsmediziner eintraf. Falls er denn eintraf, dachte Katrín, denn der alte, träge Geir hatte in letzter Zeit so oft gesoffen, dass es schon problematisch war. Im Lauf des letzten halben Jahres hatte sie sich dreimal gezwungen gesehen, bei Stefán eine formelle Beschwerde wegen des Kerls einzureichen. Sie wusste auch, dass sie nicht die Einzige war, die sich beschwerte. Trotzdem kam es für Stefán nicht in Frage, ihm an den Karren zu fahren.

Das war die andere Seite dieser Chauvis: Obwohl sie die Geweihe klirren ließen, bildeten sie dann doch Seilschaften. Diese Kumpanei von Mann zu Mann, aus der sie so sorgfältig herausgehalten wurde, manchmal bewusst, manchmal unbewusst. Die konnten ihretwegen ihre Kumpels haben, diese Idioten. Wieder ballte sie die Hände zu Fäusten und kniff die Augen zusammen, was sollte denn dieses Gejammere, wieso konnte sie sich plötzlich nicht mehr auf die Arbeit konzentrieren?

Zwei weiß gekleidete Männer vom Erkennungsdienst klapperten die fast leeren Räumlichkeiten ab, hoben unsichtbare Partikelchen vom Boden auf und untersuchten die leeren Aluminiumregale an beiden Längswänden nach Fingerabdrücken. Der Hund suchte nach ebensolchen auf dem kleinen Tisch und den zwei Hockern, die hinten rechts in der Ecke standen. Auf dem Tisch befanden sich drei leere Bierdosen und ein überquellender Aschenbecher. An der Frontwand standen sechs weiße Kunststofftonnen mit blauen Deckeln. Durchsich-

36

tige gewundene Plastikrohre ragten aus den Deckeln heraus. Ansonsten war der Raum leer.

»Fuselalkohol«, sagte der Hund. »Vier voll, zwei leer.«

Katrín deutete auf die Tür zum einzigen abgetrennten Raum, der Toilette links in der Ecke.

»Bist du da fertig?«

»Nein. Aber fertig mit der Tür, reinschauen darfst du. Zu sehen ist nix.«

Katrín warf einen Blick hinein: ein schmutziges Waschbecken, ein schmutziges Klo mit hochgeklapptem Deckel, und auf dem Boden eine halbe Rolle Toilettenpapier. Sonst schien da nichts zu sein.

»Was hat hier gebrannt?«, fragte sie. »Hier drinnen ist nichts als die Leiche und der Fuselalkohol, und der hat sich nicht entzündet.«

Der Hund zuckte mit den Achseln. »Die Leiche. Seine Klamotten, wenigstens zum Teil. Und irgendwelche Pappkartons oder Papier oder weiß der Teufel was. Ich seh's mir später genauer an.«

»Benzin? Diesel? Irgendwas in der Art?«

»Kaum«, sagte der Hund. »Das müsste man riechen können. Möglicherweise ein ganz anderes Zeug. Das arme Schwein hat schlimme Brandwunden, ein bisschen Pappe genügt wohl kaum, um einen richtigen Brand zu legen. Vielleicht das hier …« Er ging hinüber zu vier Papiertüten, die bei der Tür standen, und öffnete eine von ihnen. Eine leere durchsichtige Glasflasche befand sich darin, unetikettiert und ohne Verschluss.

»Was war da drin?«

»Keine Ahnung. Schwarzgebrannter Schnaps? Sehr wahrscheinlich. Riech mal.«

Er schob die Tüte zu Katrín, die unwillkürlich zurückwich.

»Vielen Dank, ich warte lieber auf deinen Bericht. Keine Verschlüsse?«

Der Hund deutete auf die kleinste Tüte. »Drei Flaschen, drei Verschlüsse.«

»Falls das hier eine Schwarzbrennerei war, wo ist dann die Destillationsanlage?«, fragte Katrín. »Die ganzen Geräte, die man für die Produktion braucht?«

»Geklaut?«, schlug der Hund vor. »Jemand hat hier die Anlagen stehlen wollen, und der da hat ihn überrascht ... oder sie. Und dann bumm. Ich weiß es nicht, das ist deine Abteilung, nicht meine.«

»Ja sicher, das stimmt. Aber sag mir trotzdem ...«

»Hey, Katrín!« Guðni stand neben einem alten dunkelblauen Toyota mit grauer Motorhaube vor dem Haus und bedeutete ihr zu kommen.

»Der Wagen war schon da, als die Feuerwehr anrückte«, sagte Guðni. »Unverriegelt.«

»Das Datum auf der Plakette ist abgelaufen«, ergänzte Eydís, die rechte Hand des Hunds, die sich zu ihnen gesellt hatte. »Aber registriert ist er.« Sie reichte Katrín die zerknitterten und eingerissenen Zulassungspapiere.

»Janus Mar ... Mar-was?«

Eydís richtete die Taschenlampe auf den Wisch und nahm ihn in Augenschein. »Marodsitsch, Marodschik oder so ähnlich. Ich weiß nicht, wie man das ausspricht.«

Katrín reichte Guðni die Zulassungspapiere. »Kannst du das überprüfen?«

»*I'm on it*«, erklärte Guðni. »Sonst noch was von Bedeutung in dieser polnischen Karre?«

Eydís schüttelte den Kopf. »Bis jetzt nicht. Aber ich hab gerade erst angefangen.«

Sie hat sich die Haare wachsen lassen, dachte Katrín, das

steht ihr gut. Wieso ist mir das nicht früher aufgefallen? Warum denke ich ausgerechnet jetzt darüber nach? Und wo zum Kuckuck bleiben Geir und Árni? Kaum hatte sie den Gedanken zu Ende gedacht, legte das Handy in ihrer Tasche los.

»Das wurde auch Zeit. Wo steckst du?«

»Sorry, dass ich so spät dran bin«, sagte Árni. »Geir hat mich unterwegs angerufen und mich gebeten, ihn mitzunehmen.«

»Warum, ist er betrunken?«

»Ist er … Nein, was soll das denn, natürlich nicht.« Es hörte sich so an, als fühlte sich Árni durch diese Bemerkung über seinen guten alten Bekannten und ehemaligen Schwiegervater in spe schwer getroffen. Katrín versuchte ihre Ungeduld zu beherrschen, war sich aber nicht sicher, ob ihr das gelungen war. Árni klang jedenfalls sehr kurz angebunden, als er das Telefongespräch beendete. Sein Problem, sagte sie sich. Sein eigenes *fucking problem*, wie Guðni sich ausgedrückt hätte.

* * *

Als Ewa gegen Mitternacht den Hausflur betrat, hätte nicht viel gefehlt und sie wäre auf der Blutlache ausgerutscht und längs hingeschlagen. Der Schrei, den sie ausstieß, erstickte in dem Mantel am Garderobenhaken, nach dem sie gegriffen hatte, um sich vor dem Sturz zu bewahren. Sie rief nach Marek und Andrzej, erhielt aber keine Antwort. Einen Moment lang überlegte sie, die Flucht zu ergreifen, wegzulaufen oder wegzufahren, sich irgendwo in Sicherheit zu bringen und dann Marek anzurufen. Doch dann hörte sie ihn irgendwo drinnen im Haus fluchen und stöhnen. Wieder rief sie seinen Namen, ging in die Richtung, aus der das Fluchen kam, und das führte sie in die Küche. Marek stand an der Spüle, zitternd und blutüberströmt. Er hielt seine rechte Hand unter das kalte Wasser, das mit voller Kraft aus dem Hahn strömte. Ewa lief zu ihm, aber Marek stieß sie von sich weg.

»Ruf Andrzej an«, befahl er mit heiserer Stimme, »und hol mir irgendwas zum Verbinden. Mit mir ist alles in Ordnung, aber wir müssen Andrzej finden.«

Ewa machte noch einen Versuch und ging mit besorgter Miene und ausgestreckten Händen auf ihn zu, doch Mareks Reaktion war die gleiche.

»Was ist passiert?«, fragte Ewa. »Wer hat das getan?« Sie hatte Angst. Angst vor dem, was das Blut zu bedeuten hatte, und noch mehr Angst vor der Wut in Mareks Augen, Worten und Verhalten.

»Ruf Andrzej an«, wiederholte Marek. »Und bring mir was zum Verbinden.«

Ewa gab nach, sie versuchte Andrzej anzurufen, aber er antwortete nicht.

»Sein Handy ist ausgeschaltet«, sagte sie vorsichtig, während sie eine Mullbinde aus der zweituntersten Schublade holte. »Zeig mir deine Hand.«

»Ruf noch mal an.«

»Gleich. Lass mich erst deine Hand sehen.«

»Mit meiner Hand ist alles in Ordnung, die Blutung hat schon fast aufgehört. Ich konnte sie stoppen.«

Marek zeigte ihr die Hand, und Ewa sah, dass der kleine Finger fast ab war. Ein dünner grüner Faden war praktisch direkt am Handteller mehrfach um den Stumpf gewickelt wurden, und an dessen vorderem Ende ragte ein gelbbrauner Knochen heraus. Ansonsten war alles dunkelbraun, fast schwarz. Ihr wurde übel, sie beugte sich über die Spüle, schaffte es aber, gegen das Würgen anzukämpfen.

»Was – wie?«

Marek deutete auf den Herd. Auf einer der Platten befand

40

sich ein länglicher Fleck, leicht erhöht und zerfasert. Wie von angebranntem Fleisch, dachte Ewa. Wieder wurde ihr schlecht, und wieder gelang es ihr, diese Anwandlung zu unterdrücken.

Weder Befehle, Bitten noch inständiges Flehen halfen, Marek war nicht bereit, zur Ambulanz zu gehen. Sobald sie die Wunde so gut sie konnte desinfiziert, die grüne Schnur entfernt und den Stumpf mitsamt der Hand dick verbunden hatte, zerrte Marek sie ins Auto und befahl ihr, nach Hafnarfjörður zu fahren. Unterwegs knurrte er ihr Richtungsanweisungen zu, und zwischendurch versuchte er immer wieder, seinen Bruder anzurufen. Ewa hätte am liebsten noch einen Versuch gemacht, ihn dazu zu bewegen, zur Ambulanz zu fahren, statt nach seinem Bruder zu suchen, der bestimmt irgendwo an einem Spielautomaten die Zeit vergessen hatte oder sich Autos in einem Gebrauchtwagenhandel ansah. Das wäre nicht das erste Mal gewesen. Aber sie schwieg.

»Nach rechts!«, sagte Marek. »Stopp! Oder nein, fahr noch ein Stück weiter, halt, nicht so schnell, fahr langsam an dem Haus vorbei. Aber nicht zu langsam.«

»Wo sind wir?«, flüsterte Ewa. »Was ist denn eigentlich los?«

Als Marek nicht antwortete, versuchte sie, sich selbst einen Reim darauf zu machen, was sie sah. Sie fuhren an einem langgestreckten, anscheinend ziemlich neuen Gebäude entlang, bei dem sich Zufahrtstore, Eingangstüren und Fenster abwechselten. Das Gebäude lag völlig im Dunkeln, nur bei einem Gewerberaum war alles unangenehm hell ausgeleuchtet. Ein Feuerwehrauto, zwei Polizeiwagen, ein Krankenwagen und drei, nein vier weitere Autos standen entweder vor oder direkt neben der Eingangstür, die weit offen stand. Ein Auto kannte sie, es befand sich mitten auf dem Vorplatz.

»Marek, ist das nicht …«

»Ja«, flüsterte Marek. »Das ist sein Auto.«

»Was ist denn, soll ich denn nicht halten?« Ewa verlangsamte unwillkürlich das Tempo, aber Marek bedeutete ihr weiterzufahren. Das, was er gesehen hatte, reichte ihm.

»Nach Hause«, befahl er. »Fahr wieder nach Hause. Fahr einfach weiter, es ist keine Sackgasse.«

Ewa legte keinen Widerspruch ein. Sie hatte Marek nie zuvor weinend erlebt.

* * *

»Irgend so ein Polacke«, erklärte Guðni, als Árni ihn darum gebeten hatte, ihn über den Sachverhalt zu informieren. »Der wurde bestimmt von einem anderen Polacken umgebracht.«

Árni beherrschte sich und ließ sich nicht aufreizen. Nicht heute Abend. »Habt ihr schon irgendwelche Hinweise gefunden, oder ist das wieder nur so eins deiner Bauchgefühle?«

Guðni schürzte die Lippen, kein schöner Anblick. »Wahrscheinlich eine Mischung aus beidem, sowohl als auch. Das Auto ist auf einen Polen registriert. Die haben sich ja in letzter Zeit verdammt große Mühe gegeben, sich gegenseitig kurz und klein zu schlagen und zu terrorisieren, diese Ärsche. Sieht alles danach aus, als wäre das hier nur *more of the same*. Für mich ist der Fall gebongt. Die meisten von denen hauen doch ohnehin schon ab, verlassen das sinkende Schiff wie die Ratten, und die paar, die noch bleiben, reiben sich untereinander auf. Traumhaft.«

»Polen sind also die Ratten?«, fragte Árni.

»Jawoll.«

»Und Island das sinkende Schiff?«

»Yess. Oder nein, der Kahn ist doch längst abgesoffen, Mensch. Findest du nicht? Stecken wir nicht in einer ganz schön tiefen Scheiße?«

»Sie könnte kaum tiefer sein«, stimmte Árni ihm zu. »Vor allem angesichts der Tatsache, dass ich gerade Vater geworden bin.«

»Was bist du? He, ich gratuliere.« Guðni zog seine London Docks aus der Brusttasche und hielt Árni die Schachtel unter die Nase. »Und wieso zum Teufel treibst du dich dann hier herum, warum bist du nicht zu Hause bei der Alten und dem Blag?«

»Äh …« Árni nahm sich einen Stumpen, um Zeit zu gewinnen, während er nach einer angemessenen Antwort suchte. Guðni wusste noch nichts davon, dass er und Ásta sich getrennt hatten, und er war sich nicht sicher, ob er das jetzt zur Sprache bringen wollte. Er brauchte aber nicht lange zu überlegen, denn Guðni kam gleich mit der nächsten Frage.

»Mädchen oder Junge?«

»Mädchen«, sagte Árni. »Sie heißt Una.«

»Una. Meinetwegen. Und wie ist sie?«

»Wie *ist* sie?«

»Ja, du weißt schon: Milchkaffee, Bitterschokolade, Brikett?«

Árnis Toleranzgrenze war überschritten. »Arschloch«, stieß er hervor, warf den Stumpen von sich und stieg über die Polizeiabsperrung.

»Hey, *come on*, jetzt hab dich nicht so …« Guðni hob das Band hoch und bückte sich drunter durch. »Was soll das denn, Mensch? Ich überleg doch bloß, was für eine Mischung dabei rausgekommen ist.«

Árni blieb stehen und vergrub die geballten Fäuste, so tief es ging, in den Taschen. »Mit dir stimmt was nicht«, zischte er, als Guðni ihn eingeholt hatte. »Und zwar gefährlich nicht.«

»Geht's hier um etwas, was ich auch wissen sollte?«, sagte Katrín und trat zwischen sie. Die Ungeduld in ihrer Stimme war unüberhörbar.

»Ja«, entgegnete Guðni putzmunter und anscheinend völlig unberührt von Árnis heftiger Reaktion. »Stell dir vor, das Bürschchen hier ist Vater geworden. Was sagst du dazu, Katrín?«

* * *

Marek war entschlossen, weder zu Schmerztabletten noch zu Alkohol zu greifen. Er glaubte zu wissen, dass er eine verdammt starke Dosierung bräuchte, und das hätte nur zur Folge, dass er nicht mehr so klar im Kopf sein würde, wie er sein musste, und das würde ihn mehr beeinträchtigen als die Schmerzen. Er glaubte, ganz genau zu wissen, was passiert war, und er wusste ebenso genau, was er selbst zu tun hatte. Er holte zwei Koffer aus der Abstellkammer und warf den größeren Ewa vor die Füße. Er trieb sie die Treppe hinauf und befahl ihr, das Notwendigste zusammenzupacken. Als sie stumm und schweigend und mit hängenden Schultern gehorchte, verspürte er so etwas wie Gewissensbisse. Sie war grau im Gesicht und sah schlecht aus, aber daran konnte er keinen Gedanken verschwenden.

Jedenfalls war es nicht Bartosz gewesen, der Andrzej umgebracht hatte, dachte er, während er Socken aus der Kommode holte. So viel stand fest, das konnte einfach nicht sein. Tomasz hätte das nie zugelassen. Und selbst wenn das Undenkbare geschehen wäre, wenn Tomasz sich tatsächlich an ihm, Marek, auf eine so unverzeihliche Weise hätte rächen wollen, dann konnten auf keinen Fall Bartosz und Gregor dahinterstecken. Er selbst verstand kaum ein Wort Isländisch, aber Ewa kannte sich inzwischen recht gut mit diesem Kauderwelsch aus. Sie hatte im Internet gesehen, dass die Feuerwehr siebzehn Minuten nach elf alarmiert worden war. Also nur fünf Minuten oder höchstens zehn, nachdem seine Peiniger das Haus verlassen hatten. Er selbst brauchte für die Strecke mindestens zehn Minuten, wenn wenig Verkehr war und er eine grüne Welle an den Ampeln hatte. Leute, die sich nicht auskannten, würden länger brauchen. Hinzu kamen dann noch etliche Minuten, die unweigerlich zwischen dem Überfall, der Brandlegung und dem Notruf vergangen wären.

Ein stechender Schmerz schoss ihm vom Finger in den Kopf, und Marek verlor für ein paar Sekunden den Faden. War es denkbar, überlegte er etwas später, dass sie Andrzej umgebracht hatten, bevor sie zu ihm selbst gekommen waren? Oder irgendwelche andere aus der alten Gang? Hatte Tomasz ihm womöglich eine ganze Truppe auf den Hals gehetzt, weil Wieslaw nie zurückgekehrt war?

Nein, wohl kaum. Bartosz hätte es als Beleidigung empfunden, mit mehr als einem Helfershelfer auf eine derartige Mission geschickt zu werden. Es war höchst unwahrscheinlich, geradezu unmöglich, dass sie den Standort der Lagerhalle kannten, ohne ihn und Andrzej über längere Zeit beschattet zu haben. Marek war sicher, dass er es bemerkt haben würde, wenn das der Fall gewesen wäre. Aber sie waren natürlich ein ganz anderes Kaliber als die Nichtskönner, die ihn bislang verfolgt hatten. Trotzdem, er hätte sie bemerken müssen. Überdies hätte Tomasz niemals solche Methoden gutgeheißen. Man konnte vieles über Tomasz sagen, und wenig davon war schön, aber Marek hatte es nie erlebt, dass er das ungeschriebene Gesetz verletzte. Deswegen lebte Tante Maria immer noch ein sorgenfreies Leben daheim in Stettin, und deswegen würde er sich nie an Andrzej gerächt haben. So etwas tat man einfach nicht, nicht einmal ein Bandit wie Tomasz.

Etwas ganz anderes galt aber für die verdammten Russenlakaien. Die Verräter. Denen war nichts heilig, weder das Vaterland noch die Ehre. Die kannten kein Gesetz. Sie mussten irgendwie die Lagerhalle ausgekundschaftet und die Brennerei gefunden haben. Und dann hatten sie zugeschlagen. Dass sie das getan hatten, während Andrzej an Ort und Stelle war, bewies bloß, was für Abschaum das war, was für Kanaillen, Arschlöcher und Schweinehunde. Sie mussten Andrzej nachgefahren sein, sie mussten es geschafft haben trotz der Tricks und der Vorsichtsmaßnahmen, trotz allem, was Marek ihm in den letzten Jahren stets und ständig eingeschärft hatte.

Es ist meine Schuld, dachte Marek. Meine Schuld.

Daheim in Stettin wäre es ihm nie im Traum eingefallen, Andrzej allein auf Lieferfahrten dieser Art zu schicken. Aber hier – hier hatte er sich eingeredet, dass es in Ordnung wäre. Dass hier keine Gefahr drohte, zumindest keine ernstzunehmende Gefahr, nichts, womit er nicht fertigwerden würde. Marek warf das letzte Hemd in den Koffer und klappte den Deckel zu. Legte den rechten Unterarm darauf und versuchte, den Reißverschluss mit der linken Hand zuzuziehen. Das misslang jedoch so gründlich, dass der Koffer auf dem Boden landete und der Großteil des Inhalts herausfiel. Ewa sprang hinzu, um ihm zu helfen, aber er wies sie von sich.

»Ich schaff das schon«, sagte er erstaunlich ruhig, während er sich hinkniete. »Hol unsere Pässe – alle.«

Meine Schuld, dachte er wieder und hob die Socken vom Boden auf, eine nach der anderen.

Er gestattete Ewa, den Koffer zuzumachen, als sie wieder zurückkehrte, aber er trug ihn selbst zum Auto und befahl ihr, im Haus zu warten. Dann holte er ihren Koffer und verstaute ihn ebenfalls im Auto. Er zündete sich eine Zigarette an und setzte sich auf die Kofferraumhaube, beide Beine am Boden und die Hand am Messer. Er ging eigentlich nicht davon aus, dass Bartosz und Gregor ihn beschatteten, denn er rechnete nicht damit, dass sie damit rechneten, er sei so dumm und würde abhauen. Doch von jetzt an ging er einfach kein Risiko mehr ein. Jetzt war Schluss mit der Sorglosigkeit, der Leichtfertigkeit und der falschen Sicherheit.

Fünf Minuten später holte er Ewa, reichte ihr den Autoschlüssel und setzte sich auf den Beifahrersitz. Sobald er die Spiegel so eingestellt hatte, wie er sie brauchte, fuhren sie los.

»Wohin fahren wir eigentlich?«, fragte Ewa oben auf der Passstraße Richtung Selfoss.

»Das siehst du, wenn wir dort sind«, sagte Marek. »Fahr einfach weiter.«

»Aber…«

»Fahr. Ich muss nachdenken.«

Der dritte Plan an einem Tag. Der erste war nicht einmal voll ausgereift gewesen, doch durch den Besuch von Bartosz und Gregor war er überholt. Der nächste Plan hatte sich in dem Moment in seinem Kopf zu formieren begonnen, als ihm klar wurde, dass sie nicht vorhatten, ihn zu töten. Auf Tomasz' Bedingungen einzugehen wäre ihm nie in den Sinn gekommen, denn er hatte keinen Augenblick daran geglaubt, dass sie ihn am Leben lassen würden, wenn er nur mit reuiger Miene und Taschen voller Geld zurückkehrte. Der einzige Ausweg aus dieser Zwangslage bestand aber darin, den Gutgläubigen zu spielen und hier in Island zu bleiben und so zu tun, als liefe alles nach Plan. Unterdessen musste er nach Mitteln und Wegen suchen, um sich und die Seinen aus dem Land zu bringen, bevor Bartosz kapierte, was los war. Und wenn nichts anderes half, vielleicht sogar zu versuchen, Bartosz und Gregor auf denselben Weg zu schicken, den der alte Wieslaw genommen hatte. Doch auch dieser Plan war nun hinfällig geworden, Marek hatte keineswegs mehr vor, das Land bald zu verlassen.

Er schloss die Augen und versuchte, alles andere auszuschließen und sich nur auf die bevorstehenden Aufgaben zu konzentrieren. Andrzej auszuschließen. Selbstvorwürfe und Gewissensbisse würden ihn lähmen, Schmerz und Zorn stimulierten ihn. Die Trauer musste auf bessere Zeiten warten.

3

Freitag

Als Kriminalhauptkommissar und Chef der Abteilung für Kapitaldelikte hätte Stefán nicht nur sein Büro im zweiten Stock bei den anderen hochrangigen Verantwortlichen innerhalb der Kriminalpolizei haben, sondern auch vom Scheitel bis zur Sohle uniformiert sein müssen. Er zog es aber vor, auf derselben Etage und demselben Korridor zu sein wie die ihm unterstellten Mitarbeiter, und das blaue Oberhemd, das zur Uniform gehörte, reichte ihm als Dienstkleidung. Seine giftgrüne Kappe, die früher halbwegs mit seinem Kopf zusammengewachsen war, befand sich zwar noch in Reichweite, aber inzwischen gelang es ihm immer besser, ohne sie auszukommen, wenn er im Dienst war. An die absurde Uniformmütze, die ihren Platz einnehmen sollte, konnte er sich allerdings keineswegs gewöhnen, und die Krawatte knotete er sich höchstens auf direkten Befehl des Polizeidirektors um den Hals.

Die Abteilung war inzwischen in den ersten Stock umgezogen, wo sich auch die anderen Abteilungen der Kriminalpolizei befanden, und das war unbestreitbar ein Fortschritt im Vergleich zu den umfunktionierten Untersuchungshaftzellen im Souterrain, in denen sie anfangs gehockt hatten. Sein Büro war zwar etwas zu klein für einen normalen Kommissar und erheblich kleiner als das, was ihm im zweiten Stock angeboten worden war, aber für seine Bedürfnisse reichte es. Das konnte man über den Computer auf seinem Schreibtisch oder den Bürostuhl für seinen massigen Körper nicht gerade sagen, beide standen anscheinend knapp davor, den Geist aufzugeben.

»Alles Schrott«, sagte er und versetzte der Maus einen grantigen Schnips mit dem Finger. Die hüpfte weg und rächte sich, indem sie zu Stefáns Entsetzen auf dem Bildschirm ein Fenster nach dem anderen aufpoppen ließ. »Was ist da los, Katrín! Kannst du das stoppen?« Katrín stand auf und stoppte es.

»Danke«, seufzte Stefán. »Die haben mir einen neuen Computer versprochen, und zwar gleich nach dem Wochenende. Auch einen neuen Bürostuhl. Eigentlich hätte ich die schon im Sommer bekommen sollen, aber jetzt ist Herbst daraus geworden. Und angeblich hätten die Sachen schon am letzten Montag geliefert werden sollen. Also ich glaub erst dran, wenn ich sie anfassen kann.«

»Dieser Tage sollte man besser nichts und niemandem glauben«, murmelte Katrín. »Am liebsten würde ich Guðni auf die ganze Bagage ansetzen.«

»Was für eine Bagage?«, erkundigte sich Stefán neugierig. Wenn Katrín Guðni auf irgendwelche Leute loslassen wollte, mussten die Erhebliches auf dem Gewissen haben.

»Ach, einfach diese Typen in den Banken, in der Regierung, in der Notenbank und beim Finanzkontrollamt, diese ganze Bagage, die uns derzeit schamlos die Hucke volllügt. Und die geben immer nur allen anderen die Schuld daran, nie sich selbst. Scheißpack, alle miteinander.«

Stefán konnte ein leichtes Grinsen nicht unterdrücken. »Ist das nicht ein bisschen radikal?«

»Radikal? Scheißpack ist noch zu höflich.«

»Nein, ich meine, Guðni auf die anzusetzen.«

Jetzt musste Katrín grinsen. »Vielleicht«, gab sie zu. »Aber eigentlich nicht. Er könnte es schaffen, ein paar Antworten aus dieser Mafia rauszukriegen. Aber ich bin nicht gekommen, um darüber zu reden.«

Sie berichtete Stefán in knappen Worten über die Vorfälle des gestrigen Abends und nannte die wichtigsten Ergebnisse aus den vorläufigen Berichten von Geir und Friðjón.

»Er war also tot, bevor er angezündet wurde?«, fragte Stefán, als sie geendet hatte.

»Das glaubt Geir. Er vermutet eine Schädelverletzung, an der nicht verbrannten Schläfe gab es deutliche Spuren, Hautabschürfungen und darunter geplatzte Adern, sagte er. Und eine Verletzung im Nacken. Der Mann wird wahrscheinlich jetzt bei ihm auf dem Seziertisch liegen, und heute Nachmittag hören wir sicher mehr von ihm.«

»Keine Waffe?«

Katrín schüttelte den Kopf. »Wir haben nichts gefunden. Da kommt alles Mögliche in Frage, was schwer und hart ist, eine Schlagwaffe ohne scharfe Kanten, hat der Alte gesagt.«

»Und? War er diesmal nüchtern?«

»Ja, das war er.«

»Keine Klagen also?«

»Diesmal nicht. Mal im Ernst, Stefán, ist es nicht langsam an der Zeit, ihn auszuwechseln? Man sitzt immer wie auf heißen Kohlen, wenn man ihn zu einem Einsatz anfordert, weil man nie weiß, ob er in Ordnung ist und wann er erscheint – oder ob er sich überhaupt blicken lässt.«

»Das sind wir doch alles schon durchgegangen, Katrín. Geir hat seine Fehler und seine Laster, das weiß ich nur zu gut. Aber wenn er nicht trinkt, gibt's bei weitem keinen besseren Mann in diesem Job. Und außerdem ist es nicht meine Sache, Gerichtsmediziner zu feuern beziehungsweise anzuheuern. Das weißt du.«

»Du könntest vielleicht mit ihm …«

»Ja, könnte ich vielleicht. Aber ich werde es nicht tun. Alles klar? Können wir wieder zur Sache kommen?«

»Typisch«, murmelte Katrín vor sich hin.

»Was?«

»Nichts. Absolut, kommen wir wieder zur Sache.«

»Wieso Feuer legen?«, fragte Stefán. »Weshalb ihn verbrennen? Irgendwelche Ideen?«

»Nein. Das ist eigentlich die Hauptfrage dabei – abgesehen natürlich davon, wer es getan hat. Ich meine, es ist eigentlich egal, ob der Brandstifter die ganze Bude abfackeln oder nur die Leiche unkenntlich machen wollte, beides ist misslungen. Und mit dieser Vorgehensweise hätte es auch nie gelingen können. Der Hund meint, da sind wahrscheinlich zwei oder drei Pizzaschachteln mit Schnaps übergossen worden, um das Feuer in Gang zu bringen, aber das war schon alles. Wer ernsthaft glaubt, dass so etwas irgendwelchen Schaden anrichten kann, muss ziemlich blöd sein. Sogar die wenigen Sachen, die da drinnen waren und möglicherweise verbrennen sollten, waren nie in Gefahr, denn das Feuer loderte mitten auf einem zementierten Fußboden und konnte sich gar nicht ausbreiten. Eine unbegreifliche Aktion.«

»Es handelt sich um einen Polen – oder steht das nicht fest?«

»Doch, so ziemlich«, sagte Katrín. »Wir warten aber noch auf die Bestätigung.«

»Erklärt das irgendetwas? Steckt da irgendeine spezifisch polnische Message dahinter?«

»Vielleicht. Das untersuchen wir selbstverständlich. Wir haben die Fingerabdrücke und das Profilbild und den Namen auf den Zulassungspapieren nach Polen geschickt, keine Ahnung, wann wir die Antwort bekommen. Dieser Mann ist jedenfalls hierzulande nicht mit festem Wohnsitz registriert.«

»Moment mal, ist das dann irgendein Tourist?«

»Wohl kaum. Ich meine, das Auto ist auf diesen Namen registriert, und ich muss noch herausfinden, wie so etwas geht, wenn der Mann hier nicht gemeldet ist. Außerdem wissen wir natürlich überhaupt nicht, ob es sich um dieselbe Person handelt, die in der Zulassung steht.«

»Hatte er keinerlei Ausweispapiere bei sich?«

»Nein. Eine Schachtel Zigaretten in der Brusttasche, eine Brieftasche mit einem Bündel Geld und das Bild von einer Frau – oder einem Mädchen – in der Hosentasche. Keine Papiere. Und in der Gesäßtasche ein kaputtes Handy, es war halb geschmolzen. Der Erkennungsdienst untersucht, ob die SIM-Karte noch gelesen werden kann.«

Stefán streckte die Hand nach seiner Kappe aus, zog sie aber im letzten Augenblick wieder zurück. »Und was schließt du aus dem Ganzen? Was ist dort vorgefallen?«

»Tja. Der Fuselalkohol und die drei Flaschen am Ort deuten natürlich darauf hin, dass dort schwarz gebrannt wurde. Sie haben auch etwas Zucker auf dem Boden und auf Regalen gefunden, und irgendwelche winzigen Krümel, von denen der Hund glaubt, es sei Hefe. Das mit der Schwarzbrennerei klingt sehr realistisch, denke ich. Allerdings bringt uns das auch nicht viel weiter. Am wahrscheinlichsten ist natürlich, dass es zwischen diesem Mann, ob er nun selbst schwarzbrannte oder nicht, zu Streitereien mit anderen Schwarzbrennern gekommen ist, und die sind dann so geendet. Und in Fortsetzung dessen haben die Beteiligten die Geräte und die letzte Produktion in Sicherheit gebracht.«

»Das war ihnen wichtiger, als die Leiche wegzuschaffen und irgendwo verschwinden zu lassen?«

»Ja. Man lässt sich lieber mit Destilliergeräten und Schwarzgebranntem im Kofferraum erwischen als mit einem Toten.
Das Opfer könnte andererseits jemanden überrascht haben,
der den ganzen Krempel klauen wollte. Das ist Guðnis Version. Und Hund glaubt es auch.«

»Du tendierst aber zu der ersten Version?«

»Nein, nein, ganz und gar nicht. Beide könnten richtig sein.
Oder es ergibt sich noch eine dritte Version. Geir und der
Hund sind sich jedenfalls einig, dass der Mann dort, wo er lag,
getötet wurde, so lautet zumindest im Augenblick der Stand
der Dinge.«

»Guðni ist dann sicher auch der Meinung, dass es sich um
eine innerpolnische Abrechnung handelt?«

»Selbstverständlich. Und das könnte gut stimmen. Aber was
auch immer da gelaufen ist, ich brauche Leute. Und einen Dolmetscher.«

»Jawohl«, sagte Stefán. »Du brauchst Leute. Ich glaube …«
Er griff nach der Maus, die sich aber diesmal weigerte, auch
nur ein einziges Fenster für ihn zu öffnen. Stefán gab den
Kampf mit dem Computer auf. »Soweit ich weiß, ist bei Viddi,
Steini und Siggi am wenigsten los«, sagte er. »Sprich mit denen. In deren Teams ist niemand im Urlaub, und dann seid
ihr insgesamt fünfzehn. Plus ein Dolmetscher. Ich werde auch
noch ein paar Leute vom Streifendienst für dich organisieren,
obwohl bei denen sämtliche Schichten unterbesetzt sind.«

»Sehr schön. Ich weiß nicht, ob Árni heute zu etwas zu gebrauchen ist – du weißt, dass er gestern ein Mädchen bekommen hat?«

Stefán lächelte. »Ja, das habe ich gehört. Und wenn das da
gestern Abend nicht passiert wäre, hätte ich ihn schon längst
nach Hause geschickt.«

Katrín stand auf. »Ich denke, er wird lieber arbeiten«, sagte sie. »Es ist nicht gerade erstrebenswert, ganz allein zu Hause herumzuhängen und an all das zu denken, was man verloren hat.«

Stefáns Lächeln wich einem besorgten Gesichtsausdruck. »Ja, das stimmt leider. Sie haben sich nicht wieder zusammenraufen können?«

Katrín schüttelte den Kopf. »Nein.«

»Und du?«, fragte Stefán. »Wie ist die Lage bei dir? Bei euch?«

Katrín zögerte. »Unverändert«, sagte sie. »Völlig unverändert. Ich halte dich auf dem Laufenden.« Sie drehte sich auf dem Absatz um, blieb aber in der Tür noch stehen. »Was den Fall betrifft, meine ich.« Sie schloss die Tür hinter sich, und Stefán wäre beinahe vom Stuhl gekippt, als er sich einen Augenblick vergaß und nach alter Gewohnheit zurücklehnte.

Ewig Trara bei diesen Leuten, dachte er. Er war heilfroh, dass er nie etwas Vergleichbares erlebt hatte wie das, was Katrín und Árni im Augenblick durchmachten. Und Guðni bestimmt öfter, aber ihm war das sicherlich auch nie nahegegangen. Stefán war zwar irgendwann einmal auf eine Theorie gestoßen, derzufolge ein angemessenes Quantum an Streitigkeiten eine Grundvoraussetzung für eine erfüllte und dauerhafte Ehe sei, aber er pfiff auf diese Wissenschaft. Zumindest waren er und seine Frau Ragnhilður die letzten dreißig Jahre sehr gut ohne Streit und Ärger ausgekommen, und er hatte keinen Anlass zu glauben, dass sich das in nächster Zeit ändern würde.

Es gelang ihm, den Computer auszuschalten, der offensichtlich zu nichts mehr nutze war, und er öffnete die Mappe, die er zugeklappt hatte, als Katrín zu ihm kam und seine Lektüre unterbrach. *Projektierung von Alarmbereitschaftsmaßnahmen wegen möglicher Ausnahmezustände aufgrund der wirtschaft-*

lichen Situation – Vertraulich. Stefán ächzte. Wie konnte man einen Bericht für voll nehmen, der eine derartig steif formulierte Überschrift hatte? In einer halben Stunde würde er sich mit dem Verfasser dieses Papiers und fünf goldbetressten Kollegen zusammensetzen und ernsthaft über den Inhalt diskutieren müssen. Diese Besprechung würde mindestens zwei Stunden dauern, wenn er die anderen richtig kannte. Stefán hätte einiges darum gegeben, nicht daran teilnehmen zu müssen, und würde stattdessen lieber bei sämtlichen Polen in Island vorstellig werden. Er streckte die Hand nach der grünen Kappe aus, setzte sie auf und begann zu lesen. Fünf Minuten später kapitulierte er und beschloss, sich einer anderen und lohnenderen Lektüre zuzuwenden. Er öffnete die unterste Schublade an seinem Schreibtisch und fand das, was er suchte. *Herbstzwiebeln sollten vor den ersten Frostnächten eingesetzt werden,* las er, *doch bestimmte Arten vertragen es auch, wenn man sie erst kurz vor oder sogar nach der Jahreswende einpflanzt.*

✳ ✳ ✳

Bei Mordfällen musste alles andere zurückstehen, und sogar Chauvis wie Viddi und Siggi waren ohne großes Gemeckere bereit, unter Katríns Leitung zu arbeiten, wenn sie das »Glück« hatte, dass ihr ein solcher Fall anvertraut wurde. Steini hingegen machte nie Umstände und war ihr wichtigster Verbündeter in den Reihen der übrigen Kommissare, denen jeweils drei bis vier Mitarbeiter unterstanden. Allerdings mit Ausnahme von ihr selbst, denn sie hatte trotz Stefáns Versprechen, einen vierten Mann ins Team zu holen, nur Guðni und Árni zur Verfügung. Bei der Reorganisation hatte sie Stefán hart zugesetzt, Guðni jemand anderem zuzuordnen, aber das war für Stefán nicht in Frage gekommen. Er behauptete, dass sie beide von der Zusammenarbeit profitierten, und zudem würde niemand sonst ihn haben wollen. Die erstere Behauptung nahm sie nicht ohne Grund unter großem Vorbehalt zur Kenntnis. Guðni erwies sich jedoch als erstaunlich kooperativ, was vermutlich daran lag, dass sie ihm kurz vor der Reorganisation das Leben gerettet hatte. Es hatte aber nicht sehr lange vorgehalten, und in letzter Zeit hatte sich immer deutlicher gezeigt, wie schwer er sich damit tat, Katrín als Vorgesetzte zu akzeptieren.

Alle anderen waren unterwegs und hatten sich kommentarlos den Aufgaben zugewandt, die Katrín ihnen übertragen hatte, nur Guðni saß noch auf seinem fetten Arsch und war der Starrsinn in Person. Wie ein zickiges Kind, dachte Katrín gereizt, denn sie fand, dass sie in diesen schlimmsten aller schlimmen Zeiten schon genug um die Ohren hatte.

»Irgendjemand muss das tun«, sagte sie so ruhig wie möglich, »und du bist dazu nicht schlechter geeignet als irgendein anderer. Und außerdem kannst du das meiste vom Schreibtisch aus erledigen und musst nicht herumrennen, und das weißt du genauso gut wie ich. Ruf mich an, wenn etwas dabei herauskommt.« Sie tippte auf den Aktenstapel vor Guðni, um ihre Worte zu unterstreichen. »Komm, Árni.«

Árni sah Guðni entschuldigend an, gähnte ausgiebig und erhob sich träge.

»Ich glaube, ich bin fitter als der Kleine«, knurrte Guðni. »Den sollte man lieber heute zum Telefondienst verdonnern.« Katrín würdigte ihn keiner Antwort, verließ eilends das Besprechungszimmer und verschwand auf dem Korridor.

»Ey«, sagte Árni schläfrig, »du musst das Positive daran sehen.«

»Ach nee«, entgegnete Guðni, »und was sollte das sein?«

»Solange du hier das Haus hütest, triffst du garantiert keine

Polacken.« Er drehte sich noch einmal in der Tür um und sah Guðni forschend an. »Das muss doch ein Plus sein?«

Guðni stand ebenfalls auf und zog sich die Hose hoch, ein beeindruckender, wenn auch unschöner Anblick. »Du kennst mich kein bisschen«, sagte er. »Du glaubst, du kennst mich, aber du hast keine Ahnung. Capito?«

»Na schön«, sagte Árni, »bis später.« Das stimmte natürlich, dachte er auf seinem Weg über den schier endlosen Korridor, eigentlich kannte er Guðni überhaupt nicht. Das fand er auch ganz in Ordnung.

Katrín hatte den Motor bereits angeworfen, als er auf dem Parkplatz erschien. Er riss sich zusammen, straffte die Haltung und legte einen Schritt zu.

»Na endlich«, sagte sie und preschte los, sobald er im Auto saß. Er schlug die Tür zu und legte den Sicherheitsgurt an.

»Sorry«, sagte Árni, »hab heut Nacht schlecht geschlafen.«

»Entweder bist du einsatzbereit oder nicht«, sagte Katrín. »Wenn du dir nicht zutraust, deiner Arbeit nachzugehen, solltest du vielleicht lieber zu Hause bleiben. Klar?«

Árni spürte, wie er rot wurde, und fluchte im Stillen. Seit seinem Eintritt in den Polizeidienst hatte er verschiedene Methoden ausprobiert, um dieses Erröten und andere spontane Reaktionen unter Kontrolle zu bekommen, aber der Erfolg hatte sich bislang nicht eingestellt.

»Sorry«, sagte Katrín kurze Zeit später. »Ich bin einfach gestresst. Wegen allem. Wegen diesem ganzen Scheiß.«

»Wegen dem Mord? Oder wegen Guðni?«

»Nein. Ja, oder doch, auch deswegen. Aber da ist noch all das andere. Unser Haus, die Krise oder Svenni – ein einziger verdammter Schlamassel. Du solltest so was verstehen können. Und deswegen sollte ich dich verstehen können.« Árni sagte nichts. Diese Katrín kannte er nicht. »Wir sind jetzt aber bei der Arbeit«, fuhr sie fort und deutete auf ein Stück Papier, das auf dem Armaturenbrett lag. »Würdest du bitte die Adresse für mich abchecken, wie ist die Nummer?«

»Elf«, sagte Árni. »Þrastahraun elf. Mit wem sollen wir da sprechen?«

»Dem Besitzer der Lagerhalle oder des Schuppens, wie nennt man so etwas. Wo die Leiche gefunden wurde. Er wollte zu Hause sein. Gib das in die Navi ein.«

Árni schüttelte den Kopf. »Das ist überflüssig, ich kenne mich da aus.«

»Ja, richtig, du bist ja in Hafnarfjörður aufgewachsen«, sagte Katrín. »Das hatte ich vergessen.«

»Das ist verständlich«, entgegnete Árni, »ich vergess es selbst manchmal. Ich bin ja auch schon vor achtzehn Jahren weggezogen. Aber du hättest vielleicht doch lieber Guðni mitnehmen sollen.«

»Ach nee?« Katrín sah ihn fragend an, während sie vom Bústaðavegur auf die Straße nach Hafnarfjörður einbog.

»Hm, ja. Dieser Typ, dieser Kristján Kristjánsson ist ein Schulkamerad von mir. Sogar ein Klassenkamerad.«

»Und? Ist das nicht okay? Ist es nicht sogar besser?«

»Nein«, sagte Árni. »Es mag okay sein, aber besser ist es auf keinen Fall.«

* * *

Ewa wrang das Tuch aus und wischte damit Marek über die Stirn. Er lag immer noch in Schweiß gebadet auf dem mit seidener Bettwäsche bezogenen Doppelbett und schien im Fieberwahn zu sein. Die Wunde am Stumpf hatte sich entzündet und eiterte, und Ewa konnte in diesem riesigen und luxuriös ausgestatteten Haus, in das er sie gebracht hatte, nichts zum Desinfizieren finden. Am liebsten hätte sie einen Arzt angerufen oder einen Krankenwagen bestellt, doch irgendetwas hielt sie zurück. Sie hatte zwar keine Ahnung, wo sie waren, aber sie wusste, dass das keine Rolle spielte, denn im Haus gab es schließlich ein Telefon, und die Leute beim Notruf könnten mithilfe der Telefonnummer das Haus lokalisieren. Allerdings würde Marek ihr für eine solche Hilfeleistung nicht danken. Sie selbst hatte bei der Arbeit angerufen und sich krankgemeldet, und wahrscheinlich war es besser, an diesem Tag keine weiteren Anrufe zu tätigen. Es sei denn, dass Mareks Zustand sich verschlechterte, dann müsste sie über den Notruf Hilfe holen, ganz egal, wie er das finden würde. Sie wusch das Tuch wieder in dem lauwarmen Wasser aus, das in einer Schale auf dem Nachttisch stand, drückte es aus und legte es Marek auf die Stirn. Dann stand sie auf und ging zum Fenster.

Die Aussicht war grandios, aber die Aussichten waren fürchterlich.

Als Marek vor drei Jahren zugestimmt hatte, nach Island zu gehen, und versprochen hatte, alle Brücken hinter sich zu verbrennen und sämtliche Verbindungen zu den alten Kumpanen abzubrechen, war es ihr so vorgekommen, als hätte sie im Lotto gewonnen. Sogar seine Bedingung, dass sie ihrerseits auch keine Verbindung mehr zu Angehörigen oder Freunden haben durfte, vermochte ihre Freude nicht zu trüben, denn sie begriff nur zu gut, dass sie dieses Opfer bringen musste, falls sie jemals ein normales Leben mit Marek führen wollte. Die anderen Optionen wären unveränderter Zustand oder Trennung gewesen, beides war für sie gleichermaßen undenkbar. Bis jetzt. Sie wandte ihre Blicke einen Augenblick von dem schwarzen Sand und der wilden Brandung vor dem Fenster ab und sah zu Marek hinüber. Dann blickte sie wieder aufs Meer.

Es war schwierig gewesen zu schweigen und so zu tun, als sei alles in schönster Ordnung, während der Monate, die

60

Marek dazu brauchte, um die Flucht vorzubereiten – denn natürlich war es eindeutig eine Flucht gewesen. Ewa machte sich da nichts vor. Es war auch schwierig gewesen, sich mit einem neuen Familiennamen abzufinden. Dass sie nun denselben Namen wie Marek trug, hatte sie gefreut, aber geheiratet hatte er sie nicht, und das fand sie schlimm. Und am schlimmsten war es für sie, dass sie keine Verbindung mit ihren Geschwistern aufnehmen und ihnen sagen konnte, dass alles in Ordnung war. Sogar daran gewöhnte man sich. Alle Probleme, alle Schwierigkeiten und Bedenken verschwanden, als sie endlich am Ziel waren und ihr neues Leben in einem neuen Land begannen. Sie bekam schnell eine Arbeit, zuerst hatte sie geputzt und dann einen Job an einer Tankstelle angenommen, wo sie seitdem richtig aufgeblüht war. Auch Marek und Andrzej bekamen nach kurzer Zeit Arbeit, und sie konnten in eine kleine gemütliche Wohnung ziehen. Alles war, wie es sein sollte. Sechs Monate, oder vielleicht sogar noch etwas länger. Doch dann wurde Marek von Rastlosigkeit erfassst, er wurde immer reizbarer und missmutiger. Ewa hatte alles in ihrer Macht Stehende getan, um ihm das Leben zu erleichtern, und gleichzeitig auch versucht herauszufinden, woran es lag, dass er so unzufrieden war, aber dabei kam nicht viel heraus. Als er im Herbst 2006 wieder zu seiner alten Lebensfreude zurückfand, hatte Ewa vor lauter Freude keinen Anlass gesehen, sich zu fragen, warum. Und als es ihr schließlich klar wurde, war es zu spät.

Marek hatte versucht, sie davon zu überzeugen, dass seine Betätigung überhaupt nicht mit dem zusammenhing, was er früher gemacht hatte. Kein Rauschgift, sagte er, keine Gewalt, und er sei sein eigener Herr. Zigaretten und Wodka, nichts anderes, und im Grunde genommen sei er ein Wohltäter. Sie wisse doch selbst nur zu gut, was Schnaps und Tabak in diesem Land kosteten – war es nicht unzumutbar, dass anständige Polen derartige Wucherpreise für das Allernotwendigste zahlen mussten?

Sie hatte sich mit ihm gestritten, ihn ausgeschimpft, ihm Szenen gemacht, aber er hatte bloß über sie und ihre Sorgen gelacht. Und mit der Zeit fand sie sich auch damit ab, nicht zuletzt, weil nun das Geld hereinzuströmen begann. Du hast dich mitschuldig gemacht, sagte sie sich jetzt, als sie weinend an diesem Fenster in einem unbekannten Haus stand. Sie hatte sich eingebildet, dass es gar kein so schlimmes Verbrechen war, dass es letztlich auch gar nicht so gefährlich war, denn alles klappte ja wie geschmiert, genau wie Marek versprochen hatte. Als sie in ein zweistöckiges Reihenhaus in Kópavogur zogen, dachte sie schon gar nicht mehr über diese Dinge nach. Sie war nur darauf bedacht, ihre Arbeit an der Tankstelle zu behalten, dort hatte sie nette Arbeitskollegen. Und sie hatte sogar denen, denen sie am meisten vertraute, billige Zigaretten und Schnaps angeboten, ohne mit der Wimper zu zucken.

Doch dann hatte es mit den Anrufen und den Wurfsendungen angefangen. Schweigen am Telefon und tote Mäuse im Umschlag. Marek hatte versucht, das herunterzuspielen, hatte ihr einreden wollen, dass dahinter irgendwelche isländischen Rassisten steckten. Sie wusste es besser, und sie setzte ihm noch mehr zu, als er eines Abends mit gebrochener Nase und abgeschürften Handknöcheln nach Hause kam, doch er blieb ihr die Antwort schuldig. Damals hatte er sich ebenfalls geweigert, zur Ambulanz zu fahren, er hatte es dabei bewenden lassen, ins Badezimmer zu gehen, die Nase irgendwie selbst in die frühere Form zu bringen und das Blut abzuspülen, bevor er sich mit Andrzej an den Küchentisch setzte und zum Ausklang des Tages ein Bier mit ihm trank.

Die weißschäumenden Brecher, die vor Ewas Augen auf den schwarzen Strand rollten, ließen sie an einen anderen Vorfall denken, den sie bis dahin bewusst oder unbewusst ausgeklammert hatte. Im Juni des letzten Jahres war es gewesen, glaubte sie sich zu erinnern. Jedenfalls war sie nach getaner Arbeit kurz nach Mitternacht heimgekommen, und es war noch ganz hell. Marek war in der Garage und zog sich ein klatschnasses und stinkendes Kleidungsstück nach dem anderen aus. Tang und Meer, hatte sie gedacht. Der Toyota stand offen, der Fahrersitz war ebenfalls nass. Als sie Marek fragte, was passiert sei, grinste er bloß und erklärte, unten am Hafen gewesen und ins Meer gefallen zu sein. Einfach so. Sie hatte sich nicht getraut, weitere Fragen zu stellen. Oder es absichtlich vermieden, der Wahrheit ins Auge zu blicken. Und jetzt waren sie hier. Und Andrzej war tot.

Ewa ging wieder zum Bett und setzte sich auf die Kante, wrang das Tuch aus und streichelte Mareks schweißverklebte Stirn. Unter der Bettdecke schüttelte er sich stöhnend und zuckend in Fieberschauern.

Es ist zu Ende, dachte sie. Ich schaffe das nicht mehr. Nicht noch einmal. Wenn er sich wieder erholt – und er wird bestimmt wieder gesund –, dann will ich nicht wissen, was er treibt. Ich kann, ich will und ich werde nicht mitmachen. Zu ihrem Schrecken merkte sie, dass diese Vorstellung mehr Erleichterung und Freude in ihr hervorrief als irgendetwas anderes.

* * *

»Mensch, nett, dich zu sehen«, sagte Kristján Kristjánsson und schlug Árni oft und herzlich auf die Schulter. »Ist ja irre lange her, seit wir uns das letzte Mal getroffen haben.«

Katrín entging es nicht, dass Kristján sich sehr viel mehr über das Wiedersehen freute als Árni.

»Ja, es liegt schon eine Weile zurück«, gab Árni widerstrebend zu.

»Und du bist jetzt bei der Polizei, sogar bei der Kriminalpolizei, ein richtiger Detektiv, Mensch. Das war mir schon zu Ohren gekommen, Sissó hat's mir bei einer Chorprobe voriges Jahr erzählt. Oder war's im Jahr davor? Ich kann mich nicht erinnern. Du kommst überhaupt nicht mehr zu den Chorproben, wieso eigentlich nicht?«

Árni murmelte etwas Unverständliches, und Katrín beschloss, sich in das Wiedersehen einzumischen.

»Du bist also Kristján?«

»Yess, Ma'am, das bin ich. Kristján Kristjánsson, aber Stjáni für meine Freunde, genau das bin ich und kein anderer. Wie Árni Ey bestätigen kann. Árni? Ey!« Kristján lachte, und Árni versuchte zu grinsen.

»Es, also es geht um den gestrigen Abend, Kristján«, sagte er und richtete sich auf. Kristján tat es ihm nach. Sie waren ungefähr von gleicher Größe, aber damit endete auch der Vergleich. Kristján war mindestens zwanzig Kilo schwerer als Árni, er trug eine dicke schwarze Hornbrille mit Gläsern so dick wie Flaschenböden, und die Nase war verschwindend klein. Am linken, übermäßig langen Ohrläppchen baumelte ein Ohrring. Árni war wie immer von Kopf bis Fuß schwarz gekleidet, Kristján hingegen trug eine gelbbraune Cordhose, ein rotkariertes Hemd und eine blaue Weste. Einem amerikanischen Film der Achtzigerjahre entsprungen, dachte Katrín.

»Ja ja, natürlich, ich weiß schon, einfach fürchterlich«, beeilte sich Kristján zu sagen. »Jetzt erst mal rein mit euch, hereinspaziert. Síta! Gäste!« Er lächelte entschuldigend, und sie folgten ihm ins Haus.

»Meine Frau. Du weißt es wahrscheinlich nicht, Árni, aber ich habe letztes Jahr geheiratet. Síta?« Eine kleine dunkelhaarige Frau erschien auf dem Flur und lächelte sie an.

»Willkommen«, sagte sie, »bitte schön.«

»Sie ist Polin«, erklärte Kristján ungefragt. »Ich habe sie auf einem Line-Dance-Kurs in Reykholt kennengelernt. Meine Síta habe ich nicht aus einem Katalog.« Er griff fest um ihre Taille und drückte sie an sich. »*The real thing, true love.*« Katrín hatte Mühe, ein Kichern zu unterdrücken, Árni war ziemlich verlegen.

»Also kommt mal rein in die Küche, Síta hat Kaffee gekocht und Waffeln gebacken, ihr habt Glück, dass wir in der Krise stecken, sonst wäre ich nämlich nicht hier, sondern bei der Arbeit. Da gibt's keine Waffeln, nur schlechten Kaffee, ein ungenießbares Gesöff.«

»Genau wie bei uns«, sagte Katrín freundlich. »Der Kaffee ist ungenießbar. Aber wir sind wegen der Lagerhalle gekommen, die du da in dem neuen Gewerbegebiet vermietest. Wer war der Mieter der Räume?«

Kristján sprang auf und holte die Papiere, die auf dem Küchenschrank lagen. »Ich hab sofort nachgesehen, als ihr angerufen habt, hab das ASAP abgecheckt, was glaubt ihr denn. Der reine Wahnsinn. Also, der Mieter ist ein Pole, er heißt Marek Labudzki. Hier …« Er legte Katrín die Unterlagen vor und setzte sich wieder. »Er arbeitet für mich, er steht bei mir seit 2005 auf der Lohnliste. Im Sommer darauf habe ich ihm einen von den gewerblichen Räumen in dem Ding da vermietet. Ein prima Kerl, oder zumindest war das mein Eindruck. Dieser Mord hat mich echt schockiert. War er das? Ich meine, ist er da ermordet worden?«

Katrín legte eine Aktenmappe auf den Tisch. »Das wissen wir nicht. Kommt dir der Name Janus Marodsits bekannt vor? Oder Marodsik?«

Kristján schüttelte den Kopf und sah seine Frau Zyta an. Sie schüttelte ebenfalls den Kopf.

»*Never heard of him.*«

Der und Guðni würden gut zusammenpassen, dachte Katrín. »Ich möchte dich warnen, das wird kein schöner Anblick«, sagte sie zögernd, »aber ich muss es dir zeigen.« Sie öffnete die Mappe und holte ein Foto von der noch halbwegs intakten Kopfhälfte des Toten heraus. »Ist das dieser, was hast du gesagt, wie er hieß? Marek …?«

»Labudzki«, vollendete Kristján und nahm das Bild entgegen. »Nein, das ist er nicht, sondern sein Bruder Andrzej. Er hat auch bei mir gearbeitet. Oder besser, ich habe denen die Arbeit vermittelt. Arbeiterverleih nennt man so was, verstehst du. Die beiden Brüder haben immer zusammengearbeitet, darauf hat dieser Marek bestanden. Bei Andrzej stimmte was nicht so ganz, verstehst du, er war sehr einfältig. Marek hat auf ihn aufgepasst.«

Aber nicht gut genug, dachte Katrín. »Weißt du, wozu sie diese gewerblichen Räume verwendet haben?«, fragte sie. »Wusstest du, was sie da gemacht haben?«

Kristján kratzte sich am Kopf. »Nein, das ging mich nichts an. Sie haben die Miete bezahlt, das reichte mir. Ich war einfach froh, einen Mieter zu haben, das halbe Ding hat von Anfang an leer gestanden, und allein in diesem Jahr sind schon wieder drei ausgezogen. Ein Verlustgeschäft ohnegleichen. Alles wegen der Scheißkrise. Aber das hier ist echt der Wahnsinn. Habt ihr Marek schon erreicht?«

»Nein. Hast du die Adresse der beiden Brüder?«

* * *

Guðni legte auf. Trotz erheblicher Kommunikationsprobleme, die in erster Linie von begrenzten Sprachkenntnissen an beiden Enden der Leitung herrührten, glaubte er, dass die Sache jetzt wohl so einigermaßen klar war. Ein weiterer Anruf gab die endgültige Bestätigung, auch wenn er die Bürokratie beim isländischen Volksregister fast so unverständlich fand wie das gebrochene Englisch seines Gesprächspartners in Warschau. Janus Marodzycz hatte von 2004 bis 2006 in Island gelebt und aus Gesundheitsgründen im Juli vor zwei Jahren aufgehört zu arbeiten – genauer gesagt, weil er den Geist aufgegeben hatte und in einem Sarg zurück nach Polen geschickt worden war. Guðni überlegte immer noch, ob er Katrín anrufen sollte oder nicht, aber sie nahm ihm die Entscheidung ab und rief ihrerseits an.

»Wie wird das geschrieben?«, fragte er übellaunig. Katrín buchstabierte die Namen der Brüder für ihn. »Okay«, brummte er, »ich check das ab.«

* * *

»Interessanter Typ, dieser Kristján«, sagte Katrín, nachdem sie das Gespräch mit Guðni beendet hatte und auf die Reykjanesbraut eingebogen war. »Und ihr wart Klassenkameraden?« Árni nickte. »Und was hat er da noch gesagt? Ihr habt morgen Abend ein Klassentreffen?«

»Ja, das haben wir wohl«, sagte Árni. »Jahrgangsstufe zwölf, wir haben Fünfundzwanzigjähriges. Und das ausgerechnet in dieser Wikingerkneipe Fjörukráin, von allen Orten dieser Welt.«

»Was spricht denn gegen diese Kneipe?«, fragte Katrín erstaunt.

»Nichts«, gab Árni zu. »Nichts spricht gegen Fjörukráin.«

»Und?«

»Und was?«, fragte Árni, obwohl er ganz genau wusste, was Katrín meinte.

»Wirst du nicht hingehen?«

Árnis Antwort ließ etwas auf sich warten. »Ich weiß es nicht. Wahrscheinlich nicht, bin im Augenblick nicht so richtig dazu aufgelegt.«

»Nein.« Katrín drehte die Heizung hoch und setzte die Scheibenwischer in Gang. »Das verstehe ich gut. Ihr könnt euch nicht... Ásta bleibt bei ihrer Meinung? Sie lenkt nicht ein?«

Árni schüttelte den Kopf. »Nein, oder zumindest habe ich nicht das Gefühl.« Er zögerte eine Weile, beschloss dann aber, mit seiner Frage rauszurücken. »Und was ist mit dir? Oder mit euch? Habt ihr die Wohnung verkauft? Oder das Haus?«

»Nein«, erwiderte Katrín knapp. »Und es gibt nichts Neues. In keiner Hinsicht. Vielleicht konzentrieren wir uns einfach auf die Arbeit.«

»Okay.«

»GeBau, oder GVBau, ich habe nicht ganz mitbekommen, wie die Firma hieß. Kristján hat gesagt, dass die Brüder hauptsächlich für das Unternehmen gearbeitet haben. Und du kennst dann wohl auch den Besitzer?«

»Ja«, sagte Árni. »Gunnar Viktorsson. Er war in derselben Clique. Kristján, Sigþór, Gunni Viktors und Daníel, das waren die Hauptmacker. Aber eigentlich nur Daníel, Gunnar und Sigþór. Kristján war eher ein Anhängsel. So wie ich. Aber trotzdem anders.«

»So wie du, aber trotzdem anders?«

»Ach, du weißt schon. Wir gehörten beide irgendwie auch zu dieser Clique, bloß nicht auf dieselbe Weise. Kristján hat sich immer rangeschmissen, hat sich richtig abgestrampelt und verbogen, um dazuzugehören.«

»Und du nicht?«

»Nein«, sagte Árni nach kurzer Pause. »Ich nicht.«

Auf dem Rest der Strecke zum Haus der Labudzkis schwiegen sie. Niemand kam zur Tür, als sie anklingelten, und genauso wenig ging jemand dran, als sie die Handynummer anriefen, die auf den Namen Marek Labudzki registriert war.

Katrín telefonierte mit dem Verwaltungsbüro von GVBau, um in Erfahrung zu bringen, wo dieser Marek möglicherweise sein könnte, und hörte, dass er an diesem Tag weder zur Arbeit erschienen sei noch sich krankgemeldet habe.

»Was kannst du mir über diesen Gunnar Viktorsson sagen?«, fragte Katrín auf dem Weg ins Dezernat. »Und über seine Firma?«

»Sehr wenig«, musste Árni gestehen. »Ich glaube nur, dass er wohl bald pleitemachen wird. Er betreibt hauptsächlich Baugewerbe. Der hat da in Mosfellsbær ein ganzes neues Viertel aus dem Boden gestampft, soweit ich weiß, und ein weiteres halbes in Hafnarfjörður. Unwahrscheinlich, dass er davon noch viel verkaufen wird. Vielleicht kann Danni ihn über Wasser gehalten.«

»Danni?«

»Daníel Marteinsson.«

»*Der* Daníel Marteinsson?«

Árni lächelte schwach. »Genau der. Er und Gunni waren wie Zwillinge. Und sind es wohl immer noch, glaube ich.« Er wurde in seinen Sitz gedrückt, als Katrín plötzlich Gas gab.

»Verdammt, wär das schön, wenn er den Polen umgebracht hätte«, sagte sie.

»Was meinst du damit?«

»Einfach so. Dann wäre es jedenfalls möglich, einen von diesen verdammten kriminellen Expansionswikingern einzubuchten. Dafür, dass sie uns und Island in den Bankrott getrieben haben. Die werden wir nie schnappen können, so viel steht für mich fest.«

Árni schüttelte den Kopf. »Vergiss es«, sagte er. »Falls Daníel den Polen umgebracht hat, kannst du sicher sein, dass er uns mindestens fünfzehn Leute präsentieren wird, die schwören, dass er zur Tatzeit da oben in Siglufjörður einen Vortrag über

Loddeverarbeitung oder Yoga gehalten hat. Und Sissó wird dafür sorgen, dass wir ihn nicht einmal zur Vernehmung vorladen können.«

»Sissó?«

»Der Dritte im Bunde. Sigþór Jóhannesson. Also, du weißt doch hoffentlich, wer das ist?«

»Der Jurist?«

»Genau.«

»Du hast ja erstaunliche Freunde. Warum hast du mir nie davon erzählt?«

»Tja, das weiß ich auch nicht«, sagte Árni. »Können wir vielleicht über was anderes reden?«

4

Freitag

Es hatte absolute Priorität, den Bruder des Toten zu finden und auch die Schwägerin – oder Schwester, das war noch unklar. Vielleicht war sie sogar die Ehefrau, aber nach Kristjáns Aussage galt das als eher unwahrscheinlich. Katrín hatte von Kristján Fotos von den Brüdern bekommen, die sie jetzt an die Medien weiterleitete. Von ihm hatte sie auch eine Liste sämtlicher Polen erhalten, die durch seine Firma vermittelt wurden. Ansonsten wusste er angeblich nichts über das Privatleben der beiden Brüder, mit wem sie Kontakt hatten oder was sie in ihrer Freizeit trieben.

Katrín teilte die Liste auf und wies den Großteil ihrer Mannschaft an, diese Polen ausfindig zu machen. Einige waren noch in Hafnarfjörður damit beschäftigt, das zu protokollieren, was die Nachbarn der ehemaligen Schwarzbrennerei zu sagen hatten, und wieder andere befassten sich mit deren Nachbarn in Kópavogur.

Kristjáns Liste war lang, aber die entsprechende Liste, die sie im Büro von GVBau ausgehändigt bekamen, war noch länger. Kristjáns Liste war nicht zu entnehmen, wer wo arbeitete, und in der Liste von GVBau war nicht aufgeführt, welcher Arbeiterverleih die Leute vermittelt hatte. Es verschaffte Katrín

71

mehr Genugtuung, als sie zugeben wollte, Guðni damit zu beauftragen, aus diesen beiden Listen eine zu machen.

»Nimm die von dem Arbeiterverleih als Basis«, sagte sie, »und dann füg dort diejenigen von GVBau rot ein, die nicht bei dem Arbeiterverleih registriert sind. Alle, die unter derselben Adresse gemeldet sind, fasst du zu einer Gruppe zusammen, und den Rest ordnest du alphabetisch. Und dann versuch, die fehlenden Adressen herauszufinden. Okay?«

Guðni enttäuschte ihre Hoffnungen schwer, denn er nahm die Listen kommentarlos entgegen und setzte sich an den Computer, ohne eine Miene zu verziehen.

»Okay«, sagte er. »Okay, Madame Katrín, das mach ich. Ich werde es sogar allein tun, wenn du es für wichtiger hältst, mich zu schikanieren, als die Liste so schnell wie möglich zu bekommen. Falls es aber eilig sein sollte, wäre es vielleicht besser, noch jemand anderen darauf anzusetzen.«

Katrín suchte nach einer scharfzüngigen Antwort auf diese Frechheit, aber sie wusste, dass sie sich das selbst zuschreiben konnte, der verdammte Macho hatte natürlich recht.

»Ich weiß nicht, wie du dir die Dinge vorstellst«, antwortete sie angemessen souverän, »aber ich verspreche dir, dass ich die Aufgaben nicht aus irgendwelchen privaten Motiven heraus verteile. Weder diese noch andere. Und selbstverständlich bekommst du noch jemanden zur Seite, etwas anderes wäre mir nie eingefallen.« Sie wussten beide, dass es eine Lüge war, und Guðni schaffte es kaum, seine Freude über den Sieg zu verhehlen, er bemühte sich auch gar nicht erst. Katrín beschloss, ihm für diesmal die Genugtuung zu lassen. Zufriedene Mitarbeiter waren gute Mitarbeiter, so lautete es zumindest in irgendeiner Theorie.

Sie klopfte leicht an Stefáns Tür und trat ein.

»Wie läuft es?«, brummte Stefán.

»Es läuft. Brauche ich eine Genehmigung, um die Wohnung des Toten zu betreten? Wir sind dort vorbeigefahren, aber es war niemand zu Hause. Oder zumindest kam niemand zur Tür.«

»Das wäre jedenfalls besser«, sagte Stefán. »Ich kümmere mich darum. Du brauchst aber nicht darauf zu warten, jedenfalls nicht, wenn das Haus leer ist und keiner da ist, der sich beschwert. Ich lasse dann die richtige Uhrzeit auf die Genehmigung setzen. Ihr habt also Namen und Adresse?«

Katrín informierte ihn über das Wichtigste, was während des Tages passiert war. »Unter dieser Adresse sind drei gemeldet«, sagte sie dann. »Die Brüder und eine Frau mit demselben Nachnamen, ich weiß nicht, ob sie mit einem von ihnen verheiratet ist oder ob es sich um die Schwester handelt. Kristján wusste nichts über sie, aber das bekommen wir schnell heraus. Ich halte dich auf dem Laufenden.«

»Katrín«, rief Stefán, als die Tür schon fast ins Schloss gefallen war. Sie drehte sich um und steckte den Kopf wieder herein.

»Ja?«

»Glaubst du, dass es eine Revolution geben wird?«

»Eine Revolution?«

»Ja.«

»Hier in Island?«

»Wegen dieses unglaublichen Skandals. Zusammenbruch der Banken, Absturz der Krone, Arbeitslosigkeit – wegen dieser Krise?«

»Eher friert die Hölle ein«, sagte Katrín.

»Einige sagen, dass man in der Hölle ständig friert«, entgegnete Stefán. »Ist das nicht die Version der isländischen Mythologie?«

»Du weißt genau, was ich meine. Isländer schwafeln und

meckern herum, und manche prügeln sogar ihre Frauen, um sich abzureagieren. Aber eine Revolution, nee, nun mach mal halblang. Isländer können keine Revolution anzetteln. Sie sind sogar zu bequem, um ordentliche Proteste auf die Reihe zu kriegen, das finden sie albern. Nicht hip und cool genug.«

»Die da oben glauben das aber«, sagte Stefán grinsend. »Oder vielleicht glauben sie es auch nicht, trotzdem möchten sie auf die schlimmsten Eventualitäten gefasst sein. Bitte gib das nicht weiter, es ist streng vertraulich.«

Katrín verdrehte die Augen. »Selbstverständlich ist das vertraulich. Man sollte den Leuten lieber nicht sagen, dass eine Revolution im Anmarsch ist – sie könnten es ja mit der Angst bekommen.«

* * *

Es dunkelte schon, als sie bei der neuen Reihenhaussiedlung im Lindar-Viertel vorfuhren. Zwei uniformierte Polizisten warteten am Nordende der Häuserreihe. Katrín parkte den Wagen nahe der Garageneinfahrt und ging mit raschen Schritten zu ihnen hinüber. Árni schlenderte gemächlich hinterher und zündete sich eine Zigarette an.

»Ist etwas dabei herausgekommen?«, fragte sie.

»Doch, etwas ist schon dabei herausgekommen«, sagte der kräftigere der beiden und nickte zur Bestätigung seiner Worte. »Hauptsächlich dreierlei. Diese Leute waren ruhige Mieter, abends waren sie häufig unterwegs. Aber gestern Abend war hier ganz schön was los.«

»Was war los?«

»Schreie und Krach.« Die Uniformmütze nickte immer noch auf und ab. »Schreie und Krach, hat die Frau im Haus daneben gesagt. So gegen elf, oder kurz nach elf. Und dann hörte sie kurze Zeit später ein Auto.«

»Aber gesehen hat sie nichts?« Katrín schaute auf das er-
leuchtete Nachbarhaus. Auf jeder Etage gingen drei Fenster
zur Straße.

»Nein, nichts von Bedeutung. Da noch nicht. Nur dass da
ein Auto lospreschte.«

»Da noch nicht?«

»Nein.«

»Aber wann denn? Los, raus damit, Mann, hat sie etwas
gesehen oder nicht?«

Der schlankere Polizist räusperte sich. »Sie hat gesehen, wie
die beiden losgefahren sind. Marek und Ewa – hießen die so?
Marek und Ewa?« Der andere nickte zustimmend.

»So heißen sie, ja«, sagte Katrín. »Wann?«

»Irgendwann nach Mitternacht. Sie hat gesehen, wie Marek
Koffer in den Kofferraum von dem Wagen stellte. Und dann
hat er da eine ganze Weile rumgesessen und nur geraucht. Und
dann sind sie weggefahren, beide.«

»Sonst noch etwas?«

»Er hatte einen Verband an der Hand«, sagte der schlankere
Uniformierte.

»Die gute Frau scheint ja eine ziemliche Nachteule zu sein«,
sagte Katrín.

»Glücklicherweise«, entgegnete Árni und drückte seine
Zigarette aus.

»Ach, sieh mal einer an, bist du auch da?«, fragte Katrín
ironisch. »Okay, wir unterhalten uns später genauer mit der
Frau, gehen wir an die Arbeit. Haltet euch hier links.« Sie mar-
schierte vor ihnen zur Haustür und trat zur Seite. Árni zog
sich Latexhandschuhe über und war entschlossen, sich durch
Katríns schlechte Laune nicht aus der Ruhe bringen zu lassen.
Zehn Sekunden später ging die Tür auf.

»Verdammt, ich bin schon richtig gut«, sagte er selbstzu-

75

frieden, tastete innen die Wand ab und fand den Lichtschalter. »*Ladies first*«, erklärte er.

Katrín machte die Taschenlampe aus und sah zur Tür herein. »Tja, das wird dann wohl ein Fall für Eydís sein, glaube ich«, sagte sie. »Ruf beim Erkennungsdienst an, wir haben hier drinnen im Moment noch nichts verloren.«

Árni warf einen Blick in die Hausdiele. »Wow«, sagte er, als er die eingetrocknete Blutlache auf den weißen Fliesen sah.

»Ja«, sagte Katrín.

* * *

»Sie waren eigentlich ganz in Ordnung, die Leutchen«, gab die Nachbarin zögernd zu. »Dafür, dass es Polen waren.« Katrín verkniff sich die Frage, nach welchen Maßstäben sie urteilte. »Vor allem die kleine Ewa, sie gibt sich solche Mühe und spricht Isländisch. Die Dorrit von unserem Präsidenten ist nicht halb so gut wie sie.«

»Du hast gestern Abend Schreie gehört?«, fragte Katrín.

»Ja, so kam es mir jedenfalls vor. Es hätte natürlich auch etwas im Fernseher sein können, aber …«

»Hat da ein Mann oder eine Frau geschrien?«

»Ein Mann, ganz bestimmt. Nur, wie ich schon sagte …« Sie verstummte abrupt, riss die dick geschminkten Augen auf und presste sich die Hände an die Schläfen. »Großer Gott, war er das vielleicht? War es der arme Andri, der …«

»Andrzej«, korrigierte Katrín. »Nein, das ist so gut wie ausgeschlossen. Und du glaubst …«

»Wir haben ihn immer Andri genannt, das war einfacher, verstehst du. Ewa, Marek und Andri. Ungewöhnlich einfache polnische Namen, findest du nicht?«

»In der Tat«, stimmte Katrín zu. »Und du glaubst, dass es kurz nach elf geschehen ist?«

76

»Ja. Ich war in der Küche, hab etwas gebacken, um Vorräte in der Gefriertruhe zu haben – das macht man am besten gleich, solange es noch Zucker und Mehl gibt. Mein Gott,
wie wird es wohl zu Weihnachten werden? Erst heute Morgen
habe ich gelesen, dass …«

»Aber das Auto hast du nicht gesehen?« Katrín gelang es
nicht sonderlich gut, ihre Ungeduld zu zügeln.

»Entschuldige, ich komme von einem aufs andere«, sagte
die Frau und lächelte entschuldigend. »Es ist einfach so ein
Schock. Ich meine, der arme Andri, er war reizend, immer hat
er fröhlich gelächelt. Er war nicht ganz richtig im Kopf, aber
du weißt, wie solche einfältigen Menschen sind, die können
keiner Fliege was zuleide tun.«

Katrín legte den Kopf schräg, und die Frau schlug sich die
Hand vor den Mund.

»Oops, ich schwätze schon wieder so drauflos«, sagte sie.
»Nein, das Auto habe ich nicht gesehen. Ich war etwas erschrocken, als ich die Schreie hörte, aber ich habe mir weiter
nichts dabei gedacht. Dann hörte ich Schritte am Eingang, ein
Motor wurde angelassen, doch genau in dem Moment musste
ich das Blech aus dem Backofen holen. Als ich zum Fenster
hinaussah, bog er gerade um die Ecke. Der Wagen, meine ich.
Und danach passierte lange Zeit nichts, oder jedenfalls nichts,
was ich bemerkt habe. Allerdings war ich auch ständig unterwegs, in der Waschküche, im Wohnzimmer, in der Küche. Du
weißt, wie das ist.«

Katrín nickte. »Und was dann?«

»Irgendwann nach Mitternacht, ja vielleicht eher gegen
eins, habe ich das letzte Blech aus dem Herd geholt – ich
habe Spekulatius gebacken –, da sah ich Marek mit den Kof-
fern aus dem Haus kommen. Und dann hat er geraucht, und
schließlich sind die beiden weggefahren. Das habe ich aber

alles schon erzählt, der Polizist, der eben da war, hat das aufgeschrieben.«

»Ich weiß«, sagte Katrín, »aber ich finde es besser, es noch einmal direkt von dir zu hören. Er hatte einen Verband?«

»Ja. An der rechten … Ja, an der rechten Hand. Die war ganz in etwas Weißes eingewickelt, es war bestimmt ein Verband. Bis zum Ärmel. Und dann sind sie in Ewas Auto losgefahren. Ich habe nicht bemerkt, wann sie nach Hause gekommen ist, da war ich sicher in der Waschküche.«

»Also sie war gar nicht zu Hause, als du die Schreie gehört hast? Und als das andere Auto wegfuhr?«

»Nein. Sie war bestimmt bei der Arbeit, sie arbeitet an einer Tankstelle und hat oft Schicht bis Mitternacht, das arme Ding. Aber sie beklagt sich nie.«

»Und was für ein Auto ist das?«

»Ein grüner Pkw, ein Volkswagen, glaube ich. Ein kleiner – heißen die nicht Polo?«

* * *

»Die Frau hat Spekulatius gebacken, kannst du das verstehen?«, fragte Katrín, als sie schon fast wieder beim Dezernat waren. Sie hatte beschlossen, das Haus der Labudzkis einstweilen den Leuten vom Erkennungsdienst zu überlassen, sie konnte es sich anschließend immer noch ansehen. Jetzt war es wichtiger, Marek und Ewa zu finden. »Es ist erst Oktober, und die wirbelt bis spät nachts in der Küche herum und backt Weihnachtsplätzchen?«

»Die seltsamsten Leute hamstern im Augenblick die seltsamsten Dinge«, sagte Árni. »Vor ein paar Tagen war ich bei Bónus, und da gab es kein Mehl und keinen Zucker mehr. Mein Vater hat mir erzählt, sie hätten am Wochenende auch jeweils sieben Kilo gekauft, um sicherzugehen. Vielleicht ist das Verhalten der Leute gar nicht verwunderlich, wenn man bedenkt, was zurzeit so an Geschichten kursiert.«

»Ich war gestern bei Bónus, und es gab genug Mehl«, sagte Katrín ärgerlich. »Und auch Zucker. Das ist nichts als Hysterie.«

»Ja, klar, aber sie haben eben massenweise Mehl und Zucker verkauft. Und Nudeln und Reis und Konserven und was weiß ich. Hysterie kurbelt den Verkauf an. Eröffnungsangebote und Angst, das zieht. Da klingeln die Kassen.«

Katrín schnaubte verächtlich. »Angst! Weißt du, wovor die Bosse bei uns Angst haben?«

»Wovor?«

»Vor einer Revolution. Oder zumindest Ausschreitungen und Krawallen seitens der aufgebrachten Massen.« Árni musste lachen. »Aber es ist wahr«, fuhr Katrín fort. »Die stellen einen Aktionsplan zusammen wegen des Zustands in unserer Gesellschaft, diese Intelligenzbestien. Wahrscheinlich füllen die schon die Tränengaspatronen.«

»Total bescheuert«, sagte Árni. »Was glauben die eigentlich, was hier passieren soll? Es waren zehnmal mehr Leute bei der Eröffnung des neuesten Einkaufzentrums, um irgendwelchen Ramsch zu kaufen, als bei der Demo am Samstag. Wenn sie wirklich Angst vor einer Revolution haben, brauchen sie einfach nur einmal pro Woche einen neuen Laden zu eröffnen, und die Sache hat sich. Mit Revolutionen haben Isländer nichts am Hut, denn Shopping ist viel schöner. Die Leute machen Schnäppchen bei Sonderangeboten und sind richtig happy.«

»Hervorragender Plan«, sagte Katrín. »Die Sache hat leider einen Haken.«

»Welchen?«

»Im Augenblick machen die Geschäfte zu, nicht auf.«

»Da werden auch welche eröffnet«, widersprach Árni. »Bei der Eröffnung der neuen Mall am Korputorg waren sämtliche Parkplätze besetzt, und das war am Tag, nachdem die ganze Chose geplatzt ist. Und man kann doch immer wieder einen Laden eröffnen. Einen schließen, einen eröffnen.«

»Um was zu verkaufen?«

»Spielt keine Rolle«, sagte Árni. »Das spielt nicht die geringste Rolle. Isländer sind dumm wie die Hühner.«

»Hühner?«

»Ja, und Hühner machen keine Revolution. Sie laufen nur gackernd davon, wenn jemand ihnen die Eier wegnimmt, die sie gelegt haben, und dann kommen sie wieder gackernd zurückgerannt, wenn der Eierdieb ihnen ein paar Brotkrumen hinstreut. Dumme Hühner.«

Katrín musste lächeln. »Und ich dachte, ich sei pessimistisch.«

»He, das ist kein Pessimismus, das sind Fakten«, erklärte Árni. »Und auch dumme Hühner sind Menschen, vergiss das nicht.«

✳ ✳ ✳

Die Kollegen von Ewa wussten nicht, wo sie sein könnte. Ihre Vorgesetzte und gleichzeitig laut eigener Aussage ihre beste Freundin hatte die Kriminalpolizei verständigt, nachdem die Fahndung nach Marek angelaufen war. Sie schien ziemlich aufgeregt zu sein und erklärte, dass Ewa morgens angerufen und sich krankgemeldet hatte, und das war das erste Mal, seit sie angefangen hatte, bei der Firma zu arbeiten. Sie sagte auch, sie habe diverse Male versucht, Ewa zu erreichen, nachdem sie die Nachrichten gesehen hatte, aber sie ginge nicht ans Telefon. »Das Mädchen ist super in Ordnung«, sagte die beste Freundin, »dafür, dass sie aus Polen kommt.« Sie konnte sich nicht vorstellen, wohin Ewa gefahren sein könnte, und Gespräche mit anderen Kollegen von Ewa brachten auch nichts zutage. Lebensfroh, attraktiv und tüchtig waren die Adjektive, die den meisten zu Ewa Labudzki einfielen, und das Passfoto, das der Personalchef des Treibstoffkonzerns aus der Akte holte, bestätigte diesen Eindruck. Katrín sah sich das Foto genau an: eine dunkelhaarige Frau um die dreißig mit hübschem Gesicht und blitzenden braunen Augen, lächelnd.

»Ein süßes Mädchen«, sagte sie und reichte Guðni das Foto.

»*Cute kid*«, bestätigte Guðni, »dafür, dass sie ...«

»Aus Polen kommt, ich weiß«, sagte Katrín.

Guðni setzte sich auf seinem Stuhl zurecht und runzelte die Stirn. »Ich wollte sagen, dafür, dass sie mit einem potthässlichen Schnapsbrenner und Ganoven herumschäkert«, sagte er. »Aber wie du möchtest.«

Zwei zu null für Guðni, dachte Katrín, ich muss da was unternehmen ...

»Entschuldige«, sagte sie, »hast du die Liste fertig?« Guðni reichte ihr die ausgedruckte Liste. »Prima. Hast du schon eine Reaktion aus Polen?«

»Nein«, erklärte Guðni mürrisch. »Und ich bezweifle stark, dass wir noch vor dem Wochenende etwas von denen hören. Der Konsul hier hatte die Brüder nicht auf seiner Liste. Aber seine Adressenkartei ist unvollständig, wenn ich es richtig verstanden habe, also hat das wohl nichts zu besagen.«

»Okay. Dann glaube ich, dass du das jetzt einfach für heute gut sein lassen kannst. Wir sehen uns dann morgen früh um acht?«

Guðni zog einen Stumpen aus der Brusttasche und steckte ihn in den Mundwinkel.

»*I'm fine*«, sagte er sauer. »Was möchtest du, dass ich als Nächstes tue? Hast du schon jemanden auf die Schiene mit dem schwarzgebrannten Schnaps angesetzt? Kennen wir außer diesen noch andere polnische Schwarzhändler? Ich meine, irgendwer hat da ja die ganze Anlage mitgehen lassen. Ich kann...«

»Du kannst nach Hause fahren und dich hinlegen«, sagte Katrín. »Und selbstverständlich wird die Sache mit dem Schwarzgebrannten abgecheckt, was glaubst du denn? Du warst doch hier, als wir das durchgegangen sind.«

Guðni holte den Stumpen aus dem Mund. »Oh ja, ich war hier. Du hast den Leuten aufgetragen, die Polen danach zu fragen, ob sie schwarzen Schnaps gekauft haben, und nach weißen Flaschen ohne Beschriftung Ausschau zu halten. Das ist nicht das, was ich unter der Schiene mit Schwarzgebranntem verstehe.«

»Was sollen wir deiner Ansicht nach tun? Wie würdest du das anpacken? Wir haben einfach keine Liste über bekannte Schwarzbrenner und Schwarzhändler mehr, die Zunft stirbt aus, und das weißt du auch. Uns sind irgendwelche Gerüchte zu Ohren gekommen, die ein oder andere Flasche ist aufgetaucht, aber das war's schon. Die Leute haben einfach aufgehört, Schnaps auf dem schwarzen Markt zu kaufen, und deswegen wird auch nicht mehr gebrannt.«

»Das wird sich schnell wieder ändern«, sagte Guðni. »Sehr schnell. Sprithändlern stehen rosige Zeiten bevor, darauf kannst du Gift nehmen. Das ist immer so in Krisen. Und wenn die polnischen sich an polnische Kunden gehalten haben, würden wir davon nicht unbedingt etwas mitbekommen. Ich könnte...«

Katrín schnitt ihm das Wort ab. »Im Ernst, Guðni«, sagte sie entschlossen, »damit befasst du dich morgen, okay? Aber nicht heute Abend, du hast jetzt schon zwei oder drei Stunden länger gearbeitet, als du eigentlich solltest. Ich verspüre keine

Sehnsucht danach, dir wieder die Brust betatschen zu müssen, einmal im Leben reicht. Geh nach Hause und ruh dich aus.«

Guðni blieb stur sitzen und verschränkte die Arme. »Das ist jetzt zweieinhalb Jahre her«, sagte er, während der Stumpen zwischen den zusammengebissenen Zähnen auf und ab tanzte. »Seitdem bin ich ständig bei Ásta und ihren Kollegen in der Reha gewesen. Ich stecke mir meine guten London Docks auch gar nicht mehr an, und ich habe zwanzig Kilo abgenommen. Vor drei Wochen war ich bei einem Routinecheck, und ich habe auf der ganzen Linie grünes Licht gekriegt. Ich bin einfach in verdammt guter Verfassung, und ich biete dir an weiterzumachen. Meiner Meinung nach kannst du jeden Mann brauchen. *Mir* fehlt nichts.« Er stand auf und zog sein Jackett von der Stuhllehne. »Aber ich schätze, du hast irgendwelche Scheißprobleme. Du solltest vielleicht versuchen, die in den Griff zu kriegen, bevor du hier dicke Scheiße baust.«

Drei zu null, dachte Katrín, als Guðni davonstiefelte. Drei zu null für Guðni nach diesem Tag. Oder vielleicht sogar vier zu null? Sie hatte ja seinen Kollaps und ihre Wiederbelebungsversuche ins Spiel gebracht. War das unter Eigentor oder Verteidigungsfehler einzuordnen? Sie warf einen Blick auf Árni, der mit dem Kopf auf dem Schreibtisch eingeschlafen war. Wie dumme Hühner, dachte sie, und trat gehörig gegen seinen Stuhl.

»Wach auf, Dornröschen. Es gibt genug zu tun.«

»Scheiße«, murmelte Árni.

Scheiße ist ja die reinste Epidemie, dachte Katrín. Scheißepidemie. Was war aus dem schönen Ausdruck verflixt noch mal geworden?

* * *

Guðni fuhr mit seinem breiten Mercedes an hohen Stapeln von Autoleichen entlang, die zu beiden Seiten der Einfahrt aufgereiht waren. Weiber, dachte er, die sehen vor lauter Nebensächlichkeiten die Hauptsache nicht. Typisch. Ein Schwarzbrenner und Schwarzhändler wird tot in seiner Brennerei aufgefunden, und die Bude ist ausgeräumt. Wer eine Destillationsanlage klaut, brennt entweder selbst oder hat es vor. Deswegen war der Schwarzbrenner von einem anderen Schwarzbrenner umgelegt worden. Zwei plus zwei hatten immer noch vier gemacht, als er das letzte Mal nachgerechnet hatte.

Er schaltete den Motor aus. Óskar Marinósson, genannt Skari Mar, war ein Schnapsbrenner der alten Schule. Zu Gymnasiumszeiten hatte Guðni selbst ungezählte Flaschen bei ihm erstanden, während der Krise Ende der Sechzigerjahre, nachdem der Hering ausgeblieben war. Diese Krise war das goldene Zeitalter von Skari Mar und Konsorten gewesen. Einige Jahre später hatte er dann den Kerl mitten in der Ölkrise geschnappt, einen Tag nach dem endgültigen Sieg über die Engländer im Kabeljaukrieg. Und das nächste Mal hatte er ihn während der Inflationszeit hochgenommen, kurz vor der Währungsreform 1981. *Those were the days*, dachte Guðni mit einem schwachen Grinsen. *Those were the days…*

Damals hatte er sich noch bewähren müssen, hatte beweisen müssen, was in ihm steckte, hatte jede Gelegenheit wahrgenommen, um so viele wie möglich dingfest zu machen und dadurch selbst vorwärtszukommen. Diese Zeiten waren vorbei, das wusste er nur allzu gut. Für ihn gab es keine Aufstiegsmöglichkeiten mehr, und das war eigentlich ganz in Ordnung, denn ihm ging es prima. Deswegen hatte er den alten Skari Mar auch die letzten zwanzig Jahre in Ruhe gelassen, abgesehen von einem Fall, wo er sich gezwungen sah, dem Kerl etwas Druck zu machen, aber das hatte keine Verbindung zum

Schwarzhandel gehabt. Wie lange war das her, vier Jahre? Oder vielleicht fünf? Er konnte sich nicht erinnern. Und jetzt hatte der Kerl seine Autowerkstatt dichtgemacht und handelte stattdessen mit Zubehör aus ausgeschlachteten Autos. Sein Ersatzteilverkauf befand sich in Hafnarfjörður, nur fünf Autominuten vom Schauplatz des Mordes entfernt.

Guðni verzog das Gesicht und stieg aus. Das Neonlicht im Büro warf einen bläulichen Schein auf den Boden aus Lavasplittern, die unter seinen Sohlen knirschten. Ein schwacher Schmieröldunst von den Autowracks lag in der Luft. Er atmete tief durch und genoss den angenehmen Geruch, und dann trat er ohne anzuklopfen ein.

»*Long time no see*, amigo«, sagte er grinsend, als Skari Mar ihm zögernd entgegenkam. Er wischte sich die alten mageren Pranken an einem Knäuel aus Baumwollwerg ab.

Skari Mar erwiderte das Grinsen nicht. »Was willst du?«

»He, was ist das denn für ein Empfang? Da kommt man auf einen Höflichkeitsbesuch vorbei und wird nicht mal anständig begrüßt?« Guðni zog seine London Docks heraus und hielt Skari die Packung hin, doch der schüttelte den grauen Kopf.

»Ich darf nicht mehr. Das Herz, verstehst du. Letztes Jahr Bypass, und auch das Jahr davor. Aber das geht dich gar nichts an. Was willst du?«

»Kaffee«, sagte Guðni. »Ich will Kaffee. Sag mir bloß nicht, dass du sogar aufgehört hast, Kaffee zu trinken?«

* * *

Das zweistöckige Holzhaus sah im Dunkeln karminrot aus. Aus allen Fenstern drang warmes, gelbes Licht nach draußen. An der Hecke entlang des plattenbelegten Weges zum Haus hingen immer noch einige Blätter, und ein Gartenzwerg mit roter Zipfelmütze lächelte sie an.

»Nicht gerade eine typische Unterkunft für Polen«, erklärte der uniformierte Polizist und zog die Nase hoch. Árni verzichtete auf eine Antwort, er war vor lauter Schlaflosigkeit viel zu groggy, um sich mit so einem Blödmann anzulegen. Er drückte auf die Türklingel und zeigte dem Mann, der öffnete, sicherheitshalber seinen Ausweis, obwohl das uniformierte Kerlchen im Streifendienst bereits alles gesagt hatte, was zu sagen war.

»Polizei«, sagte er. »*Police*. Sprichst du Isländisch?«

Der Mann schüttelte den Kopf. Er war schlank und schien etwa in Árnis Alter zu sein, doch auf den Handrücken traten die Adern hervor. Sein unsteter Blick war misstrauisch und wachsam.

»*Allright, do you speak english*?«

Der Mann schüttelte wieder den Kopf.

»Deutsch?«, versuchte Árni.

»Ein bisjen«, antwortete der Mann

»Okay, kann ich, äh, kann ich …« Árni verstummte. Das würde schwierig werden. Deutsch war nicht sein bestes Fach auf dem Gymnasium gewesen. »Darf einkommen, ja?«

Der Mann zögerte. Blickte über die Schulter ins Haus und rief etwas Unverständliches. Wartete. Árni wartete ebenfalls, verlor aber langsam die Geduld.

»Bitte«, sagte er. War das nicht das korrekte Wort? »Bitte«, wiederholte er, »einkommen, ja?« Der Mann trat einen Schritt zur Seite und ließ sie ins warme Haus. Sie folgten ihm ins Wohnzimmer, wo er ihnen anbot, Platz zu nehmen. Die Luft war rauchgeschwängert, und der kleine Polizist rümpfte die Nase. Árni musste grinsen, er zog seine Zigaretten aus der Tasche. »Bitte«, sagte er wieder. Der Mann nahm die Zigarette an, und sie gaben sich gegenseitig Feuer. Árni legte ihm die Fotos von Marek und Andrzej vor.

»Sie kennen?«

»Nein.«

»Sicher?«

»Ja.« Der Mann schob ihm die Fotos wieder hin.

»Mehr Leute hier?« fragte Árni. Wieder zögerte der Mann, doch schließlich nickte er. Rief dann wieder etwas Unverständliches, und daraufhin kam einer nach dem anderen ins Wohnzimmer, von hinten aus dem Flur oder von oben aus der oberen Etage. Acht, neun, zehn, zählte Árni. Die Fotos machten die Runde. Zwei Hausbewohner gaben zu, die Brüder zu kennen. Der eine konnte sich zu Árnis unendlicher Erleichterung recht gut auf Englisch verständlich machen. Doch die Erleichterung währte nur kurz, denn der Mann hatte praktisch nichts zu sagen. Sie hatten hin und wieder bei GVBau mit den Brüdern zusammengearbeitet, zuletzt vor einem halben Jahr oder so, danach hatten sie weder Marek noch Andrzej gesehen. Und persönlich kannten sie die beiden auch nicht.

»Okay«, sagte Árni, nachdem er die Fotos wieder einkassiert und die Namen von allen mit denen auf der Liste abgeglichen hatte. Bis auf einen waren sämtliche Polen unter dieser Adresse gemeldet. Dann deutete er auf eine weiße Glasflasche, die halb versteckt hinter dem Fernseher stand. »*Where did you get this?*«

Zehn Minuten später stand er wieder draußen unter dem sternenübersäten Himmel oben im Breiðholt-Viertel. Für Árni war das schon fast wie auf dem Land oder sogar fast wie Ausland.

»*Don't remember*«, sagte der Uniformierte. »Die glauben wohl, dass wir blöd sind?«

Schnauze, dachte Árni.

»Nein, warum sollte denen denn so etwas einfallen?«, sagte er stattdessen und setzte sich in den Streifenwagen. »Fahr mich nach Hause, es reicht für heute Abend.« Er steckte die Flasche in eine Tüte und legte sie auf den Boden.

»Nach Hause?«, fragte der Uniformierte erstaunt. »Brauchen wir jetzt nicht einen Durchsuchungsbefehl? Ich meine, die haben uns da doch eine glatte Lüge aufgetischt, diese Typen, als würden sie sich nicht genau erinnern, wo sie ...«

»Sprich mit Katrín darüber«, sagte Árni und gähnte. »Wenn sie um diese Zeit noch einen Richter aus dem Bett trommeln und einen Durchsuchungsbefehl wegen einer halben Flasche schwarzem Schnaps erwirken will, dann macht sie das. Aber zuerst fährst du mich jetzt nach Hause.«

* * *

Guðni knöpfte das Hemd wieder zu und lehnte sich wichtigtuerisch vor.

»Also dagegen sind ja wohl deine zwei Bypässe gar nichts«, sagte er und trank einen Schluck von dem pechschwarzen Kaffee. »Gar nichts, mein Lieber.«

»Und du rauchst immer noch?«, fragte Óskar, der kaum seine Verwunderung verhehlen konnte.

»Nein«, gab Guðni zu. »Ich knabbere nur daran rum. Wenn ich sie zerkaut habe, spuck ich den Saft aus. Besser als Kautabak und wesentlich besser als gar nichts. Aber egal, wieso hast du die Werkstatt aufgegeben? Wieso jetzt Ersatzteilhandel?«

»Das lief einfach nicht mehr in der Werkstatt. Bei diesen neuen Autos ist doch alles computergesteuert.«

Guðni grunzte zustimmend. »Ja, überall diese verfluchte Elektronik.«

»Deswegen habe ich umgesattelt. Ich kann immer noch Bremsklötze einbauen und so was, in normalen Autos für normale Leute, aber mit diesem neumodischen Quatsch will ich nichts zu tun haben. Ich musste da schon jeden zweiten

Kunden wegschicken, weil ich einfach technisch nicht so aus-
gestattet war, dass ich deren Autos reparieren konnte, verstehste?«

»Und was ist aus all den anderen Mechanikern geworden?«,
fragte Guðni spöttisch.

»Was meinst du damit?«

»Das hat mir ein Mann erzählt, der bei irgendeiner Auto-
mobilvertretung zur Werkstatt fuhr und danach gefragt hat,
wo all die Automechaniker abgeblieben sind. Der Typ, mit
dem er sprach, hat auf den Boden gedeutet und gesagt, dass
sie da unten wären.«

»Was soll das denn? Das kapier ich nicht.« Skari kratzte sich
am ölverschmierten Ohr.

»Nein, hat der Typ gesagt, das sind keine Mechaniker mehr,
sie haben umgesattelt, indem sie… abgenibbelt sind.« Guðni
lachte schallend, aber Skari kratzte sich immer noch.

»Nee«, sagte er, »das kapier ich nicht.«

Guðni hörte auf zu lachen. »Spielt keine Rolle, ich bin nicht
gekommen, um hier zu chatten. Der Typ, der gestern umgebracht wurde – du hast das doch in den Nachrichten gehört?«

»Was ist mit ihm?«

»Es war ein Pole.«

»Zu mir kommen jede Menge Polen«, erklärte Skari Mar.
»Die meisten sind ganz in Ordnung. Die versuchen zwar immer zu feilschen, aber das ist kein Thema bei mir. Wenn ich
nonono sage, bezahlen sie schon den richtigen Preis. Die meisten kutschieren in alten Autos herum, die sie selbst reparieren können. Im Gegensatz zu diesen…« Auf ein Knurren von
Guðni hin verstummte Skari Mar.

»Er war Pole und hat schwarzgebrannt«, sagte Guðni. »Genau wie du. Und der, der ihn umgelegt hat, hat auch sämtliche
Gerätschaften und alles mitgehen lassen.«

Skari Mar wurde bleich. »Mensch, Guðni, du weißt doch, dass ich nie...«

»*Cool down*, Junge. Nie im Leben würde mir einfallen, dass du ihn abgemurkst hast, dazu bist du ein viel zu großes Weichei. Aber du brennst schwarz.«

»Das hab ich schon längst drangegeben...«

Guðni unterbrach ihn. »Du braust und brennst, und das wissen wir beide. Und dir stehen gute Zeiten bevor, freu dich. Meinetwegen ist es ganz in Ordnung, dass die Leute irgendwo billig an Schnaps rankommen.«

»Aber...«

»Sei so schlau und hör mir einmal zu, ohne dazwischenzu-quatschen. Okay?«

»Okay«, murmelte Skari Mar.

»Du magst keine Konkurrenz, du willst andere Anbieter möglichst ausschalten. *That's the name of the game.* Und jetzt brauchst du mir nicht mehr zuzuhören, sondern darfst reden.«

* * *

Als Katrín endlich auf leisen Sohlen ihr Reihenhaus betrat, war es schon nach eins. Sie zog Mantel und Schuhe aus und tippelte vorsichtig auf Zehenspitzen den Flur entlang. Warf einen Blick in die Zimmer von Íris Anna und Eiður Bjarni. Beide schliefen fest. Dann riskierte sie einen Blick ins eheliche Schlafzimmer. Sveinn schien ebenfalls zu schlafen, und sie atmete auf, schlich in die Küche, öffnete den Kühlschrank und setzte sich mit Vanillequark und Sahne an den Küchentisch. Starrte in die Finsternis, ohne nachzudenken, ohne irgendeinen Geschmack an dem wahrzunehmen, was sie sich mit taktfesten Bewegungen einverleibte. Als sie den Kunststoffbecher geleert hatte, warf sie ihn in den Abfalleimer und stellte die Sahne zurück in den Kühlschrank.

Sie ging in die Waschküche, kleidete sich dort um und zog sich ein sauberes T-Shirt an, um Sveinn nicht aufzuwecken. Doch kaum hatte sie den Kopf auf das Kissen gelegt, ging ihr Handy in der Diele los, und sie sprang wieder aus dem Bett.

»Wie spät ist es eigentlich«, murmelte Sveinn.

»Schlaf einfach weiter«, flüsterte Katrín und rannte zur Diele. Das Handy steckte in der Manteltasche, sie sah auf das Display und fluchte still. Wieso zum Teufel rief Guðni mitten in der Nacht an?

5

Samstag

»Du siehst erbärmlich aus«, sagte Katrín.

»Na vielen Dank«, murmelte Árni zähneklappernd. Er fingerte am obersten Knopf seiner Lederjacke herum und versuchte ihn zuzuknöpfen, kapitulierte jedoch bald. Stattdessen stellte er den Kragen hoch, steckte die Fäuste in die Tasche und zog die Schultern hoch. »Verdammt kalt ist es geworden.«

»Ja, und es soll noch kälter werden, sagen sie.« Katrín sah ihren Mitarbeiter an, und was sie sah, gefiel ihr gar nicht. Árni war kreidebleich, die Ringe unter seinen Augen waren noch größer geworden, und die schütteren Stoppeln deuteten darauf hin, dass er sich eine Woche nicht rasiert hatte.

»Wirklich erbärmlich«, wiederholte sie. »Und das da, ich weiß gar nicht, wie ich das nennen soll, diese komische Wolle in deinem Gesicht, trägt nicht dazu bei, das zu kaschieren. Wenn überhaupt, macht sie alles noch schlimmer.«

»Sag mal, hast du mich etwa in aller Herrgottsfrühe aus dem Bett gerissen und hierherbeordert, nur um mir zu sagen, dass ich mich rasieren soll? Wir sind nicht alle wie Stefán, zottelig auf dem Rücken oder an den Zehen und sonstwo, einige stammen eben in direkter männlicher Linie vom bartlosen Njáll ab und sind stolz darauf.«

»In direkter Linie?«, fragte Katrín trotz ihrer Besorgnis spöttisch.

»Hab ich doch bloß so gesagt«, murmelte Árni kläglich. »Ich rasiere mich nachher, okay?« Er musste niesen und zog die Nase hoch.

»Gesundheit«, sagte Katrín.

»Hat sich was mit Gesundheit. Was machen wir hier eigentlich?«

»Warten.«

»Ha, ha, sehr witzig. Darf ich fragen, worauf?« Er zog wieder die Nase hoch.

»Auf eine Genehmigung.« Katrín betrachtete Árni noch eingehender, sein Aussehen gefiel ihr immer weniger. »Stimmt was nicht mit dir?«, fragte sie scharf. »Bist du krank?«

Árni schüttelte den Kopf. »Nein, nein. Ich bin nur ein bisschen müde, hab schlecht geschlafen. *Please*, mach kein Theater. Was ist los? Genehmigung zu was, und warum warten wir hier in dieser Affenkälte? Warum nicht einfach im Dezernat?«

»Ich glaube, du bist wirklich krank«, sagte Katrín und trat einen Schritt zurück. »Vielleicht fährst du besser wieder nach Hause, sonst steckst du noch alle hier an und mich vielleicht auch. Lieber einen Mann weniger als zehn.«

»Das ist eine Allergie«, protestierte Árni, »keine Erkältung. Und auch keine Grippe. Mir fehlt nichts.«

»Wogegen?«, fragte Katrín misstrauisch.

»Wogegen was?«

»Wogegen hast du plötzlich eine Allergie?«

»Gegen Morgensonne und frische Luft«, knurrte Árni. »Und mir fehlt Nikotin.« Er zog die Zigarettenschachtel aus einer Tasche und zündete sich eine an. »Und besteht jetzt vielleicht die Möglichkeit zu erfahren, was eigentlich los ist?

Wieso drücken wir uns hier an einer Wand am Laugavegur herum, so wie Penner nach einer anstrengenden Nacht?«

Katrín beschloss, ihm nicht weiter zuzusetzen. »Guðni rief mich heute Nacht an«, sagte sie. »Ich weiß nicht, was das ist mit euch Männern, ich hatte ihm gestern Abend gesagt, er solle nach Hause gehen und sich ausruhen. Ich darf ihn ja keine Überstunden machen lassen. Egal, er hat nicht auf mich gehört, sondern sich stattdessen mit einem alten Schnapsbrenner unterhalten. Wer das war, hat er nicht gesagt, aber er hat uns an diese Adresse verwiesen.«

»Moment mal, ich kapier immer noch nicht …«

»Erinnerst du dich, wie unsere Leute hier letztes Jahr eine Schwarzbrennerei zwischen Weihnachten und Neujahr in einem Hinterhaus am Laugavegur hochgenommen haben?«

Árni erinnerte sich dunkel an dieses Happening und nickte. »Und?«

»Das war der erste Fall von illegalem Schnaps seit vielen Jahren. Und seitdem haben wir nichts mehr von solchen großangelegten Versuchen gehört, bis jetzt. Wenn man etwas auf das geben kann, was unser Mann, ich meine Guðnis Mann sagt, dann haben sie wieder angefangen.«

Árni blickte sich um und registrierte plötzlich, wo er sich befand und was das bedeutete. »Dieselben Leute?«, fragte er ungläubig. »Am selben Ort?«

»Jawohl.«

»Wie kann man nur so bescheuert sein?« Árni klang geradezu schockiert, was Katrín überraschte.

»Hast du dich in letzter Zeit mit irgendwelchen anderen Kriminellen befasst als ich?«, fragte sie. »Seit wann zeichnen sich unsere besten Kunden durch Intelligenz aus?«

»Ach, nein, ich meine bloß – du weißt schon. Es gibt doch Grenzen, oder nicht?«

»Ist mir nicht aufgefallen«, sagte Katrín. »Nicht in diesen Kreisen. Jedenfalls wollen wir da rein. Wenn das stimmt, wenn die wieder angefangen haben – tja, dann hat es ihnen vermutlich an Gerätschaften und Zubehör gefehlt, denn all das haben wir ja letztes Jahr beschlagnahmt.«

Árni dachte darüber nach, während er die Zigarette aufrauchte. »In Ordnung«, sagte er dann und trat den Stummel aus. »Aber warum stehen wir hier so dumm rum?«

»Weil die da im Haus sind, diese Intelligenzbestien«, erklärte Katrín ihm geduldig. »Und wir möchten sichergehen, dass sie an Ort und Stelle bleiben, bis wir die notwendigen Papiere haben, um reinzuplatzen und sie uns zu schnappen. Okay?«

»Okay. Das hättest du auch gleich sagen können, Mensch.« Er lehnte sich gegen die Wand und schloss die Augen. »Wo ist der Rest von der Truppe?«

»Guðni sitzt in seinem Mercedes unten am Vitastígur. Die anderen sind überall verteilt. Diese Burschen können nirgendwohin, ohne dass wir es mitbekommen.«

»Was ist mit dem Bruder?«, fragte Árni nach einer kurzen Pause. Er zog die Hände aus den Taschen und versuchte sich warmzuklopfen, aber der Erfolg blieb aus. »Und mit der Schwägerin? Gibt's da Neuigkeiten?«

»Nein, nichts«, sagte Katrín. »Sie scheinen sich in Luft aufgelöst zu haben. Das hat nichts Gutes zu bedeuten.«

»Wieso nicht?«

»Ich weiß nicht, was wir dort drinnen finden«, sagte Katrín und nickte mit ihrem roten Schopf in Richtung des Hinterhauses mit der vermeintlichen Brennerei. »Keine Ahnung, ob diese Herrschaften etwas mit dem Mord zu tun haben, ob sie nun schwarzbrennen oder nicht. Aber da der Bruder sich mitsamt der Frau aus dem Staub gemacht hat, fürchte ich, dass er fürchtet, dass der Fall noch nicht ausgestanden ist.«

»Und deswegen…«

»Und deswegen fürchte ich, dass er vielleicht recht hat.«

Sie trat ebenfalls von der Wand weg und folgte Árnis Beispiel, um sich warmzuhalten. »Kommt Zeit, kommt Rat«, sagte sie nach ein paar kräftigen Schlägen. »Und wie geht es Ásta und Una? Bist du nicht bei ihnen gewesen?«

»Nein«, gab Árni widerwillig zu, »nicht seit ich auf der Entbindungsstation war. Ich weiß nicht, ob…«

»Was denkst du dir eigentlich dabei, Junge?«, unterbrach Katrín ihn. »Du wirst sie noch heute besuchen. Wenn wir das hier hinter uns gebracht haben, fährst du nach Hause, nimmst ein Bad und rasierst dich, und dann fährst du zu Ásta.«

»Aber ich…«

»Das ist ein Befehl«, sagte Katrín entschlossen. »Komm mir bloß nicht mit solchen Allüren wie Guðni, sondern tu, was dir gesagt wird. Alles klar?« Ihr Handy meldete sich, noch bevor Árni antworten konnte.

»Katrín… Okay, danke.« Sie beendete das Gespräch, steckte das Telefon in ihre Jackentasche und griff nach dem Funkgerät, das sich in der anderen Tasche befand. »Jetzt geht's los«, sagte sie und sah Árni an. »Die Genehmigung haben wir. Also ran.«

✳ ✳ ✳

Ewa entfernte den Verband an Mareks Hand ganz vorsichtig, eine Lage nach der anderen. Sie hatte ihn noch nicht einmal zur Hälfte aufgewickelt, als Marek die Geduld verlor und ihn selbst herunterriss, schnell und ohne langes Fackeln. Dann sah er auf den Stumpf und griff mit der Linken nach dem Verbandskasten, öffnete ihn und reichte Ewa die letzte Binde.

»Es sieht viel besser aus«, sagte er zufrieden, »sehr viel besser.«

Ewa nickte. Die Wunde hatte fast aufgehört zu eitern. Sie

hatte immer wieder Luft an die Wunde gelassen, nachdem sie tags zuvor die Entzündung bemerkt hatte. Den größten Anteil an der Besserung hatte aber die antiseptische Tinktur gehabt, die sie endlich in diesem Haus gefunden hatte, um damit den schlimm zugerichteten Finger zu betupfen. Zuvor hatte sie erst die durchweichte Kruste darauf entfernen müssen, und bei dem Gedanken daran wurde ihr wieder übel. Ein anderes Wort gab es nicht dafür, es war eine Kruste wie bei jedem anderen Fleisch. Sie war schwammig und bedeckte den gelbgrünen Eiterherd. Sie zupfte sie vorsichtig ab und versuchte, den Eiter aus dem fransigen Fleisch hinauszudrücken. Zudem entfernte sie noch Knochenspäne aus der Wunde, bevor sie ein Stück Mull mit der Tinktur befeuchtete und damit die Wunde behandelte, bevor sie den Finger wieder verband. Marek fühlte sich auch schon wesentlich besser, er hatte zwar immer furchtbare Schmerzen, aber das Fieber war heruntergegangen. Er schien hellwach und voller Ernergie zu sein. Ewa war sich jedoch nicht sicher, ob das etwas Gutes zu bedeuten hatte.

»Wo hast du das gefunden?«, fragte er und deutete mit der linken Hand auf den Verbandskasten, während Ewa die Wunde verband. Sie zögerte. Überlegte, ob es Sinn hatte zu lügen, kam aber zu dem Schluss, dass es zwecklos sei. Sie würde höchstens eine Galgenfrist herausschlagen können, und das war in ihren Augen eine schlimmere Frist als gar keine.

»In einem Auto«, gab sie zu. »In der Garage.«

»War das Auto offen, oder hast du den Schlüssel gefunden?«, fragte Marek prompt.

Wieder zögerte Ewa und gab vor, sich auf ihre Krankenschwesteraufgabe zu konzentrieren, während sie ihre Möglichkeiten durchging. Was würde er tun, wenn sie ihm sagte, der Wagen sei nicht verschlossen gewesen? Und sie hätte keinen Schlüssel gefunden?

»Ewa? Hast du den Schlüssel zu diesem Auto?«

Wenn ich Nein sage, dachte sie, wird er alles auf den Kopf stellen und nach ihm suchen. Und wenn er ihn nicht findet, fährt er einfach in meinem Auto ... Sie nickte. »Ja. Er liegt auf einem Regal in der Garage.«

»Prima«, sagte Marek. »Super.«

Sie hatte das Verbinden beendet und stand auf. »Und was wird jetzt?«, fragte sie. »Was wirst du tun? Müssen wir nicht zur Polizei gehen?«

»Zur Polizei?«, fauchte Marek und sprang hoch. »Bist du total verrückt geworden, Frau?«

Ewa wich ein paar Schritte zurück. »Aber... Ich meine, Andrzej ist doch tot, und du brauchst ...«

»Was brauche ich?«, fragte Marek wütend. »*Du* brauchst mir nicht zu sagen ...« Er verstummte, blickte eine Weile zur Decke und sprach dann wieder seelenruhig weiter. Zu ruhig, fand Ewa. »Du brauchst mir nicht zu sagen, dass Andrzej tot ist, das weiß ich sehr gut.«

Ewa gab nicht auf. »Ja, aber Marek, du – wir ...«

»Was glaubst du wohl, wie lange sie brauchen werden, um herauszufinden, wer da im Leichenhaus liegt? Und was würden sie denn deiner Meinung nach tun, wenn ich bei denen vorspreche und sage, dass es mein Bruder ist?«

Ewa versuchte, Einwände zu machen. »Du kannst ihnen helfen. Wenn du weißt, wer es getan hat, dann ...«

»Meine liebe Ewa«, sagte er immer noch vollkommen beherrscht. »Du weißt, was passiert, wenn ich zur Polizei gehe. Dann ist einfach alles zu Ende, ganz einfach zu Ende, mein Schatz. Soweit ich weiß, haben sie damit angefangen, Ausländer abzuschieben. Und du weißt genauso gut wie ich, was passiert, wenn sie mich zurück nach Polen schicken.«

Ewa kämpfte ihre Tränen nieder und versuchte, sich aus

Mareks Umarmung zu befreien. »Und jetzt?«, fragte sie mit zittriger Stimme. »Was hast du vor? Was glaubst du eigentlich noch, hier ausrichten zu können?«

»Mach dir keine Sorgen«, sagte Marek, so unerträglich ruhig, als sei gar nichts vorgefallen. »Mach dir keine Sorgen«, wiederholte er, »ich tu bloß das, was ich tun muss. Und danach gehen wir von hier weg, wir hauen ab.«

»Wir hauen ab?«

»Ja.«

»Wohin?« Ewa kämpfte immer noch mit den Tränen, aber erneut behielt sie die Oberhand. »Wohin sollen wir denn abhauen, Marek?«

Er zuckte mit den Achseln. »Nach Deutschland. Spanien. Ungarn. Wir können überall hingehen.«

»Wir sind nach Island gegangen«, sagte Ewa störrisch, »und sie haben dich trotzdem gefunden.« Sie packte mit beiden Händen Mareks Handgelenk und hielt ihm die verbundene Hand vors Gesicht. »Sie haben dir den Finger abgeschnitten und Andrzej umgebracht! Um Himmel willen, Marek, was muss denn noch passieren, bis du …«

Er befreite seine Hand aus ihrem Griff und schüttelte den Kopf. »Nein, Ewa, so war es nicht. Diejenigen, die das getan haben« – Marek schwenkte seine rechte Hand vor Ewas Gesicht und griff mit der linken nach ihrer Schulter – »die waren es nicht, die …« Er brach ab und ließ sie los. »Spielt keine Rolle«, sagte er. »Es spielt keine Rolle. Du wartest hier, in Ordnung?«

Er wandte sich um und ging los, aber Ewa lief ihm hinterher. »Wer war es nicht, wer was getan hat?«, fragte sie. »Was meinst du damit, Marek?«

»Warte hier«, sagte er an der Garagentür. »Du rührst dich nicht aus dem Haus. Du fährst den Polo in die Garage und machst sie zu. Stell dein Handy zur vollen Stunde an, und zwischendurch schaltest du es aus. Und kein Anruf an mich, niemals. Verstanden?«

»Marek…«

»Wenn du nichts von mir hörst und ich bis Montagmittag nicht zurück bin, kannst du wieder in die Stadt fahren. Und dann darfst du auch mit der Polizei sprechen. In Ordnung?«

Nein, dachte Ewa, sagte aber nichts. Sah schweigend zu, wie er die Schlüssel nahm, sich in den zweisitzigen schwarzen Sportwagen setzte und losfuhr. Sie ging zu ihrem Polo, ließ den Motor an und fuhr ihn in die Garage. Sie drückte auf den Knopf an der Wand und sah zu, wie sich das schwere breite Tor herabsenkte und das Tageslicht ausschloss, langsam und ziemlich geräuschlos.

* * *

Árni fand die Aktion in der Schwarzbrennerei reichlich enttäuschend. Da wurde zwar im Keller jede Menge Schnaps produziert, und ja, sie hatten auch zwei lahmarschige Heinis geschnappt, die bilderbuchmäßig zusammengefahren waren, als sie die Tür mit viel Tamtam, Rufen und Schreien aufstießen. Trotzdem hatte es auf ihn eher wie eine Antiklimax gewirkt. Die Schwarzbrenner leisteten überhaupt keinen Widerstand und unternahmen noch nicht einmal einen Fluchtversuch. Sie gaben einfach auf und ließen sich lammfromm und mit hängenden Ohren von den Uniformierten in Handschellen legen und abführen.

Und weder seine Laune noch die der anderen besserte sich, als sie da drinnen nicht den geringsten Hinweis darauf fanden, dass diese beiden die Schnapsbrennerei der Labudzki-Brüder in der Lagerhalle in Hafnarfjörður geplündert hatten. Sie fanden keine Flaschen, nur Kunststoffbehälter, und die proportionalen Mengen von Fuselalkohol und fertigem Schnaps deuteten darauf hin, dass hier bereits etliche Tage destilliert worden war. Einzig Guðni war anscheinend wirklich zufrieden mit dem Ergebnis.

»*Fucking brilliant*«, sagte er zu Katrín und kniff ein Auge zu. »Was hab ich gesagt? Krise und Fusel, das gehört genauso zusammen wie der Goldregenpfeifer und der Frühling.« Er ging zu einem riesigen Kunststofftank, der mitten im Raum stand. »Das Ding ist ja fast so groß wie ein Yacuzzi, Mensch, wie viel Fuselalkohol passt da wohl rein?«

»Tausend Liter«, sagte Árni.

»Tausend Liter?«, echote Guðni. »Glaubst du, echt so viel?«

»Brauch ich nicht zu glauben«, sagte Árni, »steht außen dran.« Er gähnte. »Was nun?«, fragte er.

»Jetzt gehst du erst mal nach Hause«, erklärte Katrín resolut.

»Was ist mit dir los, Katrín?«, fragte Guðni genervt. »Du steckst mitten in einer Mordermittlung und tust nichts anderes, als deine Leute nach Hause zu schicken. Stimmt da vielleicht bei dir zu Hause was nicht?«

Katrín würdigte ihn keiner Antwort und schob Árni vor sich her zur Tür hinaus. »Ich ruf an, wenn ich dich brauche. Schöne Grüße an Ásta.« Árni versuchte gar nicht erst, sie umzustimmen. Er steckte sich die dritte Zigarette des Tages an, nickte Katrín zum Abschied zu und schlenderte nach Hause.

»In Ordnung«, sagte Katrín und wandte sich wieder Guðni zu. »Das hast du klasse gemacht, und du hast recht gehabt, ich nicht. Ob es nun Schwarzbrenner waren oder nicht, die den Polen umgebracht haben, diese hier waren es jedenfalls nicht, so viel steht wohl fest. Ich überlass dir diese armen Tröpfe, vielleicht kennen sie ja andere und womöglich härtere Typen in der Branche. Und falls sie trotzdem doch etwas mit dem

Mord zu tun gehabt haben sollten, vertraue ich darauf, dass du es zackig herausfindest. Okay?« Sie klopfte Guðni auf die Schulter und stapfte in den Winter, der offensichtlich seinen Einzug gehalten hatte.

»*My pleasure*«, knurrte Guðni. »*My pleasure, Ma'am.*«

* * *

Árni tat wie geheißen, er fuhr nach Hause, nahm ein Bad, rasierte sich und machte sich anschließend auf den direkten Weg nach Grafarvogur. Als er anklingelte, öffnete ihm Ástas Mutter Erla, ebenso weiß wie Ásta schwarz war. Húsavík und Mozambique, dachte Árni nicht zum ersten Mal. Aber diesmal lächelte er nicht.

»Komm rein, mein lieber Árni«, sagte sie. Unangenehm freundlich, fand Árni. »Die beiden sind im Wohnzimmer.« Er folgte ihr mit gesenktem Kopf, ihm war mulmig zumute. Ásta blickte hoch, als sie ihn sah, und lächelte schwach. Er gab sich einen Ruck und erwiderte das Lächeln.

»Möchtest du einen Kaffee?«, fragte Erla. »Ich habe gerade welchen gekocht.«

»Nein, danke«, sagte Árni. »Oder vielleicht doch, aber nur ganz wenig.« Er stand mitten im Zimmer, die Hände in den Taschen, die Augen niedergeschlagen. Wie Falschgeld, dachte er, und zwar besonders falsches.

»Setz dich doch«, sagte Ásta leise. Árni räusperte sich und wollte sich in den Sessel setzen. »Árni, nun hab dich nicht so, setz dich hier zu uns«, sagte Ásta und klopfte auf den Platz neben sich auf dem Sofa. Er gehorchte, vermied es aber, sie anzusehen. Er traute sich nicht, seine Tochter oder die Mutter seiner Tochter anzusehen, dazu war der Kloß in seinem Hals zu groß.

»Ja, also«, stammelte er, »also wie – wie geht es dir? Ich

meine, euch?« Ásta antwortete nicht gleich, und Árni riskierte einen Blick. Sie nahm Una von der Brust, die erregte Warze war viel dunkler als die feuchte und pralle schokoladenfarbene Brust. Árni beobachtete alles wie hypnotisiert. Sie brachte die doppelt so große Brust in einem seltsamen BH unter, holte die andere Brust heraus und legte das sabbernde und strampelnde kleine Wesen an. Sekundenbruchteile nach dem wundervollen Anblick von Ástas milchgefüllten Brüsten wurde ihm klar, und das war kein gelinder Schock, dass sein Wohlgefallen an diesem Anblick überhaupt nichts mit Sex zu tun hatte. Was hatte das zu bedeuten – Reife oder Altern? War es vorbei mit den männlichen Instinkten, hatten sie stattdessen eine neue und ganz andere Richtung genommen? Ásta rettete ihn, bevor er sich in tieferen und weitreichenderen Überlegungen zu existenziellen Schlüsselfragen verlieren konnte.

»Uns beiden geht es prima«, sagte sie. »Aber du? Du siehst ein bisschen schlecht aus.« Árni errötete. Es war erst anderthalb Tage her, seit Ásta unglaublichere Qualen und Torturen durchgestanden hatte, als Árni sich je hätte vorstellen können, und jetzt saß sie da und machte sich seinetwegen Gedanken. Er richtete sich auf.

»Doch, prima«, log er. »So gesehen. Viel Arbeit. Der Mord an dem Polen ist bei uns gelandet.«

»Wolltest du dir nicht für die erste Woche freinehmen?«, fragte Ásta. »Du hast darüber gesprochen. Eigentlich war ich davon ausgegangen, dass du dich gestern gemeldet hättest.«

Árni rutschte unruhig hin und her. »Ja, ich weiß. Ich hatte nur … Ach, ich war davon ausgegangen, in der nächsten Woche Urlaub zu nehmen, denn da sollte sie ja kommen, aber als es jetzt schon am Donnerstag passierte, da …«

»Als was passierte? Redest du von der Geburt?«

Árni wusste, dass er wieder alles zu vermasseln drohte. »Ja, äh, oder … Ja.« Er kam sich vor wie ein blökendes Schaf. Oder eben wie ein verdammt dummes Huhn. Er räusperte sich. »Ich… Katrín hat an dem Abend angerufen und brauchte mich. Ich hatte nämlich noch niemandem gesagt, dass…«

»Und warum hast du es ihr nicht gesagt, als sie anrief?«

Árni fasste sich an den Kopf, rieb die Schläfen heftig und ließ dann die Hände wieder in den Schoß sinken.

»Weil ich ein Idiot bin?«, schlug er vor.

»Du meinst wohl ein Waschlappen«, sagte Ásta. Zu Árnis Überraschung schien Ásta ein wenig zu lächeln. Nicht viel, aber trotzdem…

»Ja, oder das.«

»Und jetzt hast du also frei?«

»Was? Ja, ja, natürlich.« Das Zögern dauerte nicht einmal einen Sekundenbruchteil, doch es war lang genug. Sie hatte es bemerkt, und er wusste es. »Ich habe heute frei«, beeilte er sich hinzuzufügen, bevor sie schimpfen konnte. »Und ich werde mir auch die nächsten Tage freinehmen. Das ist gar kein Problem.«

»Du trinkst doch den Kaffee mit Milch?«, fragte Erla, die mit einer großen Kaffeetasse und einem Milchkännchen in diese Szene hineinplatzte.

»Árni hat es sich anders überlegt mit dem Kaffee«, sagte Ásta leise. »Er muss wieder zurück zur Arbeit, nicht wahr, Árni?«

* * *

Der Schreibtisch war übersät mit Aktenmaterial und halbvollen Plastikbechern mit Kaffee, und das Handy in der Tasche ihres Mantels jaulte, das Telefon auf dem Schreibtisch klingelte unablässig, und der Bildschirm zeigte fünfzehn neue E-Mails an. Katrín blickte hoch und gähnte.

»Ja?« Der Hund wedelte mit einer blauen Mappe vor ihrer Nase herum.

»Hier«, sagte er, »hier drin steht alles, was wir im Augenblick über diesen Fall wissen.«

»Danke«, sagte Katrín. »Irgendetwas wichtiger als anderes?«

»Das hast du zu beurteilen.« Der Hund drehte sich auf dem Absatz um und wollte davonstürmen. Wie gewöhnlich, dachte Katrín.

»Hör zu, Friðjón«, sagte sie. »Bitte hab dich doch nicht so. Und wenn du mir einfach die wichtigsten Ergebnisse sagst? Damit ich schneller vorankomme?«

»Ich sollte überhaupt nichts sagen«, bellte er. »Wirklich nicht meine Aufgabe zu beurteilen, was wichtiger ist als anderes, wie du dich ausdrückst. Und nichts Neues über den Tatort. Hefe, Zucker, Fuselalkohol und ein komplett hoffnungsloser Versuch zur Brandlegung. Die Telefonkarte hat noch nichts ergeben. Das einzig Neue ist ein Firmenlogo in dem Teil der Hose, der gebrannt hat, aber das hilft auch nichts. Da steht bloß GVBau, und das wissen wir ja bereits. Die Pizzaverpackungen sind von Dominos, und es wurde Schnaps verwendet, um ihn anzuzünden. Ein paar Glassplitter hie und da, sehr dünne, könnten von einem der dünnen Aufsätze an den Destilliergeräten stammen, falls die sich da befunden haben sollten.«

»Okay«, sagte Katrín. »Also nichts Neues?«

»Hab ich doch gesagt. Aber da ist noch die Flasche aus Breiðholt.«

»Was für eine Flasche?«

»Steckte in einer Tüte, die heute Morgen vor dem Labor stand, als wir zur Arbeit erschienen. Mit einem Zettel von Árni, den habe ich irgendwo – egal, das findest du alles im Bericht. Bis später.«

Katrín setzte sich und blätterte in dem Bericht. Sie igno-

105

rierte das Klingeln des Telefons und des Handys ebenso wie das Stimmengewirr um sie herum, sah aber hoch, als Stefán das Großraumbüro betrat.

»Weshalb bist du nicht zu Hause bei Ragnhildur und beschäftigst dich mit deinem Rotwein?«, fragte sie. »Oder unten auf dem Austurvöllur und kümmerst dich um die Revolution?«

Stefán grinste. »Die Revolution kümmert sich um sich selbst. Und wenn ich tatsächlich schwarzkeltern würde«, sagte er, der seit fünfzehn Jahren seinen eigenen Rotwein produzierte, wie Katrín und alle anderen in der Abteilung nur zu gut wussten, »dann würde ich es auf keinen Fall dir gegenüber zugeben. Aber euer Einsatz heute Morgen, der war spitzenmäßig.«

»Danke«, sagte Katrín. »Das war von A bis Z Guðnis Fall. Aber lob ihn bloß nicht zu sehr, er ist schon aufgeblasen genug. Im Ernst, was machst du hier an einem Samstag?«

»Das, was ich tun soll«, sagte Stefán. »Schauen, wie es läuft. Es ist ja nicht so, als hätten wir jeden Tag Mordfälle zu bearbeiten. Glücklicherweise nicht.«

Katrín kniff Augen und Lippen zusammen. »Vertraust du mir nicht?«, fragte sie.

»Darum geht es nicht, Katrín, und das weißt du auch. Wie stehen die Dinge?«

Katrín beschloss, sich und Stefán weitere Zweifel an seinem Vertrauen in sie zu ersparen, und berichtete ihm in knappen Worten vom Wichtigsten.

»Und außerdem ist da noch diese Flasche«, sagte sie schließlich. »Árni hat sie gestern Abend in Breiðholt konfisziert, wenn ich es richtig verstanden habe. Bei einer Gruppe von polnischen Arbeitern. Oder Handwerkern, was weiß ich. Durchsichtiges weißes Glas, ohne Etikett, und halb voll mit Schwarzgebranntem. Die Sache ist bloß die, dass der Hund sagt, es sei eine andere Flasche und ein anderer Inhalt als das, was wir in Hafnarfjörður gefunden haben.«

»Hätte sie nicht von den anderen Schwarzbrennern kommen können, die ihr heute Morgen hochgenommen habt?«

Katrín schüttelte den Kopf. »Denkbar, aber das wissen wir erst, wenn der Alkohol, den wir dort gefunden haben, analysiert worden ist. Ich halte es nicht für wahrscheinlich, denn die hatten alles auf Kunststoffkanister abgezogen.«

»Mit anderen Worten?«

»Ja, du weißt das natürlich genauso gut wie ich, dass es in letzter Zeit Prügeleien und Zoff zwischen diversen polnischen Gangs gegeben hat. Bislang haben sie sich auf Rohre und Baseballschläger beschränkt, aber nach diesem Mord…«

Stefán nickte mit seinem begrünten Kopf, offiziell war er ja nicht im Dienst. »Jawohl. Und der Bruder verschwunden. Es sieht nicht gut aus.«

»Nein«, pflichtete Katrín ihm bei. »Ehrlich gesagt sollte man hierzulande mehr Angst vor Krawallen und Aufruhr innerhalb der polnischen Gemeinschaft haben als vor einer isländischen Revolte. Was meinst du?«

»Ich glaube, da hast du recht«, sagte Stefán.

Doch wider Erwarten lagen beide falsch.

* * *

Árni schreckte durch das Krakeelen von Betrunkenen aus einem keineswegs angenehmen Schlummer hoch. Griff unwillkürlich hinüber zu der leeren Hälfte des Doppelbetts, sprang dann aus dem Bett und rieb sich die Augen. Schleppte sich in die Küche und ließ Wasser in den Schnellkocher ein. Haute sich auf einen Küchenhocker und wartete darauf, dass das Wasser kochte. Er hatte Granit in den Beinen, Blei im Hintern und schwärzesten Nebel im Hirn.

Der Kaffee trug nur wenig zur Verbesserung des Zustands bei. Er tappte durch die Wohnung, den Kaffeebecher in der einen, die Zigarette in der anderen Hand. Wenn Ásta hier wäre, dachte er, dürfte ich drinnen nicht rauchen. Er betrachtete die qualmende Selbstmordwaffe. »Dann müssten du und ich vor die Haustür gehen«, brummelte er. Der alte grüne und total abgewetzte Sessel stand zwar noch an seinem Platz, aber dasselbe galt nicht für verschiedene andere Dinge, an die er sich in den vergangenen drei Jahren gewöhnt hatte. Er ließ sich in seinen Sessel fallen, stellte die Kaffeetasse ab und drückte die Zigarette aus. Lehnte sich zurück, stöhnte. Auf der Wand ihm gegenüber befand sich ein helleres Rechteck, dort hatte ihr Cézanne-Nachdruck gehangen. Und das war nicht der einzige kahle Fleck in seinen vier Wänden. Vielleicht sollte ich streichen, dachte er. Und anschließend die Sachen in den Regalen anders aufstellen, fügte er im Geiste hinzu, denn sie wirkten im Augenblick reichlich leer.

Verfluchte Kacke, Scheiße, Scheiße, Scheiße. Er kniff die Augen zusammen und drosch auf die Sessellehnen ein. Das nützte aber überhaupt nichts. Versager, dachte er, verdammter Versager.

Das Gewinsel seines Handys ließ ihn aus seinem Elend hochschrecken.

»Árni.«

»Hi, hier Katrín«, sagte Katrín. »Wie geht's dir?«

»Prima«, sagte Árni. »Was ist? Willst du, dass ich komme?«

»Was? Nein, nein, das ist nicht nötig. Und, wie war es? Warst du nicht bei Ásta und Una?«

»Doch. Es war schön. Beide sind gesund und munter. Ich bin im Augenblick zu Hause, und ich kann wirklich kommen.«

»Ja. Nein, das lass mal. Willst du nicht zum Klassentreffen gehen?«

Árni musste einen Moment überlegen, was sie meinte.

»Zum Klassentreffen?«, fragte er verblüfft.

»Ja.«

»Ja … Nein. Oder … Ich hab einfach überhaupt nicht mehr daran gedacht. Wieso fragst du denn danach?«

»Ach, ich denke da an deinen Freund in der Klasse, der uns alle in den Bankrott getrieben hat. Dieser Expansionsheini, Daníel Marteinsson, der Milliardär.«

»Er ist nicht mein Freund. Oder nicht …«

»Okay, dann dein Bekannter, dein Klassenkamerad, spielt keine Rolle. Wird er auch kommen?«

Árni fand dieses Gespräch immer merkwürdiger. »Ich habe keine Ahnung. Glaube es aber kaum, der ist doch dauernd im Ausland. Hab ich noch vor kurzem im Internet gelesen. Genau wie die halbe Nation.«

»Nein, er ist zurzeit in Island«, sagte Katrín. »Du siehst dir nicht die richtigen Webseiten an. Da war heute sogar ein Bild von ihm auf visir.is, das steht bestimmt immer noch ganz vorn. Aber egal, falls du hingehst …«

»Ja?«

»Frag ihn danach, ob er die beiden Brüder kennt. Marek und Andrzej Labudzki.«

»Was? Ich soll Daníel fragen, ob er Marek und Andrzej kennt?«

»Ja.«

»Wieso das denn?«

»Weil ich endlich die Informationen von deinem anderen Freund Gunnar Viktorsson bekommen habe, um die ich gebeten hatte. Oder von seiner Firma, GVBau. Es scheint, als hätten Marek und Andrzej Labudzki in den letzten sechs Monaten nur an einem einzigen Projekt gearbeitet.«

»Nämlich?«

»Zuerst mussten sie drei Einfamilienhäuser auf Seltjarnarnes einreißen. Und anschließend sind sie seitdem damit beschäftigt gewesen, eine neue Superluxusvilla zu bauen – für Daníel Marteinsson.«

6

Samstag bis Sonntag

»Darf ich fragen, wie du dir das eigentlich vorstellst?«, fragte Árni und musste trotz seines Elends beinahe lachen. »War Daníel vielleicht so unzufrieden mit der Arbeit der Brüder, dass er sie umbringen wollte? Oder glaubst du, er kriecht finanziell schon total auf dem Zahnfleisch und versucht's lieber mit Schwarzbrennerei?«

»Wohl kaum«, sagte Katrín. »Der verdammte Typ hat anscheinend immer noch genug von seinem Scheißgeld. Vor ein paar Tagen kam er wieder in seinem Privatjet angeflogen, und heute Morgen hat er sich vor den Kameras am Steuer seines funkelnagelneuen Range Rover präsentiert. Ich verstehe solche Leute nicht, hier bricht alles zusammen, alle haben eine Stinkwut auf ihn und seinesgleichen, und er lacht einem frech ins Gesicht.«

»Ja«, stimmte Árni ihr zu und fuhr seinen Laptop hoch. »Typisch Danni. Er war schon immer ein selbstgefälliger und arroganter Hund. Ihm sind alle scheißegal, nur nicht er selbst.« Er ging ins Internet und rief visir.is auf.

»Jedenfalls kannst du diesen Mann, wenn du ihn triffst, ruhig nach den beiden Polen fragen«, sagte Katrín. »Im Ernst. Er hat sie bestimmt nie getroffen und nie was von ihnen gehört, aber es ist ganz in Ordnung, ihn ein wenig zu provozieren, oder?«

»Vielleicht«, sagte Árni. »Trotzdem weiß ich nicht ...«

»Wenn ich zu bestimmen hätte, würde dein Freund als Erster an den Pranger gestellt und bekäme hundert Hiebe auf den Nacken. Glaubst du vielleicht, dass die seinen Privatjet beschlagnahmt hätten? Oder den Range Rover, einfach nur zur Sicherheit? Oh nein, der darf seine Milliarden und seine Flugzeuge und seine Yachten einfach behalten, und, und ...«

»Katrín?«

»Ach, entschuldige«, sagte Katrín. »Ich kriege einfach die Wut, wenn ich an dieses Pack denke. Also, ich rufe dich vor allem deswegen an, weil ich wissen wollte, wie es dir geht. Fühlst du dich etwas besser? Du hast hoffentlich keine Grippe?«

»Bestimmt nicht«, sagte Árni. »Und ich kann gern jetzt ins Dezernat kommen, wenn du möchtest. Ihr seid doch da alle voll im Einsatz?«

»Ja, und das werden wir sicher auch noch etwas länger sein. Ich muss mich mit vier oder fünf Leuten unterhalten, die oft mit den Brüdern in dem Palazzo von deinem Freund zusammengearbeitet haben.«

»Er ist nicht mein Freund.«

»Dann also dein Feind«, sagte Katrín ungeduldig. »Klingt das besser?«

»Nein«, sagte Árni. »Er ist auch nicht mein Feind. Ich sehe ihn sehr selten, höchstens manchmal bei einer Chorprobe, aber da lasse ich mich sowieso kaum noch blicken.«

»Moment, was sagst du da? Darüber hat auch dein komischer Freund Kristján gesprochen. Singt ihr zusammen im Chor?«

»Nein. Da geht es nur um ein ganz normales Besäufnis, irgendeine Party bei einem aus der alten Gymnasiumsclique, wir nennen das Chorprobe. Warum, weiß ich nicht. Es findet halt allermeistens ohne mich statt.«

»Wie dem auch sei, ich unterhalte mich gleich mit denen, die zusammen mit den Brüdern in dieser Villa gearbeitet haben, zwei Polen und zwei oder drei Isländer. Und dann denke ich, dass es für heute reicht, aber ich verlass mich darauf, dass du morgen um neun Uhr früh erscheinst. Neun. Also halte dich beim Bier etwas zurück, wenn du zu der Feier gehst.«

Árni versprach, nicht allzu sehr über die Stränge zu schlagen. Nachdem sie das Gespräch beendet hatten, holte er sich mehr Kaffee. *»Jammern und resignieren bringt doch gar nichts«*, las er in der Nachricht über Daníels Rückkehr. *»Jetzt gilt es, die Ärmel hochzukrempeln und die Wirtschaft wieder in Schwung zu bringen. Man muss Geld ausgeben, um Geld zu machen, und ich werde meinen Beitrag dazu leisten«, erklärt Daníel Marteinsson, Gründer und Besitzer von DMCapital. Er hat sich heute einen funkelnagelneuen Range Rover zugelegt, der nicht unter zwanzig Millionen Kronen gekostet haben wird. Es handelt sich wohl um den ersten Range Rover, der in den letzten zwei bis drei Monaten verkauft wurde, und es ist auch kein normaler Wagen, sondern eine spezielle Jubiläumsversion mit entsprechend luxuriöser Ausstattung. »Jetzt muss die Nation zusammenstehen«, sagt Daníel, »und vor allem mit diesem Crash-Gewäsch aufhören. Das wird nicht einfach, aber es ist möglich. Und ich stehe in meinem Land meinen Mann – ich bin nach Island gekommen, um Geld auszugeben.« Daníel lehnt es rundheraus ab, sich zur gegenwärtigen Lage von DMCapital zu äußern. Trotz umfangreicher Besitzveräußerungen in letzter Zeit hält sich das hartnäckige Gerücht, dass die finanzielle Situation des Unternehmens kritisch ist. DMCapital stieß vor anderthalb Monaten die Anteile an zwei der größten Banken des Landes ab. Diese Transaktionen haben angesichts der Ereignisse*

der letzten Wochen diverse Fragen aufgeworfen, doch dazu be-
fragt, erklärt Daníel, dass an diesen Verkäufen nichts Mysteriö-
ses und erst recht nichts Zwielichtiges sei. »Es waren vollkommen
normale geschäftliche Transaktionen. Uns bot sich die Möglich-
keit zu einem günstigen Verkauf unserer Anteile, und da ha-
ben wir zugeschlagen. So ist es nun mal im Geschäftsleben, man
muss die Gelegenheiten beim Schopf ergreifen, wenn sie sich bie-
ten. Island ist das Land der Möglichkeiten, ein Land der Verhei-
ßung, und so wird es auch bleiben«, erklärt Daníel zum Schluss
und fährt in seinem neuen schwarzen Range Rover davon.«

Danni Marteins, dachte Árni und nippte an seinem Kaffee. Da saß er, streckte den Kopf zum Millionenfenster hinaus und lächelte in die Kameras. Sonnengebräunt und mit strahlend weißem Hollywoodgebiss, das dichte blonde Haar in der Mitte gescheitelt und nach hinten gekämmt. Fünf Jahre, dachte Árni. Vor fünf Jahren hatte er die Klassenkameraden bei einer Chorprobe getroffen, der letzten, an der er teilgenommen hatte. Damals war Daníel noch ein stinknormaler Abteilungsleiter bei einer Bank gewesen, an deren Namen sich Árni nicht mehr erinnern konnte, und Sigþór einer von vielen Juristen in einer großen Rechtsanwaltskanzlei in Reykjavík. Kristján wurschtelte sich wie gehabt mit allem Möglichen durch, hatte ständig neue Pläne über großartige Businessmöglichkeiten. Immerhin hatte er es geschafft, einen Arbeiterverleih auf die Beine zu stellen. Der Einzige aus der Viererbande, der es damals schon wirklich zu etwas gebracht hatte, war Gunnar Viktorsson, der zu den umtriebigsten Unternehmern im Baugewerbe gehörte. Und er hatte seitdem seine Firma erheblich vergrößert, nicht zuletzt in Verbindung mit diversen Großprojekten im Auftrag von DMCapital, wo Daníel Haupteigentümer war und Sigþór Vorstandsvorsitzender.

»Hab ich wirklich Lust, diese Typen zu treffen?«, brummte

Árni in seinen Kaffeebecher. Dann blickte er sich um. »Habe ich wirklich Lust, hier herumzuhängen?« Er schüttelte den Kopf, suchte in seinem E-Mail-Programm nach der Einladung und las: 19:00 Uhr gemeinsames Abendessen, Programmbeginn 21:00 Uhr. Árni sah auf die Uhr, halb acht. Zeit genug.

»*Hafnarfjörður, here I come*«, sagte er laut, als er sich ans Steuer seines Peugeots setzte, den er vor einem Jahr gekauft hatte. Das Modell war drei Jahre alt, und Ende des vergangenen Monats hatte er es geschafft, hatte die letzte Rate des nicht preisindexgebundenen Kredits in Höhe von einer halben Million Kronen zu halbwegs günstigen Zinsen, den er übernehmen musste, hinter sich gebracht.

Árni schloss den iPod an die Anlage im Auto an und fuhr los. Die Eels sangen über schwierige Zeiten, »rock hard times«. Wahre Worte.

* * *

In Mareks Gemüt tobten sich zwar immer noch Wut und Trauer aus, aber er bemühte sich angestrengt, seine Gefühle auszuklammern, während er nach einer guten Lösung für das Autoproblem suchte. Er hatte es nicht gewagt, den Polo zu nehmen, denn er war sich ziemlich sicher, dass die Polizei Ausschau nach ihm halten würde. Der Porsche war aber in gewissem Sinne ein noch ungeeigneteres Fahrzeug, denn er erweckte bei allen Aufmerksamkeit, nicht nur bei der Polizei. Falls er angehalten würde, wäre es schwierig, eine Erklärung dafür zu finden, wieso er mit so einem Auto herumkutschierte. Natürlich hätte er die Nummernschilder der beiden Autos austauschen sollen, das begriff er jetzt. Er hatte die Lage nicht im Griff gehabt, als er losbrauste, nicht klar genug gedacht. War zu hektisch gewesen, zu wütend.

Immer erst alle Möglichkeiten abwägen, sämtliche Vor- und

Nachteile, das hatte sich immer als beste Methode erwiesen. Die wenigen Male, wo er das nicht getan und den Dingen ihren Lauf gelassen hatte, war es meist total schiefgegangen. Und jetzt hatte seine Nachlässigkeit Andrzej das Leben gekostet. Er umklammerte das lederbezogene Steuer mit den verbliebenen acht Fingern so fest, dass die Knöchel weiß wurden. Ein stechender Schmerz fuhr ihm den rechten Arm hinauf bis zum Nacken.

Ein Auto, dachte er, als dieser Schmerz nachgelassen hatte, wie löse ich das Autoproblem? Eigentlich kamen nur drei Optionen in Frage. Zum einen, das Vorhaben zu verschieben, zurückzufahren und die Nummernschilder zu vertauschen, um dann mit dem Polo in die Stadt zu fahren. Zum anderen konnte er diesen Wagen irgendwo abstellen und einen anderen Wagen klauen. Oder aber ihn heute Abend noch verwenden und die Nummernschilder erst später vertauschen. Fünf Minuten später ließ er den Motor wieder an und fuhr langsam los, zum ersten Zielort des Abends. Er wollte nicht warten, und wenn er den Porsche irgendwo stehenließ, bestand die Gefahr, dass irgendjemand auf ihn aufmerksam würde, unter Umständen sogar die Polizei, die dann früher oder später den richtigen Besitzer ausfindig machen würde. Das würde vermutlich nicht gleich passieren, könnte sich sogar ein paar Tage hinziehen, aber wann auch immer es geschah, würde es ihn unweigerlich diese Zuflucht kosten, die er für sich und Ewa gefunden hatte und die er noch einige Zeit zu nutzen gedachte.

Marek gelangte unbehelligt zum ersten Ziel, dem ersten auf einem langen Weg. Wie lang er werden würde, wusste er noch nicht, das musste sich herausstellen. Aber es war ein guter Start. Er fuhr bei einer bläulichen, angestrahlten Stahlgerüstlagerhalle vor, parkte das Auto im Schatten des Gebäudes, stellte den Motor ab und wartete. Die Lagerhalle auf der anderen Seite der Straße war nicht so hell erleuchtet, dort brannte nur ein funzeliges Licht bei der Zufahrt zu irgendeinem Gewerberaum. Aus dem einzigen Fenster, das zur Straße ging, drang kein Licht, und im Grunde genommen schien die ganze Straße ohne Leben zu sein. Das passte Marek ausgezeichnet in den Kram. Er glaubte zu wissen, dass sich zumindest ein Mann in dem Lagergebäude gegenüber blicken lassen würde, bevor die Nacht um war, und nur das zählte. Je weniger Menschen unterwegs waren, desto besser.

* * *

»Árni! Ey!«

Scheiße, dachte Árni. Was hab ich mir bloß dabei gedacht? Er grinste Kristján und dessen Tischnachbarn an der langen Tafel verlegen an. Aller Augen richteten sich auf ihn, während er verzweifelt nach einem freien Platz Ausschau hielt, der möglichst weit von der Viererclique entfernt war. Drei lange Tische waren voll besetzt, irgendwie hatte er da wohl etwas missverstanden. Der ganze Jahrgang schien sich versammelt zu haben, sämtliche drei Klassen, nicht nur die Zwölf EJ. Gaui, Biggi, Sindri, Ágúst, Elsa, Ásdís, Elli, Ella Magga, Tóta und Tóti, Mummi und Bragi … Die Namen schossen ihm jeweils sofort durch den Kopf, als seine Blicke an all den gut gelaunten Gesichtern vorbeiglitten, die ihn anstarrten. Scheiße, das ist makaber, dachte er und suchte gleichzeitig verzweifelt nach einem freien Platz neben jemandem, den er kannte und erträglich fand.

»Ey! Árni!« Er drehte sich um. Daníel winkte ihn zu sich. »Mensch, komm, jetzt setz dich doch zu uns.« Er schob Kristján von sich weg, und die ganze Reihe rückte auf. Árni sah zum Ende des Tisches, dort fiel Systa schon fast von der Bank.

»Was? Nein, nein«, sagte er. »Ich, ich setz mich einfach …«

Er blickte sich ratlos um. Einfach wo? Beide Bänke waren dicht besetzt, nur am Tisch der PK-Klasse waren noch Plätze frei. Und da kannte er keine Sau.

»Hab dich nicht so«, sagte Daníel. »Hier ist Platz genug. Sissó, rück ein Stück auf.« Sigþór saß Daníel gegenüber, er gehorchte und rutschte weiter, und die drei neben ihm folgten seinem Beispiel, deswegen saß Tobbi am anderen Ende auch nur noch mit einer Arschbacke auf der Bank. Árni gab auf und quetschte sich zwischen Daníel und Kristján.

»Árni Ey, schön, dich zu sehen.«

»Gleichfalls«, murmelte Árni und nickte den Klassenkameraden zu.

»Jetzt zisch erst mal ein Bier«, sagte Kristján und füllte ein Glas aus einer großen Kanne, die auf dem Tisch stand, einer von vieren, überschlug Árni. Auch auf den anderen Tischen standen schäumende Kannen, reihenweise. Dazu Rot- und Weißweinflaschen.

»Wenn du was anderes möchtest, dann schnapp dir den Kellner«, schwätzte Kristján weiter, »oder geh einfach direkt zum Tresen. Wir haben das ganze Lokal für uns.«

»Danke, Bier ist prima«, sagte Árni. »Und wie läuft das, wie rechnet man hinterher ab? Bezahlt man einfach eine feste Summe, oder …«

»Die ganze Zeche ist längst beglichen«, erklärte Daníel und legte Árni den Arm um die Schultern. »Alles geht auf mich. So wollen sie es, diese dämlichen Politiker: Wir sollen mit unserem Geld zurückkommen und es ausgeben und wohltätig sein. Dabei sind sie es doch selbst, die den ganzen Kram zum Kippen gebracht haben. Die schieben uns jetzt einen Riegel vor – aber auch den ganzen Kram in die Schuhe. Und verlangen obendrein, dass wir wieder zur Stelle sind und die Chose gedeichselt kriegen. Meinetwegen, ich hab keine Lust, das Kriegsbeil auszugraben, und ich tu einfach nur genau das, was diese miese Krücke von Minister gesagt hat, ich gebe mein Geld aus. Okay, Árni Ey? Friss, trink und sei fröhlich, mein Junge. Solange der Vorrat reicht.« Er klopfte Árni auf die Schulter und erhob sich, noch bevor Árni etwas entgegnen konnte. Daníel schlug mit einer Gabel gegen das Glas und räusperte sich.

»Verehrte Gäste«, sagte er, »liebe Schulkameraden, ich möchte hier den letzten Gast besonders herzlich begrüßen! Er hat sich eindeutig kein bisschen verändert, denn er kommt anderthalb Stunden zu spät.« Árni errötete, aber nicht sehr. Einige lachten, aber nicht sehr. Nur Kristján natürlich, aber er verstummte auch schnell wieder. »Darf ich präsentieren, Árni Eysteinsson, besser bekannt als Árni Ey, oder Árni Eymen, wie wir ihn manchmal genannt haben. Da er die Vorstellungsrunde verpasst hat, die wir beim Aperitif durchgezogen haben, bringt ihm doch bitte ein bisschen Verständnis entgegen, wenn er euch aushorchen will, was ihr heutzutage so macht. Aber seid vorsichtig mit dem, was ihr sagt, denn wie einige von euch vielleicht wissen, ist unser Árni jetzt nichts weniger als ein Bulle, er ist sogar bei der Kripo. Also – seid auf der Hut! Und dann Prost!« Einige stimmten ein, und die meisten hoben die Gläser. Daníel setzte sich wieder und trank einen gehörigen Schluck Bier.

»Árni Ey ein Bulle, wer hätte das je gedacht?«, sagte er und schüttelte den gepflegten Kopf. »Und Stjáni hat mir gesagt, dass du sogar in dem Fall mit diesen Polen ermittelst. Dann hast du den armen Kristján jetzt wohl im Visier? Du hast ihn bestimmt im Verdacht, das arme Schwein einfach abgemurkst zu haben. Der hat ihm vielleicht die Miete geschuldet, und mit solchen Leuten spaßt ein Mann wie Kristján nicht, was, Stjáni?«

Árni grinste nur schwach, denn im Gegensatz zu Kristján konnte er sich kein Lachen abringen.

»Vielleicht«, sagte er, »muss ich ihn noch etwas härter in die Zange nehmen, wenn wir keinen wahrscheinlicheren Kandidaten finden.«

»Mensch Sissó«, sagte Kristján, »dann musst du aber, also du musst meine Verteidigung übernehmen.« Sissó hob das Glas und kniff ein Auge zu, während er Árni ansah. Oder Kristján, Árni war sich nicht sicher.

»Wenn man's genau nimmt, hat dieser Pole ja eigentlich nicht für Kristján gearbeitet«, sagte Árni. Er trank einen Schluck Bier, verblüfft über sich selbst. Wieso brachte er das jetzt in dieser Runde zur Sprache? Warum lachte er nicht einfach mit den anderen und versuchte, so billig wie möglich davonzukommen, bis er diese Fehlentscheidung korrigieren und sich unbemerkt verkrümeln konnte? Denn es war ein Fehler gewesen, sich hier blicken zu lassen, das signalisierte ihm der Kloß im Magen.

»Sondern für wen?«, fragte Daníel.

»Gunnar«, antwortete Árni und deutete auf den Direktor von GVBau, der ihnen schräg gegenübersaß. Gunnar hatte bis dahin keinen Ton von sich gegeben. Jetzt warf er Árni einen desinteressierten Blick zu, stocherte weiterhin ungerührt mit einem grünen Strohhalm in seinem Glas. Sprite?, dachte Árni. Wodka in Mineralwasser? Oder Mineralwasser pur? »Und auch für dich«, sagte Árni, indem er seine Worte wieder an Daníel richtete. »Gunnar hat ihn über Kristján angeheuert und ihn zu dir geschickt, um dein neues Haus zu bauen. Stimmt's nicht, Gunni?«

»Keine Ahnung«, sagte Gunnar achselzuckend. »Kann schon sein. Und es stimmt sicher, wenn du es sagst.«

»He, Sissó, es sieht so aus, als würdest du in nächster Zeit genug zu tun bekommen«, sagte Daníel und schlug Sigþór kumpelhaft kräftig auf die Schulter. »Du musst dafür sorgen, dass Árni Ey nicht zu weit geht, wenn er mit uns dreien ein Verhör dritten Grades anstellt.« Sigþór grinste. Oder verzerrte sich sein Gesicht? Árni war sich keineswegs sicher, aber er meinte zu spüren, dass sich in diesem engen Freundeskreis etwas verändert hatte. Kristján verhielt sich zwar wie immer, er kicherte oder wieherte an den richtigen Stellen und war offenbar immer noch ganz versessen darauf, es Daníel in allem recht zu machen, doch Gunnar und auch Sigþór schienen entgegen ihrer Gewohnheit die Nähe zu Daníel eher zu ertragen als sich darüber zu freuen, und das war neu.

»Na, da kommt ja endlich das Dessert«, sagte Daníel, kurz bevor das Schweigen am Tisch peinlich zu werden begann. »Árni, du kannst bestimmt noch etwas von dem Braten bekommen, wenn du hungrig bist.« Árni lehnte das Angebot dankend ab und ließ es beim Nachtisch bewenden; er hatte auf dem Weg nach Hafnarfjörður ein Sandwich mit Krabbensalat verdrückt. Während er ein Stück einer angeblich französischen Schokoladentorte verzehrte, die neuerdings das einzige Dessert zu sein schien, das isländische Köche für Gesellschaften über zwei Personen servieren konnten, ging er im Kopf das Klassenbuch durch. Er war überrascht, wie viele angesichts der katastrophalen wirtschaftlichen Lage gekommen waren, er hatte eigentlich nur mit ein paar wenigen Unentwegten gerechnet. Aber es war wohl nichts Neues, dass die Leute auch in Krisenzeiten ausgingen und sich amüsierten, sogar dann noch öfter als sonst, das hatte er irgendwo gelesen. Überdies hatte sich möglicherweise auch herumgesprochen, dass Daníel die gesamte Mannschaft aushalten wollte, obwohl er selbst es erst an Ort und Stelle erfahren hatte.

Die Einladung war als partnerloses Treffen ausgewiesen worden, nichtsdestotrotz hatten sich, soweit Árni sehen konnte, mindestens vier Ehepaare eingestellt, die allerdings schon vor der Heirat in derselben Klasse oder zumindest demselben Jahrgang gewesen waren. Er erkannte auch zwei ehemalige Ehepaare, die sich sogar bereits in der Grundschule zusammengefunden und dann zwei und drei Kinder in die Welt gesetzt hatten, um sich dann scheiden zu lassen. Dóra und Loftur hatten drei Kinder, Eddi und Árný zwei. Árni kam es so vor, als würden Dóra und Loftur eng beieinandersitzen und sich richtig gut verstehen; Eddi und Árný wiederum saßen jeweils an den entgegengesetzten Enden des FS-Tisches. Am EJ-Tisch fehlten bloß zwei ehemalige Klassenkameradinnen, alle anderen waren gekommen. Darunter auch die Ehemänner der abwesenden Frauen, Daníel und Gunnar.

»Wo ist denn Birna Guðný?«, fragte er und spülte den letzten Happen Kuchen mit einem Schluck Bier hinunter.

»Keine Ahnung«, erklärte Daníel und rülpste laut. »Sie hatte keinen Bock auf das Klassentreffen. Angeblich hat sie wesentlich Besseres mit ihrer Zeit anzufangen, als sich mit den blöden Zicken aus der Sechsten zu besaufen. »Ey, ich kann nichts dafür«, sagte er und hob abwehrend die Hände, als er die Miene bei einigen Klassenkameradinnen sah. »Das waren ihre Worte, nicht meine. *Ich* liebe euch doch alle.«

»Und Freyja?«, fragte Árni.

Gunnar zuckte die Achseln. »Zu Hause, mit Migräne.«

»Tut mir leid«, sagte Árni. »Grüß sie von mir.«

»Mach ich.« Gunnar drehte sein Glas auf dem groben Holztisch ein ums andere Mal zwischen seinen Händen.

»Entschuldigt bitte«, sagte Sigþór und wollte aufstehen. »Ich muss mal wohin.«

»Ich komme mit«, sagte Daníel. »Das läuft irgendwie direkt durch, das verdammte Bier.«

»Also, Árni«, sagte Kristján, als die beiden verschwunden waren, verstummte aber wieder, weil am nächsten Tisch ans Glas geklopft wurde.

»Liebe Gäste«, sagte Soffía Lára aus der FS mit durchdringender Stimme, »dann haben wir jetzt das Essen hinter uns und können anfangen, so richtig auf den Putz zu hauen. Nur fünf Gruppen haben irgendwelche Nummern angekündigt, aber bevor wir uns das ansehen, sollten wir vielleicht zum Aufwärmen etwas singen. Haben alle die Liedertexte?«

Árni erbleichte. Es war wesentlich schlimmer, als er befürchtet hatte. Gemeinsames Singen und selbstgestrickte Darbietungen. Und dann bestimmt noch irgendwelche entsetzlichen Gesellschaftsspiele. Wieso konnten die Leute nicht einfach einen trinken und sich dabei wie erwachsene Menschen unterhalten?

* * *

Guðni kostete zufrieden, was ihm angeboten wurde.

»Du übertriffst dich selbst. Das ist Wodka vom Feinsten.«

Skari Mar grinste stolz. »Jawoll.«

»Was verlangst du dafür?«

Skari zögerte. »Das ist ein bisschen unterschiedlich, richtet sich danach, wer der Käufer ist, verstehste.«

»Wie viel normalerweise?«

»Zweifünf der Liter«, sagte Skari.

Guðni trank noch einen kleinen Schluck und zerkaute ihn auf der Zunge.

»Okay«, sagte er, »vier für mich.« Er zog seine Brieftasche heraus und warf zwei Fünftausendkronenscheine auf den Tisch.

»Nee, du, also du kriegst den Liter für fünfzehnhundert, das ist doch wohl klar.«

»Kommt nicht in Frage, amigo«, sagte Guðni. »Standard-preise für mich. Sonst könnte ich das als Bestechung missver-stehen, und das möchtest du nicht, *believe me.*«

Der Kauf wurde abgewickelt, und Skari Mar folgte dem wie-dergewonnenen Stammkunden zur Tür.

»Siebenundachtziger Modell?«, fragte er, als Guðni die Bei-fahrertür öffnete und die Tüte auf den Boden stellte.

»Sechsundachtziger«, sagte Guðni. Skari Mars Blicke wan-derten anerkennend zwischen dem Wagen und seinem Besit-zer hin und her.

»Unheimlich gute Autos, wirklich unheimlich. Ist das nicht die 300er Linie? SDL?«

»Ja, seit zehn Jahren in meinem Besitz«, sagte Guðni und strich zärtlich mit seiner Pranke über den Kotflügel. »Hat schon über dreihunderttausend auf dem Buckel und nie ge-streikt.« Er öffnete die Fahrertür. »Allerdings sind die Stoß-dämpfer vorn ein bisschen schlapp, du hast nicht zufällig so was auf Lager?«

»Nein«, sagte Óskar. »Nicht für einen Mercedes. Ich bin auf Japaner und Koreaner spezialisiert.«

»Mist. Und du bist ganz sicher, dass du nichts über irgend-welche Polen in dieser Branche weißt? Dir ist da nichts zu Ohren gekommen?«

»Leider nein. Ich würd's dir ja sagen, Guðni, sofort. Aber ich habe wirklich nix gehört. Ich kann versuchen, mal die Polen zu fragen, die zu mir kommen, wie gesagt, viele meiner Kun-den sind Polen, und…«

»Mach das, amigo«, sagte Guðni, »unbedingt. Und lass dich nicht von den Bullen schnappen.« Er zwinkerte Skari Mar zu und setzte sich hinters Steuer. Der kraftstrotzende Motor schnurrte wie eine heisere Großkatze, als er mit dem fünf Me-ter langen Auto vorsichtig zwischen den aufgestapelten Autoleichen zurücksetzte, die zu beiden Seiten die Sicht versperrten. Zu blöd, wenn man für so einen köstlichen Tropfen immer die ganze Strecke nach Hafnarfjörður fahren müsste, bei den Dieselpreisen heutzutage, dachte er. Der Mercedes hatte zweifellos zahlreiche Vorteile, aber sparsamer Verbrauch gehörte nun wirklich nicht dazu. Guðni fuhr langsam und souverän um die nächste Ecke, bog nach rechts ab und dann wieder nach links – und hielt an. Hier bin ich irgendwie falsch, dachte er. Das hat man davon, wenn man sich Abend für Abend in unbekannten Stadtteilen rumtreibt.

Er blickte sich um und sah zu allen Seiten nichts als dunkle Lagerhallen. Er beschloss zu wenden und bog in eine schlecht beleuchtete Zufahrt zu einem Gebäude ein, hielt wieder und tastete nach seinen London Docks. Ein Jammer, dass man sie nicht mehr anzünden durfte. Aber es gab wesentlich Schlimmeres. Beispielsweise eine aufgebrauchte Packung ohne einen einzigen übrigen Stumpen zum Kauen. Er schleuderte die leere Schachtel auf den Boden und legte den Rückwärtsgang ein.

* * *

Árni hatte sowohl das gemeinsame Singen als auch beide Gesellschaftsspiele durchgestanden, aber sich hartnäckig geweigert, da mitzumachen, obwohl Daníel und Kristján ihn ständig mit reinzuziehen versuchten. Sogar Gunni und Sissó waren wieder etwas munterer geworden und hatten sich bemüht, ihn den Gesellschaftslöwen in den Rachen zu schieben. Daníel musste natürlich bei beidem unbedingt mitspielen, etwas anderes kam nicht in Frage, er hatte noch nie gekniffen. Wirklich unbegreiflich, dachte Árni nicht zum ersten Mal, dass die Leute an diesem Quatsch teilnahmen. Ihm war schleierhaft, wie jemand auf die Idee kommen konnte, so einen peinlichen

Zirkus aufzuführen – und das Seltsamste von allem war, dass sich tatsächlich einige bei dieser idiotischen Unterhaltung zu amüsieren schienen. Wie kleine Kinder, erklärte er einer verständnislosen Klassenkameradin, die das alles furchtbar komisch fand und Árnis negative Einstellung überhaupt nicht verstehen konnte.

»Aber du warst ja noch nie eine Betriebsnudel«, sagte sie und lächelte schief. Elsa, das war doch Elsa, oder nicht, dachte Árni, der immer Probleme damit gehabt hatte, Elsa und Sigga auseinanderzuhalten. Beide Blondinen, beide mit großem Busen und kleiner Nase und strahlend hübsch. Und geschieden, wenn er Elsa richtig verstanden hatte. Oder Sigga.

Er hatte mehr Bier getrunken als geplant und war auch wesentlich länger geblieben, und nun ärgerte er sich nicht mehr über die Viererclique und genoss es bis zu einem gewissen Grad, alle diese Leute zu treffen und sich mit ihnen zu unterhalten. Der Kloß im Magen war langsam einem seltsamen Gefühl gewichen, das er nicht zu definieren vermochte, es war weder nostalgisch noch sentimental, glaubte er; höchstens eine neuartige Mischung aus beidem.

Trauere ich diesen Zeiten hinterher?, fragte er sich selbst am Pissoir, kann das wirklich sein? Die Antwort war eindeutig Nein, er hing nicht den Grundschulzeiten nach, die er mit all diesen Kindern verbracht hatte, beziehungsweise all diesen Leuten, denn von Kindern konnte man ja wohl kaum mehr reden; er vermisste erst recht nicht die Zeiten am Flensborg-Gymnasium, an dem die meisten von ihnen zur selben Zeit wie er das Abitur gemacht hatten.

Er hatte eine schlimme Zeit gehabt, vor allem am Gymnasium, er war schwankend, suchend und unsicher gewesen, nicht nur in Bezug auf sich selbst, sondern auf das gesamte Dasein. Es hatte viele und schrille Partys gegeben, daran hatte es nicht gemangelt, und er war auf allen willkommen gewesen – aber wohlgefühlt hatte er sich da nie, nicht einmal auf seinen wenigen eigenen Partys.

»Sentimentaler Quatsch«, murmelte er und schüttelte ihn dreimal. »Sentimentale Klischees.« Er zog den Reißverschluss hoch und taperte zurück ins Lokal.

Dort hatten die Leute angefangen zu tanzen. Simply Red. *Shit*, dachte Árni, ausgerechnet Simply Red. Mit glasigen Augen versuchte er, die Szene zu überblicken. Hier und dort hatten sich Grüppchen gebildet, stehend, sitzend oder tanzend, einige interessanter als andere – vor allem die Mädchengruppen. Am EJ-Tisch saßen noch ein paar Gestalten und sprachen dem Bier zu, darunter Sissó, Gunni und Daníel, die anscheinend in eine tiefschürfende und ernste Unterhaltung vertieft waren, die überhaupt nicht zum Ambiente passte. Kristján saß zwar auch jetzt dicht neben Daníel, doch irgendwie gehörte er nicht dazu. Genau wie ich, dachte Árni, ganz genau wie ich. Immer zur Stelle, aber nie Teil der Clique …

»Was ist denn mit dir, Süßer, hast du die Handschellen dabei?«, flüsterte ihm jemand ins Ohr. Er drehte sich um. Sigga strich ihm mit goldbeladener Hand zudringlich über den Arm, und der Ausschnitt ihres Kleids bildete einen schönen Rahmen um eine seiner Lieblingserinnerungen aus Gymnasiumszeiten. Árni wich unwillkürlich vor diesem plumpen Annäherungsversuch zurück. Oder war es doch Elsa? Egal wer, beschloss er, bloß raus. Bloß weg von hier. Er spürte erneut den Kloß im Magen, größer als je zuvor. Das Ganze war weder witzig noch gemütlich, es war ein totales Missverständnis. Einfach noch mal wieder der gleiche alte Scheiß wie früher. Sämtliches Freibier der Welt hätte nicht genügt, um das zu ändern.

»Ich muss mal kurz …«, brabbelte er und wankte zum Ausgang und nach draußen.

Er kotzte an die Wand der alten Sporthalle an der Strandgata. »Geschieht dir recht«, murmelte er und musste sich gleich wieder übergeben. »Verfluchte Scheißsporthalle, soll ich dich noch mehr ankotzen?« Anschließend irrte er die Strandgata entlang, vorbei am Gemeindehaus und der alten Kirche, wo er das Glaubensbekenntnis zu Gott abgelegt hatte, an den er nie geglaubt hatte, aber was tat man nicht für eine Stereoanlage und eine Reise nach Ibiza. Dann bog er in die Lækjargata ein und vermied es, zur alten Lækjarskóli jenseits des Baches zu blicken. Jetzt gab es eine neue Lækjarskóli, dachte er, vielleicht eine bessere ... Er winkte einem Taxi zu, doch der Fahrer drosselte noch nicht einmal das Tempo.

Árni biss die Zähne zusammen und versuchte, seine Schritte zu beschleunigen. Zehn Minuten später war er im Warmen, in der Tankstelle an der Straße nach Keflavík. Die Mädchen hinter der Kasse, die eine war eindeutig eine Polin, betrachteten diesen Kunden misstrauisch, denn er wirkte ziemlich lädiert. Trotzdem bedienten sie ihn, als er einen Kaffee und ein heißes Würstchen bestellte, und machten keine Anstalten, ihn aus dem Haus zu weisen.

Der Kaffee war mies und das Würstchen noch mieser, aber danach fühlte er sich erheblich besser.

»Wie siehst du denn aus?«, fragte eine bekannte Stimme hinter ihm, als er den Pappbecher in den Abfalleimer warf. Er drehte sich um und starrte ungläubig in Guðnis grinsende Visage.

»Was machst du hier?«, fragte er, als er sich einigermaßen sicher war, dass er nicht den Verstand verloren hatte.

»Ich kam zufällig vorbei«, erklärte Guðni, »und mir fehlt Tabak.« Er ging zur Theke. »Eine Schachtel London Docks.«

* * *

Marek richtete sich auf und sah durch die Windschutzscheibe. Es kam wieder ein Auto, höchstwahrscheinlich ein alter Mitsubishi Lancer, der bis vor das Lieferantentor fuhr, und im Gegensatz zu dem Mercedes vorhin wurde jetzt der Motor abgestellt. Der Fahrer stieg aus und verschwand kurz darauf durch die kleine Nebentür fürs Personal. Marek wartete, bis das Licht in dem Gewerberaum anging. Dann stieg er aus dem Porsche und rannte geduckt über die Straße. Seine Vermutung bestätigte sich, es war ein Lancer. Marek hatte eine Idee, überschlug sie rasch und fand keinen Haken. Er bezog Stellung neben dem Einfahrtstor und der kleinen Tür und wartete. Lange brauchte er nicht zu warten. Schritte näherten sich der Tür, er hörte das Klicken, als das Licht gelöscht wurde, und er war zum Angriff bereit, als die Tür sich öffnete. Der Mann hatte in der Finsternis nicht die geringste Chance, er ging wie ein Stein zu Boden.

Marek zog ihn ins Haus, schloss die Tür und machte Licht. Suchte nach dem Autoschlüssel in den Taschen des Mannes und drehte ihn um. Henryk. Prima, dachte Marek, dann ist nur noch Leslaw übrig. Zumindest im Augenblick…

Er sah sich um, da war nichts, was ihn überraschen konnte. Destilliergeräte und Fässer mit Fuselalkohol, abgefüllte Flaschen, Zigarettenstangen in Pappkartons, Autoersatzteile, diverse Werkzeuge. Nichts Ungewöhnliches. Überraschend für ihn war das, was er nicht sah. Er prüfte jeden Zigarettenkarton, fand aber nicht, was er suchte. Er ging sämtliche Regale durch, lüftete eine Segeltuchplane, unter der sich ein Automotor befand, warf einen Blick in die Toilette. Nichts. Seine Zigaretten, sein Schnaps, seine Destilliergeräte waren nicht hier. Er überlegte. Sollte er warten, bis Henryk wieder zu Bewusstsein kam, um ihn auszuquetschen, bevor er ihn massakrierte? Das hat sowohl Vorteile als auch Nachteile, dachte Marek. Vorteile und Nachteile abwägen…

Als er zu einem Ergebnis gekommen war, schleifte er die Zigarettenkartons mitten in den Raum, warf die Segeltuchplane darüber und tränkte das Ganze mit ein paar Flaschen Schnaps. Zog Henryk zu dem Haufen hin und übergoss ihn ebenfalls mit Schnaps. Zur Sicherheit trat er ihm noch einmal ordentlich gegen den Kopf, bevor er das Licht löschte und das Lieferantentor öffnete. Dann rannte er über die Straße, ließ den Porsche an und fuhr ihn ins Haus. Nachdem das Tor sich geschlossen hatte, schaltete er das Licht wieder ein und machte sich an die Arbeit.

* * *

Zur gleichen Zeit, als Árni und Guðni sich an einen Ecktisch im Grand Rock Café setzten, Guðni mit einem Bier und Árni mit einem Kaffee, ging Daníel Marteinsson zum Tresen in der Wikingerkneipe und zog seine VIP-Platinkarte hervor.

»Bidde sehr«, lallte er, »ritsch die mal durch, mein Bester. Alles, was so verkonsumiert worden iss, und dann noch ...« Er drehte sich unbeholfen um und blickte in die Runde. »Was glaubsu, was sich diese Trubbe noch reinziehen wird?«, fragte er.

Der Kellner zuckte mit den Achseln. »Keine Ahnung. Ich geh davon aus, dass du diese Leute besser kennst als ich.«

»Ja, die kenn ich«, erklärte Daníel, »das kann ich dir stecken. Undankbares Gesocks. Jedenfalls, schlag noch zweihundert Mille drauf und hundert als Trinkgeld für euch. Okay? Falls was übrig bleibt, kannstes behalten, falls nicht, halt dich an den da ...« Er deutete auf Sigþór, der sich höchst angeregt mit Sigga unterhielt. Oder Elsa, er verwechselte die beiden immer. »Und wenn dir der Deal nicht passt, musste dich mit meinem Rechtsanwalt unterhalten. Iss auch der da«, sagte er und deutete wieder auf Sigþór. »Okay?« Der Kellner zögerte, aber

dann zog er die Karte durch und tippte die Summe ein. Wartete gespannt und strahlte übers ganze Gesicht, als sie autori-
siert wurde.

»Bitte sehr«, sagte er und reichte Daníel den Zettel und einen Kugelschreiber. »hier unterschreiben, bitte.«

Daníel kritzelte etwas auf das Stückchen Papier. »Ich brauch
'ne Rechnung«, sagte er, »'ne richtige Rechnung. Lass den die
haben – Sissó!«, rief er.

Sigþór sah zu ihm hinüber. »Ja?«

»Gib dem Typ hier die Firmennummer und so und schnapp
dir die Rechnung. Wir sehn uns morn, okay?« Sigþór öffnete
den Mund, um etwas zu sagen, doch Daníel ließ ihn nicht zu
Wort kommen. »Wir sehn uns morn, ich bin weg, bin in der
Ölstofa im Bierkeller, wenn ihr noch weiterquasseln wollt,
okay?« Er rannte hinaus in die Kälte, ohne sich zu verabschie-
den und ohne Mantel und Handschuhe aus der Garderobe zu
holen. Er wankte zu seinem neuesten Spielzeug, drückte auf
die Fernbedienung und kreischte wie ein kleiner Junge, als der
Range Rover losfiepte und blinkte.

Er kam ohne Zwischenfälle durch die Stadtmitte von Hafnarfjörður und bog auf die vierspurige Straße nach Reykjavík
ein. Sowohl im Engidalur als auch in Garðabær überfuhr er
Ampeln bei Rot, es gab ja keinen Grund zu stoppen, es war
ja überhaupt kein Verkehr. Im Fossvogsdalur vergaß Daníel
sich einen Augenblick und verpasste die Abfahrt zum Bústaðavegur hinauf, aber das war ihm schnuppe.

An der großen Ampelkreuzung der Ausfahrtstraßen
Kringlumýrarbraut und Miklabraut ließ er sich dazu herab zu
halten und sah sich gezwungen, dasselbe an der nächsten Ampel wieder zu tun, weil die Autos vor und neben ihm bei Rot
hielten.

»Loooos jetz«, schnaubte er, »wird's bald.« Die Ampel

wurde grün, und der Wagen vor ihm setzte sich langsam, unerträglich langsam in Bewegung, während das Auto rechts neben ihm wie der Blitz davonschoss. »Wozu bissu auf der linken Spur, du Idiot«, fauchte Daníel und betätigte die Lichthupe. Der Fahrer vor ihm beschleunigte und zeigte mit seinem Blinker an, dass er auf die rechte Spur wechseln wollte. Na endlich, dachte Daníel und trat das Gaspedal durch, doch im gleichen Augenblick schaltete die Fußgängerampel kurz dahinter auf Gelb. Der Wagen vor ihm schaffte es nicht mehr auf die rechte Spur und bremste abrupt. Daníel riss das Steuer nach rechts und gab Vollgas. Um Haaresbreite hätte er die Frau überfahren, die die Fußgängerampel betätigt hatte und schon auf der Straße war, er riss das Steuer ein weiteres Mal herum, und jetzt steuerte der Range Rover direkt auf die hohen Bäume zu, die den Klambratún-Park zur Straße hin abschirmten. Der schwere Wagen hob regelrecht vom Boden ab, als er gegen die Bordsteinkante prallte, insofern hatte Daníels Reaktion, auf die Bremse zu treten, nur eine äußerst begrenzte Wirkung. Da waren auch noch andere Leute unterwegs, die im Lichtkegel seiner Halogenscheinwerfer mit allen Anzeichen des Entsetzens in alle Richtungen rannten, aber das entging Daníel. Er sah nur, wie sich eine Tanne näherte, erstaunlich langsam.

7

Sonntag

Mit angezogenen Knien und schützend um den Kopf gepress-
ten Armen blieb Daníel noch eine ganze Weile reglos liegen,
nachdem ihm jemand den letzten Tritt in den zerschundenen
Körper verpasst hatte und die Schritte des fliehenden Mobs
verstummt waren. Auch die heulende Sirene, vor der die Leute
die Flucht ergriffen hatten, war nicht mehr zu hören, und das
zuckende Blaulicht des Streifenwagens war in Richtung des
Westends von Reykjavík verschwunden. Als er sich ganz sicher war, dass seine Peiniger verschwunden waren, nahm er
die blutigen Hände vom Gesicht und versuchte sich aufzurichten. Ihm ging es entsetzlich, die Rippen schmerzten bei jedem
Atemzug, und die Beine wollten ihm nicht richtig gehorchen.
Es kostete ihn Blut, Schweiß und Tränen, aber schließlich gelang es ihm doch, hinter den völlig demolierten Range Rover
zu kriechen und sich mit dem Rücken gegen die Fahrertür auf-
zusetzen. Ihm war kalt, ihm war übel, und alles tat ihm weh.
Er bekam kaum Luft, weil Blut die Nase verstopfte. Seine Augen waren so verquollen, dass er fast gar nichts sehen konnte,
und das Sausen in seinen Ohren wurde nur durch das dumpfe
Hämmern in seinem Kopf unterbrochen.

Daníel Marteinsson wusste nicht, was passiert war. Hatte

keine Ahnung, wie er aus dem Wrack seines Wagens herausgekommen war, und noch weniger, weshalb dieser Mob mit einer derartig entfesselten Wut über ihn hergefallen war. Er erinnerte sich an nichts. Das Letzte, worauf er sich besinnen konnte, bevor die Leute auf ihn losschlugen und eintraten, waren die Tannen im Scheinwerferlicht. Und jetzt saß er da und war kaum imstande, sich zu rühren. Und das war eine Scheißsituation, dachte er, ich muss weg von hier. Für andere Überlegungen war kein Raum, nur dieser Gedanke drang trotz der Schwindelanfälle und der allgegenwärtigen Schmerzen durch den Nebel in seinem Schädel.

Als Nächstes versuchte Daníel, sich aufzurichten. Das war unmöglich. Gebückt humpelte er hinter die riesigen Tannen und stöhnte bei jedem Schritt laut. Er verfluchte die allzu helle Beleuchtung neben dem sandgestreuten Gehweg durch den Park, hielt aber hartnäckig durch, bis er zu einem dunklen Birkenhain kam und sich auf einer Bank am Rande eines ehemaligen Spielplatzes im Klambratún-Park niederlassen konnte.

Ihm war klar, dass er ins Krankenhaus musste oder zumindest zu einem Arzt, so schnell wie möglich. Mit zittrigen Fingern griff er in die Jackettasche und tastete er nach seinem Handy. Es schien noch zu funktionieren, und Daníel atmete ein wenig auf. Nun war es bloß die Frage, wen er anrufen sollte. Nicht den Notruf, so viel stand fest, aber wen sonst? Ihm wurde schwarz vor Augen.

Als er wieder zu sich kam, war er von der Bank gefallen und lag auf dem kalten Kiesboden. Seine Hand hielt immer noch das Handy umklammert.

* * *

»Lemminge«, erklärte Guðni verächtlich. »Die sind alle wie die verdammten Lemminge, die kollektiv Selbstmord begehen – dieses verfluchte Aktionärs- und Maklerpack. Überall auf der Welt. Die rennen in totaler Panik hinter den anderen her bis zum Klippenrand, auch wenn sie genau wissen, dass es nur durch ihre blöde Raserei zum Absturz kommt.« Árni ersparte sich jeglichen Kommentar zu Guðnis Analyse der globalen Wirtschaftskrise. »Und hierzulande fahren diese Macker auf ihren dämlichen Klotzjeeps zum Abgrund«, fuhr Guðni fort, »die sind genauso, bloß noch schlimmer.«

Hier musste Árni allerdings einen Kommentar abgeben. »Wieso können die gleichzeitig schlimmer und genauso sein?«

»Okay«, gab Guðni nach kurzem Nachdenken zu, »einige von denen sind genauso, und das ist die halbwegs bessere Sorte. Die anderen sind schlimmer, das sind einfach *fucking criminals*, die uns alle bis an den Klippenrand treiben, obwohl wir nicht mal eine Sightseeingtour dorthin gebucht haben, geschweige denn den Rest. Und dann gucken sie auch noch grinsend zu, wenn wir runterstürzen. Verdammtes Pack.«

Árni versuchte, Guðnis bildhafte Sprache zu enträtseln, was nicht ganz einfach war, aber dadurch ließ er sich nicht beeinträchtigen. »Natürlich sind diese Typen kriminell«, stimmte er zu, »aber man darf dabei nicht die anderen Idioten vergessen, die Politiker. In dem Stall müsste auch mal ausgemistet werden. Wir brauchen Wahlen, und zwar sofort, meine ich.«

»Wahlen?«, knurrte Guðni. »Wozu? Und zwischen wem und wem?« Er trank einen Schluck Bier und sah Árni scharf an. »Wie kommst du auf diese alberne Idee, dass es irgendeine Rolle spielt, wer da im Parlamentszirkus am Austurvöllur mitmischt? *Come on*, Junge, ich hab gedacht, du hättest doch einen Funken von Verstand. Gestern waren wir *everybody's darling*, und uns ging's prächtig. Und heute sind wir aussätzig, wir werden in der ganzen Welt wie die Pest gemieden, und uns geht's dreckig. Glaubst du echt, dass irgendwelche hirn-

losen, selbstherrlichen Deppen im Parlament daran irgendwas ändern können? Egal, ich hab keine Lust, über diesen verdammten Scheiß zu reden, nirgends hat man Ruhe vor dem
verfluchten Krisengewäsch.« Árni nickte zustimmend, da war
er ganz einer Meinung mit Guðni. Man konnte keine Zeitung
aufschlagen oder den Fernseher einschalten, ohne dass einem
Crash und Krise ins Gesicht sprangen. Nicht mal in der Welt
der Bücher blieb man davor verschont, denn soweit er gehört
hatte, sollte vor Weihnachten ein Krimi herauskommen, in
dem es mehr oder weniger um diesen ganzen Quatsch ging.
Wozu eigentlich? Wenn er einen Roman las, wollte er sich
dabei für eine Weile aus der Gegenwart auskoppeln, das war
doch das Mindeste, was man von Literatur verlangen konnte,
verdammt. Er ging zum Tresen und holte noch eine Tasse Kaffee für sich und ein Bier für Guðni.

»Wieso hast du dich da eigentlich total besoffen in Hafnarfjörður herumgetrieben?«, fragte Guðni. »Und wieso sitzt
du immer noch hier bei mir, warum nicht bei deinen beiden
Traumfrauen? Du bist doch gerade erst Daddy geworden, was
sind das für Manieren, mein Junge?«

»Darüber will ich genauso wenig reden«, entgegnete Árni
zugeknöpft. »Können wir über die Polen reden?«

»Fällt mir nicht ein«, sagte Guðni bockig. »Das wär das
Letzte. Im Ernst, warum bist du nicht bei den beiden Mädels?«
Árni schwieg sich aus. »Na ja, ich kann zu dem Thema auch
nicht viel beitragen«, fuhr Guðni fort, »fünf Kinder, von denen
keins mit mir redet.«

Das darf doch wohl nicht wahr sein, dachte Árni. Erst das
Treffen mit Ásta, das er vermasselt hatte, dann diese entsetz-
liche Zusammenkunft in der Wikingerkneipe, und jetzt noch
Guðni, der sich anscheinend das Herz ausschütten wollte. Er
war sich nicht sicher, ob ein Wunder dieser Art etwas Gutes zu

bedeuten hatte. Seine Sorgen erwiesen sich jedoch als überflüssig.

»Was auch ganz prima ist«, sagte Guðni und hob seinen
Bierkrug. »Bin unheimlich froh, die los zu sein. Prost!«

Árni hob seine Kaffeetasse. »Prost.« War das vielleicht
falsch? Sollte er nicht lieber diese winzige Anwandlung von
Gefühlen ausnutzen, die den Kerl offenbar beschlichen hatte?
Sollte er nicht versuchen, noch ein wenig nachzuhaken, was
in dem Kopf dieses Mannes vorging, mit dem er gezwungen
war, Umgang zu haben, mit dem er mindestens fünf Tage in
der Woche zusammenarbeiten musste und häufig genug öfter?
Aber wollte er überhaupt mehr von dessen Privatleben erfahren als das bisschen, was er bereits wusste? Er glaubte nicht.
Trotzdem beschloss er, gegen sein besseres Wissen und Gewissen, ein wenig zu bohren.

»Deine jüngste Tochter«, setzte er vorsichtig an, »Helena,
heißt sie nicht so?« Guðni bestätigte das. »Sie hat doch eine
Zeit lang bei dir gewohnt, oder?«

»Drei Monate«, sagte Guðni. »Sie ist ausgezogen an dem
Tag, als sie achtzehn wurde. Und wir waren beide gleich froh.«

»Und was macht sie jetzt?«

»Studiert an der Uni.« Guðni gelang es kaum, seinen Stolz
zu verhehlen.

Árni musste insgeheim lächeln. »Dann habt ihr also Kontakt zueinander?«

»Nein«, erklärte Guðni kurz angebunden. »Wechseln wir
lieber das Thema. Die Polen? Hast du nicht gesagt, dass du
über die reden willst?«

* * *

Marek sah auf die Uhr. Falls er nichts vermurkst hatte, müsste
der ganze Krempel jetzt ordentlich lodern. Er fuhr mit dem

Lancer zurück zur Sommerresidenz jenseits der Berge. Sie lag im Dunkeln. War es nicht ein todsicherer Plan gewesen? Oder hatte er irgendetwas vergessen? Die Nummernschilder und Herstellerplaketten des Porsche lagen neben ihm, außerdem fünf Stangen Marlboro. Die TÜV-Papiere hatte er noch an Ort und Stelle verbrannt. Wenn das Feuer seine Dienste getan hatte, würde der Porsche vollkommen unkenntlich sein und Henryk nur ein weiterer toter Russenlakai...

Verdammt, überlegte Marek, wahrscheinlich war es doch kein todsicherer Plan gewesen. Wahrscheinlich hatte er auch diesmal nicht lange genug überlegt. Wie viele Porsches gab es in Island? Fünf? Zehn? Fünfzehn? Von diesem Typ und diesem Baujahr... Ihm brach der Schweiß aus. Verdammter Mist, konnte er denn nicht mehr klar denken? Die Bullen würden doch nicht, wenn sie das ausgebrannte Wrack eines Autos fanden, das Zigmillionen Kronen gekostet hatte, sich nur am Kopf kratzen und die Sache auf sich beruhen lassen, bloß weil der Wagen keine Nummernschilder hatte?

Nein, dachte Marek, die werden sämtliche Porsche-Besitzer überprüfen, mit jedem Einzelnen von ihnen sprechen, bis sie den richtigen gefunden haben. Das Herz in seiner Brust hämmerte, und der Schmerz im Fingerstumpf durchzuckte ihn im Takt mit dem Puls. Was nun? Es war aussichtslos, sich weiterhin in Island zu verstecken, aber wohin konnte er gehen? Er hatte während der Jahre hier nicht viele Freunde gewonnen. Er hatte viele Kunden, einige Bekannte, aber keine Freunde. Das hatte er nämlich tunlichst vermieden und sich über das Notwendigste hinaus so wenig wie möglich mit Kunden und Kollegen unterhalten. Und er hatte Andrzej eingeschärft, es ebenso zu halten, auch wenn er wusste, dass er auf taube Ohren stieß, denn Andrzej konnte einfach nicht lange stillschweigen. Ewa hatte sich viel stärker darum bemüht, Leute kennenzulernen, sie hatte sowohl isländische als auch polnische Freundinnen, aber die Möglichkeit, sich an sie zu wenden, verwarf Marek sofort. Nein, wahrscheinlich war es besser, sich nach einem anderen Ferienhaus umzusehen, so weit wie möglich entfernt von diesem und möglichst noch viel weiter von der Stadt entfernt. Ein kleines Haus ohne Diebstahlsicherungssystem, außerhalb der Sichtweite irgendeiner Straße. Das allerdings könnte sich in diesem waldlosen Land schwierig gestalten, aber unmöglich war es nicht. Keine gute Lösung, dachte Marek, trotzdem die beste in der Situation. Womöglich sogar die einzige.

Er stieg aus, ging zur Haustür und öffnete sie mit dem Schlüssel, den Ewa bei ihrem ersten Eintreffen aus seinem Versteck unter der Veranda des Gästehauses geholt hatte.

Das Diebstahlsicherungssystem war immer noch ausgeschaltet, so sollte es sein. Marek hielt inne. Wie wirkte dieses System eigentlich? Er hatte bei ihrem Eintreffen den Code eingegeben und das System außer Betrieb gesetzt – war das vielleicht nicht genug? Oder erregte dieser Akt womöglich Aufmerksamkeit beim Security-Service, der davon ausging, dass dort jetzt niemand zu sein hatte? Das ist Verfolgungswahn, dachte er. Wenn dem so wäre, hätten die das längst abgecheckt.

Er tastete sich im Dunkeln vor, bloß kein weiteres Risiko eingehen. Aber spielte das jetzt noch irgendeine Rolle? Wohl kaum. Er machte Licht und holte sich ein Bier aus dem Kühlschrank. Ein Bier musste doch in Ordnung sein. Ewa wird sich nicht freuen, dachte er, und ging zum Schlafzimmer. Damit musste man sich einfach abfinden. Die Tür stand halb offen.

»Ewa«, sagte er und schaltete das Licht ein. »Wach auf, mein Schatz…«

Das Bett war leer. Marek drehte sich blitzschnell um, lief

von einem Zimmer ins andere und rief immer wieder Ewas Namen. Rannte zur Garage. Auch die war leer.

* * *

»Und wo ist das?«, fragte Katrín müde.

»Ach, irgendwo in dem Gewerbegebiet zwischen dem Supermarkt und der Handballhalle«, sagte die Stimme am anderen Ende der Leitung. Katrín hatte den Namen nicht richtig verstanden.

»Ein großer Brand?« Sie fläzte sich im Halbdunkel auf das Sofa und legte die Beine hoch.

»Jedenfalls größer als der da neulich«, sagte der Mann. »Es hat nicht viel gefehlt, und das Feuer hätte auch auf das nächste Haus übergegriffen.«

»Und du rufst mich weswegen an?«

»Tja …« Der Mann räusperte sich und hustete eine halbe Minute, bevor er weitersprechen konnte. »Entschuldige, ich war ein bisschen unvorsichtig, als wir eintrafen, und ich habe etwas von dem Rauch geschluckt. Aber der Grund, weshalb ich anrufe, sind, tja, was soll ich sagen, gewisse Parallelen zu dem anderen Brand, dem vom Donnerstagabend. Mitten in dem Raum wurde irgendwelches Zeugs angezündet, und da gibt es eindeutig Überreste einer Destillationsanlage und etliche geplatzte Flaschen. Auch etliche heil gebliebene Flaschen, sowohl volle als auch leere. Voll mit Schwarzgebranntem.«

»Aber keine Leiche, hoffe ich?«, fragte Katrín. Ihr Interesse war geweckt, und sie setzte sich trotz ihrer Müdigkeit wieder auf.

»Nein. Nur die Autoleiche, ein total ausgebrannter Porsche, nichts weniger als das. Der ist so mausetot, dass er in dieser Welt kein Gummi mehr verschleißen kann, denn jetzt kurvt er wohl mit qualmenden Reifen im Himmelreich herum.«

Haha, dachte Katrín. »In Ordnung. Sonst noch etwas von Bedeutung?«

»Nichts, was bei mir gezündet hat«, erklärte der Feuerwehrmann launig. »Du wirst es dir wohl selbst anschauen müssen.«

Katrín warf einen Blick auf ihre Uhr. »Morgen«, sagte sie. »Bewacht ihr nicht den Brandort?«

»Ja, wir bleiben noch etwas. Aber ich wage nicht zu sagen, wie lange. Hier sind auch zwei von euren Leuten – möchtest du mit denen reden?«

Katrín bekam Verbindung zu den Polizisten im Streifendienst, die vor Ort waren, und gab ihnen Anweisung, die Lagerhalle so lange zu bewachen, bis sie oder der Erkennungsdienst eingetroffen waren.

»Ach, tatsächlich mal wieder zu Hause«, brummelte Sveinn, als sie eine halbe Stunde später endlich zu ihm ins Bett kroch.

»Schlaf einfach weiter«, sagte Katrín.

»Was denn sonst?«, knurrte Sveinn.

* * *

Ewa wusste nicht, was tun. Weiterfahren oder umkehren? Sie befand sich mitten auf dem Hellisheiði-Pass, war an den Rand gefahren, weil ihr ein Kloß im Hals saß. Die Heizung lief auf vollen Touren. Als sie den Entschluss gefasst hatte, loszufahren und Marek und all das, was mit ihm verbunden war, zurückzulassen, hatte sie das nicht nur richtig und selbstverständlich gefunden, sondern auch geradezu lebensnotwendig. Jetzt war sie sich ihrer Sache nicht mehr so sicher. Marek hatte Andrzej verloren, was würde er tun, wenn er zu dem leeren Haus käme und herausfand, dass auch sie weg war?

Sie warf einen Blick auf das ausgeschaltete Handy, traute sich aber nicht, es einzuschalten.

Das erste Jahr in Island war perfekt gewesen. Andrzej hatte

zwar manchmal seine Mucken gehabt, wie üblich, und war auch manchmal unerträglich gewesen. Aber ansonsten war er einfach ein zu groß geratener kleiner fröhlicher Junge, und für sie bestand kein Zweifel daran, dass er guten Einfluss auf Marek gehabt hatte. Schon immer, und nicht erst seitdem sie nach Island gegangen waren. Er hatte die schlimmsten Eigenschaften von Marek gedämpft und abgemildert, er hatte Marek daran gehindert, auf dem Weg weiterzumachen, auf dem er sich befand, lange bevor Ewa ihn kennengelernt hatte.

Das, was Andrzej für Marek bedeutet hatte, würde sie ihm nie und nimmer geben können. Zwar hatte sich bei der ärztlichen Untersuchung, der sie sich heimlich unterzogen hatte, herausgestellt, dass mit ihr alles in Ordnung war und folglich mit Mareks Zeugungskraft irgendetwas nicht stimmte. Aber ihr war es ratsam erschienen, das für sich zu behalten.

Und Ewa hatte sich mit Andrzej abgefunden, sich bedingungslos damit abgefunden, dass er immer ein Teil ihres Lebens sein würde. Marek hatte ihr auch von Anfang an klargemacht, dass sie keine Chance hätte, falls sie ihn vor die Wahl zwischen sich und Andrzej stellen würde. Jetzt hatte sie eine, denn jetzt war Andrzej aus diesem Leben verschwunden, und sie konnte Marek für sich haben. Das hätte ein kleiner Trost in dieser schrecklichen Situation sein können, aber aus irgendwelchen Gründen fand sie den Gedanken an ein Leben mit Marek und ohne Andrzej in diesem Augenblick nur schrecklich.

Das Auto wurde erschüttert, als ein großer Lastwagen vorbeidonnerte, und Ewa schüttelte es ebenfalls. Weiter, dachte sie. Ich fahre weiter. Manche behaupteten, Ungewissheit sei immer das Schlimmste, aber damit war sie nicht einverstanden. Sie fand Ungewissheit besser als die Gewissheit über das, was sie erwartete, falls sie umkehren würde. Die Zeiten waren vorbei, dass sie sich kommentarlos mit dem abfand, was

Marek von ihr verlangte. Und diese Zeiten würden nicht wiederkehren.

Sie löste die Handbremse, legte den Gang ein und fuhr weiter, der Ungewissheit entgegen.

* * *

Árnis Zustand hätte nach den vielen Bieren des gestrigen Abends schlimmer sein können, und eigentlich ging es ihm besser, als er es seiner eigenen Meinung nach verdient hatte, und er beklagte sich nicht. Guðni sah ebenfalls relativ frisch aus, gemessen an der Tatsache, dass er sich vier halbe Liter reingezogen hatte, bevor sie sich vor sechs Stunden endlich auf den jeweiligen Heimweg gemacht hatten. Katrín hingegen machte einen ungewöhnlich müden Eindruck, normalerweise wirkte sie jeden Morgen so unsäglich fit und munter, egal was los war, dass Árni es fast schon unverschämt fand. Aber nicht heute.

»Du siehst erbärmlich aus«, sagte er.

Katrín lächelte nicht. »Danke, gleichfalls«, sagte sie. »Hast du das hier schon gesehen?« Sie deutete auf ihren Bildschirm, und Árni ging zu ihrem Schreibtisch. Dort sah er ein Foto von einem schwarzen Range Rover in enger Berührung mit natürlichen Hindernissen. Und die Überschrift lautete: *Wo ist Daníel?*

»Nein. Wow – was ist passiert?«

Katrín zuckte die Achseln. »Keine Ahnung. Nicht unser Fall. Warst du auf dem Klassentreffen?«

»Ja.«

»Ist er mit dem Auto gekommen?«

»Keine Ahnung. Als ich ging, war er sturzbesoffen, oder zumindest kam es mir so vor.« Er überflog die Nachricht und schüttelte den Kopf. »Das kapier ich nicht. Die können Danni nicht finden?«

»Nein. Wir haben auch erst davon erfahren, als der Journalist, der das geschrieben hat, hier anrief, um sich über den Unfall zu informieren. Der Range Rover könnte aber auch mehr oder weniger die ganze Nacht dort gelegen haben. Falls er alkoholisiert am Steuer gesessen hat, versteckt er sich vermutlich in irgendeinem Hotelzimmer und schläft seinen Rausch aus, bevor er sich stellt. Ich warte bloß darauf, dass er anruft und meldet, sein Wagen sei gestohlen worden.«

»Würde mich nicht überraschen«, sagte Árni. »Egal, ob er selbst am Steuer gesessen hat oder Birna Guðný.«

»Wer ist das denn?«

»Seine Frau. Sie war auch bei uns in der Klasse.«

»War sie nüchtern?«

»Sie hat sich überhaupt nicht blicken lassen«, sagte Árni. »Und ich versteh sie gut, ich wäre besser auch nicht hingegangen.«

»Tz, tz, war es so schlimm?«, fragte Katrín.

»Ja, nein. Oder eigentlich doch. Ach, ich weiß nicht, wie ich das ausdrücken soll. Es war bloß …« Er kapitulierte. »Spielt ja keine Rolle. Daníel hat alle freigehalten und die ganze Chose bezahlt, das Essen, die Getränke, alles. Irgendwie war da aber eine ganz komische Stimmung.«

»Moment mal, die ganze Chose …?« Katrín war sprachlos.

»Jawohl, er hat uns natürlich beweisen wollen, dass er sich nicht lumpen lässt. Bei den ersten drei Bieren fand ich das auch unangenehm, aber das hat sich dann gegeben.«

Nach und nach versammelten sich immer mehr Leute in dem Büro, und als alle eingetroffen waren, scheuchte Katrín sie ins Konferenzzimmer. »Also los – ran an die Arbeit«, sagte sie.

* * *

»Daníel besitzt einen Porsche«, sagte Árni.

»Range Rover, Porsche, Privatjet und Luxusyacht«, sagte Katrín. »Das ist ja wohl das Mindeste, was so ein Typ braucht.«

»Und das reicht ihm trotzdem nicht, er besitzt mindestens noch zwei andere Autos, einen Mercedes und einen amerikanischen Schlitten, ich weiß aber nicht mehr, welche Marke.«

»Wie schön für ihn«, sagte Katrín, die sich vorsichtig auf dem rußig verschlammten Boden bis zu dem verkohlten Haufen neben dem Autowrack vorgearbeitet hatte, den sie jetzt betrachtete. Decken und Wände des Raums waren schwarz, und das Gleiche galt für sämtliches Inventar, auch für die Flaschen, die an einer Wand und in zwei Stahlregalen in der Ecke aufgereiht standen. »Ich kapier das nicht«, sagte sie. »Ich hatte geglaubt, Schwarzbrennen wäre eine praktisch ausgestorbene Kunst, aber anscheinend findet so etwas hier in jedem zweiten Haus statt. Hab ich da was verpasst?«

»Ich wahrscheinlich auch«, sagte Árni. »Aber das fällt ja auch nicht in unseren Arbeitsbereich.«

»Nein, nein«, gab Katrín zu. »Trotzdem wissen wir doch so ungefähr, was in anderen Abteilungen bei uns los ist. Und die Sache mit dem Porsche ist komisch. Keine Nummernschilder, und Friðjón sagt, dass auch die Herstellernummer am Motor entfernt worden ist. Ich habe das heute Morgen überprüft, niemand hat einen gestohlenen Porsche gemeldet. Bis jetzt jedenfalls noch nicht.« Sie wandte sich zu den beiden uniformierten Polizisten, die vor dem offenen Tor auf und ab gingen. Es waren dieselben, die am Donnerstagabend als Erste am Tatort gewesen waren. »Wissen wir, wer das hier gemietet hat?«, fragte sie.

»Nein. Hier ist niemand mit Werkstatt oder Betrieb oder was auch immer registriert. Die Räume gehören irgendeiner Firma, aber die hat nicht einmal eine Telefonnummer. Und anscheinend auch kein Büro.«

145

»Und niemand hat sich gemeldet? Als Besitzer oder in seinem Auftrag?«

»Nein.«

»Okay. Árni?«

»Ja?«

»Friðjón sagt, die Flaschen hier sind von der gleichen Sorte wie die, die du da in Breiðholt gefunden hast, also …«

»Ich hab's gehört«, schnauzte der Hund von unter der Motorhaube des Porsches hervor. »Ich habe gesagt, dass es *anscheinend* die gleichen Flaschen sind. Das ist etwas ganz anderes als …«

»Das reicht mir im Augenblick«, sagte Katrín. »Árni, du schnappst dir jemanden und stattest denen in Breiðholt einen weiteren Besuch ab. Ich werde versuchen, telefonisch eine Genehmigung zur Hausdurchsuchung zu erwirken, obwohl Sonntag ist, aber gib ihnen zu verstehen, dass ihnen eine Durchsuchung ins Haus steht und dass du erst gehst, wenn sie stattgefunden hat, egal wie lange du auf die Genehmigung warten musst. Alles klar? Und keine Samthandschuhe, bitte, du musst aus ihnen rausholen, woher sie diese Flasche haben, wie auch immer du das anstellst. Nimm den Dolmetscher mit. Ich glaube, er ist gerade mit Steini unterwegs. Wahrscheinlich ist es am einfachsten, wenn du mit den beiden dort vorfährst.«

»Alles klar«, sagte Árni. »Und was hast du vor? Wie schätzt du die Lage ein?«

»Liegt das nicht auf der Hand?«, fragte Katrín erstaunt. »Dort wird eine illegale Brennerei ausgeraubt, und ein toter Pole liegt mitten auf dem Fußboden. Zwei Tage später wird hier die nächste Klitsche angezündet, kein toter Pole, aber ein ausgebrannter Porsche. Und das da …«, fügte sie hinzu und deutete auf ein durchweichtes und eingerissenes Blatt zu ihren

146

Füßen. »Ich bin natürlich kein Experte, aber mir kommt es so vor, als wäre das Polnisch. Was meinst du?«

* * *

Sie gingen rund um das Haus und sahen in alle Fenster hinein, konnten aber drinnen kein Lebenszeichen feststellen. Mehrfaches Klingeln und Hämmern an der Tür hatten auch nichts gebracht. Das zweistöckige, rot gestrichene Holzhaus ganz oben im Breiðholt-Viertel machte einen vollkommen ausgestorbenen Eindruck.

»Was jetzt?«, fragte Steini und blies sich in die Hände.

»Weiß nicht«, antwortete Árni. »Was denkst du?«

»Ich finde das komisch«, sagte Steini. »Wenn man da reinschaut, hat es den Anschein, als ob es nicht nur menschenleer ist, sondern richtig leer. Du verstehst, was ich meine.«

»Verlassen«, warf der Dolmetscher dazwischen. »Als wären alle dort ausgezogen.« Árni sah den Mann neugierig an. Mitte fünfzig, schätzte er, unglaublich kurzsichtig und schlecht rasiert. Ein Isländer, der einen amerikanischen Schlitten fuhr, beim Zoll und an einer Tankstelle arbeitete und fließend Polnisch sprach. Und dazu noch jede Menge anderer Sprachen, wenn er sich richtig erinnerte. Erstaunlicher Zeitgenosse, dachte Árni.

»Okay«, sagte er, »wir gehen rein.«

»Einverstanden«, sagte Steini. Árni zog seinen Dietrich aus der Tasche, öffnete die Tür in fünfzehn Sekunden, und sie betraten das Haus. Zigarettenqualm hing noch in der Luft, aber er war alt und abgestanden. Sie durchkämmten das ganze Haus, und überall bot sich ihnen der gleiche Anblick: leere Pritschen, leere Regale und leere Schränke. Die Möbel waren noch an Ort und Stelle, ebenso die Grundausstattung in der Küche, und im Kühlschrank befanden sich eine angebrochene H-Milch im

Tetrapak, eine halbvolle Tüte mit Möhren und ein paar Kartoffeln. Pizzaverpackungen, leere Dosen und Flaschen, leere Zigarettenschachteln und volle Aschenbecher standen und lagen überall herum, und der Abfalleimer unter der Spüle quoll über. Der Fernseher fehlte, stellte Árni fest, auch der DVD-Player.

»Nicht zu fassen«, sagte er. »Vor zwei Tagen haben hier noch neun Leute gewohnt, und jetzt sind sie alle weg, haben sich sozusagen in Luft aufgelöst. Einfach nicht zu fassen.«

»In so einem Haus kann man alles glauben«, sagte der Dolmetscher tiefsinnig. Árni sah den Mann fragend an, doch der machte keine Anstalten, seine Bemerkung zu erklären.

»Okay«, sagte Árni schließlich. »Werfen wir vielleicht noch einen Blick in die Garage?« Er fischte wieder nach seinem Dietrich, um die Garagentür zu öffnen, und das war ihm gerade gelungen, als sein Handy klingelte.

»Árni.« Er warf einen Blick in die Garage, leer. Total leer.

»Guðni hier. Hör zu …«

»Ich wollte dich auch gerade anrufen«, unterbrach ihn Árni und ging in die Garage. Der Geruch erinnerte ihn an etwas. Jeder Geruch erinnert an etwas, dachte er, leider weiß man selten, an was. Man erinnert sich nur, wenn man ihn direkt spürt. »Oder euch«, fuhr er fort. »Ich weiß, du glaubst es mir nicht, aber hier sind alle verschwunden. Alle, ich schwör's, das ist total …«

»Später, später«, sagte Guðni keuchend. »Wir haben ihn gefunden.«

»Wen habt ihr gefunden?«

»Deinen Freund Daníel, den Großkotz.«

»Wie oft soll ich das noch sagen, er ist nicht …«

»*War* nicht«, korrigierte Guðni. »War nicht dein Freund. Und von jetzt an wird er es auch nicht mehr werden können.«

* * *

»Das Wohnzimmer ist dahinten«, sagte der junge Polizeianwärter mit unsicherer Stimme und machte eine Handbewegung in Richtung eines langen fensterlosen Korridors. Helligkeit drang nur durch einige türlose Öffnungen zu beiden Seiten herein. »Geh ganz bis zum Ende, dann nach rechts und gleich wieder nach links.«

»Und wohin willst *du*?«, fragte Katrín scharf.

»Ich – es …« Der Junge zog schniefend die leicht gerötete Nase hoch. »Muss ich wirklich … Ich wollte eigentlich hier raus.«

»Dann geh raus.« Der Rotz läuft ihm aus der Nase wie einem Kleinkind, fiel ihr unwillkürlich ein. Unglaublich, dass man die Anforderungen an Neuanwärter in letzter Zeit so drastisch zurückgeschraubt hatte. Sie drehte sich um und achtete darauf, sich an die schmale vorgegebene Bahn zu halten, die vom Erkennungsdienst mit kleinen Plastikkegeln markiert worden war. Jeder Schritt hallte an den nackten Wänden wider, und die Plastiküberzüge an ihren Schuhen quietschten überlaut. So darf man nicht denken, dachte Katrín, ich bin doch nicht so alt, dass ich schon zu denen gehöre, die glauben, früher sei alles besser gewesen. Zu denen, die nur über die Jüngeren schimpfen. Sie bog nach rechts und gleich wieder nach links, wie dieses Baby von einem Polizisten ihr gesagt hatte. Ging zwei Schritte ins Zimmer und hielt abrupt inne. Holte tief Luft und zählte bis zehn.

Wenn ich katholisch wäre, würde ich mich jetzt bekreuzigen, dachte Katrín.

Helles Sonnenlicht flutete nahezu waagerecht durch die beiden Westfenster herein, wie Scheinwerfer auf eine halb verdunkelte Bühne. Die Streifen auf dem unverputzten Zementboden wirkten wie Läufer. Der eine drang in eine Ecke vor, wo er sich noch fast bis zur Decke hochtastete, doch dann verlor er sich in diesem riesigen Raum.

Der andere Strahl schaffte es bis zur Mitte der Südwand, wo er ein blauweißes Licht auf den blutverklebten und halbnackten Körper von Daníel Marteinsson warf, bevor er sich durch ein längliches, viergeteiltes Fenster wieder ins Freie stahl. Daníel saß mit dem Rücken zum Fenster und mit ausgestreckten Beinen und Armen auf dem Boden. Der hängende Kopf zeichnete sich gegen den mittleren Fensterpfosten ab, und die blutigen Hände waren an die Querstreben etwas weiter oberhalb genagelt worden.

»Wie Christus am Kreuz«, sagte der Hund. Katrín schrak zusammen, sie hatte weder ihn noch Eydís bemerkt, ihre ganze Aufmerksamkeit hatte sich auf Daníel gerichtet.

»Genau dasselbe habe ich auch gedacht«, sagte sie und ging zu ihnen hinüber. »Oder zumindest etwas Ähnliches. Vielleicht eher wie ein Altarbild?«

»Nein«, knurrte der Hund, »das ist kein Bild, kein Gemälde. Das hier ist echt. Er ist hier, tot, gekreuzigt, oder so gut wie. Eigentlich passend. Ob es ihn verdrossen hat?«

»Was? Wen soll was verdrossen haben?«

»Ihn«, entgegnete der Hund und machte noch eine Aufnahme von Daníel. »Ob es den Mann nicht verdrossen hat, sich kreuzigen zu lassen … Also hör mal, er wär doch vor ein paar Tagen hundert geworden. Passend.«

Katrín hob verständnislos die Hände. »Ich habe keine Ahnung, was du meinst, aber du hast sicher recht. Was meinst du denn nun wirk …«

»Steinn Steinarr«, warf Guðni so laut dazwischen, dass es durch den ganzen Raum dröhnte.

Katrín schoss unter lautem Quietschen ihrer plastiküberzogenen Sohlen herum. »Hast du Geir erreicht?«, fragte sie.

»Ja, er ist unterwegs. Árni ebenfalls. *Everything under control*«, sagte Guðni grinsend. »*Come on, Kate*, Steinn Steinarr wäre am dreizehnten Oktober hundert geworden. Wir sind in Seltjarnarnes. Der Kerl wurde gekreuzigt. Raffst du das wirklich immer noch nicht?«

»Ja, ja, schon in Ordnung. Und wie wär's mit dem Passionspsalm Nummer soundso von Hallgrímur Pétursson? Ich wusste gar nicht, dass ihr so lyrikbegeistert seid, Jungs.«

Das Grinsen auf Guðnis Gesicht verschwand, und Katrín konnte sich nicht zurückhalten. »Ich dachte immer, Gedichte wären bloß was für Schwule und Weiber«, sagte sie, »genau wie Wein und Canapés.«

»Man braucht verdammt noch mal kein Lyrikfan zu sein, um so etwas zu kapieren, was soll denn das?«

Katrín fand es an der Zeit, mit diesem Heckmeck aufzuhören und sich der Arbeit zuzuwenden. Dem verstorbenen Daníel Marteinsson.

Das Hemd war blutdurchtränkt und schien aufgerissen worden zu sein, die meisten Knöpfe hingen nur noch an einem Faden, und einer lag auf dem Boden. Der Körper war vom Scheitel bis zur Sohle übersät mit Hämatomen, Schürfwunden und Schnittverletzungen, und an einigen Stellen war vor lauter Blut keine Haut mehr zu sehen. Ein breiter dunkelblauer Streifen zog sich schräg von der linken Schulter hinunter bis zur rechten Hüfte, und ein Fleck von derselben Farbe bedeckte die halbe Brust. Herausgebrochene Zähne. Dicke Blutergüsse um beide Augen. Und außerdem noch das andere.

Die Hände waren mit jeweils drei dicken Schrauben am Fensterkreuz festgenagelt worden, und eine siebte Schraube war durch die Zunge getrieben oder geschraubt worden. Aus dem Bauch ragte der Schaft von etwas, was ein Beitel sein konnte, und das, was da in der Herzgegend aus der Brust ragte, musste der Schaft eines Schraubenziehers sein, wenn sie nicht alles täuschte. Katrín konnte sich nicht dazu überwinden, genauer zu untersuchen, was für die Geschlechtsteile verwendet worden war, auf diese Informationen wartete sie lieber bis zum Obduktionsbericht.

Pranger und hundert Peitschenhiebe: Hatte sie nicht selbst das diesem Mann gestern noch gewünscht? Aber hier war jemand entschieden zu weit gegangen.

»Katrín …« Stefán stand in der Türöffnung, die grüne Kappe in der Hand und ein entschuldigendes Lächeln auf den Lippen. Das verhieß nichts Gutes.

»Ja.«

»Also, jetzt wird Baldur übernehmen.«

»Baldur?«

»Ja.«

»Aber ich hatte Bereitschaftsdienst. Ich wurde hierhergerufen, das ist …«

»Du kannst nicht alles übernehmen, Katrín. Du hast doch schon jede Menge um die Ohren mit den Polen.«

»Aber …«

»Kein Aber«, sagte Stefán und stülpte sich die Kappe auf den Kopf. »Deine Leute behältst du alle, dafür ist auch mehr als genug Bedarf, der Rest wird Baldur unterstellt, und der leitet die Ermittlung. Basta.«

Katrín kapitulierte, denn sie wusste, dass Widerrede zwecklos war, und sie wusste auch, dass Stefán vollkommen recht hatte. Aber es war trotzdem hart. »Wieso ausgerechnet Baldur?«, fragte sie, während sie sich die Handschuhe auszog und zu Stefán hinüberging.

»Wieso nicht?«, erkundigte sich Baldur in geschliffenem Ton. Er war Stefán auf leisen Sohlen gefolgt. Weil du so ein unangenehmer Wichtigtuer und Besserwisser bist, dachte Katrín. Baldur war beinahe so groß wie Stefán, so alt wie Katrín und so schwer wie Árni, der allerdings zehn Zentimeter kleiner war. Und er besaß mehr Geld als sie alle zusammen, wenn man den Gerüchten im Dezernat Glauben schenken konnte. Zumindest war er reich gewesen, aber vielleicht hatte er ja sein Vermögen bei isländischen Banken angelegt...

»Spielt keine Rolle«, sagte sie. »Viel Erfolg. Komm, Guðni.«

8

Montag

Die Nachricht vom Mord an Daníel Marteinsson konnte zwar die Krisennachrichten aus den Schlagzeilen vertreiben, aber wenn man genauer hinsah und genauer hinhörte, wurde klar, dass die Krise Daníel und seinem Ende folgte wie der Eissturmvogel den über Bord geworfenen Fischeingeweiden. Was immer über ihn gesagt oder geschrieben wurde, alles war verbunden mit den großen Themen wie der Privatisierung der Banken, den Geldtransfers ins Ausland und den mehrfach abgestoßenen und wiedererworbenen Unternehmen, die jetzt eins nach dem anderen im Kielwasser von DMCapital, dem Flaggschiff des gefallenen Expansionswikingers, sanken. Dieses Flaggschiff war zwar in Rekordzeit auf ganz große Fahrt gegangen und weit herumgekommen, doch jetzt standen die Zeichen auf Sturm, und einiges deutete darauf hin, dass der Rumpf leckgeschlagen war und die Maschinen stotterten oder dass es mit großer Wahrscheinlichkeit im schweren Seegang der internationalen und der isländischen Wirtschaft auf eine Schäre auflaufen würde, jetzt, wo der Kapitän nicht mehr auf der Brücke stand. Reporter und Journalisten überboten sich in Vergleichen dieser Art, und Katrín vor ihrem Laptop daheim am Küchentisch fühlte sich schon beinahe seekrank.

Katrín wusste nicht, ob sie Baldur beneiden oder wegen des Medienrummels bedauern sollte, aber sie war froh darüber, dass sie endlich einmal ihre Arbeit in Ruhe durchführen konnte, ohne von lästigen Reportern bedrängt zu werden. Der Mord an Andrzej Labudzki war völlig in den Hintergrund gerückt, und der zweite Brand in einem Lagerhaus fand nirgendwo mehr Erwähnung.

Nach halbstündiger Lektüre schreckte sie hoch, weil ihr das Schweigen im Haus verdächtig vorkam. Sie sprang auf, klopfte bei Íris und Eiður an die Tür, rief ihre Namen und befahl ihnen, schleunigst aufzustehen, doch die Antwort darauf bestand nur in einem übellaunigen Knurren. Und dasselbe war auch im ehelichen Schlafzimmer der Fall, Sveinn drehte sich einfach auf die andere Seite und sagte, sie solle es locker nehmen.

»Heute ist gar keine Schule«, schimpfte Íris, als Katrín noch einmal ihre Zimmertür öffnete. »Winterferien. Lass mich noch ein bisschen schlafen.«

Winterferien, dachte Katrín, natürlich waren Winterferien. Sie sah auf den Kalender an der Kühlschranktür, wo die nächsten Tage rot angestrichen waren. Sie schämte sich für ihre Vergesslichkeit und machte sich Vorwürfe. Man konnte einfach nicht an alles denken, nicht immer.

»Und was ist mit dir?«, rief sie ins Schlafzimmer. »Du hast doch wohl kaum Winterferien?«

Sveinn stand widerwillig auf und schleppte sich in die Küche. Gähnte gewaltig und verteilte den Rest des Kaffees, den Katrín gekocht hatte, auf ihre beiden Tassen. »Also«, sagte er und setzte sich, »also, es ist so …«

Katrín sah vom Bildschirm hoch. »Was ist?«

Sveinn wich ihrem Blick aus, starrte nur auf das fleckige Tischtuch und umklammerte seine Kaffeetasse. »Ich, also ich … Eigentlich habe ich meinen Job verloren.«

Katrín starrte ihn an, schluckte ein paarmal und sah ihn dann wieder fassungslos an. »Was denn? Wann denn? Wieso das denn? Was ist hier los, Svenni? Wieso hast du deine Stelle verloren? Und wann?«

Sveinn rutschte unruhig auf seinem Stuhl herum. »Einfach so. Sie haben uns allen gekündigt, allen in unserer Abteilung, eins, zwei, drei, einfach so. Wir brauchen nicht mal die drei Monate bis zur Kündigungsfrist zu arbeiten. Es wurde uns am Freitag kurz vor Arbeitsschluss gesagt. Man steht eigentlich noch völlig unter Schock.«

»Am Freitag?«, fragte Katrín ungläubig.

»Ja.«

»Dir ist schon am Freitag gekündigt worden, und du sagst es mir erst jetzt? Tickst du noch ganz richtig?«

Das war zu viel für Sveinn, er knallte die Tasse auf den Tisch, dass der Kaffee durch die Gegend spritzte, und sprang auf. »Wann, Katrín, wann hätte ich's dir denn sagen sollen? Du hast dich doch seit Donnerstagabend hier kaum zu Hause blicken lassen, höchstens mal mitten in der Nacht, um ein bisschen zu schlafen. Du bist erst lange nach uns ins Bett gegangen und warst schon wieder weg, bevor wir aufwachten. Und du wärst bestimmt vor Freude im Dreieck gesprungen, wenn ich dich mitten in einer Mordermittlung angerufen hätte. Ich hab durchaus mitgekriegt, was wichtiger ist, deine Arbeit oder meine – wobei diese Einschätzung sich nicht nach dem Gehalt gerichtet hat.« Er stiefelte ins Badezimmer und knallte die Tür hinter sich zu. Katrín blieb wie versteinert sitzen und bekam vor Wut kaum Luft. Dann lief sie ihm nach, aber er hatte die Tür verriegelt.

»Mach auf!«, schrie sie. »Mach die verdammte Tür auf, oder ich trete sie ein!«

Sveinn riss die Tür weit auf und stand mit heruntergelassener Unterhose vor ihr. »Bitte schön, nur hereinspaziert. Darf ich dir Scheiße oder Kacke anbieten?« Er setzte sich wieder auf die Klobrille. Katrín machte einen Rückzieher und konnte gerade rechtzeitig die Tür schließen, bevor es plumpste.

»Mama?« Das Stimmchen klang noch schwächer und ängstlicher. Eiður Bjarni stand mit Tränen in den Augen an seiner Zimmertür, die zitternden Mundwinkel nach unten verzogen. Die frisch Konfirmierte stand ebenfalls auf dem Flur und starrte ihre Mutter angsterfüllt an.

Das war nicht fair, dachte Katrín, weder ihnen noch Svenni gegenüber ... Und trotzdem. Vielleicht war sie ihm gegenüber gar nicht so unfair gewesen.

»Kommt, ihr zwei«, sagte sie so besonnen und ruhig wie möglich, »jetzt frühstücken wir erst einmal.«

* * *

»Wo ist Katrín?«, fragte Árni zwischen Gähnen und Kaffeetrinken. »Ist es nicht schon ...?«

Guðni grunzte. »Sie kommt heute etwas später, sie hat vorhin angerufen. Also, machen wir uns an die Arbeit.« Es war den meisten in der Gruppe anzusehen und anzuhören, dass Engagement und Konzentration nachgelassen hatten, und die Stimmung besserte sich nicht, als sie von Baldur und seiner Truppe aus dem Konferenzraum vertrieben wurden.

»Was ist denn los mit euch?«, knurrte Guðni, zurück im Großraumbüro. »Wieso macht ihr so saure Gesichter? Findet ihr einen ehrlichen polnischen Schwarzhändler zu unbedeutend? Ist der Fall nicht krass genug im Vergleich zu einem isländischen professionellen Drecksack und Gelddieb? Geht es darum?« Einige versuchten zu protestieren, aber Guðni hörte nicht hin. »Wir ziehen unseren Fall durch«, sagte er wütend, »wir kriegen raus, wer diesen verdammten Polen umgebracht hat, und dann könnt ihr euch wieder mit dem befassen, was euch besser in den Kram passt. Aber das hier wird zuerst durchgezogen.«

Árni hätte sich bei diesem unerwarteten Zornesausbruch beinahe am Kaffee verschluckt, und die anderen waren anscheinend auch verbiestert. Zumindest rissen sie die Klappe nicht mehr auf. Guðni steckte sich eine London Docks zwischen die Lippen und pflanzte sich auf eine Schreibtischecke.

»Verschiedenes deutet darauf hin, dass hier zwischen den Polen eine Fehde ausbricht, vielleicht hat sie sogar schon angefangen. Das muss gestoppt werden, und zwar pronto, bevor der Teufel los ist. Sogar ihr müsstet doch sehen können, dass das wichtiger ist, als dem auf die Spur zu kommen, der diesen Vaterlandsverräter zur Hölle befördert hat, wo er unbestreitbar sowieso hingehört. Stimmt's oder stimmt's?«

»Nein«, wagte Steini einzuwenden. »Das stimmt nicht.« Guðni nahm den Stumpen aus dem Mund, um loszulegen, aber Steini stoppte ihn. »Red doch nicht so einen Stuss, Guðni. Seit wann machen wir bei Mordfällen Unterschiede zwischen den Opfern?«

»Das haben wir schon immer gemacht, und daran wird sich auch nichts ändern«, erklärte Guðni kategorisch. »Das ist einfach normal. Aber egal, lassen wir das jetzt. Wissen wir schon etwas mehr über diesen Porsche?«

Árni tippte auf die Mappe, die er vor der Besprechung beim Hund abgeholt hatte. »Der … also der Friðjón hat eine Herstellerplakette gefunden, von der der Brandstifter entweder nichts wusste oder die er nicht entfernen konnte. Sie ist zwar durch Feuer, Hitze und Ruß sehr stark lädiert, aber Friðjón ist zuversichtlich, dass er die Daten entziffern kann. Geht es nicht mal wieder darum, dass ein Auto wegen der auf ihm lastenden Kredite angezündet wird? In den letzten zwei Wochen wurden an die zwanzig Autos zu Schrott verbrannt, und in den letzten Monaten Dutzende. All diesen Fällen war dreierlei gemeinsam: Es handelte sich um superteure Luxusautos, das Feuer war von Menschenhand gelegt worden, und alle waren sie mithilfe von Krediten in ausländischen Devisen finanziert, die sich aufgrund des rasanten Verfalls der isländischen Krone praktisch verdoppelt hatten.«

»Wohl kaum«, sagte Guðni. »Vielleicht schraubst du dir mal den Schädel mitsamt der Hirnfestplatte wieder auf, Junge. Du hast doch selbst gesagt, dass die Nummernschilder und die Herstellerplaketten entfernt worden waren – tut das etwa jemand, der bei seiner Versicherung hereinspazieren und Schadenersatz verlangen will?«

Árni wurde rot. Was für ein blöder Schnitzer, und das vor der ganzen Abteilung. Nicht gut, alles andere als gut.

»*Right, boys*«, sagte Guðni, »Ihre Majestät Katrín die Große hat mir den schwierigen Auftrag anvertraut, euch mit den schwierigen Aufgaben für den heutigen Tag vertraut zu machen.« Erwartungsvoll legte er den Kopf schräg und erntete noch nicht einmal die Andeutung eines Grinsens. Seiner Ansicht nach versprach das aber nur Gutes für den weiteren Verlauf der Ermittlung, denn wütende Mitarbeiter waren brauchbare Mitarbeiter, wenn die Wut in die richtigen Bahnen gelenkt wurde. Zumindest in diesem Job, da war er sich sicher.

* * *

Katrín parkte den betagten Mazda hinter dem Dezernat. Durch die verkratzte Windschutzscheibe fiel ihr Blick auf den eindrucksvollen Freimaurertempel, aber ganz entgegen ihrer Gewohnheit berührte sie das an diesem Morgen nicht. Diese direkte Nachbarschaft von zwei der einflussreichsten gesellschaftlichen Institutionen, der Polizei und des Geheimbunds, hatte sie schon lange irritiert, denn beider Mitglieder waren stets angestrengt darum bemüht, sich von allem reinzuwaschen, was in den Augen der Allgemeinheit Anstoß erregte. Katrín glaubte zwar nicht an irgendwelche Verschwörungstheorien im Zusammenhang mit diesem seltsamen Bund, sie hatte sich nie irgendwelchen Vorstellungen hingegeben, dass da kuttengekleidete Männer teuflische und intrigante Verschwörungen gegen Land und Leute planten, damit einige Auserwählte davon profitieren konnten. Auf der anderen Seite glaubte sie aber auch nicht an die Propaganda, dass diese Loge nichts anderes als eine gemütliche Klubversammlung rechtschaffener Bürger war, die nur zu dem Zweck zusammenkamen, um sich alles erdenklich Gute zum Wohle der Gesellschaft auszudenken. Nein, in ihren Augen war das der klassische Männerklub, schlichtweg ein Symbol für die ganze Korruption im Lande, das nun rasant schnell auf den Bankrott zusteuerte. Lächerliche Gestalten in Pinguinverkleidung, die sich gegenseitig die profitabelsten Geschäfte zuschanzten und bedingungslos miteinander durch dick und dünn gingen.

Eigentlich hätte dieser Tempel der Befrackten sie angesichts der neuesten Entwicklungen noch mehr ärgern sollen als sonst, doch sie hatte einfach keine Zeit, um darüber nachzudenken. In diesem Augenblick zählten nur zwei Dinge, die Familie und die Arbeit. Der Zustand zu Hause war nicht mehr zumutbar, das war er auch schon über einen längeren Zeitraum hinweg nicht gewesen, aber der heutige Morgen hatte ihr endlich die Augen weit geöffnet. So konnte es nicht weitergehen, es nutzte keinem von ihnen, weder ihr noch Svenni, und zuallerletzt den Kindern. Eiður schien sich wieder beruhigt zu haben, als sie ging, aber eine krampfhafte Umarmung und ein ungewöhnlich heftiger Abschiedskuss sagten das ihre.

Und um zu sehen, wie Íris sich fühlte, hätte sie keinen akademischen Grad in Psychologie gebraucht; sie hatte immer noch ein wenig geschnieft, als Katrín gezwungenermaßen zur Arbeit fahren musste.

Bloß keine Gewissensbisse jetzt, dachte sie, kniff die Augen zusammen und ballte die Fäuste. Nicht jetzt, nein. Svenni war doch zu Hause. Würde er bei seiner Arbeit ein schlechtes Gewissen haben, wenn es umgedreht wäre? Sie glaubte nicht. Und obwohl es im Grunde genommen nichts darüber aussagte, wie sie sich zu fühlen hatte, half ihr dieser Gedanke trotzdem dabei, vor sich selbst das zu rechtfertigen, was eigentlich keiner Rechtfertigung bedurfte, nämlich dass sie ihrer Arbeit nachgehen wollte.

Wie Stefán gesagt hatte, kam es nicht jeden Tag vor, dass Mordfälle auf ihren Schreibtischen landeten. Und Stefán hatte ebenfalls recht, dass Morde glücklicherweise so selten passierten. Manchmal einer oder zwei pro Jahr, manchmal gar keiner. Zwei Morde in ein und derselben Woche, so wie jetzt, das war in der isländischen Geschichte ein Ausnahmefall – oder zumindest in der Geschichte der Polizei, denn in früheren Jahrhunderten waren die Verhältnisse manchmal doch anders gewesen. Aber das bedeutete auch, dass sie es sich nicht leisten konnte, diesen Fall in den Sand zu setzen, die erste Mordermittlung, die von A bis Z unter ihrer Leitung stattfand. Sie konnte es weder vor sich noch vor ihren Kindern verantworten, sich diese nicht alltägliche Gelegenheit entgehen zu lassen, indem sie die Verantwortung auf andere abschob, nur um in einer kritischen Lage zu Hause zu sein und die treusorgende Mutter zu spielen.

»Die treusorgende Mutter zu spielen«, zischte sie wütend, »als wäre es ein Spiel, wenn man sich anständig um seine Kinder kümmern will. Schäm dich, Katrín Anna Eiðsdóttir, dass dir so etwas über die Lippen kommt. Aber war das nicht einfach die Wahrheit? Unbequem und halbwegs tabu natürlich, aber stimmte es nicht? Nein, beschloss Katrín, das stimmte nicht. Das war Blödsinn. Vereinfachung und kompletter Quatsch, der in keiner Weise das komplizierte Gewirr von Gefühlen und Vernunftgründen umfasste, das in ihrem Kopf waberte. Vielleicht ein Grund, um etwas von dem, was sie im Studium gelernt hatte, aufzufrischen, dachte Katrín, wer weiß, vielleicht bringt einen das weiter. Aber nicht sofort. Jetzt galt es, sich an diese wichtige Arbeit zu machen, wo sie nun schon einmal zum Dienst erschienen war …

Sie stieg aus und atmete tief die Mischung aus frostkalter Morgenbrise und Diesel ein. Heute Abend würde sie mit Sveinn sprechen, notfalls auch mit zum Stoß angesetzten Hörnern, doch nun ging es um einen toten polnischen Schwarzhändler.

* * *

»Weil ich ihn brauche«, sagte Baldur, als gäbe es nichts Natürlicheres. Arroganz und Selbstgefälligkeit bei diesem Mann waren einfach unerträglich, dachte Katrín. Aber noch schlimmer war es, dass Stefán augenscheinlich vorhatte, ihm den Willen zu lassen.

»Ich auch«, sagte Katrín und versuchte genauso beherrscht zu wirken wie Baldur, genauso kühl und gelassen. Kein schrill klingendes, hysterisches Weibsbild, wie Guðni sich vermutlich ausdrücken würde. »Meine Ermittlung läuft auf Hochtouren, und Árni ist mir unterstellt. Ich kann ihn nicht entbehren.«

»Es spricht einiges für das, was Baldur sagt, Katrín. Und ich habe nicht vor, deine Mannschaft zu dezimieren, du bekommst statt Árni einen anderen Mann.«

»Aber keinen Mann, mit dem ich schon seit Jahren zusammengearbeitet habe, keinen Mann, der so gut in den Fall eingearbeitet ist wie Árni. Du weißt genau, Stefán, und wahrscheinlich sogar noch besser als ich, was es heißt, mitten in einer Ermittlung einen Mann zu verlieren. Und ein neuer Mann braucht Zeit, um sich in die Lage hinein…«

»Das weiß ich alles«, unterbrach Stefán. »Ich bin aber trotzdem überzeugt, dass Árni von größerem Nutzen bei der Mordermittlung im Fall Daníel Marteinsson ist, und das ist meines Erachtens ausschlaggebend.«

Katrín sah von Stefán zu Baldur hinüber, doch der blickte ganz woanders hin, als ob ihn das gar nichts anginge. Er hatte sich wie gewöhnlich durchgesetzt, und daran würde niemand mehr etwas ändern können. »Und was ist mit Árni selbst? Darf er keine Meinung dazu haben?«

»Im Grunde genommen nicht«, sagte Stefán. »Es sei denn, dass er ernsthafte Interessenkonflikte befürchtet – besteht da irgendeine Gefahr?«

Er hatte seine Worte an Árni gerichtet, der die ganze Zeit mit knallrotem Gesicht in der Ecke gestanden hatte. Das hier war eine ganz neue Erfahrung für ihn. Niemand hatte sich je darum gerissen, ihn in seiner Mannschaft zu haben, und zwar schon seit der zehnten Klasse, wenn die Mitglieder für die Handballmannschaften gewählt wurden, und damals war es immer unter negativen Vorzeichen gewesen – die Mannschaftskapitäne versuchten, ihn jeweils dem anderen Team zuzuschieben.

»Ich? Nein, Interessenkonflikte sehe ich eigentlich keine.« Ein tödlich giftiger Blick von Katrín traf ihn. Oops, dachte er, falsche Antwort. Erst das Fiasko bei Ásta, und nun das hier – derzeit schaffte er es wohl nicht, bei den Frauen in seinem Leben zu punkten.

»Dann wäre ja alles klipp und klar«, sagte Stefán. »Árni, du arbeitest jetzt so lange mit Baldur an diesem Fall, wie er es für nötig hält.« Er sah Katrín an. »Und mach dir keine Sorgen, du bekommst ihn wieder.« Katrín schwieg, das war das Sicherste, glaubte sie. »Doch nun zu der großen Frage, die offen ist«, fuhr Stefán fort. »Kann es sein, dass es sich bei diesen beiden Morden um einen einzigen Fall handelt?« Er blickte sie der Reihe nach fragend an. Baldur öffnete den Mund.

»Möglich«, beeilte Katrín sich zu sagen.

»Kaum«, sagte Baldur.

»Daníel wird ermordet in dem Haus aufgefunden, in dem dieser Pole für ihn arbeitete, drei Tage, nachdem der andere Pole ermordet wurde«, sagte Katrín resolut, »das verbindet sie doch auf jeden Fall. In Zeit und Raum.«

»In Zeit und Raum vielleicht«, gab Baldur zu, »aber sonst kaum. Diese Leute hatten nicht das Geringste miteinander gemeinsam. Der eine war ein geistig zurückgebliebener polnischer Arbeiter, der für einen dubiosen Arbeiterverleih zu Polentarifen arbeitete, der andere ein isländischer Milliardär, der allerdings in letzter Zeit nicht allzu gut gelitten war. Ich kann mir nicht vorstellen, dass die beiden sich je gesehen haben, geschweige denn mehr Berührung hatten.«

»Sie müssen sich gar nicht gesehen haben«, hielt Katrín dagegen, »oder getroffen beziehungsweise gekannt. Es reicht, dass sie dieselben Leute gekannt haben. Kristján, der diesen Arbeiterverleih betreibt, war Daníels Freund. Ebenso der Direktor von GVBau, der den Polen angeheuert und ihn für die Arbeit an dem Haus eingeteilt hat. Heißt er nicht Gunnar?« Árni nickte. »Und beide waren mit Daníel am Samstagabend auf dem Klassentreffen«, fuhr Katrín fort. »Ich würde sagen, das ist eine ziemlich wichtige Connection.«

Baldur überlegte kurz. »Das stimmt zwar«, sagte er schließlich, »es gibt da eine gewisse Verbindung, aber nur eine indirekte. Wie stellst du dir das vor? Daníel hat den Polen umgebracht, und Kristjan beschloss, sich zu rächen? Oder vielleicht Gunnar? Ich nehme an, er hat genau wie Daníel niemals mit diesem Mann gesprochen, so ein Direktor läuft ja schließlich nicht mit dem Hammer in der Hand auf seinen Baustellen herum. Oder glaubst du vielleicht, dass Kristján den Polen umgebracht und Daníel ihn erpresst hat? Ein Mann, der kurz vor dem Crash Milliarden in Sicherheit gebracht hat, soll ein paar müde Kröten aus seinem Freund herausquetschen, der ohnehin auf den Bankrott zusteuert? Ich sehe einfach nicht ganz, wie…«

Stefán hob seine Pranke und lehnte sich vor. »Schluss jetzt«, sagte er, »lassen wir es dabei. Zwei Fälle, zwei Ermittlungen. Aber ich möchte, dass ihr die Augen offen haltet in Bezug auf alle Verbindungen, die sich ergeben könnten. Ihr müsst immer, ich betone, immer, an diesen möglichen Link denken.« Zur weiteren Unterstreichung seiner Worte ließ er die flache Hand auf den Schreibtisch niedergehen. Katrín und Baldur schwiegen und stimmten nur durch ein Nicken zu. Weder sie noch er hatten Lust, die Frage zu stellen, die beiden auf den Lippen brannte: Wenn sich tatsächlich herausstellen sollte, dass es doch ein und derselbe Fall ist, wer von uns beiden wird dann die Ermittlung leiten?

»Prima«, sagte Stefán. »Árni macht dann den Verbindungsmann. Katrín, du hältst ihn über eure Ermittlungen auf dem Laufenden. Er ist wahrscheinlich am besten in der Lage, diese Connection zu sehen, falls es da eine gibt. Sonst noch etwas?« Sie schüttelten die Köpfe.

»Na, komm schon«, sagte Baldur, als sie Stefáns Büro verlassen hatten. »Kein Grund, den Kopf hängen zu lassen – du hast ja noch Guðni. Mehr kann man doch nicht verlangen.«

Katrín verkniff sich eine Antwort, ihre Miene besagte alles.

Baldur tat, als sei nichts vorgefallen, aber Árni verspürte heftige Gewissensbisse. Er sah Katrín entschuldigend an, doch sie würdigte ihn keines Blickes.

* * *

Zwei weiße Tafeln auf Rädern standen am Ende des Konferenztisches, auf denen die wichtigsten Informationen über Daníel Marteinsson zu lesen waren, über den Tatort, die engere Familie, Anverwandte und Geschäftspartner. Árni kannte unangenehm viele dieser Namen.

»Also«, sagte Baldur, als sie sich gesetzt hatten, »hier ist der Bericht, den du gestern Abend abgeliefert hast. Lies das Ganze noch einmal durch und unterschreib, und dann können wir weitermachen.« Árni ging den Bericht Wort für Wort durch, korrigierte an einigen Stellen die Rechtschreibung und unterschrieb.

»Das passt.« Er schob den Bericht wieder zu Baldur hinüber. »Und was jetzt?«

»Es ist äußerst tadelnswert«, erklärte Baldur, »in einer Mordermittlung Alkohol zu trinken, so wie du am Samstagabend ...« Árni setzte zu einem Protest an, aber Baldur bedeutete ihm zu schweigen. »Es ist wie gesagt tadelnswert, aber in diesem Fall scheint es nützlich gewesen zu sein. Es wäre natürlich noch besser gewesen, wenn du gar keinen Alkohol angerührt hättest, aber deine Anwesenheit in dem Restaurant in Hafnarfjörður gibt uns ein ungewöhnlich gutes Bild von den letzten Stunden Daníel Marteinssons. Und dem Himmel sei Dank bist du nicht geradewegs nach Hause in deine menschenleere Wohnung gegangen, sondern hast mit den Ausschweifungen weitergemacht, aber zusammen mit einem Zeugen, dessen Aussage zuverlässig und über jeden Zweifel erhaben ist.«

»Da habe ich Kaffee getrunken«, widersprach Árni. Was war mit diesem Mann los? Warum redete er wie ein alter Oberlehrer, dessen Bibel das Handbuch für gepflegten Stil im Berichtswesen war?

»Ja, du hast Kaffee getrunken, das hast du hier zu Papier gebracht«, sagte Baldur und trommelte auf Árnis frisch unterzeichnetem Bericht herum. »Wieso irgendjemand sich ohne Not dazu bereitfinden kann, mit Guðni Páll Pálsson Kaffee zu trinken, übersteigt selbstredend jegliches menschliche Verständnis. Aber – genau wie deine unverantwortliche Zecherei in Hafnarfjörður etwas früher am gleichen Abend kommt es dir gut zustatten, da es dich aus der Gruppe der Verdächtigen ausschließt.«

Árni bereute bereits bitter, dass er nicht versucht hatte, Einspruch gegen die Neuzuteilung erhoben zu haben. »Schließt mich von der Gruppe der Verdächtigen aus?«

»Ja. Zumindest einer der Teilnehmer am Klassentreffen, mit denen wir bereits gesprochen haben, hat angedeutet, dass das Verhältnis zwischen dir und Daníel nicht gerade gut war, und ein anderer hat rundheraus behauptet, dass du den Mann schon immer unerträglich gefunden hast. Hast du etwas dazu zu sagen?«

»Nein«, sagte Árni kopfschüttelnd.

»Diese Aussagen sind also irrelevant?«

Árni zögerte. Wenn es Katrín wäre, dachte er, dann vielleicht – doch dieser blöde Heini? »Total«, sagte er entschlossen. »Wir waren nie eng befreundet, aber es herrschte keine Feindschaft zwischen uns, und das beruhte auf Gegenseitigkeit.« Er konnte sich auch in diesem Berichtston ausdrücken, wenn er wollte, zumindest ansatzweise.

»Gut«, sagte Baldur. »Das wäre erledigt. Befassen wir uns dann jetzt mit deiner Rolle bei dieser Ermittlung. Hier sind sämtliche protokollarischen Aufzeichnungen, die von Gästen und Bediensteten in diesem Wikingerlokal vorliegen. Es handelt sich approximativ um ein Drittel der Anwesenden, und meine Leute sind zur Stunde dabei, die noch ausstehenden Personen zu befragen. Wieder andere unterhalten sich mit Familienangehörigen, Freunden und Mitarbeitern von Daníel, die nicht auf der erwähnten geselligen Veranstaltung waren. Wenn ich es richtig verstanden habe, kennst du die Witwe?«

»Ja, ich kenne Birna Guðný.«

»Hier ist die Niederschrift von meinem ersten Gespräch mit ihr«, sagte Baldur und legte eine dünne schwarze Mappe oben auf die anderen. »Ich will, dass du das alles unter dem Aspekt durchliest, ob die Schilderungen der Partygäste mit deinen Eindrücken übereinstimmen, ob dir irgendetwas möglicherweise als sonderbar, unwahrscheinlich oder unglaubhaft vorkommt. Das bezieht sich auch auf mein Gespräch mit der Witwe.«

Árni nahm den Stapel entgegen. Das klang ja gar nicht so schlecht, dachte er, das könnte unter Umständen sogar Spaß machen. Aber vielleicht auch nicht.

»In Ordnung«, sagte er, »mach ich. Ist es okay, wenn ich das an meinem Schreibtisch erledige?«

»Ja«, stimmte Baldur zu. »Selbstverständlich. Außerdem möchte ich, dass du mir dabei assistierst, Daníels Netzwerk in eurer Gruppe unter die Lupe zu nehmen. Soweit ich weiß, hat er zu einigen sehr viel engere Verbindungen gehabt als zu anderen. Habe ich mich korrekt ausgedrückt?«

»Vollkommen korrekt«, stimmte Árni zu. Verdammt, ist diese Ausdrucksweise ansteckend, dachte er.

»Und du kennst die Betreffenden gut?«

»Ziemlich gut, ja.«

»Ausgezeichnet. Ich bin mir nicht sicher, ob es angebracht

ist, dass du selbst direkt an Vernehmungen beteiligt bist, aber falls es dazu kommen sollte, dass wir Anlass dazu sehen, ihre Aussagen genauer zu überprüfen, wäre es eine große Hilfe, wenn du dir all das notieren würdest, was bei diesen Vernehmungen deiner Ansicht nach für uns von Nutzen sein könnte.« Baldur stand auf. »Das wäre es dann im Augenblick. Zuerst beauftrage ich dich aber, ins Vernehmungszimmer zwei zu gehen. Dort wartet ein Zeuge, dessen Aussagen du zu Protokoll nehmen wirst. Alle anderen sind nämlich unterwegs in der Stadt, und ich selbst muss mich wichtigen Aufgaben zuwenden.«

* * *

»Ey, Katrín, kein Grund, so zu tun, als stünde der Weltuntergang bevor, bloß weil Stefán dem eingebildeten Pinsel für ein paar Tage den Kleinen ausgeliehen hat«, sagte Guðni tröstend. »Schließlich hast du ja noch mich.«

»Ja, ja«, sagte Katrín, »und auch alle anderen, ich weiß. Wie ist der Stand?«

»Alle unterwegs auf der Suche nach Polen und Porsches«, sagte Guðni. »Ich habe noch mal Druck gemacht wegen der Fahndung nach dem Bruder und der Schwägerin, und die Namen sämtlicher Bewohner des Hauses in Breiðholt sind auf den Flughäfen und in den Häfen mit roten Fähnchen versehen. Ich denke aber, wir sollten uns ein bisschen mehr auf den Bruder konzentrieren.«

»Tatsächlich?«

»Ja. Ich hab mir das Beste bis zum Schluss aufbewahrt. Während du dich mit Baldur über die Vormundschaft, was Árni betrifft, gestritten hast, habe ich mit den Kollegen in Warschau gesprochen.«

»Und?«, fragte Katrín ungeduldig.

»Und dabei hat sich herausgestellt, dass wir nicht die Einzigen sind, die den Burschen finden wollen. Die sind fast an die Decke gehüpft und würden am liebsten ein polnisches SEK hierherschicken, um den Kerl zu greifen, hatte ich den Eindruck. Guck mal.« Er drehte den Computerbildschirm zu ihr hin. »Darf ich vorstellen: Marek Labudzki, mit richtigem Namen Marek Pawlak. Den Namen Labudzki hat der Kerl offensichtlich als neues Cover benutzt, denn in der Europol-Datenbank haben die Alarmglocken nicht gebimmelt.«

Katrín setzte sich vor ihren Computer. »Schick mir den Link«, sagte sie. »Wieso haben die uns denn nicht früher kontaktiert, wenn die so versessen darauf sind, den Mann zu kriegen?«

»Sie haben seine Fingerabdrücke erst spät am Freitag bekommen«, sagte Guðni. »Wir können froh und dankbar sein, dass sie sie gleich heute Morgen abgecheckt haben.«

»Aha«, brummte Katrín und loggte sich bei Europol ein.

Das Foto von Marek Pawlak war schwarzweiß und unscharf. Sie konnten auf jeden Fall ein neueres und besseres Foto von ihm beisteuern, dachte sie zufrieden; aber das war so gesehen überflüssig, wenn alles nach Plan lief, wenn sie ganz einfach diesen international gesuchten polnischen Mafioso dingfest machen würden.

»Hast du gewusst, dass es eine polnische Mafia gibt?«, fragte sie nach einigen Minuten Schweigen.

»Ja, natürlich«, antwortete Guðni entrüstet. »Willst du mir etwa sagen, dass du nichts davon wusstest? Bei achttausend Polen hierzulande muss man sich doch auf dem Laufenden halten.«

»Doch«, sagte Katrín, »ich wusste auch davon, ich meine, dass es sie gibt. Man hat aber nicht viele Gedanken auf all das verschwendet, ich meine die russische Mafia, dann noch die

Litauer, und natürlich die klassische italienische Mafia. Aber die polnische Mafia…«

»Polen sind überall«, sagte Guðni. »Und zwar massenweise. Und Polen liegt mittendrin in Europa, die gehören ja jetzt auch schon zu dieser Scheißunion, alle Grenzen total offen. Ein richtiges Paradies für *Scumbags* jeder Sorte.«

»Und der gehört wohl eindeutig zur üblen Sorte«, sagte Katrín. »Nach ihm wird wegen drei Morden gefahndet, und außerdem besteht der Verdacht auf Beteiligung an mindestens sechs anderen. Wieso arbeitet so ein Mensch eigentlich als Schreiner in Island?«

»Das ist es ja eben«, erklärte Guðni tiefsinnig.

»Wollten die uns noch mehr über diesen Mann schicken?«, fragte Katrín, während sie den Namen Andrzej Pawlak eingab. Er stand genau wie sein Bruder auf den Fahndungslisten von Europol und der polnischen Polizei, wurde aber wegen wesentlich harmloserer Dinge gesucht: Verdacht auf Beteiligung an zwei Morden, möglicherweise auch an weiteren. Seine Hauptschuld schien darin zu bestehen, der Bruder von Marek zu sein. Sie wollten Andrzej, um durch ihn an seinen Bruder heranzukommen.

»Ja, und mehr ist unterwegs«, erklärte Guðni. »Über ihn und seine Freunde in Polen. Und auch seine Feinde, denn soweit ich verstanden habe, hat er genug davon. Da gibt es zwei Banden, die alte, die Chruschtschow oder so ähnlich heißt…«

»Pruszkow«, korrigierte Katrín, »das steht hier.«

»Oder das. Das ist die alte Clique, die alte polnische Mafia. Und dann sind da die anderen, die mit den Russen zusammenarbeiten. Marek war in der alten Clique, und er hat einige von den anderen liquidiert. Eigentlich kapier ich gar nicht, wieso die nach solchen Typen fahnden, denn solange sich diese Stinktiere gegenseitig und untereinander dezimieren, wäre es meiner Meinung nach vernünftiger, sie einfach in Ruhe machen zu lassen.«

»Mit anderen Worten, wir stellen die Suche nach ihm ein?«, fragte Katrín. »Und hören auf, nach denen zu fahnden, die seinen Bruder umgebracht haben, denn der hat ja da wohl auch mitgemischt?«

»Selbstverständlich nicht«, sagte Guðni sauer. »Das habe ich gar nicht gemeint. Solange die das daheim bei sich tun, ist mir das alles scheißegal. Aber hierzulande kann man ihnen das nicht durchgehen lassen. Außerdem scheint Andrzej kein *Mastercriminal* gewesen zu sein, sondern ein armes, minderbemitteltes Schwein.«

»Polnische Mörder sind also okay, solange sie in Polen andere polnische Mörder umbringen und darauf achten, dass ihre Opfer nicht geistig minderbemittelt sind?«

»Mensch, hast du deine Tage, Frau, oder wieso drehst du mir jedes Wort im Munde herum?«

Eins, zwei, drei, zählte Katrín im Stillen.

»Guðni?«, sagte sie dann.

»Ja?«

»Schnauze.«

»*If you say so.*«

Katrín gab den Namen Ewa Pawlak in das Europol-Suchfeld ein. Der Text, der dann erschien, besagte, dass niemand mit diesem Namen auf der Liste stand; gleichzeitig aber kam die Frage, ob damit möglicherweise Ewa Pijanowski gemeint war, die Lebensgefährtin von Marek Pawlak. Sie hatten zwei Jahre zusammengelebt, bevor sie aus ihrer Heimatstadt Stettin verschwanden. Sie drückte auf den Link, und Ewas Gesicht tauchte auf. Dieses Foto war eindeutig nicht von einem Polizeibeamten aus großer Entfernung gemacht worden wie das Foto von Marek; es war augenscheinlich von ihren Angehörigen zur Verfügung gestellt worden, die vor drei Jahren ihr Verschwinden gemeldet hatten. Ewa wurde nicht polizeilich gesucht – sie galt nur als vermisst.

* * *

»Wann war das?«, fragte Árni. »Kannst du die Zeit etwas präziser festlegen, wäre das möglich?« Das Mädchen hielt immer noch den Blick gesenkt, sie hatte kaum je hochgeschaut, nachdem er sich vorgestellt und sie um ihre Aussage gebeten hatte. Sie war neunzehn, schlank und hatte Strähnchen im halblangen Haar und eine beachtliche Ansammlung von Pickeln im runden Gesicht.

»Halb zwei«, sagte sie. »Ich denke, es war halb zwei.«

»Halb zwei«, wiederholte Árni freundlich. »In Ordnung, gehen wir das Ganze noch einmal durch, damit alles stimmt. Okay?« Das Mädchen erhob keinen Einspruch, und deswegen machte Árni weiter.

»Ihr wart auf dem Weg zum Stadtzentrum, ihr wart zusammen siebzehn, und ihr seid die Miklabraut entlanggegangen?«

»Ja.«

»Und es passierte bei der Fußgängerampel zwischen Lönguhlíð und Rauðarárstígur?«

»Ja.«

»Okay. Ihr wolltet die Miklabraut an der Ampel überqueren...«

»Nein«, korrigierte das Mädchen. »Nicht wir. Da war eine andere Frau, die den Knopf gedrückt hatte. Wir waren schon auf der anderen Seite. Und dann kamen die Autos. Ich weiß nicht, das ging alles so schnell. Einer hat gehalten, und der andere in diesem Geländewagen, ja der kam plötzlich auf uns zugeflogen. Ich – wir alle, wir sind einfach nur weggerannt, so schnell wir konnten, und es war ein unheimliches Glück, dass niemand verletzt wurde oder gestorben ist. Außer natürlich dem …« Sie verstummte.

Árni wartete ab. »Schon in Ordnung«, sagte er. »Du machst deine Sache richtig gut. Was geschah als Nächstes?«

»Das … Das habe ich dir doch längst gesagt.«

»Ich weiß«, sagte Árni. »Manchmal ist es aber besser, die Dinge zweimal durchzugehen. Das machen wir häufig hier, eigentlich immer. Beim zweiten Mal kommt vielleicht plötzlich noch etwas hoch, was vorher vergessen wurde.«

Das Mädchen nickte. »Okay. Ich … Man hat da nur einen fürchterlichen Knall gehört, es hat unheimlich gekracht, als der fette Wagen gegen den Baum prallte. Wir waren alle total geschockt, verstehst du?« Für einen Augenblick sah sie Árni in die Augen, senkte den Blick dann aber gleich wieder und starrte in ihren Schoß, wo ihre Hände unruhig herumfingerten. »Und als wir aufgestanden waren und sich niemand verletzt hatte oder so, dann hat irgendjemand nachgesehen, was aus dem Typ in dem Auto geworden war. Das war Daníel, dieser steinreiche Macker. Aber das wussten wir nicht gleich, verstehst du?«

»Du erinnerst dich aber nicht, wer das war?«, fragte Árni. »Ich meine, wer zu ihm hingegangen ist und ihm herausgeholfen hat?«

»Nein. Irgendeiner von den Jungs. Nein, ich glaube, es waren zwei. Ja, bestimmt zwei. Es war dunkel, und ich … Ich war immer noch total durcheinander, verstehst du, und das ging alles so schnell.«

»Ja, ist schon in Ordnung. Die beiden gingen zu dem Range Rover, sagst du?«

»Sie konnten die Tür nicht öffnen, also die Fahrertür. Dann sind sie zur anderen Seite gegangen, aber die Tür ging auch nicht auf. Und dann haben sie es bei der hinteren Tür auf der Fahrerseite versucht. Und irgendwie haben sie es geschafft, ihn abzuschnallen und ihn rauszuziehen. Da waren die ganzen Airbags, aber die Luft ging schon wieder raus und… Jedenfalls, irgendwie haben sie ihn aus dem Auto gekriegt.«

»Aber niemand hat einen Krankenwagen oder die Polizei angerufen?«

»Nein, nein«, murmelte das Mädchen. »Ich… Wir wollten das gerade tun, aber da stand der Typ mit einem Mal auf, also ja, und meckerte rum und schnauzte uns an, so als wären wir schuld daran. Und dann hat jemand gerafft, dass der Kerl besoffen war, ich glaube, es war Máni. Der ist dann geplatzt und hat den Kerl angeschrien, du bist ja besoffen, du Arsch, oder so was. Du wolltest uns wohl umbringen, du besoffenes Schwein, ja so was hat er geschrien.«

»Aha«, sagte Árni abwartend.

»Also…« Sie sah Árni wieder ins Gesicht, diesmal bittend. »Es kriegt doch niemand zu wissen, dass ich euch das erzählt habe? Ich meine, wenn das rauskommt, dass ich ausgepackt hab, dann…«

Árni schüttelte den Kopf. »Da besteht keine Gefahr. Mach einfach weiter.«

»Versprochen?«

»Versprochen.«

»Also, der Máni hat auf den Kerl eingeschrien, und der hat endlich aufgehört rumzuschnauzen, und seine Brieftasche rausgezogen, mit einem dicken Packen Fünftausendkronenscheine, verstehst du, und mit denen hat er uns vor der Nase herumgewedelt. Und gelacht, glaube ich jedenfalls. Und dann erst hat einer von uns kapiert, wer das war. Dass das dieser Kerl war, du weißt schon, dieser Daníel. Und dann – dann ist es einfach irgendwie passiert. Ich schwör's, ich hab keine Ahnung, was da bei uns abging, da hat bloß einer angefangen, auf den Kerl loszuschlagen, und ihn Verräter und Schweinehund genannt und dies und das noch, und dann sind wir alle über ihn hergefallen und haben ihn getreten…« Sie verstummte. Zog die Nase hoch und wischte sich über die Augen. »So ist es eigentlich gewesen.«

»Und ihr habt erst aufgehört, als ihr eine Sirene gehört habt? Hast du das nicht gesagt?«

»Irgendjemand schrie Polizei, und wir sind abgehauen. Ich, boh, ich hab danach fürchterlich geheult. Und gekotzt. Richtig ekelhaft. Und die Gewissensbisse erst. Und dann, als ich gehört hab, du weißt schon, von dem Mord und dass ihr nach Zeugen wegen des Unfalls sucht… Ich hab seitdem nicht mehr schlafen können. Ich musste einfach, du weißt schon, ich musste einfach kommen.«

Árni hatte keine Ahnung, wie er es anstellen sollte, väterlich zu wirken, aber er tat sein Bestes, um so zu klingen, wie seiner Meinung nach väterliche Männer klingen würden. »Und das hast du völlig richtig gemacht«, sagte er. »Im Ernst. Jetzt brauche ich nur noch die Namen von allen, die da mit dir unterwegs waren.« Das Mädchen sackte auf seinem Stuhl zusammen. »Ey, ich hab's dir versprochen: Niemand erfährt etwas von unserem Gespräch«, sagte Árni. »Okay?«

»Okay.«

»Nur eine Frage noch«, sagte Árni, »oder vielleicht zwei. Die andere Frau, die da über die Straße ging – sie gehörte nicht zu eurer Gruppe?«

»Nein.«

»Und du weißt nicht, wer das war?«

»Nein.«

»In Ordnung. Aber was war mit dem Auto?«

»Was für ein Auto?«

»Das andere Auto. Du hast gesagt, es hat an der Ampel gehalten.«

»Keine Ahnung. Ich glaub, der ist einfach weitergefahren. Aber ich schwöre«, sagte das Mädchen und bekreuzigte sich zweimal, »ich schwör's, dass wir nicht vorhatten, ihn – du weißt schon … ihn umzubringen.«

»Mach dir keine Sorgen«, sagte Árni so aufmunternd, wie er konnte, »das habt ihr auch nicht getan.«

Das Mädchen sperrte Mund und Nase auf. »Was? Aber er ist doch …«

»Er ist tot, ja. Und das, was ihr getan habt, war sicher ziemlich ungesund für ihn. Aber getötet habt ihr ihn nicht – zumindest nicht dort.«

Zu seiner großen Verwunderung fing das Mädchen vor ihm bei dieser guten Nachricht an zu heulen.

* * *

*No news are good new*s, dachte Katrín und schloss eine weitere Mappe. Angeblich kannte keiner von denen, mit denen man sich unterhalten hatte, die Pawlak-Brüder oder wusste etwas über deren Destillerie und Schwarzhandel. Der Hund hatte dreierlei Fingerabdrücke am Tatort sichergestellt, die weder von den Brüdern noch von Ewa stammten. Zu Hause bei ihnen hatte man ebenfalls keine Hinweise darauf gefunden, dass außer den Leuten aus dem Nachbarhaus irgendwelche anderen Menschen zu Besuch gekommen waren. Wer immer in dem Auto gesessen hatte, das die Nachbarin am Abend hatte wegfahren sehen – entweder hatten diejenigen das Haus nie betreten oder sich so gut auf ihr Metier verstanden, dass sie keinerlei Spuren hinterlassen hatten. Katrín wettete angesichts der neuen Informationen aus Polen auf das Letztere.

Sie vermutete auch, dass der zweite Brandanschlag in direktem Zusammenhang mit der unschönen Vergangenheit der Brüder stand, und sie befürchtete, dass die beiden Brandstiftungen und der Mord an Andrzej nur den Auftakt zu etwas darstellten, was ohne Weiteres außer Rand und Band geraten und mit mehr Schrecken enden konnte, als man bis dato in diesem relativ mafiafreien Land gekannt hatte – wenn es nicht gelang, das Ganze schon in den Anfängen niederzuschlagen.

Noch etwas anderes machte ihr Sorgen, und zwar die drohende Gefahr, dass ihr der Fall abgenommen werden würde, womöglich schon morgen. Organisiertes ausländisches Verbrechen gehörte in den Zuständigkeitsbereich des Isländischen Kriminalamts, und diejenigen, die beim IKA das Sagen hatten, würden ihr angesichts von Mareks Mafiaverbindungen wohl kaum gestatten, ungestört weiterzuermitteln.

Vielleicht war das aber auch ganz gut, dachte sie, selbst wenn es bedeutete, dass sie immer noch darauf warten musste, ihre erste Mordermittlung von Anfang bis Ende allein durchzuführen zu dürfen. Im Gegenzug bedeutete es nämlich weniger Arbeitsbelastung, und sie hätte Zeit für andere Probleme, ohne von sich aus den Fall aus der Hand zu geben.

Kommt Zeit, kommt Rat, dachte sie und klemmte sich die Mappen unter den Arm, um sie mit nach Hause zu nehmen. Es ging auf sieben Uhr zu, und sie hatte sich und den Kindern versprochen, Abendessen aus einem Thai-Restaurant mitzubringen.

»Du rufst mich, wenn irgendwas ist«, sagte sie zu Guðni. »Ich hab mein Telefon aufs Handy umgelegt und bin auch mit dem internen Netzwerk verbunden. Okay?«

Guðni knurrte etwas Unverständliches, und sie machte sich auf den Weg. Sie war noch nicht einmal aus dem Büro heraus, als ihr Handy sich meldete.

»Katrín.« Sie lauschte schweigend, und Guðni blickte sie fragend an. »Wo? Wir kommen«, sagte sie und beendete das Gespräch. »Worauf wartest du, Mensch?«, fragte sie Guðni, der immer noch an seinem Schreibtischstuhl klebte. »Los geht's.«

Auf dem Korridor begegneten sie Árni, und Katrín hielt ihn an.

»Hattest du nicht gesagt, dass das Haus in Breiðholt leer gewesen ist?«

»Ja, was…«

»Leer ist es jetzt nicht mehr«, sagte Katrín. »Der Hund hat vorhin irgendeinen Anfänger vom Erkennungsdienst hingeschickt.«

»Und?«

»Und das Erste, was er sah, war ein toter Pole. Ein toter Pole auf dem Fußboden in der Garage. Wie konnte dir der entgehen?«

»Aber…«, stammelte Árni, doch Katrín war bereits weitergestürmt. Guðni zwinkerte ihm zu und stapfte hinter ihr her.

»Aber gestern war sie leer«, murmelte Árni.

9

Montag bis Dienstag

»Schick mir eine SMS, wenn ihr euch für etwas entschieden habt, und ich werde es bestellen«, sagte Katrín. »In Ordnung, mein Schatz, wir sehen uns morgen. Nein, nein, das geht nicht, Íris, leider. Ich weiß nicht, wann ich nach Hause komme – nein. Ja, ich weiß … Gib Eiður einen Kuss von mir, bis dann.« Sie steckte das Handy in die Tasche und blickte sich um.

»Also schön«, sagte sie, »was kannst du mir sagen?«

»Noch gar nichts«, bellte der Hund. »Bin gerade erst gekommen.«

Aber immerhin vor uns, dachte Katrín und musste trotz allem innerlich grinsen. »Wieso das denn?«, fragte sie. »Hat nicht euer Mann ihn gefunden, musstest du wirklich selbst kommen?«

»So was kann man doch keinen Anfängern überlassen. Eydís ist auch unterwegs, Geir ebenfalls.«

»Gut, warten wir also ab.« Das Telefon meldete ihr das Eintreffen einer SMS: Salami und Pilze für Íris, Salami und doppelt Käse für Eiður. An der Front also nichts Neues. Sie begann, die Nummer einzugeben.

»Katrín.« Sie unterbrach das Tippen. Friðjón bedeutete ihr näher zu kommen. »Du hast es ja immer so eilig. Eine Sache kann ich dir gleich sagen. Oder zwei.«

»Ja?«

»Er ist nicht hier gestorben. Zumindest glaube ich das kaum, muss mir das aber noch genauer ansehen und auch Geir dazu hören. Ich bin mir zu neunundneunzig Prozent sicher, dass er bereits tot war, als er hier deponiert wurde.«

»Und zweitens?«

»Er hat einen Hieb an den Kopf bekommen. Und es gibt Brandspuren. Das muss für den Augenblick genügen.«

»Danke«, sagte Katrín. »Hast du das mitgekriegt?«, fragte sie Guðni.

»Mein Gehör funktioniert einwandfrei«, knurrte Guðni. »Was glaubst du? War er da in dieser Bude in Hafnarfjörður? Ist er dem Feuer entwischt und später abgekratzt?

»Vielleicht. Aber komisch, ihn ausgerechnet hier zu finden. Du hattest doch sicher die Namen von allen Polen, die in diesem Haus registriert waren, mit roten Fähnchen versehen lassen?«

»Das hab ich dir doch gesagt, glaubst du, ich hätte mir das aus den Fingern gesogen?«

»Was soll das denn, wer hat denn jetzt seine Tage?«, fragte Katrín. »Sei bloß nicht empfindlich, das passt nicht zu dir. Ich möchte nur sicherstellen, dass wir alles Erforderliche getan haben, um zu verhindern, dass sie außer Landes gehen können. Und jetzt, wo dieses arme Schwein aufgetaucht ist«, sagte sie und nickte in Richtung der Leiche, »ist es umso wichtiger. Aber das hier deutet wohl auch darauf hin, dass sie zumindest noch nicht sehr weit gekommen sind. Ein kleiner Trost. Irgendjemand hat ihn hierhergeschafft.«

»Yess«, sagte Guðni. »Eigentlich bräuchten wir jetzt Árni, denn der könnte uns sagen, ob es einer von denen war, die hier gelebt haben.«

»Árni hat mehr als genug zu tun«, entgegnete Katrín. »Ruf

181

ihn aber trotzdem an und lass dir die Nummer von dem Streifenpolizisten geben, der mit ihm vor Ort war. Den können wir notfalls hinzuholen. Wer weiß, vielleicht hat der Mann hier ja auch irgendwelche Papiere bei sich. Wo zum Kuckuck bleibt Geir, ich brauche so schnell wie möglich seine Fingerabdrücke, und die müssen dann nach Polen geschickt und mit der Datenbank bei Europol abgecheckt werden.«

»Auf wen setzt du?«, fragte Guðni. »Auf Tomasz Przybilka oder Alexej Kudronow?«

»Wer ist das denn?«

»Przybilka ist der Chef von Chruschtschow …«

»Pruszkow«, korrigierte Katrín.

»Meinetwegen, jedenfalls der alten Bande. Also Mareks früherer Chef. Kudronow oder Kudronoff ist der Hauptmacker bei der polnischen Filiale der russischen Mafia. Was glaubst du, für wen der hier gearbeitet hat, wenn er nicht Gerüste für Einkaufszentren und Banken und Bürohochhäuser aufgebaut hat?«

»Weiß ich nicht«, sagte Katrín. »Wenn man etwas darauf geben kann, was die Kollegen in Warschau gesagt haben, sieht es fast so aus, als hätte Marek Fahnenflucht begangen, indem er nach Island umsiedelte. So gesehen könnte der hier aus beiden Lagern sein. Marek hat nur wenige Freunde, fürchte ich.«

»Aber was glaubst du? *Come on*, Katrín, ich setze auf den Russen.«

»Das finden wir heraus, sobald wir die Fingerabdrücke oder Ausweispapiere haben.«

»Du kannst einem aber echt den Spaß verderben«, meckerte Guðni. »Solltest du nicht Pizzas für die Kinder bestellen?«

Katrín fluchte im Stillen und griff zu ihrem Handy. Hatte die Nummer wieder halb eingegeben, als sie ein weiteres Mal gestört wurde.

»n'abend, Katrín. Hallo, Guðni.« Es fehlte nicht viel, und Katrín hätte laut geflucht. Friðrik Ragnar Ríkharðsson, Armleuchter, Angeber, Verräter und Scheißkerl ersten Ranges. Genau, wie sie befürchtet hatte: Das IKA war zur Stelle, noch früher als erwartet.

»Ach, du auch hier?«, fragte sie und versuchte, in der Dunkelheit hinter ihm etwas auszumachen. »Allein unterwegs?«

Friðrik lächelte. Herablassend, dachte Katrín, schleimig.

»Ja. Wir wollen dir den Fall nicht wegnehmen, Katrín. Noch nicht. Aber wir müssen uns auf dem Laufenden halten. Tu einfach so, als wär ich nicht da. Das kannst du doch gut.«

»Das können wir alle, du Arschloch«, warf Guðni ein.

Friðrik lächelte und lächelte. »Reizend, dich auch hier zu sehen«, sagte er. »Du hast abgenommen, aber soweit ich sehen kann, bist du immer noch ein Fettsack.«

»Manches ändert sich eben nicht«, pflichtete Guðni ihm bei. »Ich bin immer noch ein Fettsack, und du bist immer noch derselbe Teufelsarsch, aus dem nur höllische Scheiße kommt.«

»Hast du nicht gesagt, du könntest so tun, als wär ich nicht da?«, erkundigte sich Friðrik höhnisch. »Vielleicht solltest du das auch mal unter Beweis stellen.«

»Genau das tu ich ja«, parierte Guðni unerschütterlich. »Glaubst du im Ernst, dass ich so über Anwesende reden würde?«

Katrín hatte dieses männliche Geweihklirren amüsiert verfolgt und traf jetzt eine Entscheidung. Sie wusste, dass das IKA sich nicht auf Dauer im Hintergrund halten würde, ganz gleich was Friðrik sagte. Nicht nachdem sich der Fall so entwickelt hatte. Sie wusste auch, dass es kein Zufall war, dass Leifur Hauksson, der Chef der Sicherheitsabteilung, ausgerechnet diesen Mann vorgeschickt hatte, einen früheren Kollegen von Guðni und ihr. Das IKA war genau wie der gesamte obere Polizeiapparat in den letzten Jahren unkontrolliert wie ein Krebsgeschwür angewachsen, dafür hatte der Justizminister gesorgt. Und trotz des Skandals wegen illegaler Bespitzelungen, die der Abteilung vor einigen Jahren nachgewiesen worden waren, hatte Leifur Hauksson seine Führungsposition behalten.

Zwischen diesen ungleichen Armen des Gesetzes, dem IKA und der Abteilung für Kapitaldelikte, konnte von Zuneigung keine Rede sein. Und diese Verbindung verschlechterte sich noch, seitdem Stefán die Leitung der Abteilung übernommen hatte, und Katrín, Guðni und Árni standen beim Chef des IKA in noch geringerem Ansehen als andere Mitarbeiter der Abteilung, denn sie waren es gewesen, die seinerzeit diese völlig illegale Aktion des IKA aufgedeckt hatten. Und zwar unter Stefáns Leitung und trotz Friðriks Verrat. Der hatte damals noch zu ihrem Team gehört und wurde mit einer Anstellung beim IKA dafür belohnt, ihnen ein Messer in den Rücken gestochen zu haben.

Nein, beschloss Katrín, es war kein Zufall, dass Leifur Friðrik vorgeschickt hatte, um sich im Hinblick auf die Ermittlung, die unter ihrer Leitung stand, auf dem Laufenden zu halten. Aber sie beabsichtigte nicht, ihm den Gefallen zu tun, mehr an diesem kindischen Spiel teilzunehmen, als unbedingt erforderlich war. Peniskonkurrenz war etwas für diejenigen, die einen Schwanz hatten, das lag auf der Hand. Sie hatte Besseres mit ihrer Zeit anzufangen.

»Guðni«, sagte sie, »du bleibst hier auf Posten und passt auf, dass dieser Bengel nichts anrichtet. Ich bin telefonisch erreichbar, wenn irgendetwas ist, ansonsten sehen wir uns morgen früh.«

Sie musste innerlich grinsen, als sie zum dritten Mal die Nummer der Pizzeria eingab. Geschah ihnen recht – beiden.

»Schicken oder abholen?«, fragte das Mädchen, als Katrín die Wünsche für den Belag durchgegeben hatte.

»Abholen«, sagte Katrín.

* * *

Marek sah dem klapprigen Mazda nach und ließ sich wieder in den Sitz zurücksinken. Strich sich über den frisch rasierten Schädel und kratzte sich unter dem stoppeligen Kinn. Noch zwei oder drei Tage, dann war es ein richtiger Bart. Ihm gefiel nicht, was er sah, und er begriff gar nichts mehr. Wohin hatten sich diese Idioten verkrümelt, und was machte die Polizei dort? So gesehen war es vielleicht nicht überraschend, dass sie die Flucht ergriffen hatten, nachdem er Henryk mitsamt seiner Destille hatte hopsgehen lassen. Das war eine klare Message gewesen, und sie wussten, dass er wusste, wo sie ihren Unterschlupf hatten. Sie wussten aber auch, wer er war, und zu was er imstande war. Memmen, dachte Marek. Nein, es war nicht verwunderlich, dass sie sich aus dem Staub gemacht hatten, wahrscheinlich konnte er sich selbst die Schuld daran geben; die Message war überdeutlich gewesen, und er hatte zu viel Zeit zwischen ihr und dem nächsten Schritt verstreichen lassen.

Das war Ewas Schuld. Er hatte eine Ewigkeit nach ihr gesucht, indem er die Häuser observierte, in denen Freundinnen von Ewa lebten, Adressen, zu denen er sie im Laufe der Zeit oft hingefahren oder von dort abgeholt hatte. Die Suche war erfolglos geblieben, er hatte weder Ewa noch den Polo gesehen und zum Schluss kapituliert. Und dann beschlossen, sich einstweilen nicht mehr um Ewa zu kümmern, sondern sich auf das Wichtige zu konzentrieren. Jetzt kam er zu spät. Die Vögel waren ausgeflogen, stattdessen war die Polizei da. Das verstand er überhaupt nicht. Marek hatte keine Ahnung, ob Henryk unter dieser Adresse registriert gewesen war, aber selbst wenn das der Fall gewesen wäre, war es einfach zu früh. Die hatten doch wohl kaum die Leiche so schnell identifizieren können? Von dem konnten maximal ein paar Zähne und Knochen übrig geblieben sein, und es brauchte ja seine Zeit, bevor man dergleichen mit Gesichtern und Namen in Verbindung brachte, trotz aller modernen Technik.

Er kratzte sich wieder unter dem Kinn, so ein Bart hatte nicht nur Vorteile. Was nun? Was war das nächste Ziel auf der Suche nach Leslaw und den Russenlakaien? Bestand überhaupt Hoffnung, sie angesichts der neuen Lage noch zu finden? Ewa hatte die Pässe nicht mitgenommen, er konnte immer noch versuchen, das Land zu verlassen. Aber das war gefährlich, denn sein Gesicht und sein Name lagen bestimmt in jedem Computer an jedem Flughafen des Landes vor, und dasselbe galt wohl auch für den Ort am anderen Ende der Insel, wo die Fähre nach Dänemark abging. Das war seinerzeit eigentlich das Einzige gewesen, was ihn zögern ließ, bevor er seine Zustimmung gab, mit Ewa nach Island zu gehen. Keine Grenzen – aber auch keine Chance, das Land zu verlassen, außer mit dem Flugzeug oder mit der Fähre. Er besaß allerdings noch zwei Pässe mit Namen, die er nie zuvor verwendet hatte. Gab es irgendeine andere Möglichkeit, als diese Chance wahrzunehmen und das Weite zu suchen, bevor es zu spät war? Doch. Er könnte sich an Bord eines Frachters schmuggeln ...

Marek war nicht imstande, sich zu entscheiden. Er schob den Gedanken an Flucht beiseite, zumal er im Augenblick ja auch mit zwei anderen und sehr viel dringenderen Schwierigkeiten fertigwerden musste. Ein Problem war das Auto. Die Anwesenheit der Polizei in diesem Haus schloss aus, dass er den Lancer weiterhin verwenden konnte, denn nach dem wurde wahrscheinlich genauso gefahndet wie nach ihm selbst.

Oder es würde innerhalb kürzester Zeit dazu kommen. Sollte er das Risiko eingehen, den Motor anzulassen und wegzufahren, oder sollte er darauf vertrauen, dass sie sie sich nicht mit den parkenden Autos in der Straße befassen würden? Keine Option war gut. Er hatte das Auto hinten in der Sackgasse geparkt, und egal, ob er zurücksetzte oder wendete, es konnte zu misstrauischen Blicken führen. Die dritte Möglichkeit war kaum besser: sich aus dem Auto zu stehlen, wenn gerade niemand zur Straße sah, und sich unbemerkt zu Fuß um die nächste Ecke zu verdrücken und anschließend einen Bus zu nehmen, in der Hoffnung, dass der Fahrer weder ein Pole noch ein alter Kunde war. Jedenfalls musste er sich ein anderes Auto beschaffen, irgendwie, irgendwo.

Und dann gab es noch das Problem mit dem Finger, dem verdammten Finger. Beziehungsweise dem, was von ihm übrig war. Marek wickelte den völlig durchnässten Verband ab, und sein Gesicht verzerrte sich. Nase und Augen kamen eindeutig zu demselben Ergebnis: Die Entzündung war voll wieder da.

* * *

»Wer hat ihn gefunden?«, fragte Árni.

»Einer von den Schreinern«, antwortete Baldur. »Derjenige, der die Aufsicht bei diesem Prachtbau hat. Was für eine unerhörte Prunkentfaltung, drei ziemlich neue Einfamilienhäuser mussten für eine Villa abgerissen werden, die so groß ist wie zwei von den früheren Häusern zusammengenommen. Der Mann wollte nur kontrollieren, was am Tag vorher zementiert worden war.«

»Gibt es irgendeinen Grund, daran zu zweifeln?«

»Nein«, erklärte Baldur. »Das kann ich nicht sehen. Außerdem scheint sein Alibi in Ordnung zu sein. Er könnte sich möglicherweise aus dem Bett geschlichen haben, ohne seine

Frau, seinen Säugling oder seinen Hund zu wecken, die alle im selben Zimmer schliefen, wenn nicht sogar im selben Bett, wenn ich ihn richtig verstanden habe. Und dann auch noch wieder unbemerkt zurück ins Bett gekommen sein, doch ich halte das nicht für wahrscheinlich. Andererseits ist zu bedenken, dass er die Brüder Pawlak kannte. Also ist er ein weiteres Bindeglied zwischen ihnen und Daníel Marteinsson, womöglich ein naheliegenderes als Gunnar und Kristján. Er verfügt auch über ein Alibi für den Abend, an dem Andrzej getötet wurde. Er war mit seiner Frau und Freunden im Kino, aber diesbezüglich wirst du bereits Erkundigungen eingeholt haben.« Mach doch mal einen Fehler, dekliniere falsch oder verwende englische Ausdrücke, dachte Árni, sprich doch mal so wie im einundzwanzigsten Jahrhundert …

»Friðjón und Geir haben beide bereits einen vorläufigen Bericht eingeliefert«, fuhr Baldur fort. »Keine erbauliche Lektüre. Ich verlasse mich darauf, dass du sie baldmöglichst zur Kenntnis nimmst. Ich habe Kristján Kristjánsson, Gunnar Viktorsson und Sigþór Jóhannesson offiziell für morgen Vormittag zur Vernehmung vorgeladen. Kristján um neun Uhr, Gunnar um zehn und Sigþór um elf Uhr. Vernehmungszimmer Nummer drei, und ich möchte, dass du auf der anderen Seite der Scheibe bist und zuhörst. Achte darauf, dass sie dir nicht begegnen, wenn sie zur Vernehmung eintreffen.«

»In Ordnung«, sagte Árni. »Weshalb die drei? Was schwebt dir vor?«

»Sie hatten an dem betreffenden Abend engere und intensivere Kontakte zu dem Verstorbenen als irgendjemand sonst, wie nicht nur du, sondern auch zahlreiche andere Personen ausgesagt haben. Überdies standen sie in umfangreichen Geschäftsbeziehungen zu Daníel beziehungsweise seinem Unternehmen, und das bereits seit langem. Ich habe Leute darauf angesetzt, diesen Verflechtungen auf den Grund zu gehen, und das scheint kein leichtes Unterfangen zu sein. Ich würde es zu schätzen wissen, wenn du morgen früh deinen Dienst um acht Uhr antrittst, um mich präziser über die persönlichen Beziehungen zwischen diesen vier Männern in Kenntnis zu setzen.«

»Okay«, sagte Árni. Das klang einigermaßen sinnvoll. Aber trotzdem… »Und was ist mit deren Alibis? Ich habe die Protokolle gelesen, und sie scheinen alle ihre Unternehmungen in dieser Nacht genau nachweisen zu können. Missverstehe ich da vielleicht was?«

»Absolut nicht«, sagte Baldur. »Sie haben, wie du schon sagst, detaillierte Auskunft über ihre Unternehmungen an diesem Abend gegeben. Wir werden selbstverständlich in den allernächsten Tagen untersuchen, möglichst gleich morgen, ob diese Aussagen de facto einer Überprüfung standhalten. Apropos, Árni, hast du dir die Aussagen der Ehefrau, ich meine der Witwe angesehen?«

»Die Aussage von Birna Guðný? Ja.«

»Ist dir etwas aufgefallen?«

»Nur das Offensichtliche«, sagte Árni. »Sie hat kein Alibi. Zumindest kein wasserdichtes. Hat angeblich in ihrem Bett geschlafen, und die Kinder in ihren Betten in einem anderen Flügel des Hauses.«

»Was kannst du mir über diese Frau sagen?«

Árni zögerte. Verschiedenes. Eine ganze Menge, oder? Aber stimmte das wirklich? Wusste er denn überhaupt irgendetwas über diese Birna Guðný, wenn man es genau nahm? Er hatte sie seit sechzehn oder siebzehn Jahren nicht mehr getroffen und höchstens auf den Titelseiten von Klatschblättern gesehen, wenn er in der Warteschlange vor einer Kasse stand.

»Sehr wenig«, sagte er schließlich. »Im Gymnasium waren wir befreundet – irgendwie befreundet. Ein intelligentes Mädchen, sie wusste immer, was sie wollte.« Er zuckte mit den Achseln. »Mehr ist eigentlich nicht über sie zu sagen.«

»Irgendwie befreundet?«, hakte Baldur nach. »Erkläre das bitte genauer.«

»Ja, ach, ich meine bloß…« Árni war feuerrot geworden und kratzte sich am Kopf. »Wir waren einfach befreundet. Ich dachte zu irgendeinem Zeitpunkt, daraus könnte etwas mehr als Freundschaft werden. Und ich glaubte, dass sie das auch wollte. Aber das hat sich dann eben als Missverständnis ent-puppt.«

»Und nachdem dieses Missverständnis sich herausgestellt hatte, ist die Freundschaft erkaltet?«

»Tja, nein, eigentlich nicht. Sie hat sich nur verändert und ist dann im Lauf der Zeit mehr oder weniger eingeschlafen, wie es halt so läuft.«

»Wie es so läuft«, stimmte Baldur zu. »So läuft es nun ein-mal, ja. Aber zwischen euch gibt es keine Animositäten oder gar Feindschaft?«

»Nein«, entgegnete Árni rasch. Vielleicht etwas zu rasch, dachte er, denn er hatte den Verdacht, dass Baldur vielleicht nicht ganz so begriffsstutzig wie merkwürdig war. »Im Ernst, keine Feindschaft, nichts dergleichen.«

»Gut. Ich habe für morgen noch drei weitere Personen zur offiziellen Vernehmung einbestellt. Zwei von ihnen kennst du nicht, deswegen ist es nicht nötig, dass du dabei bist. Aber um drei, also um fünfzehn Uhr, werde ich diese deine frühere Freundin vernehmen. Und dann wäre es gut, wenn du dich wieder hinter der Glasscheibe befändest.«

»Okay.« Árni rutschte unruhig auf seinem Stuhl herum. Er musste hier raus, weg von diesem merkwürdigen Menschen. »Ich bin morgen früh zur Stelle. Und jetzt?«

»Jetzt fährst du mit der Lektüre da fort, wo du aufgehört hast, und zwar so lange, wie du dir zutraust.«

Baldur stand auf und ließ Árni mit dem Aktenstapel zurück, der sich verdoppelt hatte, seit er sich das letzte Mal von ihm verabschiedet hatte.

»*Right*«, murmelte Árni. »Da, wo ich aufgehört habe.« Er öffnete die nächste Mappe. »Þrándur«, sagte er, »grüß dich.«

* * *

Katrín küsste Íris auf die Stirn und stand auf.

»Bleib nicht zu lange wach«, sagte sie, »auch wenn du morgen keine Schule hast. In Ordnung?« Íris nickte, setzte sich die Kopfhörer auf und öffnete ihren Laptop, ihr Konfirmationsgeschenk. Sie hatte auf einem Mac bestanden, etwas anderes kam gar nicht in Frage. Der passte zu dem iPod, den sie von Oma und Opa in Siglufjörður bekommen hatte, und außerdem war er total cool. Ihre Mutter hatte versucht, sie von den Vorteilen eines PC zu überzeugen, aber Íris blieb hartnäckig, also bekam sie ein MacBook. Katrín machte die Zimmertür hinter sich zu, warf noch einen Blick in Eiðurs Zimmer, um sich zu vergewissern, dass er schon eingeschlafen war, und ging dann ins Wohnzimmer. Sveinn saß mit einem Glas Bier vor dem Fernseher und sprang auf, als Katrín hereinkam.

»Ein Glas Rotwein?«, fragte er. »Bier? Oder einen Baileys?«

»Nein danke«, sagte sie. »Ich möchte gar nichts. Was siehst du dir an?«

»Keine Ahnung«, sagte Sveinn und setzte sich wieder. Sie ließ sich auf dem anderen Sessel nieder. »Irgend so einen Quatsch. Wie war's bei dir in der Arbeit? Hast du den Mörder schon greifen können?« Seine Augen gingen zwischen Katrín und dem Fernseher hin und her, und die Hände fingerten unablässig an der Bierdose. Seine Schultern zuckten unruhig, Sveinn war offensichtlich auf das Schlimmste gefasst.

»Nein, noch nicht«, sagte Katrín. »Und was hast du heute getrieben? Hast du darüber nachgedacht, was wir machen sollen?«

»Ja, ich hab mir alles durch den Kopf gehen lassen. Und natürlich nicht nur heute, ich meine, wir zerbrechen uns da doch schon seit einiger Zeit die Köpfe.«

»Ja«, gab Katrín zu, »das tun wir schon seit einiger Zeit. Aber zu einem Ergebnis sind wir nicht gekommen, und außerdem hast du da noch Arbeit gehabt. Wie stellst du dir das jetzt vor? Wie sollen wir nur von meinem Gehalt zwei Immobilien abzahlen? Jetzt sind auch noch die Mieter in der Wohnung ausgezogen, so dass sie leer steht und sich nicht mehr selbst trägt. Wir werden wohl kaum in absehbarer Zeit verkaufen können, weder dieses Haus hier noch die Wohnung in Hvassaleiti. Was sollen wir machen, Svenni?«

»Vielleicht finden wir andere Mieter. Es haben noch längst nicht alle Ausländer das Land verlassen, und es gibt ja auch immer Isländer, die zur Miete wohnen wollen oder müssen«, widersprach Sveinn. »Und ich bekomm bestimmt bald wieder irgendwo Arbeit. Ich meine, mir stehen noch drei Monate Gehalt zu und ...«

»Das reicht aber nicht einmal, um den Überziehungskredit zu tilgen. Was soll denn das, Svenni, bitte, du musst doch einsehen, dass es nicht mehr so weitergeht.«

»Weitergeht oder nicht weitergeht, was soll ich deiner Meinung nach sagen? Der Jeep steht zum Verkauf, die Wohnung steht zum Verkauf und dieses Haus auch – Mensch, Katrín, was soll ich noch tun? Dass sich im Augenblick nichts verkaufen lässt, dafür kann ich doch nichts, ich bin nicht schuld an dieser verfluchten Krise. Und außerdem«, sagte er, während er mit der Bierdose vor ihrem Gesicht herumfuchtelte, »ich war es ja schließlich nicht, der ewig über eine größere Wohnung geredet hat, mehr Platz, einen Garten und was weiß ich. Das war nicht ich.«

Nein, dachte Katrín, das warst nicht du. Du wolltest bloß im vergangenen Jahr einen größeren Jeep, und den hast du dir angeschafft, und du wolltest den großen Jeep nicht abstoßen, als wir das neue Haus kauften, und du wolltest nicht mit dem Kaufangebot warten, bis wir sicher waren, dass die alte Wohnung verkauft war. Und du wolltest dich nicht an irgendwelche altmodischen staatlichen Darlehen halten, wo die Banken doch solche günstigen Kredite in ausländischer Währung anboten. Und ich habe nachgegeben. Hatte keine Lust, mich zu streiten, hatte keine Lust, mich damit intensiv zu beschäftigen. Überall dieselbe Geschichte. Diese Geisteskranken konnten einfach weiterwirtschaften, sämtliche Kontrollorgane haben versagt. Und jetzt sind die Folgen überall dieselben, einstürzende Kartenhäuser, ein Krisensumpf ohne Boden… Mensch, hör auf, Katrín, sagte sie zu sich selbst. Hör auf und denk an was Schöneres… Katrín hatte aber ihre Probleme damit, sich selbst zu gehorchen.

»Ich bin fix und fertig«, erklärte sie nach langem, unangenehmem Schweigen, untermalt von irgendwelchen leisen Gesprächsfetzen und hin und wieder ein paar Schüssen aus der Glotze. »Ich muss einfach ins Bett. Wir reden morgen weiter. Gute Nacht.«

Sveinn stellte den Fernseher lauter. »Gute Nacht.«

* * *

Ewa hatte sich hingelegt und ließ sich von Zyta zudecken. Sie hatte lange gebraucht, bis sie sich dazu aufraffen konnte, sie oder überhaupt jemanden um Hilfe zu bitten. Aber nach zwei Tagen und einer Nacht im Auto hielt sie es nicht mehr aus und gehorchte der Vernunft. Es war verrückt zu glauben, dass sie einfach so weitermachen konnte, ohne jemandes Hilfe in Anspruch zu nehmen. Sie hatte kein Zuhause mehr, und sie konnte auch nicht einfach das Land verlassen. Also blieb nur die Möglichkeit, entweder zur Polizei zu gehen oder zu einer Freundin, der sie vertraute. Zyta war zwar nicht die Erste, die ihr einfiel, aber je mehr sie über mögliche Kandidatinnen nachdachte, desto besser gefiel ihr Zyta Kalaczynski, die jetzt Zyta Kristjánsson hieß.

Zyta war eine der ersten Freundinnen, die sie nach der Umsiedlung kennengelernt hatte. Sie hatte Ewa geholfen, Arbeit bei einer Tankstelle zu bekommen, sie hatte ihr nicht nur beim Isländischunterricht, sondern auch bei allen bürokratischen Schwierigkeiten beigestanden, und durch sie hatte sie andere polnische Frauen kennengelernt. Auf Zyta war wirklich Verlass.

Der Kontakt war allerdings nicht mehr so eng, seitdem Zyta im vergangenen Jahr geheiratet hatte, denn daraufhin hatte sie an der Tankstelle gekündigt und arbeitete im Büro des Arbeiterverleihs, den ihr Mann führte. Sie trafen sich aber dennoch ab und zu, nicht zuletzt weil auch Marek und Andrzej über diese Firma vermittelt wurden. Ewa hatte sich praktisch ganz allein um die Angelegenheiten der beiden gekümmert, die im Zusammenhang mit Löhnen, Steuern, Versicherungen und dergleichen zu erledigen waren.

Nach langen Überlegungen, die sich immer wieder im Kreis drehten, kam Ewa zu dem Schluss, dass Zyta die Person war, der sie von allen Menschen der vergangenen drei Jahre am meisten vertraute. Und Zyta hatte ihr Vertrauen nicht enttäuscht.

Sie hatte nur die Arme ausgebreitet, als Ewa auf der Treppe

des schönen Hauses in Hafnarfjörður auftauchte, hatte sie mit ins Haus genommen und sie willkommen geheißen, ohne irgendwelche Fragen zu stellen. Auch nicht, als Ewa sie darum bat, den Polo in die Garage stellen zu dürfen. Sie hatte einfach das Garagentor geöffnet und wieder geschlossen. Und dann war sie mit ihr in die Küche gegangen, hatte ihr etwas Warmes zu essen gemacht und Kaffee für sie gekocht. Und Ewa in ihren Armen gehalten, als sie sich ausheulen musste.

Ewa belohnte ihre bedingungslose Freundschaft damit, indem sie ihr das Wichtigste von all dem erzählte, was seit Donnerstag in ihrem Leben passiert war. Nicht alles, aber das Wichtigste. Zyta wusste augenscheinlich sehr wohl, dass nach Ewa gefahndet wurde, aber genauso klar war es auch, dass sie nicht beabsichtigte, ihrer Freundin irgendwie zu schaden. Nur einmal stellte sie die Frage, ob es vielleicht besser wäre, zur Polizei zu gehen, doch als Ewa das rundheraus ablehnte, kam sie mit keinem Wort wieder darauf zu sprechen.

»Wir finden eine Lösung«, sagte sie jetzt und strich Ewa über die Stirn. »Das schaffen wir schon. Ich werde Kristján um Hilfe bitten, er ist ein guter Mensch.«

Ewa zuckte im Gästebett zusammen.

»Nein, nicht«, sagte sie, »bitte tu das nicht. Ich kenne ihn überhaupt nicht und er mich auch nicht. Weshalb sollte er ...« Sie verstummte beim Geräusch einer zuschlagenden Tür und Schritten im Haus.

»Síta? Wo bist du?

Ewa starrte ihre Freundin entsetzt an, doch die lächelte nur tröstend. »Keine Angst, Kristján ist ein guter Mensch. Vertrau mir.«

Sie stand auf. »Hier drinnen«, rief sie leise auf Isländisch.

Kristján erschien in der Türöffnung und sah den unerwarteten Gast verwundert an. »Hallo«, sagte er. »Wer ist das?

Willst du uns nicht vorstellen?«, fragte er, indem er sich Zyta zuwandte.

»Das ist Ewa«, sagte sie, »Ewa Labudzki. Mareks Frau.«

Kristján erbleichte. »Aber was – was soll das? Wieso? Was ist hier los?«

Ewa schlug die Bettdecke zurück, bereit zur Flucht.

»Ruhig sein«, sagte Zyta und sah von einem zum anderen. »Alle ruhig sein. Ewa, dableiben. Kristján, Ewa in Ordnung sein. Sie hat nichts gebrochen, kein Kriminal.«

»Darüber weiß ich nichts«, sagte Kristján mit unsicherer Stimme. »Ich weiß bloß ...«

»Ich weiß, dass nicht kriminal ist«, erklärte Zyta resolut. »In Ordnung? Ich will sie hierhaben, jetzt, heute Nacht.« Kristján befeuchtete seine Lippen und sah Ewa verschreckt an.

Er hat Angst, dachte Ewa und stand auf. »Ich gehen«, sagte sie. »Jetzt sofort, gleich.«

»Nein«, widersprach Zyta, »du nicht gehen. Ich sprechen mit Kristján. Komm.« Sie zog Kristján auf den Flur und lehnte die Tür an. Ewa hörte jedes Wort.

»Sie kann nicht hierbleiben, Síta, bist du crazy? Ihr Bild ist in allen Zeitungen, im Fernsehen und im Internet, überall. Was glaubst du, was passiert, wenn jemand ...«

»Stjáni, Schatzi«, sagte Zyta sanft, »liebster Stjáni, niemand sieht. Niemand weiß, nur wir. Sie nicht suchen nach ihr, sie ist nur Zug ... nein, wie heißt das?«

»Zeugin«, sagte Kristján. »Das weiß ich. Aber Marek – hast du die Zehn-Uhr-Nachrichten gehört? Er ist nicht mehr nur ein Zeuge. Und so einen beschäftigt man auch noch ...« Seine Stimme klang schrill vor Erregung. Er hat eine Scheißangst, dachte Ewa. Doch das war ihr gleichgültig, im Augenblick war es ihr völlig egal. Sie legte sich wieder hin und deckte sich zu.

»Ich weiß mit Marek, ja. Das ist Marek. Ewa nicht kriminal.«

»Sie kann meinetwegen heute Nacht hierbleiben«, erklärte Kristján schließlich, »aber morgen ...«

»Morgen wir reden mehr zusammen, ja?«, sagte Zyta in sanftesten Tönen.

Mehr hörte Ewa nicht. Morgen, dachte sie. Morgen reden wir mehr ...

* * *

Árni fuhr mit dem Peugeot in die Einfahrt, verriegelte ihn und sprang die Treppe hinauf, den Dietrich in der rechten und zehn Aktenmappen in der linken Hand. Mit nur einer Hand geschafft, sehr gut, dachte er eine halbe Minute später, als das Schloss nachgegeben hatte. Auf dem Heimweg hatte er bei Ásta vorbeigeschaut, und sie hatte ihm einen ungewöhnlich netten Empfang bereitet, und das, obwohl es schon auf elf Uhr zuging. Sie hatten sich zwar nicht lange und auch über nichts Besonderes unterhalten, aber doch in entspannter Atmosphäre. Und Una war die ganze Zeit hellwach gewesen, was unbestreitbar ein Plus gewesen war. »Ich melde mich wieder«, hatte Ásta zum Abschied gesagt, »pass auf dich auf.« Árni fand das vielversprechend – sie hatte gesagt, dass sie sich melden wollte, und sie hatte ihm gute Wünsche mit auf den Weg gegeben. Das musste doch ein gutes Zeichen sein, oder?

Er hatte sich gerade eine Cola aus dem Kühlschrank geholt und den iPod an die Anlage angeschlossen, als es klingelte. Er warf einen Blick auf die Uhr – Viertel vor zwölf. Er erwartete keinen Besuch, und es war höchst unwahrscheinlich, dass ein Arbeitskollege zu dieser späten Stunde auf der Matte stand, ohne sich vorher telefonisch angemeldet zu haben. Da kam nur einer in Frage.

Árni stöhnte. Das musste sein Bruder Addi sein, der sich

wieder mal besoffen hatte, und seine Frau hatte ihn vor die Tür gesetzt.

Er beeilte sich zur Diele und zur Haustür, um zu verhindern, dass Addi sämtliche anderen Hausbewohner im Souterrain und in der oberen Etage aufweckte.

»Hallo«, sagte der Gast. »Entschuldige bitte, dass ich dich mitten in der Nacht störe.«

»Das ist… Das ist in Ordnung«, sagte Árni. »Ich war noch nicht im Bett. Komm rein.«

»Danke.«

Árni machte die Haustür zu und ging mit dem Gast ins Wohnzimmer.

»Setz dich. Möchtest du was zu trinken? Cola? Wasser? Bier?«

»Cola wäre prima.« Árni holte ihm ein Glas mit Cola.

»Das ist… Du hast es gemütlich hier.«

Ha, ha, dachte Árni. »Danke«, sagte er. »Sie war vor einem Monat oder so noch gemütlicher. Aber irgendwie habe ich das Gefühl, dass du hier nicht mitten in der Nacht aufgekreuzt bist, um über meine Wohnung zu reden?«

»Nein«, gab Gunnar Viktorsson zu, »das war nicht die Absicht.«

10

Dienstag

»Du rauchst immer noch?«

»Ja, tu ich«, sagte Árni und legte das Feuerzeug auf den Tisch. Gunnar hatte ihm gegenüber auf dem Sofa Platz genommen, breitbeinig, die Ellbogen auf die Knie und das Kinn auf die Hände gestützt. Er wirkte müde – Ringe unter den grauen, geröteten Augen, die Stirn von Sorgenfalten zerfurcht, und das beinahe schwarze Haar war unordentlich und zerrauft. Verkatert, übernächtigt, Stress? Schlechtes Gewissen? Árni dachte über die möglichen Gründe für das vernachlässigte Äußere seines ehemaligen Freundes nach, während er auf eine Erklärung wartete. Gunnar hatte immer vor Gesundheit und Sportlichkeit gestrotzt, groß, kräftig und durchtrainiert, wie er war. Mens sana in corpore sano, dachte Árni, welch eine abgedroschene und blödsinnige Phrase. Daníel war genauso kräftig und athletisch wie Gunnar gewesen, und er hatte ihn auch im Sport übertroffen. In allen Sportarten, aber nicht bei Mannschaftsspielen, wohlgemerkt. Daníel hatte den Ball immer erst abgeben können, wenn es zu spät war. Ganz im Gegensatz zu Árni, der ihn immer bei nächstbester Gelegenheit weiterspielte, leider meist dem Gegner in die Hände.

Diese Kunst hatte Gunnar allerdings besonders gut beherrscht, denn ihm war es nie darum gegangen, selbst übers Spielfeld zu sprinten und Tore oder Körbe zu machen; stattdessen war er darauf bedacht gewesen, genau den Moment abzupassen, um den Ball demjenigen zuzuspielen, der in der aussichtsreichsten Position stand. Sportreporter hatten ihn den Spielregisseur genannt, erinnerte sich Árni, denn als solcher hatte Gunnar es seinerzeit in der Handballmannschaft Haukar weit gebracht. Dann folgten einige Jahre des Niedergangs bei dieser Mannschaft, in denen Gunnar aber trotzdem stets herausgeragt hatte. Später kamen die Haukar aus Hafnarfjörður wieder groß auf, und danach schienen sie irgendwie den isländischen Meistertitel abonniert zu haben. Dass Gunnar nicht in der Nationalmannschaft aufgestellt wurde, hatte nur mit dem schlechten Abschneiden seiner Mannschaft zu tun. Das war zumindest die Version, die Kristján jahrelang auf den »Chorproben« verfochten hatte. Gunnar selbst hatte sich nie dazu geäußert. Und Árni hatte noch nicht einmal Lust gehabt, sich diesbezüglich eine Meinung zu bilden.

Gunnar streckte seine Hand nach dem Glas aus, trank einen Schluck und räusperte sich. Das dauert ja vielleicht, dachte Árni, während er seine Zigarette ausdrückte.

»Also«, sagte Gunnar heiser und räusperte sich noch einmal. Ein neuer Ansatz. »Also das da mit Danni – das ist –, das ist einfach grauenvoll.«

»Ja«, stimmte Árni zu, »das ist es.« Die Berichte von Geir und Friðjón lagen zwischen ihnen auf dem Couchtisch, und Árni überlegte, was Gunnar zu den Fotos sagen würde, die sich darin befanden. Er hatte die Berichte noch nicht gelesen, aber die Fotos deuteten unbestreitbar darauf hin, dass Baldur nicht übertrieben hatte, als er von einer beklemmenden Lektüre sprach. Gunnar schien wieder in eine introvertierte Reflexion verfallen zu sein, er saß da und starrte in das Glas.

»Hast du… Bist du an der Ermittlung beteiligt?«, fragte Gunnar schließlich und blickte Árni fragend an. Besorgt oder hoffnungsvoll? Árni konnte sich nicht entscheiden.

»Ja, allerdings«, bestätigte er. »Ich bin an dieser Ermittlung beteiligt.« Gunnar nickte. Froh? Enttäuscht? Árni wartete ab.

»Man hat, ja, also man hat mich morgen zur Vernehmung bestellt«, sagte Gunnar. »Morgen früh um zehn. Lande ich dann bei dir?«

Okay, dachte Árni, er ist froh. Froh, dass ich an dieser Ermittlung arbeite. Die Frage war nur, weshalb, und Árni rechnete damit, die Antwort darauf bald zu bekommen. »Nein«, sagte er, »da halten sie mich raus. Wegen zu enger Verbindung zu dir und zu euch allen.«

»Ja.« Gunnar trank einen Schluck und stellte das Glas ab. »Deswegen hatte ich geglaubt, dass du vielleicht, dass du gar nicht daran beteiligt sein würdest. Aber ich – ich brauche einen Rat.« Er sah Árni bittend an.

»Worum geht's?«

»Also, da ist so einiges passiert, vor allem in den letzten Monaten. Zwischen Danni und mir, meine ich.« Er verstummte und richtete sich auf. Biss sich auf die Unterlippe. »Ich weiß nicht, vielleicht mache ich ja jetzt einen fürchterlichen Fehler«, sagte er nach kurzem Schweigen. »Vielleicht wär ich besser nicht gekommen, aber das ist jetzt zu spät. Hab eh schon zu viel gesagt, oder? Wer A sagt, und so weiter. Also ich hatte die Hoffnung, dass ich, also dass ich, wenn ich dir von diesem ganzen Kram und diesem ganzen Mist erzähle, dass es dann vielleicht reichen würde? Ich meine, einiges davon ist nicht sonderlich – ach, ich weiß nicht, wie ich das ausdrücken soll. Einiges ist einfach so, dass man es nicht unbedingt rausposaunen möchte. Vor allem eines.« Árni schüttelte den Kopf und zündete sich eine Zigarette an, bevor er antwortete. Eile mit Weile, darum ging es. Und darum, diesen Augenblick zu genießen, diese ungewöhnliche Stunde, diese spiegelverkehrte Situation. Gunnar Viktorsson zitternd wie Espenlaub auf seine Hilfe angewiesen? Ich auf dem Fahrersitz, und Gunnar bettelt darum, mitgenommen zu werden?, dachte Árni. Sigþór und Birna Guðný waren so gesehen ebenfalls in dieser Lage ihm gegenüber. Nicht nur die Finanzwelt war auf den Kopf gestellt, so viel stand fest. Eigentlich sollte ich mich freuen, dachte Árni, ich sollte Genugtuung empfinden…

»Sorry, Gunni. Ich kann dir nicht versprechen zu schweigen. Wenn du mir etwas erzählst, was ich für wichtig halte… Tja, ich weiß natürlich nicht, was du mir sagen willst oder wolltest, aber ich kann dir unmöglich zusichern, dass ich es für mich behalte. Und sowieso nicht, bevor ich nicht höre, worum es geht. Das musst du doch verstehen? Aber wie du sagst, du hast A gesagt.«

Es war unschwer zu erkennen, dass Gunnar einen heftigen inneren Kampf kämpfte. »Also schön«, sagte er nach einigem Überlegen. Der Kampf schien entschieden zu sein. »Okay. Die Sache ist die, dass Danni und Sissó, als sie vor fünf Jahren oder so ihr Businessprojekt gestartet haben… Ja, ich glaube, es war vor fünf Jahren. Jedenfalls, damals kamen die beiden natürlich zu mir, weil sie Geld von mir wollten, um loslegen zu können. Sie hatten auch einen guten Businessplan und all das, und ich hab ihnen also das Geld geliehen. Das heißt, ich habe hundertfünfzig Millionen in Aktien bei DMCapital angelegt. Das war ganz in Ordnung, es lief alles bestens bei ihnen, und nach einem Jahr haben sie meine Anteile zurückgekauft. Ich hatte nicht das geringste Interesse daran, mich an ihren Finanzspekulationen zu beteiligen, vor allem nachdem sie plötzlich anfingen, diese und jene Vertriebsketten im Ausland aufzukaufen, Modeboutiquen und Elektromärkte und was weiß ich, alle möglichen Unternehmen, von deren Betrieb ich keine Ahnung hatte, geschweige denn irgendwelches Interesse daran. Und ich konnte sehr, sehr zufrieden sein, als sie meine Anteile zurückkauften, denn der Aktienwert hatte sich versechsfacht. Ich hatte hundertfünfzig Millionen in den Pott geworfen und kriegte neunhundert zurück.«

Er blickte Árni an, der statt einer Antwort die Brauen hochzog. »Ja«, fuhr Gunnar fort, »so war es damals. Doch dann kamen Anfang letzten Jahres die ganz großen Coups. Für Island also, und durch DMCapital. Sie hielten sich weiter daran, Geschäfte und kleinere Banken und Maklerunternehmen und Hotelketten und was sonst noch im Ausland aufzukaufen und wieder abzustoßen, einige davon mehr als einmal. Das weißt du bestimmt alles, über diesen akrobatischen Finanztanz auf dem Hochseil ist ja nach der Bruchlandung nicht wenig geschrieben worden. Als es aber darum ging, in diese Aktivitäten Island wieder einzubeziehen, da wollten sie auch mich dabeihaben. Ich war absolut nicht begeistert von dieser Idee und habe ihnen gesagt, dass ich einfach lieber bei meiner Branche bleiben würde, weil ich mich da auskenne, und ich hätte kein Interesse, mich in irgendwelche Abenteuer zu stürzen. Danni hat mir zugeredet und gesagt, es ginge ganz genau um meine Branche, und genau deswegen wollten sie mich dabeihaben. In dem neuen Unternehmen, so hat er behauptet, würde es ausschließlich darum gehen, Häuser zu bauen. Jede Menge Häuser, im Stadtzentrum. Wohntürme, Bürogebäude, gewerbliche Räume, Hotels – und er legte mir die gesamte Planung vor. Das sah alles ganz hervorragend aus. Deswegen habe ich zugeschlagen, weshalb auch nicht? Ich hatte ja auch bei unserem letzten Deal keine Verlustgeschäfte gemacht. Ich kaufte mich bei Miracool Holding ein. Hast du davon gehört?«

Árni hatte davon gehört. Alle hatten von City Miracool Holding gehört. »Erzähl einfach weiter.«

»Kurz nach der Jahreswende im vergangenen Jahr setzte Sissó sich also mit mir in Verbindung, um mich zu fragen, ob ich nicht bei Miracool einsteigen wollte. Ich sagte ihm, dass ich nicht das Kapital dazu hätte, aber er behauptete, ich bräuchte gar keins, ich sollte einfach GVBau ins Spiel werfen. Ich hab gesagt, ich hätte kein Interesse. Ein paar Tage später kam Danni zu mir und hat in dieselbe Kerbe gehauen. Nur, als er wieder ging, hatte ich einen Stapel von Papieren unterschrieben, die – ach, du weißt, wie Danni ist. War, meine ich natürlich.«

»Ja«, sagte Árni emotionslos, »das weiß ich.«

»Es schien ein großartiges Geschäft zu sein. Die Aktien rauschten in die Höhe, sowohl bei GVBau als auch bei Miracool. Oh Mann, sei so lieb und gib mir nun doch ein Bier, man kriegt richtig einen Brand, wenn man über dieses ganze Elend reden muss.« Árni holte zwei Dosen Starkbier aus dem Kühlschrank.

»Weißt du was«, sagte Gunnar, nachdem er einen ordentlichen Zug getan hatte, »ich hab keine Lust, jetzt auf irgendwelche Details einzugehen. Und selbst wenn ich wollte, könnte ich's gar nicht, ich hab's nie geschafft, mich da richtig reinzuknien, hab's ja auch gar nicht versucht, weil ich Danni hundertzehnprozentig vertraute. Es gab ja auch keinen Anlass dazu, ich hab mich nur wie immer um meine Dinge gekümmert, um die praktische Durchführung, um all das, was bei GVBau anlag. Alles andere habe ich den beiden überlassen.« Er trank wieder einen großen Schluck Bier.

»Alles schien super zu laufen«, fuhr er fort, »alle Versprechungen wurden eingehalten. Alles im Aufwind, alle vergnügt. Bis zum letzten Herbst. Da fielen die Aktien auf einmal rapide. Was ich dabei nicht gerafft hatte – nein, das ist Blödsinn, ich wusste es natürlich, aber ich hab mich dadurch nicht abhalten lassen, hab mir keinerlei Gedanken gemacht –, das war die Rolle von DMCapital in der ganzen Chose. Ihre ganzen komischen Businessaktionen habe ich überhaupt nicht so richtig mitverfolgt, ich behielt nur Miracool und GVBau im Auge, und da lief alles bestens. Das war das Einzige, was mich interessierte. Aber irgendwann im vergangenen Herbst, als die Wellen um DMCapital richtig hochschlugen, war ich gezwungen, mich auch mit den größeren Zusammenhängen zu befassen, denn die Miracool-Aktie stürzte ab, und im Anschluss daran auch die von GVBau. Ich setzte mich mit Daníel in Verbindung, um ihn danach zu fragen. Da hatte er seinen Wohnsitz ins Ausland verlegt, das weißt du bestimmt, aber er kam immer regelmäßig nach Hause. Ich habe ihn gebeten, die Lage mit mir durchzugehen. Wir haben uns zu dritt getroffen, Sissó, Danni und ich, und die beiden haben mir versichert, dass keines der Unternehmen auf eine Katastrophe zusteuere. Die geringfügigen Probleme bei DM würden bald geritzt sein. Und wenn trotzdem alles zum Schlimmsten käme, wäre es immer noch möglich, Miracool und GVBau aus dem Ganzen herauszulösen.« Er sah Árni an und zog eine Grimasse, als er dessen Miene sah.

»Ich weiß«, sagte er, »ich weiß. Ich kann mich auch nicht für solche Tricks erwärmen, und genau das habe ich ihnen gesagt. Dass ich mich nie einfach irgendwo rauskuppele, indem ich einfach eine neue Firma mit einer neuen Nummer gründe, und nicht beabsichtigte, jetzt damit anzufangen. Trotzdem haben sie es geschafft, mich zu überzeugen, dass ich mir keine Sorgen zu machen bräuchte. DMCapital sei einfach zu groß, als dass die Banken sich erlauben könnten, dieses Finanzunternehmen bankrottgehen zu lassen. DM besaß ja große Anteile an den Banken, von denen die größten Kredite kamen, deswegen würden sie sich mit so einer Aktion selbst den Bankrott erklären. Da gab es viel zu viele mit allzu großen Interessen, als dass so etwas passieren könnte, sagten sie.« Gunnar lehnte sich zurück und sah aus dem Fenster. Es hatte angefangen zu schneien. Árni zündete sich die dritte Zigarette seit Gunnars Eintreffen an, doch der erhob keine Einwände.

»Das alles passierte vor einem Jahr«, sagte Gunnar, nachdem er lange genug in das Schneetreiben draußen hineingestarrt hatte. »Und die längste Zeit sah es ja auch so aus, als hätten die beiden richtiggelegen. DM schien sich über Wasser halten zu können, und Miracool berappelte sich wieder einigermaßen. Ich hatte gerade erst aufgehört, mir Sorgen zu machen, als im Juni der erste Dominostein umkippte. Und dann ging alles in freiem Fall zum Teufel. City Miracool wurde zu Shitty Miracool, DMCapital zu DMKatastrophe, wie irgendjemand kürzlich geschrieben hat. Und das Schlimmste war, dass GVBau mit in den Abgrund gerissen wurde. Hinter all diesem Geld, all diesen enormen Gewinnen und dem ganzen Höhenflug – dahinter steckte nur heiße Luft. Pseudogeld, das wie vom Erdboden verschwunden war, als alles den Bach hinunterging. Das wär ja sozusagen auch zu verschmerzen gewesen, wenn nicht das echte und tatsächliche Geld mit ihnen verschwunden wäre. Denn mein Geld war richtiges Geld, das waren reale Werte, verstehst du? GVBau hatte noch andere Projekte am Laufen als das Stadtzentrum, wir haben überall gebaut. Bei mir waren über siebenhundert Leute beschäftigt, als die Talfahrt begann, und jetzt sind es weniger als fünfhundert. Am Monatsende muss ich der Hälfte von denen kündigen. Alles ist zusammengekracht, Árni, alles.«

Sie schwiegen zusammen und schlürften ihr Bier. Jetzt müsste man U2 auflegen, dachte Árni. Joshua Tree. Gunni, ich, Bier und Joshua Tree.

»Weißt du, was das Unfassbarste ist, Árni?« Gunnar stand auf und begann, im Zimmer herumzutigern. Platz war genug, die Esszimmermöbel waren nach Grafarvogur verfrachtet worden. »Die haben einfach weitergemacht. Kannst du das glauben? Danni und Sissó, die haben weiterhin bedenkenlos herumgedealt, so als wär alles in schönster Ordnung. Sie haben mir auch weiterhin denselben Quatsch aufgetischt, faselten von irgendwelchen zeitweiligen Engpässen, obwohl es offen zutage lag, dass alles auf die Pleite zusteuerte. Ich habe versucht, GVBau da rauszulösen, und zwar ohne alle Tricks, nur damit das klar ist. Ich habe ihnen angeboten, ihnen meinen gesamten Anteil an Miracool für die Anteile von Miracool an GVBau zu überlassen. Ich fand das weder unfair noch unnormal, aber das ging einfach nicht. Alles war auf eine so beschissene Weise miteinander verquickt, es war egal, an welchen Fäden man zog, sofort geriet alles andere in Bewegung. Ich hab mich an außenstehende Steuerberater und Juristen gewendet, die das alles für mich sichten sollten, aber sie sahen keine Möglichkeit, aus diesem Wirrwarr rauszukommen. Und während ich immer mehr Leute entlassen musste und nur noch den Bankrott vor mir sah, ließ Daníel an seiner Supervilla auf Seltjarnarnes weiterbauen. Völlig unbekümmert. Düste mit seinem Privatjet durch die Weltgeschichte, baute sich ein Ferienhaus von der Größe einer mittleren Villa in Südisland und so weiter. Und ich konnte nichts machen. Gar nichts.«

»Weshalb bist du zu dem Klassentreffen gekommen?«, fragte Árni, als das Schweigen sich in die Länge gezogen hatte. »Warum hast du dich zu Danni gesetzt, und über was habt ihr gesprochen, kurz bevor ich die Biege gemacht habe? Ich hab noch gesehen, dass ihr drei, Danni, Sissó und du, da richtig heavy ins Gespräch vertieft wart. Und Stjáni«, fügte er hinzu. »Er war natürlich auch da.«

Gunnar hörte auf, das Parkett zu verschleißen, und hockte sich auf die Sofalehne. Als wollte er es sich nicht allzu bequem machen.

»Ich bin da hingegangen, weil ich es wollte«, sagte er zögernd. »Vielleicht habe ich mir eingebildet, dass die ganze Chose trotz allem noch zu retten war. GVBau, Miracool, die Freundschaft – alles. Wunschdenken natürlich, aber ich meine... Danni und ich kannten uns doch seit der ersten Klasse, und wir sind seitdem immer dicke Freunde gewesen. Und weil ich nicht glauben wollte, was Sissó mir ein paar Tage vorher gesagt hatte. Ich wollte Danni direkt damit konfrontieren, von Angesicht zu Angesicht, im Beisein von Zeugen, damit er es selbst abstreiten konnte.«

Nun verspürte Árni das Bedürfnis aufzustehen. Er ging zum Fenster, sah in das Schneetreiben hinaus und zog eine Grimasse, denn er hatte die Winterreifen noch nicht aufgezogen. »Und was hat Sissó dir vor ein paar Tagen gesagt?«

»Eigentlich dasselbe, was hier in den Medien grassiert, wobei bei denen natürlich alles nur auf Spekulationen beruhte. Sissó hingegen hat mich mit klaren Fakten gefüttert, die ihm in seiner Position zur Verfügung standen. Wie Danni es geschafft hat, ihn so zu hintergehen, ist mir vollkommen schleierhaft. Mich kann man ja relativ leicht hinters Licht führen, aber Sigþór – der hat doch von Anfang an seine Finger im Spiel gehabt bei diesem Business, der steckte doch voll mit drin.«

»Gunni«, sagte Árni, »drück dich etwas deutlicher aus. Was meinst du eigentlich?«

»Bloß was ich sage. Worüber sich die Leute hier seit ein oder zwei Monaten die Mäuler zerreißen – dass Danni mehrere Milliarden abgezockt hat. Er hat fiktives Geld produziert, um richtiges Geld abzukassieren und dieses dann in Sicherheit zu bringen. Das war wohl der Trick, wenn ich es richtig verstanden habe.«

»Und?«, fragte Árni. »Hast du ihn zur Rede gestellt?«

»Ja«, sagte Gunnar. »Das habe ich getan. Und er hat mich bloß ausgelacht und mir auf die Schulter gehauen. Hat mir gesagt, ich solle mich beruhigen, er würde das schon wieder deichseln. Du siehst also, dass ich in einer ziemlich schlechten Lage bin. Deswegen bin ich zu dir gekommen, denn du weißt – du *weißt*, dass ich Danni nie etwas antun könnte, geschweige denn, ihn umbringen. Nicht einmal, als ...« Er faltete die Hände. »Also nun geht es um das andere, worüber ich reden wollte. Das, von dem ich am liebsten möchte, dass es zwischen uns bleibt. Aber man weiß ja, zumindest glaub ich das, dass es früher oder später doch herauskommen wird, deswegen ... Ja. Es ging nämlich nicht nur um unser Business. Freyja – du hast mich da am Samstagabend nach Freyja gefragt, erinnerst du dich?«

»Ja.«

»Sie ... Danni und sie waren – du weißt schon. Sie hatten eine Beziehung. Das hat Sissó mir gesagt.«

»Als er dir von dem ganzen Schwindel erzählte?«, fragte Árni ungläubig. »Diesem Diebstahl oder Raub, oder wie sollen wir das nennen?«

»Ja.«

»Und damit wolltest du Daníel auch am Samstagabend konfrontieren, in Anwesenheit aller Schulkameraden? Glaubst du wirklich, dass ich dir das abnehme?«

»Nein«, sagte Gunnar. »Das wär mir nie eingefallen. Einfach deshalb, weil ich es nicht glauben konnte. Ich hab das weder Danni noch Freyja zugetraut. Ich dachte, das sei nur Bösartigkeit oder Rachelust bei Sissó oder ein Missverständnis.«

»Aber du hast es trotzdem getan?«

»Habe ich was getan?«

»Ihn gefragt, ob er mit deiner Frau geschlafen hat?«

»Nein.«

»Okay. Hast du mit Freyja gesprochen?«

»Nein. Und das habe ich auch nicht vor. Ich finde …« Gunnar blickte hoch und sah Árni scharf an. »Untersteh dich, Árni Ey, untersteh dich, Freyja danach zu fragen.«

Árni ließ sich nicht aus der Ruhe bringen. Nicht an diesem Abend. »Warten wir's ab. Wann genau hat dir Sissó all diese Neuigkeiten mitgeteilt?«

»Freitag«, murmelte Gunnar. »Er hat's mir am Freitag gesagt.«

»Hm«, brummte Árni.

»Und noch eins«, sagte Gunnar. »Er hat mich angerufen, da in der Nacht.«

»Daníel?«

»Ja.«

»In der Nacht, in der er umgebracht wurde?«

»Ja.«

»Wann genau?«

»Als ich wieder zu Hause war, so gegen zwei, glaube ich. »Moment mal.« Er holte sein Handy aus der Jackentasche und fummelte mit seinen kräftigen Fingern auf den winzigen Tasten herum. Verletzte Finger, sah Árni. »Zwei Uhr vier«.

Árni tat sich schwer damit, seine Ungeduld und sein Missfallen nicht offen zu zeigen.

»Und was hat er gesagt?«

»Nichts«, flüsterte Gunnar. »Er hat gar nichts gesagt. Ich habe hingehört, hab zwei- oder dreimal seinen Namen gesagt und dann das Gespräch abgebrochen, weil ich dachte, dass er aus Versehen meine Nummer erwischt hatte, du weißt, das passiert manchmal bei Handys. Aber ich fand das Schweigen komisch. Denn er wollte ja noch in eine Kneipe. Trotzdem habe ich mir keine Gedanken gemacht, so gesehen.« Er wandte seinen Blick ab. Hatte er angefangen zu weinen?, dachte Árni, konnte das wirklich sein? Er ließ nicht locker.

»Ich habe mir die Aussage angeschaut, die du am Sonntag gemacht hast«, sagte er. »Da steht nichts von diesem Anruf.«

»Nein«, sagte Gunnar, »ich weiß.«

* * *

»Daníel war also immer der Anführer in der Gruppe?«, fragte Baldur.

»Ja«, gähnte Árni. Gunnar war fast bis zwei Uhr bei ihm geblieben, und zwei Tassen Kaffee hatten auch eine halbe Stunde nach Dienstantritt noch nicht ihre Wirkung getan, obwohl der Kaffee verdammt stark gewesen war. »Und nicht nur in dieser Gruppe, dieser kleinen Clique. Du weißt, wie so etwas ist, im Gymnasium gibt es immer ein paar größere Gruppen, große Cliquen, die sich aus kleineren zusammensetzen. Und dann sind da noch die Luschen, die keiner Clique angehören, weil sie nicht in der Gunst der Kings stehen, Danni war so ein King, einer von diesen Typen, mit denen man sich gutstellen muss, wenn man kein Outcast sein will.«

»Außenseiter«, warf Baldur ein. »Wenn man kein Außenseiter sein will. Außenseiter, Ausgestoßener, es gibt genügend isländische Worte, Árni.«

Meinetwegen, dachte Árni. »Und Birna Guðný war das attraktivste Mädchen in der Klasse«, sagte er. »Sie und Freyja, die beiden waren dicke Freundinnen.«

»Es hat also niemanden überrascht, als aus Birna und Daníel ein Paar wurde?«

»Nein, so gesehen nicht. Jedenfalls nicht, nachdem Ellert gestorben war. Ellert und Birna gingen miteinander, als er starb. Ellert war der Bruder von Gunnar Viktorsson, der ältere Bruder. Ein Jahr älter als wir.«

»Autounfall? Krankheit?«

»Er ist ertrunken. Sie waren auf einer Angeltour, Ellert, Gunni, Danni, Sissó und Stjáni. Das war am Djúpavatn. Ich hätte auch dabei sein sollen, aber ich war krank.«

»Hochinteressant«, sagte Baldur. »Und nach Ellerts Tod durch Ertrinken hat sich Birna mit Daníel zusammengetan?«

»Ja«, sagte Árni und sah Baldur verwundert an. »Mensch, was denkst du da eigentlich? Glaubst du, dass Danni Ellert ersäuft hat, um an Birna Guðný heranzukommen? Also, jetzt hör mal auf.«

»Was spricht gegen eine derartige Theorie?«, fragte Baldur.

Alles, dachte Árni. Trotzdem auch nichts. Aber es gab Grenzen. Daníel war zwar ein arroganter und kaltschnäuziger Kerl, doch das machte ihn nicht zum Mörder. Es hätte ihn allerdings zum Opfer machen können. Und außerdem ... »Und außerdem ist die Sache seinerzeit untersucht worden«, sagte er. »Das Ergebnis lautete auf Unfall.«

»Genau«, sagte Baldur. »Wie zu erwarten. Du versuchst vielleicht bei Gelegenheit, dir die alten Unterlagen zu beschaffen? Aber jetzt solltest du dir zunächst die Aussagen von Sigríður und Elsa ansehen«, sagte er. »Und die des Türstehers in dem Lokal. Falls du es bereits getan hast, rate ich dir, sie noch einmal zu lesen.«

* * *

»Gewonnen«, sagte Guðni und deutete auf seinen Bildschirm.

Katrín schälte sich aus ihrer Winterjacke und hängte sie über die Stuhllehne. »Was gewonnen?«

»Ich habe auf die Russen gewettet. Guck mal, hier ist unser Mann, die Leiche aus Breiðholt. Henryk Olbrys. Polizeilich gesucht wegen Mordverdacht in mindestens zwei Fällen, Beteiligung an organisiertem Verbrechen, Menschen-, Rauschgift-, Waffenhandel, *you name it.* Man überlegt bloß, was er verbrochen hat, um hier in diesen Gulag geschickt zu werden. Und er gehörte also zur russischen Abteilung der polnischen Mafia.«

»Henryk Olbrys«, las Katrín auf dem Bildschirm. »Mir reicht es so langsam mit all diesen ausländischen Namen, die kann man sich ja kaum merken.«

»Wir brauchen uns eigentlich nur zwei zu merken«, sagte Guðni tröstlich. »Oder drei, allerhöchstens vier. Marek und Ewa, und dann die beiden Toten, Andrzej und Henryk. Alle anderen sind Nebensache, zumindest bis jetzt noch.«

»Vielleicht«, sagte Katrín. »Und außerdem können wir sie auch samt und sonders bald wieder vergessen, falls das IKA übernimmt. Was mich daran erinnert – wie lief es gestern? Hast du einen netten Abend mit unserem lieben Friðrik verbracht?«

Guðnis Gesicht verzerrte sich. »Erwähn bloß diesen Dreckskerl nicht. Ansonsten waren sich Geir und der Hund einig, dass Henryk dort nach seinem Tod in der Garage deponiert wurde. Und vor seinem Tod hatte er zahlreiche kräftige Hiebe an den Kopf gekriegt. Außerdem hat er schwere Brandwunden davongetragen. Das erinnert doch an was, nicht wahr?«

»Genau wie Andrzej«, sagte Katrín. »Nur war Andrzej tot, bevor er angezündet wurde. Dieser Henryk ist also zusammengeschlagen und zurückgelassen worden, um bei lebendigem Leibe zu verbrennen – so kommt es einem jedenfalls vor. Mareks Rache?«

»Jawohl. Und die hat er verpfuscht, denn Henryk konnte sich noch aus dem Staub machen.«

»Tot ist er trotzdem«, sagte Katrín. »Es hat nur etwas länger gedauert.«

»Ja. Interessanter Typ übrigens, dieser Marek. Wir haben Post aus Warschau«, sagte Guðni und deutete auf den großen gelben Umschlag eines Expressversands auf Katríns Schreibtisch. »Er hat einiges hinter sich, im Alter von zehn Jahren verlor er seinen Vater, die Mutter zwei Jahre später. Sein Vater starb im Knast.«

»Also erblich belastet«, stöhnte Katrín. »Willst du damit sagen, dass Kriminalität in den Genen steckt?«

»Nee«, sagte Guðni, »überhaupt nicht, und sein Vater war gar kein Krimineller. Ich hab ihn bei Google gefunden. Er war ein wichtiger Mann bei Solidarność, einer der Hauptakteure in Stettin. Hast du gewusst, dass da in Stettin auch so viel los war? Danzig und Stettin. Große Werften in beiden Städten. Hafenstädte.«

»Ja, schon in Ordnung. Spielt das irgendeine Rolle? Marek ist kein Held der Arbeiterbewegung, sondern ein Mafioso und Mörder.«

»Nein, einfach nur so, ich fand das jedenfalls interessant, verstehst du«, sagte Guðni auf den Schlips getreten. »Mareks Vater Adam wurde als einer der Ersten eingebuchtet, als die ersten Unruhen begannen, und als zum Schluss alle begnadigt wurden, war er tot. Man lieferte die Leiche bei den Pawlaks zu Hause in einer Holzkiste ab, und zwar an dem Tag, als 1986 die letzten Inhaftierten begnadigt wurden. Am elften September, überleg mal.«

»Sehr traurig«, sagte Katrín. »Aber es geht uns nichts an.«

»He, ich geb mir doch Mühe«, sagte Guðni. »Ständig wird an einem herumgemeckert, ich bin so oder nicht so, immer ein hoffnungsloser Fall, und dann gibt man sich mal Mühe mit einem humanen Touch und kassiert zum Dank auch nur Kritik und Gemeckere.«

»Undank ist der Welt Lohn«, sagte Katrín spöttisch. »Halt

dich lieber an deine Schwarzseherei und deine Menschenverachtung, sonst kriege ich es noch mit der Angst zu tun. Da
kracht im Augenblick so vieles um einen herum zusammen,
von dem man geglaubt hat, es sei unumstößlich – ich weiß
nicht, ob ich da noch einen weiteren Schock in Bezug auf dich
vertragen kann.«

»Ha, ha, *very funny, lady*«, knurrte Guðni.

»Das Konferenzzimmer im dritten Stock ist frei«, sagte
Katrín, »und die Jungs warten auf uns.«

* * *

»Ich bin einfach nach Hause gegangen«, erklärte Kristján.
»Ungefähr eine halbe Stunde, nachdem Danni weg war, bin
ich nach Hause gegangen. Zu Fuß, es ist ja nicht so weit bis zu
mir. Ich wohne in Þrastahraun.«

»Und deine Ehefrau, Zyta?«

»Síta, ja.«

»War sie noch wach?« Baldur saß stocksteif da, während
Kristján auf seinem Stuhl herumrutschte. Er konnte nicht
stillsitzen und kaute überdies unablässig an seinen Nägeln.
Er fühlte sich offensichtlich wie auf heißen Kohlen. Das war
als solches nicht unbedingt verdächtig, dachte Árni hinter der
verspiegelten Scheibe des Vernehmungsraums. Vollkommen
unschuldige Zeugen konnten zu totalen Nervenbündeln werden, wenn sie in einem solchen Raum einem Kriminalbeamten gegenübersaßen. Und Stjáni war immer ein nervöser Typ
gewesen.

»Das habe ich euch schon gesagt. Und ihr habt doch längst
mit ihr gesprochen. Wieso fragt ihr mich wieder danach?«

»Du bist in der besagten Nacht gegen ein Uhr dreißig nach
Hause gekommen. Weswegen war deine Frau noch auf den
Beinen?«

»Herrgott, was ist das denn für eine Frage? Ich weiß nicht, wie es bei dir ist, aber ich sage meiner Frau nicht, wann sie abends schlafen zu gehen hat, kapiert? Sie hat ferngesehen. Einen polnischen Sender.«

»Und dann habt ihr noch etwas zu euch genommen und euch anschließend zur Ruhe begeben?«

»Zur Ruhe begeben?«

»Seid ins Bett gegangen.«

»Ja.«

»Du hast an dem Abend die meiste Zeit am selben Tisch wie Daníel gesessen und sehr oft auch direkt neben ihm, stimmt das?«

»Ja, nur als Árni kam, hat er sich zunächst zwischen uns gequetscht. Später hat er sich woanders hingesetzt.«

»Árni?«

»Ja. Er hat sich mit irgendwelchen anderen unterhalten. So läuft das auf Partys, verstehst du.«

»Aber du hast nicht mit anderen gesprochen, du bliebst weiterhin neben Daníel sitzen?«

»Ja.«

»Um was ging es in eurem Gespräch?«

»Um was ging es in unserem Gespräch?« Kristján schob seine Brille zurecht und wischte sich den Schweiß ab. »Um alles Mögliche.«

»Als man am Sonntagabend mit dir gesprochen hat, hast du gesagt, das Gespräch hätte sich in erster Linie um Geschäftliches gedreht, um die schweren Zeiten in der Wirtschaft, die Lage von Miracool Holding und DMCapital, aber auch die von GVBau und deinem Arbeiterverleih. KKMirakel, heißt er nicht so?«

»Ja«, sagte Kristján. »Mirakel, ähnlich wie Miracool. Und KK natürlich wegen meiner Anfangsbuchstaben.«

»Du hast gesagt, alles sei friedlich verlaufen. Gab es wirklich keinerlei Unstimmigkeiten?«

»Nein. Oder vielleicht doch, die haben sich da ein wenig gestritten, es gab ein bisschen Knatsch, aber nichts Ernstes.«

»Und worum ging es?«

»Das hab ich gar nicht mitbekommen. Bestimmt um irgendwelches Geld und finanzielle Angelegenheiten und so was. Daníel hat denen gesagt, sie sollten Ruhe bewahren und sich abregen.«

»Also haben sich Gunnar und Sigþór mit Daníel über Geldangelegenheiten gestritten?«

»Ja, aber wie ich sage, das war nichts Ernsthaftes. Keine Prügelei oder Geschrei oder Ähnliches.«

»Außerdem ging euer Streit aber auch um den See Djúpavatn«, sagte Baldur. Kristjáns Gesichtsausdruck geriet etwas aus den Fugen, aber er fing sich rasch wieder.

»Über den See … Haben wir uns über Djúpavatn gestritten?«

»Ja, Djúpavatn. Ein kleiner See auf der Halbinsel Reykjanes, auf dem Weg nach Vigdísarvellir.«

»Ich weiß, wo der See ist«, sagte Kristján. »Aber – nein, Djúpavatn … Nein, daran kann ich mich echt nicht erinnern.«

»Das war vorn im Eingangsbereich, vor den Toiletten. Da habt ihr drei gestanden, du, Sigþór und Daníel. Und habt euch über Djúpavatn gestritten beziehungsweise über etwas, was mit diesem Flurnamen zu tun hat.«

»Flurnamen?«

»Ja. Worum ging es denn genau bei diesem Streit?«

»Weißt du, ich kann mich einfach nicht erinnern. Djúpavatn? Mein Gott, ich erinnere mich an nichts dergleichen. Ich hatte ein bisschen was getrunken, verstehst du, und wir haben einfach über alle möglichen Sachen gesprochen.«

»Und du kannst dir nicht vorstellen, weshalb ihr euch da

vor den Toiletten gestritten habt, wobei mindestens dreimal der Name Djúpavatn fiel?«

»Ja, nein. Ich meine, es kann gut sein, dass wir auch über Djúpavatn gesprochen haben, denn wir sind in alten Tagen manchmal dort hingefahren, um zu angeln. Und das war ja ein Klassentreffen, verstehst du, da redet man mal über die alten Tage. Aber wir haben uns doch nicht gestritten.«

Árni sah, dass Kristján sich mehr als zuvor auf seinem Stuhl drehte und wand. Die Fragen nach diesem See hatten ihn eindeutig kalt erwischt. Árni hatte noch einmal die Aussagen von Sigga, Elsa und dem Türsteher überflogen. Da kam genau das vor, was Baldur erwähnt hatte, aber auch nicht mehr. Nur dass die drei auf dem Flur vor den Toiletten gestanden hatten, anscheinend uneinig, vielleicht sogar erregt, und dass der Name Djúpavatn gefallen war, zwei- oder dreimal. Aber was fehlte, war der Zusammenhang, niemand hatte das ganze Gespräch gehört, sondern nur einzelne Wortfetzen.

Baldur setzte Kristján weiter zu, aber der schien wieder einigermaßen im Gleichgewicht zu sein und beantwortete die nächsten Fragen eher einsilbig.

»Weißt du, wohin Gunnar und Sigþór gegangen sind, nachdem Daníel sich absentiert hatte?«

»Nein.«

»Keine Idee?«

»Nach Hause?«

»Weißt du, was Daníel in dieser Nacht noch in Reykjavík vorhatte?«

»Bier. In einer Bar.«

»Du hast nicht mit ihm fahren wollen?«

»Nein.«

»Weshalb nicht? Wenn ich es richtig verstanden habe, wart ihr doch gute Freunde.«

»Ich hatte einfach keine Lust, weil ich nach Hause zu Síta wollte. Wir sind frisch verheiratet, oder beinahe. Da geht noch was ab bei uns.«

Árni verlor den Faden, doch Baldur fuhr noch eine Viertelstunde fort, Kristján mit Fragen zu bombardieren, ohne dass etwas dabei herauskam.

»Nur eins zum Schluss«, sagte Baldur, »dann kannst du gehen.«

»Das wird ja auch Zeit«, erklärte Kristján sauer.

»Ellert Viktorsson. Wie kam es zu seinem Tod?«

Das Schweigen währte nicht lang, war aber nervenaufreibend.

»Er ist ertrunken«, sagte Kristján schließlich. »Das weißt du doch sicher.«

Baldur nickte. »Ja, das weiß ich, aber wie ist er ertrunken? Was ist passiert?«

»Keine Ahnung«, sagte Kristján erschöpft. »Ich habe geschlafen, weil ich einfach umgekippt bin. Auf diesen Touren haben wir nicht so viel geangelt«, versuchte er zu erklären. »Es ging darum, sich zu besaufen.«

Das jedenfalls war keine Lüge, dachte Árni grinsend. Und es war auch der einzige Grund gewesen, weshalb er damals manchmal mitgefahren war.

* * *

Ewa trocknete sich ab und schlüpfte in die Sachen, die Zyta ihr geliehen hatte. Sie waren viel zu groß für sie, aber sie waren sauber, trocken und warm. Ihre eigenen Sachen, in denen sie geschlafen hatte, und die anderen, die nass und dreckig im Koffer gewesen waren, drehten sich jetzt im Trockner. Als sie beschlossen hatte, Marek zu verlassen, hatte sie das alles in den Koffer geworfen und ihn zur Einfahrt geschleift, doch dann hatte sie sich erinnert, dass das Auto in der Garage stand. Glücklicherweise war die Haustür nicht ins Schloss gefallen, sonst wäre sie gezwungen gewesen, vor verschlossener Tür auf dem Koffer sitzend auf Marek zu warten. Als sie den Koffer wieder hochgenommen hatte, um ihn zum Auto zu bringen, war er auseinandergeklappt, und der gesamte Inhalt hatte sich in die Pfütze daneben entleert. Von denen gab es genug in der Einfahrt, die noch nicht asphaltiert worden war.

Aber jetzt war alles in Ordnung, dachte sie. Nun hatte sie an einem sicheren Ort die Zeit, sich alles durch den Kopf gehen zu lassen. Sie wusste, dass Kristján sehr dagegen war, sie im Haus zu haben, aber sie wusste auch, dass er, solange Zyta sie haben wollte, sie weder vor die Tür setzen noch sie verraten würde.

Zyta nahm sie in der Küche mit frisch gekochtem Kaffee, Brot und Gebäck in Empfang. »Geht es dir besser?«, fragte sie.

»Viel besser«, antwortete Ewa. »Ich habe geschlafen wie ein Stein. Und das Bad war super.«

»Gut«, sagte Zyta. »Du bist nicht von Stjánis Schnarchen aufgewacht?«

»Stjáni?«

»Kristján«, sagte sie. »Mein Mann schnarcht wie ein Bär. Oder wie ein Wildschwein.«

»Wildschwein«, sagte Ewa und schnalzte mit der Zunge. »So etwas hat man lange nicht mehr zu essen bekommen. Aber nein, ich bin nicht aufgewacht, die ganze Nacht nicht.«

»Prima«, sagte Zyta. »Ich hatte Angst, dass er dich wecken könnte, obwohl ich beide Türen zugemacht hatte. Es hat also geholfen.«

»Und du?«, fragte Ewa neugierig. An Marek gab es viel auszusetzen, aber er schnarchte nicht. »Kannst du schlafen, wenn er so sägt?«

»Ich stecke mir was in die Ohren«, sagte Zyta. »Manchmal reicht das nicht, und dann nehme ich eine Schlaftablette. Greif zu.« Ewa folgte der Aufforderung.

»Und wie hast du dir das jetzt vorgestellt, Ewa?«, fragte sie, als sie den Frühstückstisch abgeräumt hatten. »Du darfst hier gerne noch etwas bleiben, aber früher oder später ist Schluss mit dem Verstecken, oder? Du kannst doch nicht immer so weiterleben?«

»Ich weiß«, sagte Ewa. »Ich glaube, ich muss versuchen, aus dem Land zu kommen. Ich habe…« Sie zögerte. »Ich habe einen Pass«, fuhr sie dann fort, »der auf einen ganz anderen Namen lautet. Und in dem bin ich blond.« Sie sah Zyta entschuldigend an, die sie völlig perplex anstarrte. »Ich weiß«, sagte, »aber das war – das gehörte dazu, um Mareks Frau zu sein. Entweder das, oder ein anderer Mann. Und ich wollte keinen anderen Mann. Damals nicht.«

Zyta seufzte. »Liebe ist wirklich etwas Schreckliches«, sagte sie leise. »Ich glaube, schlimmer als Kommunismus und Kapitalismus zusammen.« Schon winkte sie ab. »Ach, ich sag manchmal so etwas, nimm mein Gerede nicht ernst. In Ordnung, wir färben dir die Haare blond. Und dann?« Ewa verschränkte die Arme und legte mit geschlossenen Augen den Kopf auf die Seite. Es war alles so schwierig, so furchtbar schwierig, dachte sie. Aber Zyta kam ihr ein weiteres Mal zu Hilfe. »Du brauchst Geld, nicht wahr?«

»Ja«, gab Ewa zu, so leise, dass sie kaum zu verstehen war. »Beziehungsweise, ich habe Geld, aber ich komm nicht ran. Ich kann nicht einfach in eine Bank hineinspazieren und etwas abheben, ich trau mich ja nicht mal zu einem Automaten.«

»Das kriege ich schon geregelt«, erklärte Zyta. »Das ist kein Problem. Willst du fliegen oder die Fähre nehmen?«

* * *

Die Vernehmung von Gunnar verlief wie besprochen, er hielt mit nichts zurück. Árni hatte ihm geraten, Baldur alles zu sagen, auch Sigþórs Hinweise auf Geldhinterziehung und Fremdgehen. Als er den nächtlichen Anruf von Daníel erwähnte, reagierte Baldur scharf, doch Gunnar blieb hartnäckig bei der Erklärung, die er auch Árni am Abend vorher gegeben hatte – er habe so unter Schock gestanden, dass er sich erst nach der Zeugenvernehmung an den Anruf erinnert hatte. Und danach hatte er befürchtet, der Verdacht würde sich vor allem auf ihn richten.

»Sowohl wegen dieses Anrufs als auch deswegen, weil ich ihn nicht erwähnt hatte«, erklärte er geduldig. »Aber dann kam ich zu dem Schluss, dass es besser wäre, ihn nicht zu verschweigen, ich meine, ihr hättet das ja sowieso herausgefunden. Und das wäre noch schlimmer gewesen.« Baldur vergeudete weitere Energie darauf, Gunnar dazu zu bewegen, eine andere und glaubwürdigere Darstellung des Telefonats und seiner »Vergesslichkeit« zu geben, doch Gunnar ließ sich nicht aus dem Konzept bringen, bis Baldur das Thema wechselte und ihn mit der Frage nach Djúpavatn überrumpelte. Sie schien ihn ebenso zu verunsichern wie Kristján vorher. Er stritt jedoch rundheraus ab, dass er gehört hatte, wie sich die drei über Djúpavatn gestritten hatten, und behauptete, dass dieser Tümpel während des ganzen Abends nicht ins Gespräch gekommen sei.

»Wieso fragst du eigentlich danach? Das ist doch vor zwanzig Jahren passiert«, fragte er gereizt, als Baldur nicht lockerließ und Fragen nach dem Tod von Gunnars Bruder nachschob. »Ich war siebzehn und die anderen auch. Ellert war achtzehn. Wir waren besoffen und sind im Laufe des Abends einer nach dem anderen umgekippt. Ellert muss irgendwann aufgewacht und nach draußen gegangen sein, wahrscheinlich, um die Angel auszuwerfen. Und dabei ist er wohl zu weit in den See hinausgewatet, der wird nämlich da bei der Anglerhütte gleich tief. Zuerst ist das Ufer relativ flach, aber dann fällt es auf einmal steil ab. Er hat vermutlich nicht aufgepasst. Und war bestimmt zu betrunken, um es wieder ans Ufer zu schaffen.« Gunnar war kreideweiß geworden – vor Wut? Árni war sich nicht sicher. Baldur schien sich damit zufriedenzugeben.

»In Ordnung«, sagte er. »Nachdem Daníel gegangen war, seid ihr anderen dort noch eine ganze Weile geblieben. Worüber habt ihr geredet?

»Über Danni«, gab Gunnar zögernd zu. »Wir haben über Daníel gesprochen.«

»Und was hattet ihr über ihn zu sagen?«

»Wenig Gutes«, sagte Gunnar. »Nur der arme Kristján, der hat ihn immer noch verteidigt, trotz allem, was Daníel ihm so im Laufe der Zeit angetan hat. So ein bisschen wie der Premierminister und der Notenbankdirektor, wenn du verstehst, was ich meine.«

»Nein«, erklärte Baldur schroff, »das verstehe ich nicht. Was hat Daníel Kristján im Laufe der Zeit angetan?«

»Alles Mögliche. Kristján ist nicht der Hellste, wie du vielleicht gemerkt haben wirst. Und er hat Daníel immer abgöttisch verehrt und ist wie ein unterwürfiger Hund ständig um das Herrchen herumscharwenzelt, egal, wie häufig und fest das Herrchen nach ihm getreten hat.«

»Also ein bisschen wie der Premierminister und der Notenbankdirektor«, sagte Baldur, immer noch in demselben schroffen Ton. »Den Part habe ich verstanden. Aber ich hätte außerordentlich gern mehr über diese Tritte erfahren. Noch einmal, was hat Daníel Kristján im Laufe der Zeit angetan?«

»Das wenigste war ungesetzlich, denke ich. Aber das naheliegendste Beispiel ist wohl KKMirakel, der Arbeiterverleih. Die Firma steuert auf den Bankrott zu, wie so viele andere dieser Tage. Ich will nicht behaupten, dass Danni ihn ruiniert hat – aber er hat zumindest nichts unternommen, um das zu verhindern.«

»Und er hätte die Möglichkeit dazu gehabt, wenn er gewollt hätte?«

»Ja«, erklärte Gunnar. »Mühelos.«

»Zwei Dinge zum Schluss«, sagte Baldur. »Ich fürchte, ich muss dich bitten, dir im Bedarfsfall für den Rückweg ein Taxi zu nehmen oder mit dem Bus zu fahren. Ich könnte notfalls auch eine Fahrt im Streifenwagen für dich arrangieren.« Árni war ebenso erstaunt wie Gunnar. Was war da im Gange?

»Ist mein Auto etwa beschlagnahmt?«, fragte Gunnar.

»Hast du mit einer derartigen Maßnahme gerechnet?«, fragte Baldur prompt zurück.

»Überraschen würde es mich nicht«, sagte Gunnar pampig. »So wie ihr in letzter Zeit vorgegangen seid. Braucht ihr den Schlüssel, oder wollt ihr das Auto kurzschließen?«

»Der Schlüssel würde uns unbestreitbar gut zupasskommen«, sagte Baldur. »Vielen Dank. Und dann das Letzte. Was ist mit deinen Händen passiert?«

»Ich habe in meiner Garage gearbeitet«, sagte Gunnar. »Sie befindet sich seit unserem Einzug im Rohbauzustand. Manchmal ist es gut, sich handwerklich zu betätigen und nicht nur mit dem Kopf. Eigentlich sogar notwendig, um wieder Basiskontakt zu haben. Aber ich bin etwas aus der Übung.«

Baldur nahm dieses Statement mit angemessener Skepsis auf. Das verstand Árni gut, auch er hatte seine Zweifel gehabt, als Gunnar ihm diese Version in der letzten Nacht auftischte.

»Gut«, sagte Baldur. »Dann möchte ich dich bitten, bevor du gehst, noch kurz beim Erkennungsdienst im Keller vorbeizuschauen, ich lasse dich von jemandem hinbringen. Es sei denn, du hättest etwas dagegen, dass wir eine DNA-Probe und Fingerabdrücke von dir nehmen?«

* * *

Marek blickte sich um. Er war total verschwitzt, zitterte und kam fast um vor Durst. Als der Leichenwagen bei dem Haus in Breiðholt eingetrofffen und rückwärts an die Garage herange-fahren war, hatte er die Gelegenheit benutzt und selbst aus der Einbahnstraße zurückgesetzt und anschließend Vollgas gege-ben. Danach hatte er das Auto auf einem dicht besetzten Park-platz abgestellt und war im erstbesten Auto weggefahren, das er aufbekommen hatte. Ein alter und ziemlich lahmer Volvo, aber groß und zuverlässig, fand er. Und leicht ohne Schlüssel zu starten. Er war zu einem kleinen Sommerhaus gefahren, ei-ner schlichten Holzhütte in halbstündiger Entfernung von der Stadt, und hatte sich vollkommen erschöpft und ausgelaugt schlafen gelegt.

Er ließ sich vom Sofa fallen und schaffte es, auf die Beine zu kommen. Er ging zum Spülbecken, drehte den Hahn auf, aber nichts geschah. Kein Tropfen. Auch aus dem Hahn für das heiße Wasser kam nichts, und die gleiche Geschichte im Badezimmer.

Nachdenken, nachdenken, nicht aufgeben… Er wankte auf die Veranda hinaus, ging einmal um die Hütte herum und fand schließlich den Anschluss an die Grundleitung. Als er wieder ins Haus kam, schoss das Wasser aus sämtlichen Häh-nen. Nachdem er seinen Durst gelöscht hatte, wickelte er den Fingerstumpf vorsichtig aus. Der faulige Geruch raubte ihm den Atem, und er hielt die Hand unter den Wasserstrahl. Da-bei verschwand der Geruch, aber der Schmerz vervielfachte sich.

Marek hielt Ausschau nach einem geeigneten Hilfsmittel und fand eine kleine Schere, die auf der Küchenfensterbank lag. Zog den Schorf von der Wunde, alles war weich und riss in kleinen Fetzen ab wie nasses Papier. Sein Gesicht verzerrte sich. Die Entzündung war nicht abgeklungen, und der vorderste Teil des Stumpfs hatte sich schwärzlich verfärbt.

Nach einigem Suchen in Schränken und Schubladen stieß er auf einen kleinen altmodischen Verbandskasten, in dem sich zu seiner großen Erleichterung sowohl Verbandszeug als auch Borwasser befanden. Er ging mit dem Kasten in die Küche, öffnete die Borwasserflasche und holte die Mullbinde aus der Verpackung, schaltete die Schnellkochplatte auf dem Herd ein und wartete darauf, dass sie sich erwärmte.

Der Schweiß perlte ihm von der Stirn, und er konnte sich kaum senkrecht halten, aber er biss die Zähne zusammen und wartete. Spuckte auf die Platte, und im nächsten Moment war der Speichel unter Zischen verschwunden.

Er nahm das Fleischbeil aus der obersten Küchenschublade, betrachtete es, legte es dann aber wieder zurück. Er war Rechtshänder, und taumelig, wie er war, konnte ein Hieb mit der Linken in diesem Zustand fürchterliche Folgen haben. Er kramte in weiteren Schubladen und fand schließlich etwas, was er glaubte, verwenden zu können.

Eine Kneifzange, dachte er, eine richtig gute Kneifzange.

* * *

Sigþór war unerschütterlich und saß kerzengerade auf seinem Stuhl. Kaum dass die blauen Augen hinter der Stahlbrille blinzelten. Nein, nicht Stahl, sondern Titan, dachte Árni, war das nicht derzeit angesagt? Er wusste es nicht, hatte keine Ahnung von Mode, weder in Bezug auf Brillen noch anderes. Er hatte auch nie die Marotte mit den rosa Hemden und violetten Krawatten verstanden, wie Sissó sie trug. Der Anzug dagegen wirkte grau und schlicht, aber dadurch ließ Árni sich nicht täuschen. Der stammte sicher von einem Label, das er überhaupt nicht kannte, und hatte bestimmt Unsummen gekostet. Aha, dachte er, Neid. Drehte sich nicht alles nur um Neid? Schadenfreude, Neid, Dummheit, Boshaftigkeit – das waren die wichtigsten Grundmotive, angesichts dessen, was die erstaunlichsten Leute so von sich gaben oder schrieben. Árni zweifelte nicht daran, dass Sigþór diese Analyse unterschreiben würde.

»Das stimmt, ja«, sagte Sigþór seelenruhig, als Baldur ihn nach Gunnars Aussagen fragte. »Ich fand es an der Zeit und hielt es angesichts der Lage für meine Pflicht, Gunnar über den Stand der Dinge aufzuklären.«

»Und wie war die Lage?«

Sigþór schilderte in aller Ausführlichkeit, wie Daníel es geschafft hatte, mindestens fünfzehn, aber wahrscheinlicher noch an die dreißig Milliarden aus den Fonds von DMCapital und vergesellschafteten Unternehmen in Island und im Ausland auf Gesellschaften, Unternehmen und Konten zu übertragen, die einzig und allein in seinem Besitz waren. Die genaue Höhe der Summe stand noch nicht fest, denn nicht einmal Sigþór selbst hatte begriffen, womit Daníel sich beschäftigt hatte. Und es war bereits zu spät gewesen: Daníel hielt sämtliche Fäden in allen Tochtergesellschaften in seiner Hand, und er saß in den Vorständen einer Unzahl von anderen Unternehmen, die entweder Anteile an DMCapital hatten oder sich größtenteils im Besitz des Unternehmens befanden oder sogar beides. Die Geschäftsbeziehungen dieser Gesellschaften untereinander waren so kompliziert und so verschachtelt, dass die Sicht auf das Gesamtbild abhanden gekommen war, und vor allem passte es gar nicht mehr zu den Teilen, aus denen es sich zusammensetzen sollte, erklärte Sigþór überaus ruhig und gelassen. Erst vor drei Wochen sei ihm der Verdacht gekommen, dass bei der Buchhaltung der Großunternehmen DMCapital und City Miracool Holding etwas nicht stimmte, und dann hatte er angefangen, sich Unterlagen zu beschaffen, die er einem unabhängigen Wirtschaftsprüfungsunternehmen übergeben hatte.

»Sie sind immer noch dabei, das zu sichten«, sagte er. »Und es kommen ständig neue Firmen zum Vorschein, die anscheinend sehr bedeutende Geschäftspartner waren, ohne dass ich oder irgendein anderer eine Ahnung davon hatte. Daníel aber sehr wohl, er unterzeichnete sämtliche Rechnungen, die uns von diesen Firmen zugingen, und genehmigte natürlich die Auszahlungsanordnungen.«

»Und diese Firmen waren in Daníels Besitz?«, fragte Baldur.

»Die meisten von ihnen zumindest.«

»Was hat bei dir die Alarmglocken klingeln lassen?«

»Der Verkauf der Bank«, erklärte Sigþór. Das arrogante Lächeln schien mit seinen schmalen Lippen verwachsen zu sein, es war weder breit noch auffällig, aber permanent. »Wie du vielleicht weißt, versuchten wir in den vergangenen Monaten, unseren Besitz zu verkleinern, um die Eigenkapitalanteile zu verbessern und den Unternehmenskern zu stärken. Davon versprach ich mir wirtschaftlichen Auftrieb. Deswegen nahm ich das genauer unter die Lupe, und ich stellte Daníel Fragen, die er aber meiner Ansicht nach nicht erschöpfend beantwortete.« Also hier hat der Teufel seine Großmutter getroffen, dachte Árni. Sissó und Baldur gaben sich in punkto Unausstehlichkeit nicht viel. Er hatte Sissó nie sonderlich sympathisch gefunden, und er hatte ihm nie vertraut, genauso wenig wie Daníel. Hatte immer das Gefühl gehabt, dass er heimlichtuerisch war und mit etwas hinter dem Berg hielt. Quatsch, konzentrier dich, sagte er sich. Er wandte den Blick von einem Riss in der Wand ab und sah wieder in den Vernehmungsraum. Sissó saß immer noch kerzengerade da.

»Du hast Gunnar auch gesagt, dass seine Frau Freyja ein Verhältnis mit Daníel hatte.«

»Ja. Oder Daníel mit ihr.«

»Woher wusstest du von diesem angeblichen Verhältnis?«

»Ich habe sie zusammen gesehen, komplizierter war es nicht. Ich wollte etwas mit Gunnar besprechen – das war im Zusammenhang mit diesen Missstimmigkeiten in der Buchhaltung.« Árni verschluckte sich beinahe im Nebenzimmer. Missstimmigkeiten in der Buchhaltung? Wie konnte man solche lächerlichen Phrasen für die Hinterziehung von Milliarden verwenden? Sissó schien keinerlei Probleme damit zu haben. »Ich ging davon aus, ihn zu Hause anzutreffen, denn es war schon relativ spät geworden, und im Büro war er nicht. Stattdessen sah ich aber Daníel. Er verließ gerade Gunnars und Freyjas Zuhause, und sie – sie umarmten sich innig, könnte man sagen.«

»Hat Daníel dich gesehen?«

»Ja. Er hat mich sogar gegrüßt und mich gefragt, ob ich ebenfalls Freyja bürsten wollte, wie er sich ausdrückte. Das waren seine Worte, nicht meine«, fügte er entschuldigend hinzu. »Und dann ist er ohne weitere Erklärungen weggefahren.«

»Wann war das?«

»Am Donnerstag«, sagte Sigþór. »Am Donnerstagabend. So gegen zehn Uhr, oder kurz danach.«

»Was hast du gemacht?«

»Ich bin weggefahren. Nach diesem unerwarteten Zwischenfall bestand ja wohl kaum Hoffnung, Gunnar zu Hause anzutreffen. Ich habe dann am nächsten Tag mit ihm gesprochen und ihm alles unterbreitet.«

»Wie hat er darauf reagiert?«

»Nicht anders, als zu erwarten war. Er weigerte sich zu glauben, dass Daníel und Freyja ein Verhältnis hatten, sagte mir, dass ich zu viel in diese Umarmung hineingedeutet hätte. Und er versicherte mir, dass dieser Ausdruck – Freyja zu bürsten – nur ein misslungener Scherz von Daníel gewesen sei. Aber die anderen Dinge hat er wesentlich ernster genommen.« Bei dem weiteren Gespräch ging es um das Geld und die Hinterziehungen, um Cross-Ownership und Schlimmeres, und Árnis Gedanken irrten in ganz andere Richtungen ab, zu Ásta und Una, aber auch zu lebenden und toten Polen und zum Djúpavatn …

»Djúpavatn?«, sagte Sigþór. Im Gegensatz zu Gunnar und Kristján schien ihn der Name nicht weiter zu berühren. »Doch, wir haben zu irgendeinem Zeitpunkt des Abends über Djúpavatn gesprochen. Aber es ist übertrieben, dass wir uns gestritten hätten. Das haben wir keinesfalls.«

»Und wieso kam dieses Thema auf? Worum ging es?«

»Daníel sagte, dass er vorhatte, Djúpavatn zu kaufen.«

»Zu kaufen?«

»Ja. Ich widersprach ihm und sagte, das sei unmöglich. Er könne nichts kaufen, was nicht zum Verkauf stünde. Er blieb aber dabei und behauptete, er könne den See kaufen, wenn er wollte, alles sei käuflich – für den richtigen Preis. In dem Zusammenhang erwähnte er auch das Waldgebiet Galtalækur, wenn ich mich richtig erinnere.«

»Und das war alles?«, fragte Baldur. »Er hat gesagt, dass er diesen See kaufen wollte?«

»Ja. Ich widersprach, er blieb dabei, und Kristján stellte sich auf seine Seite.«

»Könntest du mir bitte sagen, wie Ellert Viktorsson den Tod gefunden hat?«

»Es war ein Unfall, er ist ertrunken«, erklärte Sigþór desinteressiert. »Bei einer Angeltour am Djúpavatn.«

Es war schwierig, sich diesen seriösen Mann, der dort seelenruhig saß und so aalglatt war wie sonst kein anderer Mensch aus Árnis Bekanntenkreis, als sturzbesoffenen Teenager vorzustellen, egal, ob auf einer Angeltour oder bei einer Party. Trotzdem konnte Árni einige Bilder von ihm in diesem Zustand heraufbeschwören. Er musste grinsen. Sissó hatte auch seine Momente gehabt…

* * *

Birna Guðny empfand den Besuch der Gesetzeshüter als erhebliche Belästigung und hielt mit ihrer Meinung nicht hinter dem Berg.

»In zwei Stunden soll ich im Dezernat sein«, sagte sie, »ich wurde zur Vernehmung dort hinbestellt. Redet ihr da in eurem Affenkäfig überhaupt nicht miteinander? Ich hätte mit dem Porsche kommen können, wenn ihr ihn unbedingt sehen wollt. Habt ihr nichts Besseres zu tun? Mein Mann – der Mann… Ach, ihr wisst doch ganz genau, was vorgefallen ist, wieso sucht ihr da nach einem Auto? Was soll denn das?« Sie rauschte ihnen voraus zur Garage und öffnete sie. Dort stand ein silberglänzender Porsche Carrera. »Zufrieden? Den Range Rover habt ihr ja, und vielleicht wollt ihr auch noch den Cadillac und den Mercedes?«

Die beiden Uniformierten schüttelten die weißkariert bemützten Köpfe und murmelten schwer verständliche Worte der Entschuldigung, als sie wieder abzogen.

»Dämliche Kuh«, sagte der Jüngere.

»Sag doch nicht so was«, sagte der Ältere. »Die Frau hat schließlich gerade erst ihren Mann verloren. Und die Kinder den Vater. Er hat drei Kinder gehabt, wusstest du das?«

»Ja«, brummte der Jüngere. »Sorry. Also, dann ist nur noch einer übrig. Er wohnt auch hier in Hafnarfjörður – der beste Freund.«

»Der beste Freund von wem?«

»Na, von diesem Daníel. Der Mann von dieser Frau, der wurde doch umgebracht. Vielleicht gibt es da so was wie einen Partnerlook.«

»Bei den Autos, meinst du?«

»Ja.«

»Das kriegen wir raus. Wie heißt er?«

»Sigþór Jóhannesson. Womöglich auch auf dem Weg zur Vernehmung im Dezernat. Das wär mal wieder typisch.«

11

Dienstag

»Wie hat sich das alles in deinen Ohren angehört?«, fragte Baldur, als Sigþór gegangen war. »Irgendetwas, was sich nicht auf das reimt, was du über diese Leute weißt? Oder das, was in diesem Wikingerlokal passiert ist, bevor du gingst?«

»Nein«, sagte Árni. »Eigentlich nicht.« Da Gunnar Wort gehalten und Baldur alles gesagt hatte, worüber er mit Árni am Abend vorher gesprochen hatte, unterließ er es, Baldur von Gunnars Besuch zu berichten. Selbstredend hätte er Baldur über diesen Besuch informieren müssen, den man sehr wohl als einen Versuch auslegen konnte, Einfluss auf die Ermittlung zu nehmen, aber Árni wies diese Interpretation von sich.

»Weshalb hast du Gunnars Wagen zurückbehalten?«

»Zeugen haben ein Auto beschrieben, das sie in der Nacht auf den Sonntag am Klambratún gesehen haben. So um halb drei oder kurz danach. Die Beschreibung war nicht präzise, aber sie könnte auf einen Wagen des Typs, den Gunnar fährt, zutreffen.«

»Wie ungenau ist sie denn?«, fragte Árni und versuchte angestrengt zu rekapitulieren, was für ein Auto das gewesen war.

»Ein dunkelblauer oder dunkelgrüner Pick-up mit Doppelkabine«, sagte Baldur.

»Sonst nichts?«

»Die Zeugen sahen angeblich einen Mann oder Männer aus dem Auto springen. Es stand vor dem Kjarval-Museum, und sie liefen in den Park.«

»Einen Mann oder mehrere?«

»Ja, es war dunkel, und die Beleuchtung beim Park ist nicht sonderlich gut. Die Zeugen sind zwei von den jungen Leuten, die nach dem Unfall auf Daníel losgegangen sind.«

»Wieso haben die sich denn eine Stunde später immer noch dort herumgetrieben?«, fragte Árni verblüfft.

Baldur räusperte sich. »Es waren zwei Jugendliche, die noch einmal zu dem Unfallort wollten. Sie sind zurückgekehrt, weil es ihnen um Geld ging. Wie du weißt, hat Daníel Marteinsson mit Fünftausendkronenscheinen herumgewedelt, was eher den gegenteiligen Effekt hatte. Diese beiden jungen Männer aber wollten nachsehen, ob da nicht noch ein paar von den Scheinen in der Gegend lagen. Nicht sehr schön, aber so war es. Und sie waren gerade im Begriff, wieder zu gehen, sie hatten schon die Wiese überquert, als sie sahen, wie diese Männer auf die Wiese gelaufen kamen. Oder diesen Mann, diesbezüglich stimmen ihre Aussagen nicht überein.«

»Zwei sturzbetrunkene Bubis sehen mitten in der Nacht einen dunklen Pick-up und einen Mann oder mehrere?«

»Ja. Ich muss allerdings noch hinzufügen, dass Daníel sich zeitweilig auf einer Bank beim Spielplatz aufgehalten hat. Dort wurden sowohl Blut als auch Bruchstücke von Zähnen gefunden.«

»Gunnar hat aber ein Alibi, oder nicht?«

»Gewiss. Er ist in dieser Nacht gegen zwei Uhr mit einem Taxi nach Hause gefahren, und wir haben auch den Taxichauffeur bereits gefunden, der alles bestätigt. Gunnars Frau Freyja sagt aus, dass er um diese Zeit nach Hause kam und das Haus nicht wieder verlassen hat. Sie selbst hatte Schlafprobleme und ist nach eigener Aussage erst gegen Morgen eingeschlafen, sie hatte aus Krankheitsgründen praktisch die ganze Nacht kein Auge zugetan.«

»Das passt«, sagte Árni. »Gunnar sagte, dass sie Migräne hätte. Deswegen sei sie nicht zum Klassentreffen gekommen.«

»Findest du, dass das wahrscheinlich klingt?«, fragte Baldur. »In Anbetracht der Tatsache, was wir nun über ihre Beziehung zu Daníel wissen? Und dass Gunnar davon wusste?«

»Äh – vielleicht nicht«, gab Árni zu.

»Ich auch nicht. Und was ist mit Djúpavatn? Fandest du Sigþórs Darstellung glaubwürdig?«

»Warum nicht«, sagte Árni. »Eigentlich typisch Danni, der hätte sich schon so etwas einfallen lassen können.«

»Aber weshalb?«, fragte Baldur. »Wieso hätte er diesen See kaufen wollen?«

»Weil er sich alles leisten konnte«, antwortete Árni. »Oder weil er glaubte, es zu können. Danni hat sich meist das unter den Nagel gerissen, was er wollte. Und ist damit durchgekommen.«

»Wie beispielsweise Birna Guðný seinerzeit?«

Árni schüttelte den Kopf. »Birna ist nicht – nicht so. Sie lässt sich von niemandem sagen, was sie zu tun hat. Nicht einmal von Danni. Sie waren auf einmal ein Paar. Er wollte sie, aber er hätte sie nie bekommen, wenn sie ihn nicht auch gewollt hätte, so viel steht fest.«

»Und Freyja?«

»Freyja – ich weiß nicht. Sie war natürlich mit Daníel zusammen, bevor er mit Birna anfing, also deswegen…«

»Und das sagst du mir erst jetzt? Ich hatte dich heute Morgen darum gebeten, mich über die Hintergründe dieser Clique zu informieren.«

»Ja, sorry, ich hab's einfach vergessen.« Árni fühlte sich genervt. Er wollte raus, er brauchte etwas zu essen, vielleicht einen Hamburger mit Pommes, oder etwas Thailändisches, Indisches, möglichst stark gewürzt. Das Wetter war danach, wolkenloser Himmel, Kälte und alles verschneit. Glücklicherweise hatte sich harter, trockener Schnee über die nassen Flocken der Nacht gelegt, das war die beste Variante von Schnee, aber trotzdem war Schnee immer ein unerfreuliches Phänomen.

Baldur hatte jedoch nicht vor, ihn so schnell gehen zu lassen.

»Was ist mit Kristján?«, fragte er. »Hattest du an dem bewussten Abend den Eindruck von ihm, dass er so betrunken war, dass er dieses Gespräch über Djúpavatn einfach vergessen hat? Sigþór konnte sich doch ausgezeichnet erinnern.«

Árni verzog das Gesicht. »Es war schon spät, ich erinnere mich nicht daran. Vielleicht kam das Thema ja auch erst auf, als ich schon weg war. Aber Stjáni – keine Ahnung. Ehrlich gesagt war ich auch nicht in bester Verfassung, ich hatte schlecht geschlafen, war müde, und ich hatte kaum etwas gegessen.«

»Typische Entschuldigungen von exzessiven Trinkern«, erklärte Baldur schroff. »Du solltest in dich gehen und darüber nachdenken, ob du nicht Hilfe brauchst. Ich weiß nicht, wie Katrín arbeitet, aber ich als Leiter dieser Ermittlung verlange, dass du nüchtern bist, und zwar nicht nur bei der Arbeit, sondern auch privat, solange die Ermittlung andauert. Ich kann keine Leute gebrauchen, die so tranig sind wie du heute Morgen. Mehr ist es nicht im Augenblick. Ich erwarte, dass du sämtliche Zeugenaussagen gelesen hast, bevor Birna Guðný um drei Uhr zur Vernehmung erscheint.«

Árni hielt Baldur den Stinkefinger hinterher, als der auf dem Korridor verschwand. »Du blödes Arschloch«, flüsterte er. »Typische Entschuldigungen eines exzessiven Trinkers, ha!« Tief in Gedanken versunken legte er die paar Meter zwischen dem Konferenzzimmer und dem Büro hinter sich.

»Du bist mir ja vielleicht putzmunter«, sagte Katrín, als er sich in seiner Ecke auf den Schreibtischstuhl haute.

»Wenn ich jetzt auf die Knie gehe«, sagte Árni, »und bis zu deinen Füßen robbe, sie küsse und mich in den Staub wühle, nimmst du mich dann wieder zurück? Ich meine, gleich heute noch?«

»Der reuige Sünder«, sagte Katrín ironisch. »Der verlorene Sohn. Guðni, schlachte das Kalb.«

»Böh«, murrte Guðni.

»Im Ernst, Katrín, mit diesem Mann kann man einfach nicht zusammenarbeiten, wie halten die anderen das da eigentlich aus bei ihm?«

»Tun sie doch gar nicht«, sagte Katrín. »Du weißt selbst, dass niemand länger als ein halbes Jahr bei ihm geblieben ist. Und das letzte halbe Jahr hat er mehr oder weniger solo gearbeitet, das solltest du eigentlich auch wissen.«

»Natürlich weiß ich das«, log Árni, der bisher keinen einzigen Gedanken an Baldurs Position innerhalb der Abteilung verschwendet hatte. »Aber wieso unterstellt Stefán ihm dann die halbe Abteilung, um diese Ermittlung durchzuführen?«

»Vielleicht weil er so gut in dem ist, was er macht?«, schlug Katrín vor. »Manchmal zählt das mehr als die Fähigkeit zur Kommunikation. Nein, mein lieber Árni«, sagte sie dann, »nicht alle haben so viel Glück mit ihren Vorgesetzten wie du und Guðni. Stimmt's, mein lieber Guðni?«

»Böh«, knurrte Guðni.

»Guðni hat eine Stinklaune.«

»Wieso das denn?«

»Es ist jetzt offiziell: Das IKA hat den Fall übernommen, vor

einer Dreiviertelstunde. Sie nennen es die Operation Kopernikus. Wahrscheinlich war das unser Fehler, was meinst du,
Guðni? Wir haben vergessen, der Ermittlung einen hochtra-
benden Namen zu verpassen, sonst hätten wir den Fall längst
geklärt.«

»Und was ist jetzt? Was macht ihr jetzt?«

»Wir?«, fragte Katrín erstaunt. »Liegt das nicht auf der
Hand? Wir helfen jetzt dir und Baldur, denjenigen zu finden,
der deinen Freund Daníel Marteinsson, den neuen Messias,
gekreuzigt hat.«

»Er war nicht…«

»Er war nicht dein Freund, ich weiß. Und du gibst dir
enorme Mühe, dieses Missverständnis zu korrigieren. Hast du
Baldur schon gesagt, was da bei dir immer diese Pawlow'schen
Reflexe evoziert, wenn dir Freundschaft mit diesem Mann unterstellt wird?«

Verdammt, dachte Árni. Diese komische Sprache scheint
ansteckend zu sein.

»He, du Mondgesicht«, knurrte Guðni, »hast du schon Essen gefasst?«

Árni atmete im Stillen erleichtert auf. Da war also doch
noch jemand nicht infiziert.

＊ ＊ ＊

»Du nimmst das echt auf die leichte Schulter«, sagte Árni über
dem Lammcurry. Die Aussicht aus dem Orient-Express war
weder berauschend, noch wechselte sie ständig, aber das Essen war ganz gut. »Ich hatte gedacht, du würdest stinkwütend
sein.«

»Ich bin stinkwütend«, sagte Katrín. »Ich könnte vor Wut an
die Decke springen, aber das würde nicht das Geringste an den
Tatsachen ändern. Deshalb vergisst man so was am besten und

macht einfach weiter. Es gibt ja dieser Tage auch genug anderes, worüber man sich ärgern kann.«

»Was denn?«

»Was denn? Sag mal, wo lebst du eigentlich?«

»Ach, das meinst du«, brummte Árni. »Die verfluchte Krise.«

»Die verfluchte Krise, ist das alles? Wie kannst du das so …«

»Katrín, hallo, lass uns doch in Ruhe futtern«, knurrte Guðni. »Scheißkrise, ich hab die Schnauze voll von diesem elenden Gewäsch, das überhaupt nichts bringt. Und außerdem sitzen wir hier und essen im Lokal, als wär nie was vorgefallen. Du hast dir genauso wenig wie wir zu Hause Stullen geschmiert. Und du hast auch nicht hartnäckig darauf bestanden, dass wir in die Kantine gehen.«

»Ich – ach, halt die Klappe.«

»Zu Befehl«, stimmte Guðni zu.

»Im Übrigen ist es mir auch gar nicht so schwergefallen, ihnen den Fall zu überlassen«, sagte Katrín nach einigen Minuten allseitigen schweigenden Kauens. »Es war beschissen, natürlich, ich hätte den Fall gern selbst zu Ende gebracht. So viel ist da ja gar nicht mehr zu tun, wir wissen so ungefähr, was passiert ist und wer in die Sache verwickelt war, jetzt geht es nur noch darum, die Personen zu finden, bevor Marek noch mehr Leute aus dieser Bande umbringen kann, oder die Bande ihn. Für mich gab es da ohnehin nur wenig anderes zu tun, als herumzusitzen und abzuwarten, während die anderen nach ihnen suchen. Und mir zum Zeitvertreib Vorträge von Guðni über Solidarność anhören zu müssen.«

»Halt mal, war das da in Breiðholt eine richtige Gang?«, fragte Árni, dem das Lamm von der Gabel fiel. »Ich hab da einfach nur nett mit denen geschwatzt, und wir haben eine geraucht. Davon wusste ich gar nichts.«

»*Relax, man*«, sagte Guðni laut rülpsend. »Spar dir diesen albernen Versuch.«

»Was für einen Versuch?«, fragte Árni.

»Deinen Höflichkeitsbesuch zu einer lebensgefährlichen Szene aufzubauschen. Solche Profis wie die hätten dich nie angerührt. Ohnehin sind nur zwei von denen routinierte Gangster, die anderen sind irgendwelche Statisten. Die wurden wohl erst hier angeheuert, als Laufburschen oder dergleichen. Vielleicht arbeiten sie im Nebenjob ja auch als Geldeintreiber.«

»Ich habe überhaupt nicht versucht …«

»Ja, ja, schon in Ordnung. Also, machen wir jetzt die Biege?«

Katríns Handy meldete sich an der Kreuzung von Barónsstígur und Hverfisgata.

»Ja. Wo? Was? Und? Danke.«

»Interessantes Gespräch«, sagte Guðni. »Tiefschürfend.«

»Schnauze, Guðni, und leg jetzt mal einen Schritt zu. Das ist bestimmt gut fürs Herz – sie haben es dir doch nicht etwa rausoperiert?« Sie beschleunigte ihre Schritte, und ihre Mitarbeiter mussten sich alle Mühe geben, um mitzuhalten. Das passierte nicht zum ersten Mal.

»Wieso hast du es denn so eilig?«, keuchte Guðni.

»Wir machen einen Ausflug über die Berge«, sagte Katrín. Der Porsche ist gefunden beziehungsweise verschwunden.«

»Und wie hat man das zu verstehen?«

»Der ausgebrannte Porsche, erinnerst du dich?«

»Ja.«

»Wir haben vermutlich den Besitzer gefunden. Das Auto hätte in seinem Sommersitz in Ölfus stehen müssen, aber da ist er nicht. Der einzige Porsche dieses Typs, der nicht an seinem Platz ist. Und in diesem Haus zeigen Spuren, dass sich dort erst kürzlich jemand aufgehalten hat, unter anderem blutige Mullbinden. Klingelt es da vielleicht bei euch?«

»Aber ...« Árni rannte die Treppen zum Dezernat hoch und hielt die Tür für Katrín und Guðni auf. »Du hast doch gesagt, dass sie euch den Fall mit den Polen abgenommen haben?«

»Oh ja«, sagte Katrín. »Aber das wussten die Streifenpolizisten nicht, die nach dem Porsche gesucht haben. Und auch nicht die Polizisten aus Selfoss, die gebeten wurden, Ausschau nach dem Auto zu halten. Nachdem die Kollegen hier dem Besitzer auf seinem Weg aus dem Dezernat begegnet waren.«

»Aus dem Dezernat?«

»Jawohl. Sigþór Jóhannesson – den kennst du doch, nicht wahr? Und soweit ich weiß, gibt es da enge Verbindungen zu Daníel Marteinsson.«

* * *

»Aber das widerstrebt doch allem, was man übliche und seriöse Arbeitsmethoden nennen kann, Stefán«, protestierte Baldur. »Das fällt ganz eindeutig unter die Operation Kopernikus und hat nichts mit unserer Ermittlung wegen des Mordes an Daníel Marteinsson zu tun.«

»Wie kann man so etwas behaupten, bevor wir uns das genauer angesehen haben?«, fragte Katrín. »Hast du diesen Sigþór nicht genau wegen des Mordes an Daníel Marteinsson im Visier?«

»Gewiss, aber ich kann mir nur schwer vorstellen ...«

»Andrzej Pawlak wird ermordet aufgefunden«, schnitt Katrín ihm das Wort ab. »Er und sein Bruder Marek arbeiteten als Handwerker in der neuen Villa von Daníel Marteinsson. Sigþór Jóhannesson war einer der allerengsten Mitarbeiter und Freunde von Daníel Marteinsson. Offensichtlich hat sich Marek Pawlak Zutritt zu der Sommerresidenz von Sigþór verschafft und sich mal eben so sein Auto ausgeliehen. Ich weiß

241

natürlich nicht genau, wie das alles zusammenhängt und was dahintersteckt, aber da besteht eine Verbindung, basta.«

»Aber ...« Baldur verstummte, als Stefán zustimmend und offensichtlich hochzufrieden nickte.

»Ich muss Katrín beipflichten«, sagte Stefán. »Da besteht ganz klar eine Verbindung. Und wie Katrín sagt, es handelt sich vielleicht nicht unbedingt um eine direkte Verbindung. Deswegen hast du ebenfalls recht, Baldur, sie klingt zunächst einmal weit hergeholt, mehr in Richtung Zufall als ursächlich. Könnten wir es so formulieren?« Weder Katrín noch Baldur widersprachen, und Stefán fuhr fort. »Trotzdem ist diese Verbindung vorhanden. Wisst ihr irgendetwas darüber, wie der Mann da ins Haus gekommen ist und wieso er von dieser Ferienresidenz wusste?«

»Ich habe Árni gebeten, mit Sigþór zu sprechen«, sagte Katrín. »Wir werden diesbezüglich hoffentlich bald Klarheit haben.«

»Gut«, sagte Stefán. »Also dann nichts wie los mit euch, ab über die Berge.«

»Und was glaubst du, was das IKA zu diesen Methoden sagen wird, Stefán?«, fragte Baldur besorgt. »Zu diesen Winkelzügen?«

»Mach dir da mal keine Gedanken«, antwortete Stefán mit selbstzufriedener Miene. »Mit denen werde ich reden, wenn Katrín ihre Sache erledigt hat.«

* * *

»Das hätten wir also«, sagte Zyta. »Jetzt muss ich das nur noch in Devisen umwechseln. Ich hoffe, dass Kristján mir dabei helfen kann, an Euros kommt man ja im Augenblick nicht so leicht heran. Hier ist es jetzt genauso schlimm wie seinerzeit daheim in Polen, erinnerst du dich, Ewa? Und wir hätten bestimmt ungläubig den Kopf geschüttelt, wenn uns irgendjemand gesagt hätte, dass es hier nach ein paar Jahren wie im alten Polen sein würde.«

»Ja«, murmelte Ewa. Sie fühlte sich völlig verloren. Sie war froh und dankbar über Zytas Großzügigkeit und Hilfsbereitschaft, konnte das aber nur schwer ausdrücken, und noch viel schwerer fiel es ihr, mit der Angst und Trauer fertigzuwerden, die sie immer stärker bedrängten. Die Flucht, die Fahrt ins Ungewisse waren ihr noch als notwendig und vollkommen logisch vorgekommen, als sie den Entschluss traf mitzufahren. Und die anschließende Erleichterung war groß gewesen, aber nun zweifelte sie. Und sie vermisste Marek, trotz allem, sie machte sich Sorgen um seine Gesundheit und warf sich vor, ihn in einer Situation im Stich gelassen zu haben, als er sie am meisten brauchte. Sie wusste, dass es nicht nur dumm und unlogisch war, so zu denken, sondern auch unter der Würde einer Frau, doch das änderte nichts an ihren Gefühlen. Ihre Ratlosigkeit und ihr innerer Kampf steigerten sich, je mehr sie sich gedrängt sah, eine Entscheidung zu treffen, wohin sie gehen sollte. Zurück nach Polen oder ganz woandershin?

Daheim in Polen hatte sie Verwandte, eine große Familie, die bestimmt seit ihrem Verschwinden in Sorge um sie lebte. Würden sie sich freuen, wenn sie nach dieser langen Zeit wieder in Stettin auftauchte? Würden sie sie in die Arme schließen oder sich einfach von ihr abwenden? Und könnten sie ihr tatsächlich auf längere Sicht Schutz bieten? Sie bezweifelte das, aber nicht, dass sie einen solchen Schutz brauchte, zumindest solange Marek ein freier Mann war. Nein, sie konnte nicht nach Hause fahren. Das konnte sie weder ihrer Familie noch sich selbst antun. Andere Städte in Polen kamen kaum in Frage, auch wenn sie ihre blonden Haare und den neuen

Namen beibehielt, es bestand immer die Gefahr, dass irgendjemand sie erkannte und sich mit einer der Gangsterbanden in Verbindung setzte, die Marek an den Kragen wollten. Oder aber mit der Familie beziehungsweise der Polizei, und das kam letzten Endes aufs Gleiche heraus.

Mit ihrem polnischen Pass, auch wenn er gefälscht war, standen ihr innerhalb der Europäischen Union alle Wege offen. Sie konnte nach Spanien, England, Italien oder sonst wohin gehen – aber ohne Marek war keine dieser Alternativen verlockend. Ohne Geld, ohne Arbeit, ohne irgendwelche persönlichen Kontakte müsste sie allein in einem unbekannten Land ganz von vorn anfangen.

Zyta riss sie aus ihren Überlegungen heraus. »Ich habe die Löhne von Marek und Andrzej zurückgeführt und auf ein anderes Konto überwiesen. Und dazu auch die Löhne, die ihnen zustanden als … Na, du weißt schon. Dieses Konto – ach, ich kann das nicht erklären, Kristján hat es mir gezeigt, wir verwenden es für alles Mögliche, was wir bezahlen müssen, ohne dass eine Rechnung vorliegt. Das Geld verschwindet einfach, puff, und niemand weiß wohin.« Sie lehnte sich vor und kniff mit verschwörerischer Miene ein Auge zu. »Ich glaube, ganz legal ist es nicht, obwohl Kristján das behauptet. Ich bin also vielleicht auch kein richtiges Unschuldslamm.« Sie richtete sich wieder auf und lächelte strahlend. »Hast du dich schon entschieden?«, fragte sie froh. »Weißt du, wohin du gehen willst?«

»Nein«, sagte Ewa, »ich – ich denke immer noch nach, gehe die Möglichkeiten durch.«

»Tu das, meine Liebe«, sagte Zyta. »Bloß nichts überstürzen. Ich habe viel Gutes über Portugal gehört. Und Dänemark. Aber wahrscheinlich ist es einfacher, in einem großen Land unterzutauchen«, fügte sie hinzu, so als hätte sie immer schon polizeilich Gesuchten auf der Flucht bei der Planung eines neuen Lebens geholfen. »Kaffee?«

»Ja, danke«, sagte Ewa. Es gab natürlich noch eine Möglichkeit, dachte sie. Sie konnte einfach in Island bleiben. Zur Polizei gehen, wie Zyta gestern Abend gleich vorgeschlagen hatte, und darauf vertrauen, dass man dort ihrer Geschichte glauben würde. Und sie schützen konnte, bis Marek entweder das Land verlassen hatte oder im Gefängnis gelandet war. Oder im Grab, fiel ihr unwillkürlich ein. Im Grab …

»Ist dir kalt?«, fragte Zyta und stellte den Kaffee auf den Tisch. »Ich hol dir eine Decke.«

* * *

Árni machte einen Versuch. Holte Papier und Stift aus der Schublade, schrieb die Namen von Sigþór und Daníel oben links in die Ecke und darunter die von Gunnar und Kristján in Klammern. Ganz unten rechts in die Ecke schrieb er die Namen von Henryk Olbrys und den Pawlak-Brüdern und setzte die polnische Mafia in Klammern. Die polnische Mafia! Instinktiv fand er das einen Augenblick lang komisch. Dann riss er sich zusammen und erinnerte sich daran, was er manchmal anderen unter die Nase gerieben hatte: Polen war ein riesiges Land im Vergleich zu Island, wesentlich größer und dichter besiedelt, es hatte eine reichere Geschichte und Kultur und hatte viele herausragende Persönlichkeiten in Kunst, Wissenschaft oder Sport hervorgebracht. Allerdings auch im organisierten Verbrechen.

Er besah sich das Blatt und zeichnete einen Kreis in die Mitte. Sein Telefongespräch mit Sissó hatte ergeben, dass die Pawlak-Brüder wahrscheinlich bis zum Frühjahr beim Bau seines Feriendomizils in Ölfus gearbeitet hatten. Darüber hinaus waren sie auch im Sommer einige Male dort beschäftigt gewesen, um die Inneneinrichtung zu vervollständigen, immer wenn die Spezialanfertigungen aus dem Ausland angeliefert wurden. Alles war über GVBau gelaufen, laut Sissó eine Selbstverständlichkeit, als er und Daníel letztes Jahr im Abstand von einigen Monaten und hundert Kilometern sich ihre Sommerresidenzen errichtet hatten. Mit dem Hausbau waren etliche Leute beschäftigt, aber die endgültige Fertigstellung hatte in den Händen zweier Männer gelegen, von denen er vorgab, sie nicht mit Namen zu kennen. Die Beschreibung konnte ganz gut auf die beiden Brüder passen, erklärte er, nachdem Árni sie ins Gespräch gebracht hatte. Wieso gerade diese beiden mit der Arbeit an zwei Sommerresidenzen und Daníels neuer Villa beauftragt worden waren, wusste er allerdings nicht und verwies in dem Zusammenhang auf Gunnar. Falls sie denn überhaupt an Daníels Ferienhaus gearbeitet hatten, darüber wusste er natürlich gar nichts.

Árni strich den Namen von Henryk Olbrys durch. Er hatte zwar eine Weile für GVBau gearbeitet, war aber nicht über KKMirakel vermittelt worden und hatte nicht an den betreffenden Häusern gearbeitet. Árni korrigierte sich – soweit bekannt nicht an diesen Häusern gearbeitet. Das würde sich feststellen lassen. Er fügte Henryks Namen wieder hinzu, setzte ihn aber in Klammern, denn laut Guðni gehörte er ja zu einem anderen Arm der Mafia als die Brüder Pawlak.

Geld, schrieb er nach langem Überlegen in die Mitte des Kreises. Schnaps, fügte er dann hinzu, mit einem Fragezeichen dahinter. Er starrte auf das Blatt, drehte den Kugelschreiber etliche Male zwischen den Fingern und versuchte, irgendeinen Sinn in diese Kritzeleien hineinzudeuten. Versuchte, stichhaltige Gründe dafür zu finden, dass diese beiden Fälle miteinander verbunden waren. Schrieb GVBau und KKMirakel zu den Namen von Gunnar und Kristján und zu denen der

Pawlak-Brüder. Viel schien das nicht zu ändern. Zum Schluss knüllte er das Blatt zusammen und warf es in den Papierkorb. Er gab sich einen Ruck und nahm das in Angriff, was er mit diesen zwecklosen Übungen vor sich hergeschoben hatte; öffnete die Mappe mit Daníels Obduktionsbericht, legte aber die Fotos umgedreht zur Seite. Er hatte sie sich bereits angesehen, wenn auch nicht sehr genau, dazu hatte er zu schnell durchgeblättert. Der flüchtige Anblick war scheußlich genug gewesen, um ihn zu überzeugen, dass er kein Bedürfnis nach genauerer Betrachtung hatte. Ebenso wenig mochte er Geirs Beschreibung lesen, wie übel Daníels Leiche zugerichtet war, aber er zwang sich dazu. Nach der Lektüre wollte er Gunnar dafür danken, ihn darin gehindert zu haben, den Bericht gestern Abend vor dem Schlafengehen zu lesen.

Neun gebrochene Rippen, linker Arm vom Sicherheitsgurt und vom Airbag lädiert, Blutergüsse an Brust, Rücken, Armen, Beinen und Kopf – im Grunde genommen überall. Gebrochene Nase, fünf herausgebrochene Zähne. Hämatome an beiden Augen, geplatzte Aderhaut links; rechtes Ohr eingerissen. Hautabschürfungen an der Schulter und am Kopf. Schraubenzieher im Herzen, Beitel in der Bauchhöhle, Löcher in den Händen von Schrauben, eine Schraube durch die Zunge, die überdies geschwollen und verletzt war durch die Hiebe oder Tritte, bei denen die Zähne herausgebrochen waren. Die Geschlechtsorgane übel verstümmelt mittels eines gespaltenen Holzkeils und eines scharfen Werkzeugs – möglicherweise dem Beitel im Bauch – und weiteren Schrauben. Und als hätte das alles nicht gereicht, war das andere und größere Ende des gespaltenen Holzkeils tief in den After getrieben worden. Árni legte die Fotos zurück in die Mappe, ohne sie anzuschauen, und dann schloss er sowohl die Mappe als auch die Augen. Atmete tief durch. Versuchte, an etwas anderes zu denken. Una und Ásta kamen ihm als Erstes in den Sinn, aber er verwarf den Gedanken an sie gleich wieder. Nicht jetzt, dachte er, nicht nach dem da. Irgendetwas anderes, einfach etwas anderes. Nicht das, und nicht die beiden …

Birna Guðný, an sie konnte er denken. Konnte und musste er jetzt denken, denn sie war ja der Grund dafür, weshalb er nicht auf dem Weg über die Berge war, um sich Verbandsreste in einer Sommerresidenz anzusehen. Baldur bestand auf seiner Anwesenheit im Glaskasten hinter dem Vernehmungsraum, wenn er sich die Witwe vorknöpfte. Árni rief sich die wichtigsten Punkte ihrer Aussage in Erinnerung, das war schnell getan, denn viel hatte sie nicht gesagt. Sie war den ganzen Abend und die ganze Nacht zu Hause bei den Kindern gewesen. War einmal vom Klingeln des Telefons aufgewacht, hatte aber nicht gewusst, wie spät es war, und nicht geantwortet, denn sie glaubte zu wissen, dass es Daníel war, betrunken. Er hat in den letzten Wochen und Monaten ungewöhnlich viel getrunken, sagte sie. Er war gestresst, deutlich gestresster, als er nach außen hin zeigte. Mehr hatte sie am Sonntagabend nicht sagen wollen. Árni konnte sich keinen Reim darauf machen, wieso Baldur den Montag verstreichen ließ, ohne sie noch einmal vorzuladen. Partner standen immer zuoberst auf der Liste der Verdächtigen, bis sich etwas anderes herausstellte, das war die ungeschriebene Regel Nummer eins. Ganz besonders Partner mit löchrigen Alibis, denen ein fettes Erbe winkte.

»Verdammt nochmal«, fluchte er, »verdammte elende Scheiße!« Er ballte die Hände zu Fäusten und kämpfte gegen unliebsame Tränen.

In den sechzehn Jahren, die seit seinem letzten Treffen mit Birna Guðný vergangen waren, hatte er nicht selten von möglichen Wiedersehen geträumt und in seiner Phantasie die unwahrscheinlichsten Varianten heraufbeschworen, die er zu dieser Stunde gerne vergessen hätte. Diese eingebildeten Wiedersehen waren aber in den letzten Jahren sehr viel weniger geworden, und bei den seltenen Malen, wo sie noch hochkamen, waren sie nichts im Vergleich zu dem, was bevorstand.

Arme Birna, dachte Árni. Und trotz allem, natürlich auch armer Daníel.

Das war einfach entsetzlich, egal, wie man es betrachtete. Sogar Daníel hatte es nicht verdient, derartig misshandelt zu werden.

»Sogar Daníel?«, murmelte Árni beschämt vor sich hin und zog die Nase hoch. Was soll das eigentlich, was meine ich denn damit? Er war schockiert über sich selbst, Daníel war ja schließlich kein Monster gewesen. Nur einer von diesen richtig unerträglichen Typen, dachte er, ein unerträglicher Angeber, der einfach attraktiver und in allem besser war als ich ...

Er warf einen Blick auf die Uhr, sieben vor drei. Sieben Minuten bis zu Birna, der trauernden Witwe. Eile war geboten.

* * *

Die Sachen waren flauschig weich und noch etwas warm, als Ewa sie aus dem Trockner holte. Zyta war ins Büro gefahren und hatte versprochen, früh nach Hause zu kommen, auf jeden Fall vor Kristján.

Ewa war immer noch schwankend und unsicher, denn ein großer Schritt stand bevor, der entweder hinaus in die Welt oder zur Polizei führte. Zyta hatte ihr geraten, den letzteren Weg zu beschreiten, aber ihr ihre Unterstützung versprochen, unabhängig davon, welchen Weg sie gehen würde.

Ewa hatte im Grunde genommen keine besondere Angst vor der isländischen Polizei. Sie hatte zwar keine guten Erinnerungen an ihre Erlebnisse mit der polnischen Polizei, aber damals war ihre Stellung in der Gesellschaft eine ganz andere gewesen als hier. Trotzdem, Polizei blieb Polizei, in jedem Land der Welt, und Marek hatte manchmal gesagt, dass man noch eher den Politikern als der Polizei vertrauen könnte, und das wollte schon etwas heißen. Am meisten befürchtete sie, zurück nach Polen geschickt zu werden, und zwar unter ihrem richtigen Namen. Das durfte nicht geschehen.

Während sie ihre Sachen zusammenfaltete, blickte sie sich geistesabwesend um: Waschpulver, Wäsche, Fleckentferner, Putzmittel, Lappen, Büchsen, Dosen, Plastikbehälter und allerhand anderer Kram füllten die Regale. Leere Flaschen verschiedenster Art, von denen einige ihr bekannt vorkamen. Sie legte die letzte Hose zusammengefaltet auf den Trockner und ging zu den Regalen hinüber. Fünf leere Flaschen aus Mareks Produktion. Das passte, sie hatte Zyta vor einem Monat fünf Flaschen gebracht. Sie wandte sich wieder der Wäsche zu, trug sie ins Gästezimmer und packte sie in ihren Koffer, wobei sie die ganze Zeit versuchte, den richtigen Ausweg aus ihrer Zwickmühle zu finden, aber irgendetwas war nicht so, wie es sein sollte. Sie hatte gerade Zytas geborgte Sachen mit ihren eigenen vertauscht, als sich plötzlich von irgendwoher ein Bild aus dem Nebel herauskristallisierte.

Sie ging noch einmal zurück in die Waschküche und von da aus in die Garage. Der Polo war an Ort und Stelle, und ebenso die Flaschen auf einem Regal an der hinteren Wand, die sie gestern zwar gesehen, aber nicht sonderlich beachtet hatte. Sie ging zum Regal und zählte. Achtzehn Flaschen. Alle gleich, alle aus weißem Glas, alle voll mit einer durchsichtigen Flüssigkeit.

Ewa nahm eine mit in die Waschküche, wo mehr Licht war, und verglich sie mit denen, die dort standen. Da konnte kein Zweifel mehr bestehen: Es handelte sich um eine Flasche aus Mareks und Andrzejs Produktion.

12

Dienstag

Das Haar war kurz und blond, beinahe weiß. Vor siebzehn Jahren bei der Abiturentlassung war es dunkelbraun, fast schwarz gewesen und hatte bis zum Po gereicht. Die Fingernägel waren nicht mehr rosa lackiert wie früher, sondern karminrot, genau wie der Lippenstift. Doch die Augen waren immer noch genauso blau. Verweint und rot gerändert, aber leuchtend blau. Die eine oder andere Träne stahl sich aus den Augenwinkeln und rollte auf die vom Weinen verquollenen Wangen. Die Wimperntusche war selbstverständlich wasserfest. Siebenunddreißig Jahre alt, und nun musste sie einem weiteren Mann ihres Lebens zum Grab folgen. Es war natürlich nicht ganz zutreffend, Ellert als ihren Mann zu bezeichnen, auch wenn sein Tod sie tief erschüttert hatte. Árni sah sie noch vor sich bei der Beerdigung, genau wie jetzt in Schwarz gekleidet, und das lange Haar flatterte im Wind, als sie sich am Rand des Grabes auf ihre Mutter und Freyja stützte. Und er konnte immer noch schamrot werden, wenn er an das dachte, was ihm bei diesem schönen Anblick durch den Kopf gegangen war.

Jetzt saß sie Baldur gegenüber und wirkte ebenso souverän wie elegant. Zu Árnis Erleichterung irrte seine Phantasie nicht in unpassende Bahnen ab, was er erstaunlich fand. Trotzdem war er froh, nicht in Baldurs Position zu sein. Er selbst würde in dieser Lage nicht so abgeklärt sein, nicht so vollkommen unberührt von Birna Guðnýs Nähe wie dieser seltsame Mensch.

»Es hat sich nunmehr herausgestellt, dass Daníel dich sowohl auf dem Festnetz als auch auf deinem Handy zu erreichen versucht hat«, erklärte Baldur. »Auf dem Handy um ein Uhr fünfzig, acht Minuten später auf eurem Anschluss. Und dann noch einmal auf dem Handy um zwei Uhr einundzwanzig. Ist das korrekt?«

»Ich weiß nicht, wie spät es war«, sagte Birna Guðný leise. »Aber ich gehe davon aus, dass du das hast überprüfen lassen.«

»Genau das habe ich getan«, sagte Baldur. »Beziehungsweise ich habe den Auftrag dazu gegeben. Am Sonntagabend hast du ausgesagt, du wärst zwar aufgewacht, jedoch nicht ans Telefon gegangen.«

»Als es am Festnetzanschluss klingelte, ja«, sagte Birna Guðný. »Mein Handy hatte ich abgestellt.«

»Und dort steht auch, dass du eine Nachricht auf dem Anrufbeantworter gesehen und gelöscht hättest. Wir wissen jetzt, dass diese Nachricht von Daníel aufgesprochen wurde. Ich hätte gern gewusst, was er gesagt hat.«

»Nichts«, erklärte Birna Guðný. »Wie du wissen wirst, zeigt der Anrufbeantworter nicht die fremde Telefonnummer an, das ist nicht wie bei einem Handy. Ich hatte auf Play gedrückt und hörte nur Schweigen. Also habe ich den Anrufbeantworter auf null gestellt und nicht weiter darüber nachgedacht.«

»Bis du dein Handy wieder eingeschaltet hast?«

»Ja, bis dann. Da waren dann zwei Messages von Daníel auf der Voicemail, aber das weißt du sicher und hast sie auch gehört.«

»Nachrichten«, sagte Baldur, »zwei Nachrichten. Falls man sie denn Nachrichten nennen kann, denn er hat ja keinen Ton gesagt. Und das hat dazu geführt, dass du angefangen hast, dir Sorgen über seinen Verbleib zu machen?«

»Nein«, sagte Birna Guðný. Árni konnte nicht anders, er musste bewundern, wie sie sich hielt. Ihr ging es offensichtlich miserabel, und sie war am Ende ihrer Kräfte, aber trotzdem hielt sie sich zurück, anstatt diesen Affen ihr gegenüber anzuschreien, der wie ein Steuerberater redete, der sich über die Telefonnutzung seiner Kunden informierte. Vielleicht nimmt sie Psychopharmaka, dachte Árni. War das nicht wahrscheinlich? Normal? Vollkommen, dachte er, hundertprozentig normal unter diesen Umständen. Er hoffte, dass sie nicht gezwungen worden war, sich die Fotos von Daníels Leiche anzusehen, und dass man ihr bei der Identifizierung der Leiche das Schlimmste erspart hatte. Árni ging eigentlich davon aus, denn der alte Geir war menschlich.

»Nein, da habe ich noch nicht angefangen, mir Sorgen zu machen«, fuhr Birna Guðný fort. »Das war erst ungefähr eine Stunde später, als zwei unverschämt rücksichtslose Polizisten in unser Haus eindrangen und verlangten, mit Daníel zu sprechen.«

»Unverschämt rücksichtslos, hast du gesagt?«

»Ja, anders kann man ihr Verhalten leider nicht beschreiben. Ich sagte ihnen, was Sache war, dass Daníel nicht zu Hause war, aber sie haben mir nicht geglaubt, sondern sämtliche Türen aufgerissen, sie drangen sogar bis ins Badezimmer vor, wo meine zehnjährige Tochter gerade aus der Dusche kam. Und dann sind sie abgehauen, ohne ein Wort der Erklärung oder Entschuldigung. Ich musste hier im Dezernat anrufen und mich endlos von einem zum anderen verbinden lassen, bis ich herausfand, was los war.«

»Ja«, sagte Baldur, »es ist gewiss misslich, wenn es sich so verhalten hat. Wir bekamen die Meldung, dass der Wagen dei-

253

nes Mannes einen Unfall gehabt hatte, er war stark beschädigt, und niemand befand sich am Unfallort. Weil es ringsherum sehr viele Blutspuren gab, hielt man es für wichtig, den Besitzer so schnell wie möglich zu finden.«

»Soweit ich es verstanden habe, handelte es sich nicht um eine Meldung, sondern um eine Anfrage«, sagte Birna Guðný. »Und zwar von dem Mitarbeiter einer Zeitung. Stimmt das?«

Baldur räusperte sich. »Ja«, musste er mit verlegener Miene zugeben, was Árni amüsierte. »Ja, anscheinend hat niemand den Unfall gemeldet, denn das Auto war von der Straße aus nicht direkt zu sehen. In dieser Nacht hatten unsere Leute allerdings zahlreiche Einsätze – und deswegen ist dieser Unfall uns schlichtweg entgangen, bis unsere Aufmerksamkeit durch einen Außenstehenden auf das Auto gelenkt wurde. Das ändert jedoch nichts an der Tatsache ...«

»Und eure erste Reaktion war, zwei Gorillas zu uns zu schicken, die einfach ins Haus eingedrungen sind und nach Daníel gesucht haben wie nach einem Verbrecher?«

»Äh, ist das nicht ein wenig übertrieben?«, fragte Baldur vorsichtig, offensichtlich fühlte er sich in die Defensive gedrängt und fand sich schlecht mit dieser Rolle ab.

»Nein, das finde ich nicht«, sagte Birna Guðný. »Und ich ziehe in Erwägung, wegen dieses Vorgehens eine Klage einzureichen, denn das war Hausfriedensbruch. Nicht wahr, Sissó?«

Árni blickte zu Sigþór hinüber, der noch keinen Ton von sich gegeben hatte, seit er Baldur begrüßt und erklärt hatte, die Witwe Birna Guðný Magnúsdóttir habe ihn gebeten, bei der Vernehmung anwesend zu sein. Baldur hatte keine Einwände erhoben, doch Árni war über diese Maßnahme erstaunt gewesen. Er fand beides gleich seltsam – dass Birna Guðný überhaupt einen Rechtsbeistand einschaltete und dass sie von allen Leuten Sissó dazu auserwählt hatte. Nach kurzem Nachdenken fand er aber stichhaltige Gründe für beides. Natürlich wollte sie einen Rechtsbeistand haben, Birna Guðný war viel zu intelligent und wusste genau, dass sie ganz oben auf der Liste der Verdächtigen stehen musste, gleichgültig ob sie schuldig oder unschuldig war. In so einem Fall war es immer das Beste, sich abzusichern. Natürlich, dachte Árni, nichts ist normaler. Und auch wenn Sissó sich schon seit geraumer Zeit nicht mehr mit Strafrecht befasst hatte, war er ein angesehener und mit allen Wassern gewaschener Jurist und überdies ein langjähriger Freund der Familie. Sie hatte selbstverständlich keine Ahnung davon, welche Anschuldigungen er erst kürzlich gegen Daníel verbreitet hatte, sonst hätte sie sicher jemand anderen gewählt. Komplizierter war es nicht. Árni war sehr zufrieden mit seiner Argumentation.

Sigþór begnügte sich mit einem leichten Kopfnicken als Antwort auf Birna Guðnýs Frage nach dem Hausfriedensbruch, ihm war sichtlich daran gelegen, sich so lange wie möglich aus dem Gespräch herauszuhalten. Vernünftig von ihm, dachte Árni, und ebenfalls normal, solange Baldur den Bogen nicht überspannte. Árni erwartete aber nicht, dass er das tun würde.

»Das ist dir selbstverständlich unbenommen«, sagte Baldur. »Daran anschließend hast dann selbst versucht herauszufinden, was aus Daníel geworden ist?«

»Ja. Ich habe ihn etliche Male angerufen, und auch andere, die meiner Meinung nach wissen konnten, wo er sich befand. Gunnar, Stjáni, Sissó, die Schwiegermutter, das Büro – einfach überall. Aber niemand wusste von nichts. Er ist zu diesem idiotischen Klassentreffen gegangen, obwohl ich ihn gebeten hatte, es sein zu lassen, und danach habe ich ihn nicht mehr gesehen.« Ihr Atem ging schwerer, und jetzt strömten ihr auch wieder Tränen über die Wangen. Baldur schien erleichtert zu sein. Árni dagegen wäre am liebsten ins Vernehmungszimmer gerannt und hätte sie in die Arme genommen und getröstet. Doch dieses Gefühl verging glücklicherweise nach erstaunlich kurzer Zeit.

* * *

Beim geringsten Geräusch, bei der geringsten Veränderung des grauen Tageslichts, das zum Fenster hereindrang, schlug Ewas Herz schneller, alle Muskeln und Sehnen spannten sich an, und sie blickte mit ruckartigen Bewegungen um sich wie ein wachsamer Vogel aus dem Nest. Die Sicherheit, die sie in den letzten vierundzwanzig Stunden verspürt hatte, war der Verzweiflung gewichen. Sie hatte Angst davor, wegzugehen, doch die Vorstellung, in diesem Haus zu bleiben, ängstigte sie nicht weniger.

Es waren zwei, höchstens zwei Schlüsse, die sie aus den Schnapsflaschen in der Garage ziehen konnte. Sie hatte Zyta im Lauf der Zeit einige Flaschen aus der eigenen Produktion der Brüder verkauft oder geschenkt, aber dreiundzwanzig Flaschen – das war zu viel. Sie hatte es sich noch einmal ins Gedächtnis zurückgerufen, fünf Flaschen vor einem Monat, zwei im Sommer, zwei im Frühjahr und vier im vergangenen Herbst. Sie war sich einigermaßen sicher, dass damit alles aufgezählt war.

Um diese fünf hatte Zyta sie gebeten wegen einer Party, die Kristján für ein paar Freunde geben wollte. Bei der gegenwärtigen wirtschaftlichen Lage durfte man sein Geld nicht unnütz vergeuden, waren Zytas Worte gewesen, wenn Ewa sich richtig erinnerte, der Alkohol sollte ohnehin für eine Bowle verwendet werden, deswegen würde niemand geschmackliche Unterschiede zwischen Schwarzgebranntem und normalem Wodka bemerken, hatte Zyta gemeint. Und außerdem schmecke die

Produktion hervorragend, Kristján sei ganz begeistert davon. Dieses Lob hatte Ewa auf eine alberne Weise stolz gemacht, dafür schämte sie sich jetzt. Sie hatte es als Ehre empfunden, dass der Boss der Brüder so zufrieden mit dem war, was die beiden produzierten. Und sie hatte sich geweigert, Geld dafür zu nehmen, als sie die Flaschen in einer grauen Plastiktüte an einem grauen Septembertag ablieferte, sie hatte nur Zytas verschwörerisches Lächeln erwidert und sich eilig auf den Weg zur Arbeit gemacht, sie hatte Abendschicht.

Ewa sah auf ihre Uhr, eigentlich hätte sie jetzt arbeiten müssen, in dieser Woche hatte sie die Spätschicht. Was würden die Kollegen an der Tankstelle von ihr denken? Sie stand auf, irrte durchs Wohnzimmer und blickte alle paar Sekunden zum Fenster hinaus. Sie hatte über anderes nachzudenken als über ihre Arbeit an der Tankstelle.

Entweder, dachte sie, entweder hat Kristján – oder Zyta – eine Menge Alkohol von Marek gekauft, ohne dass ich davon wusste, oder… Sie drehte sich um sich selbst, murmelte vor sich hin und geriet vor lauter Gemütserregung ins Schwitzen. Natürlich war das denkbar, dachte sie, weshalb nicht? Zyta und Kristján schätzten das Getränk eindeutig, und bei ihnen wie bei allen waren die Zeiten härter geworden, denn die Lage auf dem Arbeitsverleihmarkt verschlechterte sich rapide, das hatte Zyta ihr genau geschildert. Alle möglichen Rechnungen und Einschreibebriefe flatterten ins Haus, von denen Kristján schon graue Haare bekam. War es unter solchen Umständen nicht sogar natürlich, dass Zyta sich in ihrer Vorsorge aus Sparsamkeitsgründen mit Marek in Verbindung gesetzt und ihm billigen Alkohol abgekauft hatte? In Polen wäre das ganz selbstverständlich gewesen. Aber sie waren nicht in Polen, und außerdem hatte Zyta immer über sie eingekauft und nicht über Marek.

Hatte Kristján mit Marek gesprochen? Wusste Kristján überhaupt, woher der schwarzgebrannte Schnaps kam, wusste er, was die beiden Brüder da in den Lagerräumen trieben, die er ihnen vermietete? Sie war bislang nicht davon ausgegangen, doch nun zweifelte sie daran, denn die andere Erklärung für die vielen Flaschen... Sie weigerte sich, den Gedanken zu Ende zu denken, aber er ließ sich nicht verdrängen, er überschattete alles andere.

Mit Zyta reden und sie direkt fragen, das konnte sie nicht, das war zu gefährlich. Auch wenn Zyta nichts damit zu tun hatte, würde sie nämlich sofort wissen, worauf Ewa hinauswollte, und böse werden. Sie vor die Tür setzen oder vielleicht sogar die Polizei anrufen. Und ganz bestimmt Kristján nach diesen Flaschen fragen. Diesen idiotischen Flaschen.

Dreimal war Ewa schon fast so weit, sich in den Polo zu setzen und wegzufahren. Egal wohin, nur weg. Aber immer wenn sie die Schwelle zur Garage überschritt, brachen die Hoffnungslosigkeit und die Gewissheit über sie herein, dass sie da draußen nichts als Kälte und Dunkelheit erwarteten. Ewa schauderte, sie konnte sich nicht vorstellen, eine weitere Nacht im Auto zu verbringen.

Nachher, dachte Ewa, nachher kommt Zyta mit dem Geld, das sie mir versprochen hat. Dann bitte ich sie, mir ein Flugticket im Internet zu besorgen, ein Ticket nach Berlin. Und dann sehe ich einfach weiter, ich hau ab, und dann wird sich schon alles zeigen. Diese Vorstellung beruhigte sie zwar für ein paar Minuten, doch die Angst ließ sich nicht verdrängen. Hoffentlich kommt bloß Zyta vor Kristján nach Hause, dachte sie, und hoffentlich schaffe ich es, das Gesicht zu wahren. Dann wird alles gut, dann geht alles in Ordnung...

Als ein Wagen vor dem Haus vorfuhr, schreckte Ewa aus ihren Versuchen hoch, sich selbst den Rücken zu stärken. Kurze

Zeit später wurde eine Autotür zugeschlagen. Sie näherte sich vorsichtig dem Wohnzimmerfenster und zog die Gardine ein wenig zur Seite.

* * *

Birna Guðný hatte die Fassung wiedererlangt, sie wirkte vollkommen ruhig und atmete normal. Ein wenig geknickt im wahrsten Sinne des Wortes, denn sie ließ die Schultern hängen, aber auf keinen Fall bekümmert, glaubte Árni zu sehen. Keine Tränen mehr, kein Zittern in der hellen Stimme.

»Weswegen bist du zu Hause geblieben?«, fragte Baldur.

»Wir haben drei Kinder«, antwortete Birna Guðný. »Das jüngste ist zwei, das älteste zehn. Ich wollte bei ihnen sein. Ihre Gesellschaft ist mir lieber als ein Haufen Leute, mit denen ich mich seit fünfzehn, zwanzig Jahren nicht getroffen oder unterhalten habe. Oder sogar noch länger.«

Die blöden Zicken aus der Sechsten, erinnerte sich Árni, das waren die Worte, die Daníel auf dem Klassentreffen verwendet hatte. Er verstand sie gut, abgesehen vom engsten Freundinnenkreis war sie unter den Mädchen so unbeliebt gewesen wie bei den Jungs beliebt. Die wenigen Mädchen außerhalb der Clique, mit denen Árni sich damals abgab, hatten nicht schön über sie geredet, gelinde gesagt. Und wenn man es genau bedachte, hatte selbst bei den Freundinnen die Eifersucht ganz dicht unter der Oberfläche geschlummert. Auch bei Freyja, nachdem Daníel ihr wegen Birna Guðný den Laufpass gegeben hatte. Es verging geraume Zeit, bis sich die beiden besten Freundinnen wieder versöhnt hatten. Und nun schien es fast so, als hätte Baldur Árnis Gedanken gehört.

»Und es hatte nichts mit einem vermeintlichen Verhältnis zwischen Daníel und deiner Freundin Freyja zu tun? Soweit ich weiß, waren die beiden in jungen Jahren eng befreundet gewesen, genauer gesagt bis zu dem Zeitpunkt, als du und Daníel eine Beziehung angeknüpft habt?« Falls es Baldurs Absicht gewesen war, Birna Guðný mit dieser direkten Frage aus dem Gleichgewicht zu bringen, hatte er sich verrechnet.

»Nein«, sagte sie leise, »es hat nichts damit zu tun. Sissó ...« Sie sah Sigþór an, der daraufhin sein arrogantes Lächeln ein wenig intensivierte. »Sissó hat mir vorhin von dieser Szene mit Freyja da vor Gunnars Haus erzählt. Bis dahin hatte ich keine Ahnung, dass zwischen ihnen etwas lief.«

Im Gegensatz zu ihr hatte Baldur seine Probleme damit, die Ruhe zu bewahren. »Und?«, fragte er eilfertiger, als ihm lieb war. »Hat dich das überrascht?«

»Nein«, antwortete Birna Guðný gedehnt. »Das kann ich nicht behaupten. Und ich würde es auch beiden durchaus zutrauen. Daníel ist – Daníel war, wie er war. Ich bin, wie ich bin, und Freyja ist, wie sie ist. Wir sind Nachbarinnen und Freundinnen, und das werden wir bleiben. Auf jeden Fall Freundinnen.«

»Wenn du sagst, dass Daníel war, wie er war«, sagte Baldur, »meinst du dann damit, dass er – wie soll ich das sagen, dass er ...«

»Er war freizügig«, sagte Birna Guðný. »Ist das nicht ein ausgezeichnetes Wort?«

»Gewiss, das ist ein ausgezeichnetes Wort«, erklärte Baldur. »Und war das vielleicht der Grund dafür, dass du dir in der besagten Nacht kaum Sorgen wegen seines Ausbleibens gemacht hast?«

»Ja«, erklärte Birna Guðný. »Ich habe mich darüber zwar nicht gerade gefreut, aber Sorgen habe ich mir keine gemacht, sondern einfach damit gerechnet, dass er bei diesem Klassentreffen ein paar alte Bekanntschaften aufgefrischt hat. Wahrscheinlich waren da jede Menge geschiedener Tussis, die nichts dagegen gehabt hätten, wenn... Ja, und die Verheirateten wohl auch, denke ich. Daníel hat nie Probleme gehabt, Frauen aufzureißen.«

Sie steht unter Medikamenten, dachte Árni, hundertprozentig. Sonst wäre sie gar nicht so ruhig, sonst würde sie nicht darüber reden, als handele es sich um die größte Selbstverständlichkeit der Welt. Nicht einmal Birna Guðný konnte unter solchen Umständen ohne kleine Helfer aus der Apotheke so souverän und gelassen sein. Aber was sie sagte, war ja auch keinesfalls Übertreibung, eher Untertreibung. Daníel war sein Leben lang von Mädchen belagert worden. Auf sämtlichen Partys und Schulexkursionen, immer und überall hatte Árni zusehen müssen, wie sich Daníel der Mädchen praktisch kaum erwehren konnte, während er selbst neidisch in irgendeiner Ecke hockte, die Ungerechtigkeit der Welt verfluchte und sich einredete, dass es ihm scheißegal sei. Er hatte sich hoch erhaben über solche Nichtigkeiten gedünkt, war aber gleichzeitig von Neid und Eifersucht zerquält. Vielleicht haben sich ein paar von den Mädchen in Birna Guðnýs Umgebung ähnlich gefühlt, überlegte er. Sogar Freyja, nein, bestimmt Freyja, korrigierte er sich, vor allem nachdem Daníel sie abserviert hatte.

»Und was dich selbst betrifft«, fragte Baldur, der immer noch versuchte, wieder die Oberhand zu gewinnen, »warst du selbst ebenfalls freizügig? Oder beschränkte sich dieses Verhalten auf deinen Ehemann?«

Da erwachte Sissó endlich zum Leben. »Ich kann nicht sehen, dass eine derartige Frage irgendeine Berechtigung hat«, sagte er. »Es besteht meines Erachtens absolut keine Notwendigkeit, meiner Mandantin in diesen schwierigen Zeiten, die sie derzeit durchmacht, mit solchen Geschmacklosigkeiten zu kommen.«

Baldur schenkte ihm keinerlei Beachtung, und Birna Guðný

ebenfalls nicht. »Nein«, erklärte sie, »das war ich nicht. Ich habe mich nie mit Daníels Verhalten in dieser Hinsicht abgefunden, und das habe ich ihm auch klargemacht. Ich habe mich aus unterschiedlichen Gründen damit arrangiert, ob du es glaubst oder nicht. Und mir ist nie der Gedanke gekommen, mich dafür an ihm zu rächen, wenn du darauf hinauswillst. Daran hatte ich weder Interesse, noch sah ich irgendeinen Sinn darin.«

Baldur schien diese Antwort zu akzeptieren und wechselte das Thema. »Du hast ausgesagt, du hättest dich nie mit Daníels Geschäften befasst. Ehrlich gesagt, fällt es mir sehr schwer zu glauben, dass du nichts über Veränderungen und die vehementen Auseinandersetzungen um ihn und seine Unternehmen wusstest, die in letzter Zeit stattgefunden ...«

»Das hab ich doch nie behauptet«, fiel Birna Guðný ihm ins Wort. »Wie hätte mir das auch entgehen können, das wird seit Monaten und Tag für Tag in allen Medien hochgespielt. Mehr oder weniger übertrieben und entstellt, und Daníel wurde als Krimineller verunglimpft und abgestempelt. Ich weiß zwar nichts über die Details, aber ich kann dir nur sagen, dass Daníel in den letzten Monaten alles daran gesetzt hat, um zu retten, was zu retten war. Er konnte kaum noch schlafen vor lauter Sorgen.«

»Und er hat stark getrunken, hast du gesagt?«

»Viel mehr als früher, aber nur wegen all dieser Probleme. Glaubst du im Ernst, dass es einfach nur ein Jux für ihn war, mitansehen zu müssen, wie alles auf den Bankrott zusteuerte? Welche Vorteile hätte ihm das gebracht?«

Baldur musste sich wieder räuspern. »Tja«, erklärte er, »es besteht allerdings der berechtigte Verdacht, dass er ...«

»Quatsch«, sagte Birna Guðný. »Selbstredend habe ich die Nachrichten gesehen, die fetten Überschriften und die Verleumdungen über Geldhinterziehung und Betrug und die vielen, vielen Milliarden, die er angeblich auf irgendwelche Konten Gott weiß wo in der Welt überwiesen hat. Das stammt aus der Feder von absolut uninformiertem missgünstigem Gesocks, anders kann man diese Leute kaum nennen.« Árni behielt Sissó während dieser Äußerungen scharf im Auge, aber der ließ sich keinerlei Reaktion anmerken. Offensichtlich hatte er Birna Guðný nicht alles gesagt, was er Gunnar anvertraut hatte, obwohl er sie aus irgendwelchen Gründen über das Fremdgehen mit Freyja informiert hatte.

»Und wie ist jetzt deine Situation?«, fragte Baldur, der sich anscheinend durch ihren Gefühlsausbruch nicht beeindrucken ließ, ebenso wenig wie Sigþór. »Deine finanzielle, meine ich?«

»Darüber weißt du wohl mehr als ich«, erklärte Birna Guðný brüsk. Nun zeigte die glatte Fassade doch ein paar Risse. »Soweit ich weiß, habt ihr sämtliche Unterlagen, die ganze Buchhaltung und auch die Computer beschlagnahmt. Du brauchst dir aber keine Sorgen zu machen, meine Kinder brauchen keinen Hunger zu leiden, es gibt genug gute Leute, auf die wir uns verlassen können«, fügte sie hinzu, und der Hohn war nicht zu überhören. Jetzt wird sie bissig, dachte Árni, und Sissó schien derselben Meinung zu sein.

»Ich denke, es reicht jetzt«, sagte er. »Ich sehe keinen Grund, meine Mandantin hier noch länger aufzuhalten. Es liegt auf der Hand, dass ihr hier ausschließlich mit Spekulationen und Gerüchten arbeitet.«

Baldur überlegte kurz. »Gut und schön«, sagte er, »lassen wir es für diesmal genug sein. Aber ich muss dir mitteilen, dass ich bereits beantragt habe, dass du das Land nicht verlassen darfst. Die Entscheidung darüber fällt bei nächster Gelegenheit, wahrscheinlich schon gleich morgen…«

»Das ist untragbar«, warf Sissó ein, »in jeder Hinsicht unvertretbar. Wir werden uns nicht damit…«

»Birna Guðný wird Gelegenheit erhalten, vor Gericht Widerspruch einzulegen«, sagte Baldur schroff.

»Warum sollte ich das tun?«, fragte Birna Guðný. »Ich habe nicht vor zu verreisen.«

»Sehr gut«, sagte Baldur. »Ausgezeichnet. Ich würde dir aber raten, dir einen anderen Rechtsanwalt zu nehmen, um dich in nächster Zeit zu vertreten.«

Sigþór hatte schon den Mund geöffnet, um zu protestieren, überlegte es sich dann aber anders.

»Wieso denn?«, fragte Birna Guðný und sah Sigþór erstaunt an.

»Vermutlich stehe ich in diesem Fall auch unter Verdacht«, sagte Sigþór und klang etwas heiser. »Sie haben mich heute Morgen in genau diesem Zimmer vernommen. Es ist wahrscheinlich besser, wenn du dir jemand anderen nimmst, zumindest bis ich mich von diesem Verdacht befreien kann, was hoffentlich bald sein wird.«

»Das ist ja wohl mithin das Absurdeste, was ich je gehört habe«, protestierte Birna Guðný. »Ich soll mir einen neuen Anwalt suchen, nur weil du so durchgeknallt bist zu glauben, dass Sissó irgendetwas mit diesem – diesem entsetzlichen Fall zu tun hat?«

»Ja, auch deswegen«, sagte Baldur. »Auch deswegen. Aber ich beziehe mich nicht nur auf diesen konkreten Fall, sondern auch auf das, was danach kommen wird. Die Erbschaftsangelegenheiten. Ich begreife nicht, weshalb Sigþór als erfahrener Jurist, der er ja ist, dich nicht informiert hat, worum es geht. Er hat anscheinend durchaus andere Ansichten über Daníels Verhalten – nicht zuletzt sein ethisches Verhalten in geschäftlichen Dingen. Fünfzehn Uhr zweiundfünfzig – die Vernehmung ist beendet«, erklärte Baldur und schaltete das Aufnahmegerät aus. »Auf Wiedersehen«, sagte er und öffnete die

Tür. Die beiden erhoben sich und verließen den Raum. Árni gab der Versuchung nach und sauste auf den Korridor. Birna Guðný schrak zusammen, als er da so unvermutet auftauchte, und wich einen Schritt zurück.

»Entschuldige«, sagte Árni, »ich wollte dich nicht erschrecken. Ich wollte nur ... Ach, du weißt schon – mein Beileid.« Er wurde rot, weil er spürte, was für eine leere und abgedroschene Phrase das unter diesen Umständen war.

»Danke«, sagte Birna Guðný und sah ihn forschend an. Árni wurde noch röter. »Árni Ey«, sagte sie leise, »der arme Árni Ey, meine Güte. Immer noch ganz in Schwarz, schwarze Hose, schwarzes T-Shirt.« Sie schüttelte den weißblonden Kopf. »Sissó hat mir gesagt, dass du bei der Polizei bist und auch an dieser Ermittlung arbeitest.«

»Ja, also, ich, also – ja.« Er starrte auf seine Zehen.

»Das ist gut«, sagte Birna Guðný. »Du hattest schon immer einen Riecher dafür, Dinge herauszufinden, die dich gar nichts angingen. Also dann ...«

Árni sah ihr nach, wie sie die Treppe hinunterschritt. Sigþórs Abschiedsgruß mit der perfekt manikürten Hand entging ihm. Daníel hatte sich immer darauf verstanden, Árni das Gefühl zu geben, völlig unbedeutend zu sein, und das hatte ihn keine große Mühe gekostet. Aber im Vergleich zu Birna Guðný war er diesbezüglich der reinste Waisenknabe gewesen.

Trottel, dachte Árni. Verdammter Trottel. Und das erinnerte ihn an Ásta. Hatte sie ihn nicht anrufen wollen? Oder hatte er ihre Worte falsch interpretiert, als sie gesagt hatte, sie wolle sich melden? Ruf mich nicht an, ich melde mich – war das nicht genau das, was die Leute einem sagten, wenn sie nichts mit einem zu tun haben wollten? Hatte Ásta das so gemeint?

Árni fluchte im Stillen. Er hatte sich in der Überzeugung gewiegt, dass er endlich erwachsen und vernünftig geworden

265

war, hatte gedacht, dass er seine Gefühlsduselei und sein chaotisches Wesen einigermaßen in den Griff bekommen hatte. Und nun stand er hier, enttäuscht und bitter, wieder achtzehn, und alle Mädchen waren böse zu ihm, verstanden ihn nicht, wollten ihn nicht.

»Buhuhu, ach, heul doch«, murmelte Árni und verpasste sich selbst einen ordentlichen Tritt in den Hintern. Nur im Geiste natürlich, aber es hatte die gewünschte Wirkung. Er richtete sich auf und ging kerzengerade ins Büro, wo er Baldur in die Arme lief.

»Na, da schau her«, sagte Baldur. »Was hat dich denn aufgehalten?«

Schnauze, dachte Árni. »Entschuldige, ich musste nur…«

»Ja, ja, ja. Du musstest nur. Ewig diese Entschuldigungen. Du solltest dich endlich mal zusammenreißen, Junge. Ich dulde keine Saumseligkeit. Ich will, dass du…«

»Und du solltest es meiner Meinung nach jetzt etwas langsamer angehen lassen«, sagte Árni. »Ich mag nicht wie ein kleines Kind herumkommandiert werden. Sag mir einfach, worum es geht, aber spar dir deine Predigten, okay?«

Baldur verzog keine Miene. »Schön und gut, du scheinst ja Fortschritte zu machen«, sagte er. »Es besteht also vielleicht doch eine gewisse Hoffnung, dass irgendwann mal etwas aus dir wird. Komm jetzt, wir müssen uns eine Garage in Hafnarfjörður anschauen. Dort kennst du dich ja aus. Und auch noch dieses und jenes andere. Auf dem Weg dorthin informiere ich dich über die Angelegenheit, und danach können wir die Aussagen der Witwe durchgehen.« Árni schlich mit hängenden Ohren hinter Baldur her. Irgendwann, dachte er, irgendwann einmal krieg ich das auf die Reihe.

* * *

Obwohl Zyta die Liebenswürdigkeit in Person war und erklärte, dass Kristján erst spät am Abend nach Hause kommen würde, war Ewa immer noch unruhig und tat sich schwer damit, ihr Misstrauen abzulegen. Zyta erklärte ihr, dass sie es mit den Geldüberweisungen so eingerichtet hatte, dass das Geld Ewa jederzeit zur Verfügung stand, aber es war ihr nicht gelungen, Devisen zu bekommen.

»Das ist einfach unmöglich«, sagte sie kopfschüttelnd, »ganz unmöglich. Das ist ja fast noch schlimmer als bei uns in Polen damals, da konnte man immer jemanden finden, der einem D-Mark oder Dollar schwarz besorgte. Aber hier – wer hätte das gedacht? Man kriegt ein bisschen Geld in ausländischer Währung, wenn man ein Flugticket vorzeigt, doch das musst du selbst machen, wenn es so weit ist. Ich hoffe nur, dass Kristján uns noch etwas mehr besorgen kann. Er hat bloß im Augenblick so schrecklich viel zu tun. Und außerdem ist er völlig daneben wegen diesem entsetzlichen Mord an seinem Freund – hast du davon gehört?«

Ewa gab das zu, sie hatte sich in Zytas Abwesenheit ins Internet eingeloggt, bevor sie die Schnapsvorräte entdeckt hatte.

»Er ist dauernd bei der Polizei, der Arme«, fuhr Zyta aufgeregt fort. »Oder die Polizei bei ihm. Sie kamen zu zweit hierher, am Tag, nachdem der arme Andrzej … Gott hab ihn selig.« Sie bekreuzigte sich. »Weil Kristján ihnen Räume in seiner Lagerhalle vermietet hat, weißt du. Ich muss zugeben, ich bin eigentlich richtig enttäuscht von Marek, dass er da …« Zyta schlug die Hand vor den Mund, als sie Ewas Gesichtsausdruck sah.

»Du lieber Himmel, Ewa, ich wollte nicht … Verzeih, dass ich das gesagt habe, ich versteh mich selbst einfach nicht. Und es steht mir auch schlecht an, wo ich von dir doch etliche Flaschen bekommen und genau gewusst habe, was da vor sich ging. Scheinheiligkeit, Ewa, das ist die gemeinste aller Sünden.« Zyta stand auf, um mehr Kaffee zu holen. Ewa spielte mit dem Gedanken, die Gelegenheit zu nutzen und sie nach den Vorräten in der Garage zu fragen, ohne Verdacht zu erwecken, aber sie verwarf die Idee. Es gab keine Möglichkeit, Zyta zu fragen, ohne sie argwöhnisch zu machen, und außerdem konnte es ja auch genau das sein, was Zyta beabsichtigte. Vielleicht war es nämlich eine Falle, ein Versuch herauszufinden, ob sie von den achtzehn Flaschen wusste. Und die Sache mit den Devisen – möglicherweise schwindelte Zyta ihr nur vor, dass sie keine Devisen bekommen könnte, vielleicht wollte sie sie damit hier in diesem Haus festhalten, bis Kristján nach Hause kam, und dann könnten sie – was? Sie umbringen?

Blödsinn, dachte Ewa und nahm die Kaffeetasse entgegen. Warum in aller Welt sollten die beiden sie umbringen wollen? Scheinheiligkeit war vielleicht die gemeinste Sünde, aber Verfolgungswahn kam gleich danach. Ob er allerdings als Sünde galt oder als Krankheit oder etwas ganz anderes, wusste Ewa nicht genau; aber so viel war ihr klar, dass er von Übel war. Und Zyta hatte nichts getan, womit sie ihr Misstrauen verdient hatte, absolut gar nichts.

»Und gleich«, sagte Zyta, »wenn wir den Kaffee getrunken haben, färben wir dir die Haare.« Sie streckte ihre Hand nach einer Tüte auf der Küchenbank aus und legte sie auf den Tisch. »Und wir genehmigen uns einen Baileys während der Prozedur, was hältst du davon?« Ewa versuchte, das Lächeln zu erwidern, das diesem Vorschlag folgte, und hatte das Gefühl, dass es ihr einigermaßen gelungen war.

»Das ist also abgemacht«, sagte Zyta mit ihrem strahlenden Lächeln, das sich im nächsten Augenblick in eine sorgenvolle Miene verwandelte. »Sag mir, Ewa, was ist denn jetzt mit Andrzej, was wird aus seiner Beerdigung, wenn weder du noch

Marek euch der Polizei stellen und die ganzen Formalitäten erledigen könnt?«

»Ich weiß es nicht«, gab Ewa zu. »Aber ich weiß, dass sie herausgefunden haben, wer er ist oder war. Schicken sie ihn dann nicht einfach zurück nach Stettin? Bestimmt werden sie das tun, sie werden ihn zu der Tante Maria schicken, das war die Schwester seiner Mutter, denn sie ist die nächste Angehörige.«

»Der arme Andrzej«, sagte Zyta und wischte sich über die Augen. »War er nicht ein lieber Junge? So hat er jedenfalls immer auf mich gewirkt.«

»Ja, das war er«, sagte Ewa.

»Ach, es muss schwer für Marek sein, dass er ihn nicht auf dem letzten Weg begleiten kann«, seufzte Zyta. »Hast du übrigens irgendwas von ihm gehört, seitdem du ihn verlassen hast?«

Ewa spürte eine Gänsehaut vom Nacken her hochkriechen. »Nein«, sagte sie, »überhaupt nichts.« Ihre Stimme zitterte, sie hatte sie nicht unter Kontrolle. Sie hoffte bloß, Zyta würde das als Zeichen dafür auslegen, dass sie sich Sorgen um Marek machte und nicht um sich selbst.

»Also du weißt gar nicht, wie es ihm geht?«

»Nein«, flüsterte Ewa, »das weiß ich nicht.«

»Und du hast keine Ahnung, wo er ist?«

»Nein.« Bloß weg, dachte Ewa, Verfolgungswahn oder nicht, ich muss hier weg. »Sollten wir vielleicht mal …« Sie deutete auf die Tüte, und Zyta strahlte wieder.

»Unbedingt«, sagte sie. »Machen wir uns an die Arbeit.«

* * *

Die Häuser von Gunnar und Daníel im Erluás lagen nebeneinander, und Árni hatte kaum je derartig pompöse Villen aus der Nähe gesehen, prunkende Ungetüme. Im Übrigen galt das für sämtliche Häuser an dieser Straße, hatte er den Eindruck, eines größer als das andere, ausladend und zum dunklen Himmel aufragend. Die Aussicht war großartig, die Faxaflói-Bucht und die Halbinsel Reykjanes lagen sozusagen zu Füßen der Bewohner dieser hell erleuchteten Mahnmale des berüchtigten und nun viel betrauerten Booms. In der Ferne wiegte sich der Snæfellsjökull über dem Meer, beschienen von den Strahlen der untergehenden Sonne, aber viel näher war das Aluminiumwerk in Straumsvík.

Das war alles Wahnsinn, dachte Árni, war sich aber nicht sicher, ob er damit die Aussicht meinte oder die Häuser, wahrscheinlich wohl beides. Die Schilder von Immobilienmaklern schmückten die Fenster in drei Häusern. Natürlich waren keine Preise angegeben, doch Árni ging davon aus, dass es sich um neunstellige Zahlen handeln musste. Na, dann viel Glück, wenn ihr diese Trümmer loswerden wollt, dachte er, und unleugbar schwang auch etwas Schadenfreude in diesen Gedanken mit. Daníels Haus gehörte zu denen, die verkauft werden sollten. Verständlicherweise, denn schließlich waren er und seine Frau dabei, sich eine noch prächtigere Villa auf der Halbinsel Seltjarnarnes zu errichten. Fünfhundert Quadratmeter waren ja wirklich nicht genug…

Er trabte hinter Baldur und den Leuten vom Erkennungsdienst zum Eingang des Hauses von Gunnar und Freyja her. Hatten sie auch Kinder? Árni konnte sich nicht erinnern und schämte sich ein bisschen dafür. Er versuchte, sich ins Gedächtnis zu rufen, dass in diesen Ungetümen Menschen lebten, und manchmal sogar ganz nette Menschen. Freyja kam zur Tür. Es war siebzehn Jahre her, seit Árni sie zuletzt gesehen hatte, da war sie klein, zierlich und hübsch gewesen. Siebzehn Jahre, und sie hatte sich nicht verändert, oder? Irgendetwas war anders, die Augen? Oder die Nase – konnte das sein?

»Árni Ey«, sagte sie mit einem Lächeln, das aber nicht lange vorhielt. »Gunni hat mir von dir erzählt. Dass du jetzt bei der Kripo bist und … Weißt du, ich kann das noch gar nicht glauben. Das ist alles so unfassbar, so entsetzlich. Und die arme Birna, die ist natürlich am Boden zerstört. Das ist ja auch klar, ich meine …«

Baldur räusperte sich bescheiden und trat einen Schritt vor.

»Entschuldigung, aber ihr beiden könnt vielleicht später miteinander plaudern«, sagte er. »Ich muss mich allerdings auch noch intensiver mit dir unterhalten. Ich gehe davon aus, dass dir eine Vorladung zugegangen ist?«

Freyja nickte. Ihre Haare waren irgendwie anders, dachte Árni, länger und dunkler als früher. Sehr viel dunkler, und sehr viel länger.

»Gut«, sagte Baldur, »ausgezeichnet. Aber jetzt geht es uns um den Zutritt zur Garage«, sagte er und hielt Freyja den Durchsuchungsbescheid vor. Freyja trat ein paar Schritte zurück und ließ sie ins Haus.

»Da geht es runter«, sagte sie.

»Es wäre wünschenswert, dass du uns hinführst«, sagte Baldur, die personifizierte Höflichkeit. »Bitte geh uns doch voraus, wir folgen dir.«

»Mama?« Ein dunkler Haarschopf und das sommersprossige Gesicht eines zwölf- oder dreizehnjährigen Jungen erschienen in einer Tür. Ganz richtig, dachte Árni, ein Junge und ein Mädchen. Oder waren es zwei Jungen? Verdammt, er konnte sich nicht erinnern.

»Nicht jetzt, mein Junge«, sagte Freyja. »Ich komme gleich und rede mit dir.« Árni nickte dem neugierigen Kleinen zu, aber der gab augenscheinlich nichts auf diesen Gruß.

»Gunni ist nicht zu Hause?«, fragte er, als sie im Souterrain angekommen waren.

»Nein«, sagte Freyja, »er ist auf irgendeiner Besprechung. Wegen all dieser Vorfälle, all diesem Irrsinn. Hast du gewusst, dass GV Bau auf den Bankrott zusteuert?« Ihre Stimme verriet weder Gefühle noch irgendwelche Erregung, so als hätte sie aufgegeben und sich damit abgefunden, als wäre es ihr vollkommen gleichgültig.

»Ja, irgendwie habe ich davon gehört …«, stammelte Árni.

»Hier, bitte«, sagte Freyja und öffnete eine Stahltür auf einem gefliesten Korridor.

Viel war in der Garage nicht zu sehen, in einer Ecke standen ein Quad und ein Motorschlitten, ansonsten war der riesige Raum leer. Árni überschlug im Kopf, dass die Grundfläche der Garage wohl der Quadratmeterzahl seiner eigenen Wohnung entsprach. Und die Innenwände waren eindeutig erst vor kurzem verputzt worden, das sah und roch man. 1990, dachte Árni, da habe ich auf dem Bau gearbeitet und jeden Tag diesen Geruch verspürt. Und von morgens bis abends U2 und Ramones und Joy Division und New Order gehört. Und war verschossen in ein, zwei, nein, sieben Mädchen. Mindestens.

Baldur hielt sich nicht lange in der Garage auf. »Also dann zum Rest des Hauses«, sagte er. »Wir nehmen uns zunächst die Waschküche vor und die schmutzige Wäsche und anschließend das Schlafzimmer. Wir brauchen auch die gesamte Garderobe deines Mannes. Du wirst uns vielleicht zeigen, wo wir sie finden?«

Freyjas Blicke wanderten ungläubig von Baldur zu Árni. Das schien sie doch etwas aus der Fassung zu bringen.

»Darf er das?«, fragte sie Árni.

Árni zuckte mit den Achseln. »Sorry, ja, das darf er.« Er

blickte seinen Vorgesetzten fragend an, der aber sah offensichtlich keinen Grund, weitere Erklärungen zu geben oder
sich Freyja gegenüber zu rechtfertigen. Stattdessen zog er sein
Handy heraus und gab eine Nummer ein.

»An die Arbeit«, sagte er, brach das Gespräch ab und wählte
die nächste Nummer. Dieselbe Anweisung, ebenso bei einer
dritten Nummer. Árni hatte keine Ahnung, weshalb Baldur
nicht einfach zum Eingang ging und den Leuten zuwinkte. Er
hörte, wie sich Autotüren öffneten und schlossen, und Schritte
auf dem Asphalt. Von zwei Übeln war es jedenfalls das akzep-
tablere, in diesem Haus zu sein. Es war schwierig genug, Freyja
gegenüberzustehen, aber wesentlich besser, als Birna Guðný in
die Augen blicken zu müssen. Die Operation Krösus war angelaufen. Beim Gedanken an diesen Namen verzerrte sich sein
Gesicht unwillkürlich. Er selbst hätte Operation Ikarus vorgezogen, aber das war nur seine unmaßgebliche Meinung, die
keine Rolle spielte.

* * *

Sobald Zyta ihr die Schmiere aus dem Haar gespült hatte und
im Schlafzimmer verschwunden war, um sich umzuziehen,
rannte Ewa mit dem Handtuch auf dem Kopf und dem Koffer in der Hand in die Garage. Sie stellte den Koffer auf den
Rücksitz und hetzte wieder ins Haus. Rubbelte sich die Haare
trocken und sprang beinahe vor Freude in die Luft, als Zyta
ihr zurief, sie würde jetzt erst mal duschen, wo sie ja ohnehin schon halb ausgezogen war. Ewa wartete auf dem Flur, bis
sie das Wasser in der Dusche prasseln hörte, dann tippelte sie
auf leisen Sohlen in die Garage und öffnete das Tor zur Einfahrt. Zytas Auto stand zwar so ziemlich mitten im Weg, aber
Ewa war überzeugt, dass sie es schaffen würde, im Rückwärtsgang daran vorbeizukommen. Und das passte. Sie fuhr sofort

los, ohne das Garagentor wieder zu schließen. Sie war kaum in die nächste Straße eingebogen, als ihr drei Autos in rasantem und bestimmt illegalem Tempo entgegenkamen und nach Þrastahraun einbogen. Zwei von ihnen waren als Streifenwagen gekennzeichnet. Einige Minuten später hielt sie auf dem halbleeren Parkplatz bei Ikea und stellte den Motor ab. Zitternd fingerte sie nach ihrem Handy in der Manteltasche. Sie starrte lange auf das Gerät, bevor sie den Entschluss traf, es einzuschalten.

Im Keller des Hauptdezernats am Hlemmur schreckte ein behäbiger Mensch aus einem sanften Schlummer hoch, als das erste Geräusch ertönte, seitdem diese Nummer zur Abhörung freigegeben worden war.

13

Dienstag bis Mittwoch

Katrín verstand nicht sofort, was die gute Frau ihr sagen wollte. Als sie vor dem Haus vorfuhren, stand ein Garagentor weit auf, und als niemand zur Tür kam, waren sie einfach ins Haus gegangen. Zyta hatte wie am Spieß gekreischt, als Katrín an die Badezimmertür klopfte, der einzigen verschlossenen Tür in diesem menschenleeren Haus. Nach einigem Hin und Her war es ihr gelungen, Zyta aus dem Badezimmer zu locken. Obwohl sie sehr erschrocken war, machte sich Erleichterung breit, als sie Katrín erkannte. Und dann brach der Wortschwall über sie herein.

»Ich heute Abend anrufen wollen, wenn sie nicht selbst tun«, sprudelte Zyta los. »Ganz wahr. Hab wieder und wieder ihr sagen, zur Polizei gehen. Ich sagen dir Ewa, zur Polizei gehen. Kristján auch sagen, und ich wollen bei euch anrufen. Habt ihr Ewa festnehmen? Sie ist gut, kein Kriminal, deswegen ich ihr helfen, aber ich ihr sagen, sie anrufen soll, zu dir gehen …«

Katrín bremste Zytas Redefluss, versuchte sie zu beruhigen und konnte ihr schließlich die ganze Geschichte in der richtigen Reihenfolge entlocken, um ihr anschließend mitzuteilen, dass sie gar nicht auf der Suche nach Ewa war, die sich übrigens auch gar nicht im Haus befand. Beides verblüffte Zyta gleichermaßen.

»Aber wieso – wo ist Ewa? Kein Auto?« Sie sah selbst in der leeren Garage nach und schüttelte die klatschnassen Haare.

»Wann hast du sie zuletzt gesehen?«, fragte Katrín.

»Als ich in Bad gehen«, sagte Zyta erstaunt. »Da war sie hier. Aber – aber weshalb bist du hier, wenn du nicht Ewa suchst?«

»Tja, das ist die Frage«, sagte Katrín. »Wo ist Kristján?«

»Bei Arbeit«, sagte Zyta. »Er jetzt immer arbeiten.«

»Ruf ihn bitte an und sag ihm, dass er sofort herkommen soll«, sagte Katrín. Sie zog jetzt ihr Handy heraus, zögerte einen Moment und gab dann aber nach.

»Friðrik?« Sie machte Licht in der Garage und sah sich um. »Hier ist Katrín. Hör zu, ich habe Informationen über Ewa. Pianowski, ja…« Ihre Blicke blieben an dem Regal neben der Brandschutztür hängen. Solche Flaschen, dachte sie, die hab ich doch schon mal gesehen.

✳ ✳ ✳

Baldur stand kerzengerade, die Hände hinter dem Rücken verschränkt, mitten im Wohnzimmer und ließ sich durch Proteste und Verwünschungen kein bisschen beirren. Georg Guðni, dachte er, Sigríður Gísladóttir, Eggert Pétursson, Hjördís Frímann, Guðrún Kristjáns, Haraldur Jóns… Kein Kjarval, kein Ásgrímur, kein Jón Stefáns, dachte er angenehm überrascht.

»Sissó!« Birna schrie beinahe ins Telefon. Baldur empfand keine Genugtuung dabei, endlich eine tatsächliche Gemütsregung in ihrer Stimme zu hören, aber er hielt es für ein gutes Zeichen. Es deutete darauf hin, dass der Dope-Effekt der Medikamente abklang, und er hatte es lieber mit Leuten zu tun, die klar im Kopf waren.

»Was?«, fauchte Birna Guðný. »Was meinst du eigentlich?

Ich kann nicht später anrufen, ich muss jetzt mit dir sprechen – ja, jetzt.« Sie nahm das Telefon vom Ohr und starrte ungläubig auf das Display. »Er hat aufgelegt.«

»Ja«, sagte Baldur. »Er ist im Augenblick vermutlich selbst stark beschäftigt. Darf ich dir ein Lob zu den Malern hier an den Wänden aussprechen. Eine interessante Zusammenstellung, außerordentlich geschmackvoll.«

Birna Guðný warf den Kopf in den Nacken. »Vielen Dank«, sagte sie höhnisch. »Diese schmeichelhaften Worte weiß ich sehr zu schätzen.« Und dann begann das Gezeter wieder: Birna Guðnýs Eltern, ihre Schwester, die Schwiegereltern und die Schwägerin umringten sie und verliehen ihren Ansichten über dieses skandalöse und brutale Eindringen in das Heim einer trauernden Witwe Ausdruck. Baldur trat aus dem Kreis heraus und sah sich noch einmal die Bilder an den Wänden an.

»Mir ist hinlänglich klar, dass ihr unsere Vorgehensweise missbilligt«, sagte er, als er die Runde durch das Wohnzimmer beendet hatte. »Ich möchte trotzdem jemanden von euch bitten, seine Empörung ein wenig zu zügeln und sich um das Kind zu kümmern, das hier irgendwo im Haus so bitterlich weint.«

Birna Guðný lief knallrot an, drehte sich auf dem Absatz um und stiefelte aus dem Raum.

* * *

Ewa stellte den Motor ab. Es war in gewissem Sinne riskant, mit dem Polo herumzufahren, doch irgendwo zu halten, war ebenfalls gefährlich. Sie musste auch damit rechnen, dass ihr Handy überwacht wurde, und falls nicht ihres, dann auf jeden Fall das von Marek. Sie hatte keine Vorstellung, wie lange es dauerte, bis sie ein Mobiltelefon lokalisiert hatten, aber es war sicherer, nicht länger als zehn Minuten an diesem Ort zu bleiben, nachdem sie das Handy eingeschaltet und versucht hatte anzurufen. Sie schaltete es sofort wieder aus und fuhr weiter, jetzt hielt sie bei den Kinos von Mjódd. Hier waren rundherum genügend Autos, viel mehr als bei Ikea. Die Leute gingen anscheinend trotz Krise immer noch ins Kino.

Sie hatte drei Versuche unternommen, Marek zu erreichen, doch sein Handy war ausgeschaltet. Das überraschte sie nicht, denn er hatte ihr ja seinerzeit noch in Stettin die Prinzipien im Umgang mit Mobiltelefonen eingeschärft. Aber das Wissen um die wahrscheinlichste Erklärung machte die Funkstille nicht erträglicher. Und es hatte keineswegs positiven Einfluss auf ihren Zustand, dass sie sich zutiefst im Inneren davor fürchtete, welche Folgen es haben würde, wenn sie Verbindung zu Marek bekäme. Darauf legte sie eigentlich keinen gesteigerten Wert, aber sie sah sich einfach gezwungen, ihn darüber zu informieren, was sie zu Hause bei Zyta und Kristján gefunden hatte. Außerdem fror sie, sie war hungrig, und der Tank war fast leer. Sie hatte versucht, an einer Billigtankstelle in Kópavogur zu tanken, aber der Automat hatte ihre Karte nicht akzeptiert.

Da Ewa genug Geld auf ihrem Konto hatte, konnte sie nur den Schluss ziehen, dass ihre Karte gesperrt worden war, nachdem sie mit Marek die Flucht ergriffen hatte und nach ihnen gefahndet wurde. Doch ganz sicher war das nicht. Fünfzehn Minuten nachdem Ewa das Auto in Mjódd angehalten hatte, rief sie noch einmal Mareks Nummer an, der wieder nicht antwortete. Dann griff sie nach ihrer Tasche, stieg aus und ging zum Bankomaten bei der Landesbank. Zögerte etwas, aber steckte die Karte in den Schlitz. Sie bekam nicht nur kein Geld, sondern ihre Karte wurde geschluckt.

* * *

»Was denn?«, sagte Guðni, als er Sigþórs Miene sah. »Ist das nicht die richtige Marke? Du stehst vielleicht mehr auf Adidas?« Sigþór hielt den dunkelblauen Jogginganzug wie eine tote Ratte zwischen zwei Fingern der ausgestreckten Hand. »Fünfundneunzig Prozent Baumwolle«, fuhr Guðni fort, »fünf Prozent Elastik. Ich hab selbst so einen in Rot, den ich im Studio verwende. Prima Outfit. Henson, Mensch, das ist jetzt angesagt, wir sollen ja schließlich die isländische Industrie unterstützen. Das dürfte dir doch wohl bekannt sein.« Sigþór würdigte ihn keiner Antwort, sondern ging schweigend ins Badezimmer. Guðni schob den Fuß dazwischen, als er die Tür zumachen wollte.

»*Sorry, amigo, no can do.* Auf das Risiko, dass du deine Dessous im Klo runterspülst, kann ich mich nicht einlassen.«

»Das ist ja grotesk«, sagte Sigþór. »Mir steht doch zumindest so etwas wie …«

»He, du hast es selbst gesagt – du kannst natürlich auf harten Kurs gehen und uns ein paar Stunden aufhalten. Dann fassen wir uns eben für ein paar Stunden in Geduld. Aber wenn du eine gute Figur in den Augen des Gesetzes abgeben willst«, sagte er und zwinkerte Sigþór zu, »dann zeigst du einfach volle Kooperationsbereitschaft, wie du dich selbst so schön ausgedrückt hast. Oder hast du uns das nicht gerade vorhin in Aussicht gestellt?«

»Aber …«

»*Relax, man*«, sagte Guðni und holte einen Stumpen aus der Brusttasche. »Ich guck schon nicht hin. Bin ja schließlich nicht pervers.«

* * *

Gunnar sprang die Treppe hinauf und nahm zwei, drei Stufen bei jedem Schritt. Es fehlte nicht viel, und er hätte den Polizisten an der Tür umgerannt. Der hielt aber stand und machte sich in der Tür breit.

»Was ist denn hier los?«, rief Gunnar über seine Schulter hinweg. »Mensch, Árni, was soll das?«

Árni gab dem Uniformierten an der Tür ein Zeichen, Gunnar ins Haus zu lassen. Er hatte sich vor diesem Augenblick gefürchtet, seitdem Freyja ihren Mann angerufen hatte, und plötzlich beneidete er Baldur, der schon ins Nachbarhaus gewechselt war.

»Sorry«, sagte er, »das geht nicht auf mich zurück.« Gunnars Blicken bot sich ein heilloses Durcheinander. Fünf große Pappkartons voll mit Kleidung standen auf dem Flur, und ein Mann vom Erkennungsdienst füllte gerade den sechsten mit Schuhen. Gunnar bahnte sich einen Weg an ihm vorbei, um zu Árni zu gelangen. »Das geht nicht auf dich zurück – na, schön, Árni, aber warum …«

»Gunni!« Freyja erschien in einer Tür am anderen Ende des Flurs. Sie kam zu ihnen gelaufen und warf sich Gunnar in die Arme, der sie an sich drückte. Gunnar sah Árni mit anklagendem Blick an. Árni fühlte sich alles andere als wohl in seiner Haut, versuchte aber, sich nichts anmerken zu lassen. Freyja löste sich aus Gunnars Umarmung und wandte sich ebenfalls Árni zu. Wischte sich Tränen aus den Augenwinkeln und richtete den Zeigefinger auf ihn.

»Das kann überhaupt nicht legal sein«, sagte sie. »Mir ist es vollkommen wurscht, mit was für Papieren du herumwedelst, es kann einfach nicht angehen, dass ihr euch über sämtliche Schränke und Schubladen hermacht und alles mitnehmen dürft. Und du willst unser Freund sein.«

Gunnar legte einen Arm um ihre Schultern. »Das mag ja vielleicht noch in Ordnung sein«, sagte er wütend, »von mir aus können die hier jede Socke und jeden Fetzen beschlagnahmen, meinetwegen auch den Kühlschrank ausleeren und das

Klopapier stehlen. Aber warum hast du nicht so viel Anstand besessen, uns zu warnen und Freyja die Möglichkeit zu geben, mit den Kindern woanders hinzugehen, bevor ihr hier eingedrungen seid. Das verstehe ich überhaupt nicht, Árni, und ich finde es schäbig. Wieso hast du das nicht gemacht?«

Árni starrte auf das massive Walnussparkett zu seinen Füßen. »Das… Das konnte ich nicht«, sagte er leise. Ermannte sich dann und sah Gunnar ins Gesicht. »Wenn du nur einen Augenblick darüber nachdenkst, müsstest du verstehen, dass ich das nicht konnte. Bei einer Hausdurchsuchung darf man den Leuten keine Vorwarnung geben, egal, um wen es geht, egal, was ich selbst finde oder glaube.«

»Das ist keine Entschuldigung«, sagte Freyja. »Und ihr habt überhaupt keinen Grund dazu, unser Haus zu durchsuchen oder Gunnar zu verdächtigen. Ich habe euch doch gesagt, dass er die ganze Nacht zu Hause war…«

»Vergiss es«, unterbrach Gunnar sie. Seine Wut war zwar immer noch vorhanden, aber er war etwas ruhiger geworden und hatte sein Gleichgewicht wiedererlangt. »Denk nicht mehr daran, liebe Freyja. Wie Árni sagt, er tut nur seine Arbeit.« Verachtung triefte aus jedem Wort. »Wo sind die Kinder?«

Árni hielt Gunnar zurück, als er Freyja folgen wollte. »Sorry.« Er griff nach einer grauen Plastiktüte auf der hochglanzpolierten Anrichte neben ihm und reichte sie Gunnar. »Hier drin sind ein Schlafanzug, ein Jogginganzug und Socken. Alles neu, nie benutzt. Ich hoffe, die Sachen passen.«

Gunnar starrte Árni ungläubig an. »Du willst dich wohl über mich lustig machen?«

Árni schüttelte den Kopf. »Nein«, sagte er, »leider nicht.«

Gunnar zerrte ihm die Tüte aus der Hand und begann, sich die Kleider vom Leib zu reißen.

* * *

Ewa stellte wieder den Motor ab und blickte sich um. Viele Autos waren hier nicht, aber der Parkplatz war schlecht ausgeleuchtet, und vermutlich würden hier nur wenige Menschen unterwegs sein. Das musste jetzt erst einmal reichen. Ohne Heizung wurde ihr sofort wieder kalt. So konnte es eindeutig nicht weitergehen. Die Nadel der Tankanzeige war schon fast beim roten Strich, sie bekam keine Verbindung zu Marek, und ihr stand eine lange und kalte Nacht bevor – ohne dass sie für morgen einen besseren Tag in Aussicht hatte.

Sie lehnte sich mit geschlossenen Augen auf dem Sitz zurück und schlang die Arme um sich. Versuchte sich zu konzentrieren, sich an alle Freunde und Freundinnen zu erinnern, die sie in Island hatte, an Arbeitskollegen, Bekannte und Nachbarn, aber sämtliche Namen, die ihr in den Sinn kamen, verwarf sie gleich wieder, sie vertraute niemandem. Sie hatte Zyta vertraut, und die war ihr in den Rücken gefallen. Hatte so getan, als wolle sie alles für sie tun, und war dann doch nur darauf aus gewesen, die eigene Haut zu retten. Ewa verstand allerdings nicht, weshalb Zyta die Polizei angerufen hatte, sie konnte das auf keinen gemeinsamen Nenner mit den Gründen für ihre überstürzte Flucht bringen. Und trotz angestrengten Nachdenkens hatte sie keine Ahnung, wann Zyta die Polizei angerufen haben sollte, denn nachdem sie zurückgekehrt war, hatten sie sich doch immer im selben Raum aufgehalten, entweder in der Küche oder im Badezimmer. Sie konnte doch kaum von der Arbeit aus angerufen haben, dann hätte die Polizei ja schon viel eher eintreffen müssen. Und es wäre auch wesentlich sinnvoller gewesen, sich so lange von zu Hause fernzuhalten, bis alles überstanden und Ewa in Handschellen abgeführt worden war.

Ewa beschloss, sich nicht mehr den Kopf darüber zu zerbrechen. Es spielte keine Rolle, wann oder warum Zyta beschlossen hatte, ihr die Polizei auf den Hals zu hetzen. Jetzt musste sie nur jemand anderes finden, bei dem oder bei der sie unterschlüpfen konnte.

Eine halbe Stunde später war sie steif vor Kälte und keinen Schritt weitergekommen. Sie gab es auf und fing an zu weinen, laut zu schluchzen, während sie da im Finsteren vor einem langen Wohnblock im Árbær-Viertel stand. Sie heulte Rotz und Wasser, drosch auf das Lenkrad ein, und der Sitz bekam ebenfalls Schläge ab. Sie wimmerte vor Hoffnungslosigkeit und Wut auf die Welt. Das Weinen tat ihr gut, und als das Schluchzen nachgelassen hatte, war ihr Entschluss gefasst. Obwohl es gegen alle Regeln verstieß, die sie in den letzten zehn Jahren gelernt und befolgt hatte, wollte sie jetzt genau das tun, was Zyta misslungen war: sich der Polizei stellen.

Sie wischte sich über die Augen, holte ein Tempotaschentuch aus dem Handschuhfach und schnäuzte sich kräftig, bevor sie den Motor anließ. Sie kannte nur eine Polizeistation, die große da unten in der Nähe des Zentrums. Am Hlemmur. Doch kurz vor dem Ziel kamen ihr auf der Snorrabraut Bedenken. Sie fuhr an den Rand und nahm ihr Handy in Betrieb. Mareks war nicht eingeschaltet. Ewa setzte sich auf, legte den Gang ein – und dann wieder raus. Das Mädchen, mit dem sie in den ersten Monaten auf Island zusammengearbeitet hatte – wie hieß sie doch noch? Der Name wollte ihr nicht einfallen, aber Ewa suchte schnell und ohne zu zögern auf dem Handy nach ihrer Freundin Anna. Anna hatte auch mit diesem Mädchen geputzt. Sie war eine nette und warmherzige Frau, die das Dasein mit drei Kindern und einem ausgemergelten biederen Ehemann im Schlepptau lächelnd meisterte. Ewa wäre es nie eingefallen, sie um Hilfe bei der Flucht, um Essen oder Geld zu bitten, denn Anna war einfach nicht die Person, die man um so etwas bat. Aber Anna kannte alle und bekam zu allen, mit denen sie arbeitete, gleich am ersten Tag Kontakt. Und sie hortete Telefonnummern und Adressen, alles Mögliche, so als wäre sie schon seit langem eng mit den Leuten befreundet.

Endlich ging jemand ans Telefon. »Anna?«, fragte die Stimme. »Hallo, hier Ewa. Ja, ja, ich weiß – nein, Anna, warte. Warte. Ja, genau das habe ich vor, ich versprech es, ehrlich. Aber Anna, ich bin…« Es dauerte eine Weile, bis Ewa Anna dazu bringen konnte, zuzuhören. »Ich habe einfach nur ein bisschen Angst, verstehst du. Ich trau mich nicht, da einfach so auf der Polizeistation aufzukreuzen und… Ja, deswegen habe ich überlegt. Erinnerst du dich an das isländische Mädchen, das da am Anfang zusammen mit uns geputzt hat – ich meine, als ich angefangen habe? Diese Blonde?«

* * *

»Darüber weiß ich nichts«, erklärte Gunnar, immer noch wütend. Er trug den Jogginganzug, der ihm haargenau passte. »Ich verteile keine Arbeitsaufträge, mit Ausnahme der Vorarbeiter natürlich. Denkst du vielleicht, ich würde jeden Morgen draußen vor dem Eingang stehen und meine Leute in dieses oder jenes Haus schicken?«

»Wahrscheinlich nicht«, sagte Árni. »Ich dachte nur, dass du etwas über diese beiden wüsstest, weil sie sowohl in der Ferienresidenz von Sissó als auch in der neuen Villa von Danni beschäftigt waren. Kennst du die beiden wirklich nicht, Andrzej und Marek Pawlak? Vielleicht kennst du sie eher unter dem Namen Labudzki. Andrzej und Marek Labudzki.«

»Nie von denen gehört, bevor sie in den Nachrichten genannt wurden. Und die Visagen sehe ich meines Wissens jetzt zum ersten Mal.«

»Du weißt also nicht, ob sie auch in der Sommerresidenz von Daníel gearbeitet haben?«

»Habe ich das nicht gesagt? Ich weiß nichts über diese Männer.«

»Wer weiß dann etwas über sie?«, fragte Árni. »Wer entscheidet bei dir, welche Leute für welche Aufgaben eingeteilt werden?«

Gunnar zuckte mit den Achseln. »Der Personalchef. Die Projektleiter. Ich würde beim Personalchef anfangen, der kann dich weiterverweisen.«

»Prima, mach ich«, sagte Árni. »Vielen Dank.«

»Soll ich vielleicht auch diesen Polen umgebracht haben, geht es darum?«

Ironie war noch nie deine starke Seite, dachte Árni. »Nein«, sagte er laut, »nicht dass ich wüsste.«

»Da bin ich aber erleichtert«, erklärte Gunnar. »Aber vielleicht sagst du mir mal, was du damit bezweckst?« Trotz seiner Wut war er anscheinend neugierig geworden. »Arbeitest du denn auch an dem Fall mit den Polen?«

»Nein«, sagte Árni. »Eigentlich nicht. Bis demnächst.«

»Hoffentlich nicht«, schnaubte Gunnar und knallte die Tür hinter ihm zu.

Freunde, dachte Árni. Wie wunderbar, Freunde zu haben.

* * *

»Endlich«, rief Zyta und warf sich in Kristjáns Arme. »Warum so lange weg?« Kristján befreite sich aus der Umarmung und lächelte Katrín entschuldigend an, bevor er den fragenden Blick auf die Pappkartons richtete, die im offenen Kofferraum des Streifenwagens aufgereiht waren.

»Was ist … also ich hab gar nicht richtig verstanden, was meine Frau mir da gesagt hat, irgendetwas über meine Garderobe?«

»Ja«, erklärte Katrín. »Wir nehmen deine Sachen mit. Und

auch diese Sachen brauchen wir«, sagte sie, indem sie auf ihn zeigte. »Hier in der Tüte findest du alles, was du brauchst, Socken, Unterwäsche und Oberbekleidung. Auch Sandalen, denn wir müssen deine Schuhe mitnehmen.«

Kristján starrte sie an. »Was denn? Warum denn, wieso denn?«

Katrín hielt ihm die Genehmigung zur Hausdurchsuchung vor und teilte ihm das Notwendigste mit.

»Ich begreife das nicht«, sagte Kristján. »Ich habe das doch schon zweimal alles gesagt, da waren immer zwei Polizisten dabei. In der Nacht war ich hier, zu Hause bei Zyta.«

Zyta nickte heftig. »Ja, ich auch sagen. Trotzdem alle Sachen nehmen und den Schuhe. Alles. Die glauben, ich lügen.« Sie wandte sich mit bitterböser Miene an Katrín, die darauf gefasst war, im nächsten Moment die Zunge herausgestreckt zu bekommen.

»Es tut mir wirklich leid«, sagte sie, »aber so ist es nun einmal. Du bist auch nicht der einzige Betroffene. Betrachte es einfach nur als eine Maßnahme, um dich von jeglichem Verdacht zu befreien«, sagte sie in beruhigendem Ton. »Geh gleich bitte mit dem Mann dort ins Haus und zieh dich um«, sagte sie und deutete auf einen Streifenpolizisten. »Aber vorher möchte ich dich noch nach Ewa fragen.«

»Ewa?«

»Ewa Pianowski. Du kanntest sie vermutlich als Ewa Labudzki, die Frau von Marek Labudzki.« Sogar im rötlichen Schein der Straßenlaternen war nicht zu übersehen, dass Kristján bleich wurde.

»Ich wusste es«, sagte er betroffen. »Ich wusste es, Síta, und ich habe dir gleich gestern Abend gesagt, dass ich nicht wollte...«

Er wandte sich wieder Katrín zu. »Ich habe Síta gesagt, dass ich diese Frau nicht unter meinem Dach haben wollte. Ich wollte gleich die Polizei verständigen, stimmt's nicht, Síta?« Zyta sah ihren Mann mit großen Augen an, sie war empört und verletzt.

»Und weshalb hast du es nicht getan?«, fragte Katrín.

»Ach, ich, also ich … Ach, du weißt schon, ich habe es eben nicht getan«, murmelte Kristján.

»Nein. Darüber sprechen wir später. Beziehungsweise werden andere darüber mit dir sprechen, ich nehme an, dass sie bereits auf dem Weg sind. Sag mir jetzt noch eins, diese Flaschen mit dem schwarzgebrannten Schnaps da in den Regalen, woher hast du die?«

Wieder wechselte Kristján die Farbe, nun in die andere Richtung. »Äh, ich hab … also …«, stammelte er.

»Ich ihr sagen, dass du von …« Aber Katrín bedeutete Zyta zu schweigen.

»Ja? Also du hast was?«

»Ich habe die nämlich, ja also, nämlich genau von diesem Marek bekommen.«

»Wann?«

»Ja, war das nicht vor einem halben Monat oder so?«

Er sah Zyta an, die zustimmend nickte. »Ja. Halber Monat. Zwanzig Flaschen.«

»Also wusstest du, was die beiden Brüder da in den Räumen machten, die du ihnen vermietet hast?«

»Ja, ich bin wohl gezwungen, das zuzugeben.«

»Jetzt fühlst du dich gezwungen. Es wäre besser gewesen, du hättest es gleich am Freitag getan.«

Manchmal macht diese Arbeit doch irgendwie Spaß, dachte Katrín. Selbst bei den scheußlichsten Fällen konnte man sich über irgendetwas amüsieren. »Und wo warst du an dem betreffenden Donnerstagabend?«

»Das habe ich auch schon gesagt, und zwar dir persönlich. Und Árni Ey war dabei.«

»Sag es mir bitte noch einmal«, entgegnete Katrín. »Und dann darfst du dein neues Outfit anprobieren.«

* * *

»*Well, well, well*«, sagte Guðni in anerkennendem Ton. »Der Herr nimmt sich ja richtig gut aus. Was meint ihr, Jungs, ist er nicht schick?«

Diese Worte perlten an Sigþór ab wie Wasser an einer Gans, nachdem er inzwischen seine gewohnte Fassung wiedererlangt hatte.

»Danke, ich würde ebenfalls sagen, dass diese Klamotten mir stehen«, sagte er. »Und sicher siehst du in deinem roten Outfit ebenso schick aus.«

»Schick?«, schnaubte Guðni. »Ich bin verdammt noch mal unwiderstehlich, das bin ich. *The sex machine*, mein Lieber. Die Miezen da auf dem Bett im Studio sind total verrückt nach mir.«

»Ahem«, bemerkte Sigþór.

»Yess. Was ist Sache, Jungs, alles klar?« Guðnis Kollegen bejahten das, und er zog sich die Hose hoch. »Nicht schlecht, deine Berge an Klamotten«, sagte er und wies auf die elf Kartons, die in der Diele aufgestapelt waren, ohne dass dort drangvolle Enge herrschte. »Was machst du mit den ganzen Sachen?«

»Manchmal ziehe ich sie an«, sagte Sigþór, »manchmal nicht.« Er drehte sich auf dem Absatz um und setzte sich in das Sessel-Ei im Eingangsbereich, während sie die Kartons zum Wagen trugen.

Guðni saß bereits hinter dem Steuer seines Mercedes, als sein Handy sich meldete.

»Guðni.«

»Hi, Daddy.«

Sein Herz machte einen Hüpfer. Das war bestimmt nicht ungesund. »Hi, Baby«, sagte Guðni. »Was gibt's?«

»Ich bin bei dir zu Hause. Bist du nicht auf dem Weg?«

»Ja, bald. Was ist Sache?«

»Ach, beeil dich einfach. Hier ist eine Frau, die dich unbedingt treffen möchte.«

»Moment mal, du willst mich doch wohl nicht verkuppeln? Ich bin durchaus imstande, mir meine Weiber selbst auszusuchen.«

»Ha, ha, unheimlich witzig. Beeil dich.«

Sie beendete das Gespräch. *Fuck*, dachte Guðni, was ist denn da im Gange?

❊ ❊ ❊

Árni ließ diesmal den Dietrich Dietrich sein und öffnete mit seinem normalen Schlüssel. Machte Licht im Treppenhaus und öffnete die Tür zu seiner Wohnung ebenfalls mit dem Schlüssel. Es war ein tödlicher Abend gewesen, eigentlich auch eine tödliche Woche, abgesehen von dem wunderbaren Augenblick am Donnerstag, aber danach war alles bergab gegangen.

Er ließ sich in den grünen Sessel fallen, streckte die Hand nach dem iPod auf dem Tisch aus und fingerte eine ganze Weile an ihm herum, ohne ihn einzuschalten. Dann legte er ihn wieder zur Seite, zwang sich dazu, aufzustehen und das Zimmer zu verlassen. Die Tür am Ende des kurzen Flurs war geschlossen. Drei Schritte, und er öffnete sie. Knipste das Licht an. Sonnengelb, dachte Árni. Ein sonnengelbes Zimmer mit Giraffen, Pferden und Hühnern an den Wänden. Er löschte das Licht und machte die Tür wieder zu. Ging ins Schlafzimmer und warf sich in seinen Klamotten aufs Bett, ohne die Zähne geputzt zu haben.

Who cares, dachte er. Zwei Stunden später war er eingeschlafen.

* * *

Helena hüpfte vom Sofa, als sich der Schlüssel im Schloss
drehte, und war schon in der kleinen Diele, noch bevor ihr Vater die Tür hinter sich geschlossen hatte. Sie legte einen Finger
vor ihre Lippen. »Sie schläft«, flüsterte sie. »Weck sie nicht.«

»Wer schläft?«, war Guðnís Gegenfrage. »Was soll denn dieser *bullshit*?«

»Sie liegt auf dem Sofa«, sagte Helena. »Lass uns in die Küche gehen.« Das kam für Guðni nicht in Frage, und er mar-
schierte schnurstracks ins Wohnzimmer, machte Licht und betrachtete die schlafende Person. Die Haare waren blond, die
Augen geschlossen, aber er erkannte sie trotzdem.

»Verflucht«, sagte er laut und haute sich in seinen Lazyboy.
Ewa fuhr erschrocken hoch.

»Relax«, sagte Guðni. »*Speak Icelandic*?«

»Ja.«

»Gut. Wo ist dein Mann? Wo ist Marek Pawlak?«

»Weiß nicht.«

»Ganz bestimmt?«

»Ja.«

»Okay. Wie können wir ihn finden? Du weißt, dass wir ihn
unbedingt finden müssen?«

Ewa nickte. »Ja.«

»Papa, was soll das denn?«, warf Helena böse dazwischen.
»Musst du immer so widerlich sein?«

»Widerlich?«, fragte Guðni, der ihre Einmischung unverschämt fand. »Weißt du, wer das ist?«

»Natürlich weiß ich das«, sagte Helena. »Das ist Ewa. Und
natürlich weiß ich, dass nach ihr gefahndet wird, aber sie hat

doch gar nichts getan. Es ist also überflüssig, so widerlich widerlich zu sein.«

»Widerlich widerlich?«

»Ja, du hast gehört, was ich gesagt habe.«

»Meiner Meinung nach solltest du heute Abend lieber nichts mehr sagen, okay? Erwachsene müssen unter sich über wichtige Dinge reden können.«

»Ach, leck dich am Arsch«, sagte Helena und setzte sich neben Ewa. »Er ist auch in Wirklichkeit fast so widerlich«, sagte sie, »aber nur fast.« Ewa lächelte schüchtern, unsicher, wie sie darauf reagieren sollte.

»Die Idioten vom IKA suchen nach dir«, sagte Guðni. »Und das ist der einzige Grund, weshalb ich dir noch keine Handschellen verpasst und dich ins Auto befördert habe. Was mich an dein Auto erinnert – wo steht es?«

»Hinter dem Supermarkt«, flüsterte Ewa.

»Gut«, sagte Guðni. »Aber was …«

»Ich hab ihr gesagt, dass sie da parken soll«, unterbrach Helena. »Ich dachte, das sei ein guter Ort.«

»Toll«, sagte Guðni, »geradezu brillant. Aber was ist mit deinem Handy, du hast doch eins?«

»Ausgemacht«, sagte Ewa und reichte ihm den Apparat. Guðni steckte ihn ein und zog einen Stumpen aus der Brusttasche.

»Ich bin mir trotzdem nicht sicher, ob diese Idioten vom IKA Grund genug sind«, sagte er nach längerem Schweigen. »Prinzipiell wären sie ein ausreichender und extrem guter Grund, aber dieser Fall hier ist kein gewöhnlicher. Kannst du mir einen anderen Grund nennen?«

»Ich nicht verstehe?«, sagte Ewa.

»Ich hätte einen anderen Grund«, warf Helena ein, »du machst nichts dergleichen, weil ich sage …«

»Halt die Klappe, Helena. Kannst du mir sagen«, fragte Guðni ungewöhnlich direkt, »warum ich dich nicht unverzüglich in den Knast verfrachten sollte?«

»Nein«, musste Ewa zugeben. »Nur dann die mich schicken gleich nach Polen.«

Guðni lehnte sich in seinem Sessel zurück und legte die Beine auf den Fußschemel. »Und?«, fragte er.

»Und dann sie mich umbringen vielleicht.«

»*Right*«, sagte Guðni. »Dann sie dich umbringen vielleicht. Scheiße.«

14

Mittwoch

Guðni gähnte, kratzte sich am Bauch und begann mit dem Kaffeekochen. Fünf Tassen Wasser, sechs gehäufte Esslöffel Kaffee. Er starrte mit zusammengekniffenen Augen in das morgendliche Dunkel hinaus und gähnte weiter. Dann fügte er noch zwei Tassen Wasser und zwei Esslöffel hinzu. Er war ja an diesem Morgen nicht allein zu Hause.

Während die Kaffeemaschine ihre Arbeit tat, zwängte Guðni sich in Hose und Hemd und klopfte anschließend an beide Schlafzimmertüren seiner Wohnung, bevor er wieder mit schmerzverzerrtem Gesicht in die Küche humpelte. Das Sofa im Wohnzimmer war kein gutes Nachtlager, vor allem nicht für ausgewachsene Männer. Er war aber kein Risiko eingegangen und hatte bei der Tür schlafen wollen, im Vertrauen darauf, dass er aufwachen würde, falls Ewa es sich anders überlegte und sich heimlich davonstehlen wollte. Die Folgen dieser Nacht bestanden in einem schmerzenden Rücken und einem übernächtigten Hirn.

Ich bin zu alt für solche Verrücktheiten, dachte Guðni. Ich brauche meinen Schlaf, mein Bett. Er holte drei große Kaffeetassen aus dem Schrank und H-Milch aus dem Kühlschrank. Ewas Erklärungen waren sowohl klar als auch glaubwürdig gewesen, und er hatte nicht lange gezögert, sie bei sich übernachten zu lassen, bevor die nächsten Schritte in Angriff genommen würden. Es war immer gut, eine Sache zu überschlafen, und das galt für sie beide. Der nächste Schritt, dachte er, während er sich den pechschwarzen Kaffee eingoss, was ist der nächste Schritt?

»Auf jeden Fall nicht dieser Armleuchter von Friðrik«, brummte er und blies in die Tasse, bevor er den ersten Schluck trank. Aber sie konnte nicht noch länger in seiner Wohnung bleiben. Wahrscheinlich musste er mit Katrín sprechen. Die war in letzter Zeit sehr viel reizbarer als sonst gewesen. Ihre Laune hatte sich zwar erheblich gebessert, nachdem ihnen der Fall mit den Polen aus der Hand genommen worden war, obwohl Guðni fand, dass es genau umgekehrt hätte sein sollen. Sie fuhr aber immer noch beim geringsten Anlass auf. Weiber, dachte er, das ewige verdammte Gewese mit den Weibern. Trotzdem musste er sich wohl mit ihr beratschlagen, daran führte kein Weg vorbei. Und auch mit Stefán, musste er nicht auch mit Stefán reden?

»Guten Tag«, sagte Ewa leise. Guðni drehte sich um. Einssechzig, dachte er, und höchstens fünfundvierzig oder fünfzig Kilo. Trotzdem prima Titten.

»Tag«, brummte er. »Gut geschlafen?«

»Ja, schon«, entgegnete Ewa.

»Ich auch nicht«, sagte Guðni.

»Was?«

»Nichts. Kaffee gefällig?«

Sie akzeptierte den Kaffee, und kurze Zeit später gesellte sich Helena zu ihnen, sie hatte noch Schlaf in den Augen, und die blonden Haare waren völlig verwuselt.

»Kannst du etwas länger hierbleiben?«, fragte Guðni, »oder musst du gleich zur Uni?«

»Ich kann bleiben«, gähnte Helena. »Kein Problem, ein paar Vorlesungen ausfallen zu lassen.«

»Gut. Und du musst auch heute nicht arbeiten?«

Helena schüttelte den Kopf und bediente sich beim Kaffee.

»Nein. Ich – da war nämlich noch etwas, was ich dir sagen wollte. Mir wurde gekündigt. Allen, die nur einen Zeitvertrag hatten, wurde gekündigt.«

»Ach, nee«, sagte Guðni argwöhnisch. »Möchtest du jetzt, dass ich dich als Putzfrau einstelle?«

»Ha, ha«, sagte Helena und verzog das Gesicht nach dem ersten Schluck Kaffee. »Immer noch derselbe Teer. Darfst du so eine Brühe überhaupt trinken? Schlägt das nicht direkt aufs Herz?«

»Ich trinke, was mir passt«, sagte Guðni. »Brauchst du Geld?«

»Entweder das«, gab Helena zu, »oder eine Unterkunft. Das Studiendarlehen reicht entweder für die Miete oder alles andere. Also, ja, du weißt schon.«

»Aha.« Weiber. Gewese, endloses Gewese. Guðni stöhnte. »Darüber reden wir später. Ich fahre jetzt ins Dezernat, ich versuche aber, so schnell wie möglich wiederzukommen. Wir müssen Ordnung in dieses Chaos bringen.« Er sah Ewa an, die sich wie eine Verurteilte ganz in die Ecke gedrückt hatte und den Kaffeebecher krampfhaft umklammerte. »In der Zwischenzeit gilt: nicht aus dem Haus gehen und nirgendwo anrufen, okay?« Er sah die beiden an, erhielt aber keine Antwort. »Okay?«, wiederholte er.

»Ja, schon«, sagte Helena. »Wir werden ganz brave Mädchen sein, nicht wahr, Ewa?«

* * *

Marek hatte Schwierigkeiten, sich zu konzentrieren. Die Schmerzen in der Wunde wurden immer schlimmer, und offenbar nützte die ausgiebige Anwendung von Borwasser und

Verbandszeug nach der brutalen Selbstverstümmelung gar nichts gegen die Entzündung. Kalte und heiße Schweißausbrüche wechselten sich ab, es gab keine trockene Stelle an seinem Körper, außerdem war er total übernächtigt und ausgehungert. Und ratlos. Er hatte zwei Pässe, ein paar tausend Kronen und etwas mehr als tausend Euro in der Tasche. Und zigtausende Euros auf einem Konto in Deutschland, aber das war zurzeit kaum ein Trost. Es würde sehr schwierig sein, nach dem, was vorgefallen war, das Land zu verlassen, und im Augenblick sogar völlig ausgeschlossen. Er stand auf und ging mit unsicheren Schritten zum Küchenschrank, auf dem sein Handy lag – die Akku-Anzeige hatte nur noch einen Balken, und ab und zu meldete sich das Gerät, um ihn daran zu erinnern, dass es geladen werden musste. Vier Nachrichten auf der Voicemail. Alle von Ewa, alle gleich: »Hi, ruf bitte an.«

Marek warf sich mit dem Handy aufs Sofa und rief Ewa an, doch sie antwortete nicht. Das machte ihm aber nichts aus, denn allein schon die Tatsache, dass sie versucht hatte, sich zu melden, verlieh ihm neue Kraft und Zuversicht. Sie würde sich wieder melden. Aber wenn er nicht auch diesen Anruf verpassen wollte, musste das Handy an bleiben, was zweierlei bedeutete: Er musste es irgendwo laden, und er musste unterwegs sein.

Unter großen Mühen stand er ein weiteres Mal auf und kramte in allen Schubläden, Schränken und Regalen. Leerte die Schubladen aus, fegte die Regale leer und wühlte in dem Krempel herum. Es war ein gängiges Nokia-Handy, irgendwo musste es doch ein Ladegerät geben, verflucht.

* * *

Guðni gab Katrín ein Zeichen, sobald er das Büro betrat, aber vor der von Baldur anberaumten Besprechung gab es keine Gelegenheit zu einem Gespräch.

»Wir müssen nachher unbedingt miteinander reden«, flüsterte er auf dem Weg zum Konferenzzimmer und signalisierte eine Vier mit den Fingern.

»Um vier?«, fragte Katrín. »Warum nicht früher?«

»Unter vier Augen, Mensch. *Serious business.*«

»Also dann«, sagte Baldur, nachdem alle Platz gefunden hatten, was gar nicht so einfach war. Nachdem das IKA die Mordermittlung in Bezug auf die beiden Polen übernommen hatte, wurde jetzt die gesamte Abteilung auf den Mord an Daníel angesetzt. Alles andere, was irgendwie Aufschub duldete, war auf Eis gelegt worden. Stefán saß stumm und mit finsterer Miene neben Baldur am Kopfende des Tisches.

»Also dann«, wiederholte Baldur und stand auf. »Meines Erachtens müssen wir uns zunächst die wichtigsten Tatbestände in Erinnerung rufen, damit sichergestellt ist, dass alle über den gleichen Informationsstand verfügen. Gestern Abend haben wir die gesamte Kleidung von vier Personen beschlagnahmt, die enge Verbindungen zu Daníel Marteinsson hatten, sowohl auf privater als auch auf geschäftlicher Basis. Diese Kleidung…«

»Weshalb sind diese vier Personen nicht in U-Haft?«, fiel Katrín ihm ins Wort. »Wie ist es möglich, dass du die Erlaubnis zu einer Hausdurchsuchung erwirkst und ihre Garderobe beschlagnahmst, ohne dass die Betreffenden den Status eines Verdächtigen haben? Warum sitzen sie nicht hinter Schloss und Riegel?«

Baldur hatte einige Mühe, seinen Ärger zu unterdrücken. »Ich hätte gedacht, das sei für alle hier Anwesenden offensichtlich«, sagte er. »Wir haben noch gar kein Beweismaterial. Das wird aber vielleicht der Fall sein, wenn all diese Sachen untersucht worden sind. Bislang ist nichts ans Licht gekommen, was zu Untersuchungshaft oder dem Status eines Verdächtigen bei Vernehmungen berechtigt. Meines Erachtens wäre es angebrachter, sich darüber zu freuen, dass wir es geschafft haben, diese Durchsuchungsbefehle zu erwirken, statt hier herumzukritteln und etwas zu fordern, was beim gegenwärtigen Stand der Dinge gar nicht möglich ist.«

Katrín hob abwehrend die Hände. »Entschuldigung, ich sage kein Wort mehr.«

»Gut. All diese Kleidungsstücke sind, wie bereits gesagt, beim Erkennungsdienst, aber ich fürchte, dass auch ein Mann wie Friðjón es nicht schafft, mehr als vierundzwanzig Stunden aus einem Tag herauszuholen.« Er sah den Hund an, der am anderen Ende des Tisches saß und seine runden Brillengläser mit einem Zipfel seines blau gemusterten Hawaiihemds putzte. »Ja«, fuhr Baldur fort, »Friðjón wird uns gleich über das Wichtigste informieren. Aber der Grund dafür, dass ich diese Durchsuchungsgenehmigungen beantragt habe, und dafür, dass ich mein Augenmerk stärker auf diese vier Individuen richte als auf irgendwelche anderen...« An diesem Punkt deutete er auf die weiße Kunststofftafel, auf der Daníels Name mitsamt Foto in der Mitte stand, umgeben von den Namen und Gesichtern von Gunnar, Sigþór, Kristján und Birna Guðný. »Der Grund dafür ist selbstverständlich der Zustand, in dem wir die Leiche vorgefunden haben. Die Tötungsmethode und die Schändung des Körpers – sowohl vor als auch nach Daníels Ableben.« Er zog eine weitere weiße Tafel auf Rädern nach vorn. Árni sah weg, er wollte diese Bilder nicht sehen. Nicht noch einmal.

»Ihr kennt alle diese Fotos«, sagte Baldur. »Ihr habt diese Ungeheuerlichkeiten alle betrachtet und euch sicherlich Gedanken über die Gründe für solche abgrundtief schauderhaften Methoden gemacht. Welches Motiv steckt dahinter, was hat Daníel einem Menschen angetan, um so eine Behandlung zu erhalten? Ich verwende absichtlich nicht das Wort verdienen, denn niemand verdient so etwas, auch wenn ein krankes Hirn möglicherweise solche Vorstellungen hervorbringen kann.« Er räusperte sich. Trotz Baldurs geschwollener Ausdrucksweise, über die man sich in der Abteilung schon lange und häufig genug lustig gemacht hatte, lachte oder kicherte jetzt niemand. Angesichts dieser Fotos war das einfach nicht möglich.

»Dieser Mann wurde gekreuzigt, oder so gut wie«, fuhr Baldur nach dramatischer Schweigepause fort. »Er wurde fast ganz entkleidet, zum Fenster geschleift, und seine Hände wurden jeweils mit drei großen Schrauben an den Rahmen genagelt. Wohlgemerkt, genagelt, nicht geschraubt. Dazu wurde höchstwahrscheinlich ein kurzstieliger Schlaghammer verwendet, der am Tatort sichergestellt werden konnte. Zu dem Zeitpunkt war Daníel noch am Leben. Ebenso war er am Leben, aber hoffentlich nicht mehr bei Bewusstsein, als die siebte Schraube durch die Zunge getrieben wurde. Einen Großteil seiner Verletzungen kann man auf seinen Unfall an diesem Abend zurückführen und auf die Schläge, denen er anschließend ausgesetzt war, aber die schlimmsten und furchtbarsten wurden ihm am Schauplatz des Verbrechens zugefügt. Die meisten allerdings nach seinem Tod, glücklicherweise. Ihr habt alle den vorläufigen Bericht von Geir gelesen, ihr wisst also, um welche Verletzungen es geht, und die Fotos seht ihr hier. Wenn man das alles zusammennimmt, scheint mir nur ein Schluss nahezuliegen, dass etwas von dem Folgenden zutrifft: enormer Hass, krankhafter Sadismus oder ein ausgeklügelter Versuch, uns in die Irre zu leiten, die wir mit der Verantwortung betraut sind, denjenigen oder diejenigen festzunehmen, die diese Untat verübt haben. Ich für meinen Teil entscheide mich für den erstgenannten Grund, bis sich etwas anderes herausstellt. Es ist die wahrscheinlichste Erklärung, und, wie wir alle wissen, meist auch die richtige. Daníel erfreute sich keiner besonderen Wertschätzung oder Beliebtheit seitens der Allgemeinheit, vor allem nicht in letzter Zeit. Doch nichts von dem, was wir bislang ermittelt haben, deutet darauf hin, dass es in unserer Gesellschaft Menschen mit derartigen Hassgefühlen gegen ihn gibt, über Mordandrohungen, Gewalttätigkeiten oder dergleichen ist uns nichts bekannt, außer den Ausschreitungen nach dem Autounfall. Obwohl es nicht mit letztendlicher Sicherheit ausgeschlossen werden kann, ist es doch sehr unwahrscheinlich, dass irgendeiner von den Jugendlichen, die dort involviert waren, etwas mit dem eigentlichen Mord zu tun hat. Deswegen sollten wir uns darauf konzentrieren, unter Daníels nächsten Angehörigen und Freunden nach dem – oder den – Schuldigen zu suchen. Seine Geschwister waren im Ausland, ebenso seine Eltern, und die Kinder sind zu jung. Weitere Angehörige gibt es nicht, und deswegen bleiben nur diese vier übrig. Es gibt einiges, was darauf hindeutet, dass Daníel sie alle hintergangen hat, entweder privat oder geschäftlich, womöglich sogar beides. Und bei allen kann man voraussetzen, dass sie es, gelinde gesagt, übel aufgenommen haben. Irgendwelche Kommentare dazu?« Niemand sagte ein Wort.

»Dann fahre ich fort. Die Ehefrau hat kein stichhaltiges Alibi, und dasjenige der drei Männer baut auf den Aussagen von drei Frauen auf. Gunnar und Kristján waren zu Hause bei ihren Ehefrauen, und Sigþór teilte sich Hotelzimmer und Bett im Wikingerhotel neben dem Lokal mit…« Er streckte die Hand nach einem Ordner aus und begann zu blättern.

»Védís Gestsdóttir aus der Sechs EJ«, klärte Árni auf. »Sie war in unserer Klasse.« Und Védís war schon immer eine Süße gewesen, verdammt süß und sexy. Schon mit zwölf, und sie war es immer noch. Er verabreichte sich selbst im Geiste eine Ohrfeige. Stopp, dachte er, auf der Stelle.

»Vielen Dank«, sagte Baldur und schloss den Ordner. »Dieser Gruppe von vier Leuten kann man möglicherweise einen Namen hinzufügen, Freyja Halldórsdóttir. Die Ehefrau von Gunnar und die vermeintliche Geliebte von Daníel. Das wird sich wohl herausstellen, wenn ich mich heute Nachmittag mit ihr unterhalte.«

Guðni stieß Árni an und lehnte sich zu ihm hinüber. »Schwein gehabt, dass du mich getroffen hast, Jungchen«, flüsterte er. »Sonst stündest du bei dem Typen genauso auf der Liste.«

»Guðni?«, fragte Baldur. »Gibt es etwas, worüber auch die anderen Anwesenden hier informiert sein sollten?«

»Nein, oder vielleicht nur, dass eines nicht unbedingt das andere ausschließt«, parierte Guðni wie aus der Pistole geschossen.

»Und was willst du damit sagen?«

»Auch wenn ihn jemand in einem Anfall von wahnsinniger Wut umgebracht hat, schließt das keineswegs aus, dass all das andere nicht getan worden ist, um uns in die Irre zu führen. Ich meine, das meiste geschah ja, nachdem er nicht mehr am Leben war.«

»Und viele dieser Postmortem-Verletzungen sind verdächtig symbolisch«, fügte Katrín hinzu. »Aber irgendwie auf unterschiedliche Weise. Kann sein, dass irgendeine Message dahinterstecken soll, doch das hier sind eindeutig zu viele auf einmal.«

»Gewiss, gewiss«, musste Baldur zugeben. »Das ist in der Tat der Fall. Die Kreuzigung und der Beitel im Bauch, beinahe in der Seite, das ist eines der Symbole, die Schraube durch die Zunge ein anderes, und dann die symbolische Kastrierung, die in der Verstümmelung der Geschlechtsteile zum Ausdruck kommt. Nicht zu vergessen der Holzkeil im After. Wir müssen das alles im Auge behalten.«

»Unbedingt«, sagte Guðni. »Symbolischer kann es ja wohl kaum werden, soweit ich sehe.« Árni gruselte sich.

»Wann genau ist er gestorben?«, fragte jemand in der Gruppe, die langsam ins Schwitzen geriet. »Hat Geir da eine genauere Zeit angegeben?«

»Zwischen drei und vier Uhr in der Nacht auf den Sonntag«, sagte Baldur. »Plus/minus eine halbe Stunde, deswegen gehen wir von einer Tatzeit zwischen halb drei und halb fünf aus. In der Sackgasse befinden sich zehn Häuser, einschließlich der Villa von Daníel. In dreien war an diesem Wochenende niemand daheim, in einem weiteren kamen die Hausbesitzer erst gegen sechs Uhr morgens zurück. Und wie ihr wisst, ist da viel Platz zwischen den Häusern in dieser Straße, und nicht zuletzt neben dem von Daníel, denn er hat auf beiden Nachbargrundstücken die Häuser abreißen lassen. Zudem verhinderte der hohe Zaun, der auf seine Anweisung hin errichtet wurde, dass irgendjemand etwas sehen oder hören konnte. Der Betreffende hatte also nichts zu befürchten, er konnte sogar Licht machen. Weitere Fragen?«

»War das vielleicht eine Verschwörung?«, fragte jemand. »Deutet irgendetwas darauf hin, dass nur eine Person die Tat begangen hat? Ist es nicht denkbar oder sogar wahrscheinlich, dass zwei oder noch mehr da gemeinsam am Werk waren?«

»Sicher ist es denkbar«, gab Baldur zu, »wie wahrscheinlich es ist, steht auf einem anderen Blatt. Doch diese Möglichkeit ziehen wir selbstverständlich durchaus in Betracht.«

»Was hat den Tod herbeigeführt?«, fragte ein anderer. »Wissen wir das schon?«

»Vorläufig gilt, dass es der Schraubenzieher war, der Daníel ins Herz gestoßen wurde, aber Geir muss das noch endgültig bestätigen«, sagte Baldur. »Und nun würde ich es begrüßen, wenn du uns über das Wichtigste aus eurer Abteilung in Kenntnis setzen könntest, Friðjón.«

* * *

»Ich bin sofort wieder da«, erklärte Helena lächelnd. »Es macht dir doch nichts aus?« Ewa schüttelte den Kopf. »Und du wirst auch nicht abhauen oder so was?«, fragte Helena im Spaß, doch dann wurde ihre Miene ernst. »Ich meine, du willst dich doch, ach du weißt schon, du willst dich doch stellen? Du hast es dir nicht anders überlegt?«

Ewa schüttelte den Kopf. »Nein.«

»Gut«, sagte Helena, »glaub mir, das kommt schon alles in Ordnung.«

Ewa blieb allein am Küchentisch zurück und hörte zu, wie sich Helenas Schritte entfernten. Wenig später fiel unten die Haustür ins Schloss. Sie ging ins Bad, wusch sich Gesicht und Hände und ging anschließend ins Schlafzimmer, um sich andere Sachen anzuziehen. Als Nächstes holte sie sich noch eine Tasse Kaffee und schaltete den Fernseher ein, aber da erschien nur das Standbild und Popmusik im Hintergrund, der Mann hier hatte weder digitales Fernsehen noch einen Decoder. Sie wurde so nervös und unruhig, dass sie es zum Schluss nicht mehr aushielt und ihre Hand nach dem schnurlosen Telefon auf dem Wohnzimmertisch ausstreckte. Marek ging beim ersten Klingeln dran.

»Ewa? Wo bist du?«

Ewa zögerte. »In Reykjavík«, sagte sie dann. »Marek, du musst – du musst zur Polizei gehen.«

»Red kein dummes Zeug, Ewa. Wir müssen nur eines, nämlich versuchen, das Land zu verlassen. Wenn wir gut aufpassen

und uns für zwei, drei Wochen verstecken, glauben sie irgendwann, dass wir weg sind, und dann können wir ...«

»Nein, Marek«, sagte sie erschöpft, »das können wir nicht.
Ich kann das nicht, und ich will das nicht. Du musst doch verstehen, dass ...«

»Ich muss abhauen, Ewa. Ich muss von hier weg, ich muss
nach Deutschland kommen oder in anderes Land mit Nähe
zu Polen. Das musst du doch verstehen. Die haben Andrzej
umgebracht, Ewa, das kann ich ihnen nicht durchgehen lassen.«

»Nein, Marek, das waren nicht sie – hallo? Hallo?« Ewa rief
noch einmal an, aber Marek ging nicht dran. Die Wohnungstür wurde aufgestoßen, und Ewa legte rasch das Telefon zurück auf den Tisch.

»Hi, da bin ich wieder«, sagte Helena fröhlich.

»Hi«, sagte Ewa.

»Ich war nur schnell im Supermarkt«, sagte Helena und
hielt eine Plastiktüte hoch. »Papa hat nichts als Roggenbrot
und Leberpastete im Haus, also da ... He, ist was nicht in Ordnung?«

»Doch«, sagte Ewa und versuchte angestrengt zu lächeln.
»Alles in Ordnung.«

* * *

»Der Fußboden ist unverputzt und rauh«, erklärte der Hund.
»Keine brauchbaren Fußspuren. Überall Fingerabdrücke von
den Leuten, die dort gearbeitet haben, auch von den beiden
Polen, dem Toten und seinem Bruder. Und von Daníel selbst,
von seiner Frau und von allen anderen da auf der Tafel. Aber«,
fügte er hinzu, als die Leute unruhig zu werden begannen, »sie
sind auf keinem von den Objekten, die mit dem Mord in Verbindung stehen. Keine Abdrücke auf dem Hammer, auf den

304

Schrauben, auf dem Schraubenzieher oder dem Beitel. Entweder abgewischt, oder es wurden Handschuhe verwendet – Baumwollhandschuhe oder Arbeitshandschuhe, die möglicherweise ältere Fingerabdrücke vernichtet haben. Und sie befinden sich alle an Türrahmen, Fensterbänken und Wänden – aber nirgendwo in der Nähe der Leiche. Und keine mit Blutspuren. Alle sind in diesem Haus gewesen, wahrscheinlich um es zu besichtigen. Das haben sie auch ausgesagt, nicht wahr?«

Baldur nickte zustimmend. »Ja.«

»Hilft also wenig«, sagte der Hund. »Seine Sachen wurden ihm mit Gewalt vom Leib gerissen, bei einigen hat er vielleicht noch Widerstand geleistet, denn sie sind zerrissen, vor allem die Hose. Die Krawatte ist ihm irgendwann in den Mund gestopft worden, wahrscheinlich um seine Schreie zu dämpfen. Aber das sind alles Vermutungen. Nichts deutet darauf hin, dass er ins Haus geschleift wurde, also ist er entweder selbst gegangen, oder er ist gestützt beziehungsweise getragen worden. Zwar wurde da viel Staub auf dem Boden aufgewirbelt, doch es gibt keine brauchbaren Fußabdrücke. Verschwindend geringe Mengen von Blut auf dem Flur, nur wenige winzige Tropfen. Wahrscheinlich Blut des Toten, und wahrscheinlich aus einer Höhe auf den Boden gefallen, die zu einem Menschen seiner Größe passt. Im Wohnzimmer mehr Blut, aber unregelmäßig verteilt, was auf einen Kampf hindeutet.« Friðjón schloss seine Mappe und verschränkte die Arme.

»Danke«, sagte Baldur. »Irgendwelche Fragen?«

»Gibt es DNA-Spuren?«, fragte jemand.

»Eine ganze Menge, am Tatort und an der Leiche. Wie ihr wisst, wird es einige Zeit, wahrscheinlich Wochen brauchen, um sie zuzuordnen. Wird aber gemacht.«

»Die Kreuzigung und das mit den Kleidern«, fragte Katrín, »könnte das eine Frau bewerkstelligt haben?«

»Die Kreuzigung auf jeden Fall«, sagte der Hund. »Er saß auf dem Boden, nur die Hände brauchten angehoben zu werden. Eine schwächliche Person wäre nicht fähig, Schrauben durch die Hände in das massive Holz zu treiben, aber eine einigermaßen kräftige Person wohl. Die Kleidung – das hängt von dem Zustand des Opfers ab, als sie ihm ausgezogen wurde, und dem Widerstand, den er geleistet hat. Darüber lassen sich keine Behauptungen aufstellen.«

»Meines Erachtens reicht das jetzt«, sagte Stefán und wischte sich den Schweiß von der Stirn. Alle Fenster waren offen und die Türen ebenfalls, aber das reichte nicht. Die Luft war schwer, feucht und heiß.

»Was ist gestern dabei herausgekommen?«, fragte Árni, als sie wieder auf dem Korridor standen. »Habt ihr da in diesem Ferienhaus etwas Brauchbares gefunden?«

»In der Sommerresidenz, meinst du wohl«, entgegnete Katrín. »Nein. Nichts, was uns einen Hinweis darauf geben könnte, wo sie jetzt sind. Aber immerhin hat es Spaß gemacht, die Miene von Friðrik zu sehen, als er eintraf, denn da fuhren wir schon wieder los. Insofern hat sich die Fahrt gelohnt.«

»Katrín!« Guðni bahnte sich mit den Ellenbogen einen Weg durch das Gedränge. »Komm, wir müssen mit Stefán reden, und zwar sofort.«

»In Ordnung«, sagte Katrín erstaunt. »Nicht so hektisch, Mensch, denk an dein Herz.«

»Mit dem ist alles okay«, sagte Guðni ungeduldig. »Am besten kommst du auch mit«, sagte er zu Árni. »Los, marsch.«

»Árni!« Baldur stand in der Tür zum Konferenzzimmer und winkte. Árnis Blicke gingen zwischen Baldur und Guðni hin und her.

»Sprich mit dem blöden Heini«, sagte Guðni. »Ich rede später mit dir. Vielleicht.«

* * *

»Sag das bitte noch mal, Guðni«, sagte Stefán entgeistert. »Habe ich das richtig verstanden, dass diese Frau bei dir zu Hause ist?«

»Ja«, gab Guðni zu.

»Ohne dass jemand aufpasst? Was fällt dir eigentlich ein, Mensch ...«

»Helena ist bei ihr«, widersprach Guðni, »und meiner Meinung nach hat sie nicht vor wegzulaufen. Sie ist schließlich freiwillig und von sich aus zu mir gekommen, ich habe sie nicht irgendwo geschnappt.«

Katrín und Stefán schüttelten ungläubig die Köpfe.

»Darum geht es ja«, sagte Stefán. »Wieso kam sie zu dir? Weshalb hat sie Helena angerufen?«

»Sie haben irgendwann mal zusammengearbeitet«, murmelte Guðni. »Nur kurz, und es ist auch schon länger her. Helena hatte zwar das Fahndungsfoto und den Namen in den Medien mitbekommen, aber der Groschen ist bei ihr erst gefallen, als Ewa sich bei ihr meldete.«

Stefán ließ nicht locker. »Und weshalb hat sie dann ausgerechnet bei Helena angerufen, einem Mädchen, mit dem sie nur so kurz zusammengearbeitet hat, dass Helena sie längst vergessen hatte?«

»Weil es Helena irgendwann mal rausgerutscht ist, dass ihr Vater ein Bulle ist«, sagte Guðni. »Das war bestimmt nicht als Lob gemeint, doch es blieb bei Ewa hängen. Und sie wollte sich stellen – aber nicht, indem sie hier im Dezernat zur Tür hereinspaziert, nur um in eine Zelle gesteckt und mit dem nächsten Flugzeug nach Polen abgeschoben zu werden.«

»Und sie glaubt, dass Kristján diesen Andrzej umgebracht hat?«, fragte Katrín, die am Abend zuvor mit genau dem gleichen Gedanken gespielt hatte.

»Ja, wegen der Destille. Standen da nicht gestern die Flaschen in der Garage, als ihr gekommen seid?«

»Kristján behauptet, dass er sie vor einem halben Monat von Marek bekommen hat. Er hat auch so gut wie zugegeben, dass er ihn unter Druck gesetzt und sie von ihm erpresst hat, und im Gegenzug durfte Marek in aller Ruhe dort weiter destillieren. Seine Frau Zyta hatte einige Male ein paar Flaschen von Ewa bekommen, und als sie ihm endlich gesagt hatte, woher sie diese edlen Tropfen hatte, wurde ihm angeblich klar, was sie da in seinem Schuppen trieben. Und ist bei ihm vorstellig geworden.«

»Hm«, brummte Stefán. »Und Ewa weiß angeblich nicht, wo Marek steckt?«

»Nein«, stöhnte Guðni. »Sie bleibt felsenfest dabei. Aber ich glaube, wir können sie benutzen, um uns den verfluchten Kerl zu schnappen. Ich glaube nicht, dass sie noch etwas mit ihm zu tun haben will.«

»Wie sicher sind wir, dass er diesen anderen umgebracht hat?«, fragte Stefán. »Wie hieß er? Hinrik?«

»Henryk«, sagte Katrín. »Ziemlich sicher. Da ist zum einen der Porsche – Marek war mit Sicherheit in Sigþórs Sommerhaus …«

»Das hat Ewa bestätigt«, sagte Guðni, »und auch, dass Marek damit am Samstag in die Stadt gefahren ist.«

»Und obwohl der Erkennungsdienst noch nicht ganz fertig mit seiner Arbeit war, als Friðrik den Fall übernahm, waren sie sich doch zu neunundneunzig Prozent sicher, dass Henryk in dem gleichen Feuer wie der Porsche gewesen war. Geir muss zwar erst die endgültige Todesursache feststellen, aber so viel lässt sich meiner Meinung nach schon sagen, dass Henryk noch am Leben wäre, wenn Marek sich nicht eingeschaltet hätte. Und selbst falls er nichts mit diesem Mord zu tun hätte, ist er ein Mörder, nach dem in Polen und über Europol gefahndet wird.«

»Irgendwie ist es fast grotesk«, erklärte Guðni tiefsinnig, »wenn hier irgendein polnischer Mafiakrieg ausbricht wegen eines Mordes, den ein Trottel aus Hafnarfjörður verübt hat.«

»Aus dem Krieg ist jedenfalls weniger geworden, als wir befürchtet haben«, sagte Stefán. »Glücklicherweise. Wir werden vermutlich herausfinden, ob Kristján uns in Bezug auf den Schnaps etwas vorlügt, falls wir Marek erwischen, aber das tut letzten Endes gar nichts zur Sache, deswegen hätte er trotzdem Andrzej umbringen können. Steuert nicht seine Firma genau wie alles andere in diesem Land auf die Pleite zu?«

»Oh ja«, sagte Guðni, »und in der Schwarzbrennerei sind die Zukunftsperspektiven fabelhaft. Der Kerl hat vielleicht vorgehabt, auf eine einträglichere Branche umzusteigen. Wo war er überhaupt am Donnerstagabend? Habt ihr ihn am Freitag danach gefragt?«

»Nicht direkt«, musste Katrín zugeben. »Es hat ja nichts darauf hingedeutet, dass er involviert sein könnte. Er hat uns gesagt, er sei in einer Besprechung gewesen, und damit haben wir es gut sein lassen. Ich habe ihn aber gestern noch einmal gefragt, nachdem ich auf die Vorräte gestoßen war.«

»Und?«

»Die Besprechung war eine zwischen ihm und Daníel Marteinsson. Sie haben sich um zehn Uhr getroffen und um elf Uhr verabschiedet, und ansonsten war er zu Hause bei seiner Frau.«

»Ist ja ein Superalibi«, zischte Guðni. »Also werden wir wohl Gelder lockermachen müssen, um eine Sitzung mit einem Medium zu bezahlen. Aber wie geht es jetzt weiter? Was soll ich tun?«

»Fahr nach Hause«, sagte Stefán nach einigem Überlegen. »Fahr nach Hause und sieh zu, dass die arme Frau nicht ausbüxt. Wir dürfen uns nicht darauf verlassen, dass sie ihr Handy eingeschaltet hat. Ich gehe davon aus, dass die Nummer überwacht wird. Aber sie könnte versuchen, ihn entweder über dein Handy oder irgendein anderes zu erreichen, das du ihr beschaffst. Bring sie dazu, sich irgendwo an einem geeigneten Ort mit Marek zu verabreden, wenn sie Verbindung zu ihm bekommt. Glaubst du, sie wird da mitmachen?«

»Ich denke schon«, sagte Guðni achselzuckend. »Ich hoffe es zumindest. Und soll ich dann dich anrufen, wenn er anbeißt?«

»Nein«, sagte Stefán, »ruf Katrín an. Ich habe leider den ganzen Tag Besprechungen, das ist ja das Elend. Wegen des Zustands in unserer Gesellschaft, ich glaube, so muss ich das wohl formulieren.«

»Fürchten die sich immer noch vor der Revolution?«, fragte Katrín spöttisch.

»Mehr als je zuvor«, sagte Stefán dumpf. »Und was weiß ich, vielleicht besteht ja auch Anlass genug, auf alles gefasst zu sein. Wie dem auch sei, ich muss los – Pressekonferenz mit dem Chef und Baldur. Die Journalisten sind ganz aus dem Häuschen wegen der Hausdurchsuchungen gestern Abend.«

»Pressekonferenz«, brummte Guðni. »Verdammter Quatsch. Was wollt ihr denen denn sagen?«

»Möglichst wenig«, sagte Stefán. »Ist das nicht die isländische Taktik?«

* * *

»Was denkst du?«, fragte Baldur. »Sowohl in Anbetracht der Tatsache, dass du diese Leute schon von früher her kennst, als auch im Lichte dessen, was sich in den letzten Tagen herausgestellt hat?«

»Was ich denke?«, fragte Árni zurück.

»Ja. Wer von denen kommt deiner Meinung nach am ehesten für so eine abscheuliche Tat in Frage?«

Árni brauchte nicht zu überlegen. »Sigþór«, sagte er prompt.

»Und wenn er die Tat nicht allein begangen hat, wer von den anderen käme für die Rolle des Mittäters in Frage?«

»Keiner mehr als der andere«, entgegnete Árni. »Kristján ist aber kein sehr wahrscheinlicher Kandidat, ich glaube, niemand würde ihn ohne Not bei so etwas hinzuziehen. Auf jeden Fall niemand, der ihn kennt. Aber ich glaube nicht, dass Sigþór es getan hat oder einer von den anderen. Ich glaube einfach nicht an deine Theorie, sorry.«

»Gut«, sagte Baldur zu Árnis großer Verwunderung. »Das ist gut. Irgendjemand muss in anderen Bahnen denken, das hält uns andere wachsam. Ich muss jetzt zu einer Pressekonferenz. Freyja ist für zwei Uhr zur Vernehmung bestellt. Sei dann auch hier. Soweit ich weiß, liegen bei dir ausreichend Aufgaben an.«

Reichlich viele Aufgaben, dachte Árni. Überreichlich. Er griff zum Telefon und verabredete sich mit dem Personalchef von GVBau. Am besten hält man sich an die anderen Bahnen, dachte er, als er sich ins Auto setzte, Baldur schien ja sehr zufrieden damit zu sein. Weshalb Marek Pawlak Daníel Marteinsson umgebracht haben sollte, war ihm ein vollkommenes Rätsel, aber die Idee hielt er für nicht verrückter als die Theorie seines Vorgesetzten. Trotzdem gingen ihm Baldurs Fragen und seine eigenen unzweideutigen Antworten die ganze Zeit auf dem Weg zum Hauptbüro von GVBau nicht aus dem Kopf. Falls Baldur auf der richtigen Spur war, wer von den vieren war dann der wahrscheinlichste Kandidat? War es wirklich Sissó, wie er so auf Anhieb ins Spiel geworfen hatte? Wenn es seine persönlichen Gefühle waren, die es ihm erschwerten, jemanden aus dieser Gruppe in der Rolle eines Mörders zu sehen – und er zweifelte nicht daran, dass sie dabei eine große Rolle spielten –, konnte es dann nicht auch sein, dass genau dieselben Gefühle Sissó zuoberst auf die Liste der Verdächtigen gesetzt hatten?

Er war zu keinem Schluss bei seinen Überlegungen gekommen, als er das Büro des Personalchefs betrat, und der konnte auch nichts dazu beitragen, was die Theorie stützte, dass Marek Pawlak etwas mit dem Mord zu tun hatte. Marek, so sagte ihm der Mann, hatte ganz einfach darum gebeten, für Aufträge eingesetzt zu werden, bei denen so wenig wie möglich andere Handwerker benötigt wurden. Das hatte er damit erklärt, dass sein Bruder, der immer mit ihm zusammenarbeitete, in einer größeren Gruppe Schwierigkeiten hätte, sich auf die Arbeit zu konzentrieren. Da beide Brüder bekannt dafür waren, ordentlich zuzupacken, konnte diesem Wunsch ohne Weiteres entsprochen werden. Einsatzmöglichkeiten gab es genug, Daníels Villa und Sigþórs Sommerhaus waren nur zwei von ihnen, erklärte er.

Damit schied die Theorie aus, dachte Árni auf dem Rückweg. Der einfältige Bruder war natürlich nur ein Vorwand, Marek hatte ihn dazu benutzt, um den Kontakt zu anderen Polen zu vermeiden und damit die Wahrscheinlichkeit zu verringern, dass irgendjemand die beiden Brüder identifizierte. Aber wenn es nicht Marek gewesen war, dachte Árni, und wenn ich davon ausgehe, dass es auch keiner aus der alten Clique war, dann bin ich gezwungen, einen anderen Kandidaten zu finden … Er brauchte nicht lange zu suchen.

* * *

Die Aufregung im Dezernat war größer als alles, was Árni bislang erlebt hatte. Die Leute rannten über die Korridore, Türen wurden links und rechts zugeschlagen, einige konnten sich kaum das Kichern verkneifen, während andere vor Wut rot angelaufen waren.

»Was ist passiert?«, fragte Árni, als er zu seinem Arbeitsplatz kam.

»Du warst nicht auf der Pressekonferenz dabei?«, fragte Katrín.

»Nein.«

»Die ging richtig böse aus. Wir stehen da wie die Idioten, die ganze Abteilung. Stefán ist sehr unzufrieden mit uns.«

»Moment mal, was war denn?«

»Ich habe dir eine E-Mail geschickt«, sagte Katrín. »Klick mal den Link an. Am Ende der Pressekonferenz fragte einer der Journalisten in Bezug auf diese Webseite, und weder der Boss noch Baldur hatten eine Ahnung, wovon er redete. Was ziemlich peinlich war, gemessen daran … Naja, sieh selbst.«

Árni öffnete die Mail und klickte den Link an. »Wir bringen sie alle um«, las er. »Was soll das?«

»Scroll weiter runter«, sagte Katrín, »bis unter den blödsinnigen Text.«

Árni tat es und musste dann tief Luft holen. »Woher … Wie …?

»Kein Wunder, dass du fragst«, sagte Katrín gedehnt, »und du bist nicht der Einzige.«

Die Aufnahmen waren nicht besonders gut, sowohl dunkel als auch grobkörnig. Man hatte sie eindeutig mit einem Handy und bei schlechten Lichtverhältnissen gemacht. Trotzdem war alles gut zu erkennen. »ANGENAGELT!«, stand in Druckbuchstaben unter dem ersten Bild. »WIR KREUZIGEN SIE ALLE«, stand unter dem nächsten. Und unter der dritten und letzten

Aufnahme der geschändeten Leiche von Daníel Marteinsson, der in seinem Palazzo auf Seltjarnarnes ans Fensterkreuz genagelt war, stand die Frage: »WER WILL DER NÄCHSTE SEIN?«

»Mein Gott«, sagte Árni.

15

Mittwoch bis Donnerstag

Im fünften Ferienhaus, in das Marek an diesem Tag eingebrochen war, fand er endlich das, was er suchte, und konnte
das Handy anschließen. Er hatte fünf Anrufe verpasst, seitdem der Akku den Geist aufgegeben hatte, und auf der Voicemail waren fünf Nachrichten, alle von derselben Nummer. Es
war nicht Ewas Nummer, aber sie ging sofort dran, als er diese
Nummer anrief.

»Wo bist du?«, fragte sie.

»Spielt keine Rolle«, antwortete Marek, »aber wo bist du?
Von welchem Telefon aus hast du angerufen?«

»Mir hat jemand sein Telefon geliehen«, stammelte Ewa.
»Ich bin bei einer Freundin. Marek, wir müssen...«

»Bei welcher Freundin?«, fragte Marek misstrauisch. »Bei
wem bist du?«

»Bei einer Freundin, ist das nicht in Ordnung? Ich vertraue
ihr. Marek, können wir uns treffen?«

»Wo und wann?«

»Morgen«, sagte Ewa nach kurzem Schweigen, »wo du
willst.«

»Warum nicht heute Abend?«, fragte Marek. »Ich kann
in...« Er verstummte. Wer weiß, wer da neben ihr sitzt, dachte

315

er. »Ich rufe dich wieder an«, sagte er. »Ich muss mir einen guten Ort ausdenken.« Er brach das Gespräch ab. Einen guten Ort, wo er unter Umständen auch schnell wieder das Weite suchen konnte, wenn ihm etwas nicht geheuer vorkam. Andrzej war tot, seine Mörder im Augenblick nicht zu fassen, und seine früheren Kameraden wollten ihm an den Kragen. Wenn Ewa ihn obendrein noch betrog – Marek wollte am liebsten gar nicht an diese Möglichkeit denken, sah sich aber gezwungen, sie trotzdem in Betracht zu ziehen. Das ging allerdings nicht allzu gut, denn in seinem Sinn schweiften die Gedanken unkontrolliert durcheinander: Ewa, Stettin, Bartosz und Gregor, Henryk und Leslaw… Er stieg über das Zeug hinweg, das er aus den Schubladen gekippt hatte, ging zum Spülbecken in der Küche und spritzte sich eiskaltes Wasser ins Gesicht. Fokus, dachte er, irgendwie muss ich alles in den Fokus kriegen. Die andere Nummer, von der Ewa angerufen hatte, vor einer halben Ewigkeit. Oder heute Morgen? Er griff nach seinem Handy und fand die Nummer und schrieb sie auf einen Zettel. Dann rief er die 118 an.

»*Yes, I have number, please you can give me name, and address?*« Die Frau von der Telefonauskunft musste ihm das buchstabieren, und Marek glaubte, dass er es einigermaßen richtig mitbekommen hatte, er sah auf das Blatt. Felsmuli, stand dort, Gudni Palsson. Zur Sicherheit schaltete er das Handy aus. Noch eine Viertelstunde laden, dachte er, dann muss ich los.

※ ※ ※

Die Blog-Seite war inzwischen geschlossen worden, aber man hatte es nicht geschafft, sie bis zu demjenigen zurückzuverfolgen, der sie eingerichtet hatte. Sie war das Thema des Tages. Durch die Bilder aus dem Internet verlagerte sich der Schwerpunkt der Ermittlung plötzlich von der Viererclique auf die jungen Leute am Unfallort. Sie wurden samt und sonders wieder zur Vernehmung bestellt und ihre Handys beschlagnahmt. Árni fand allerdings, dass diese Aktion davon zeugte, wie sehr Baldur sich von Vorurteilen leiten ließ, nicht nur den Jugendlichen gegenüber, sondern auch gegenüber der Viererclique. Árni hegte keine Zweifel daran, dass Gunnar, Sigþór, Birna Guðný und Kristján durchaus in der Lage waren, eine Blog-Seite bei einem ausländischen Server einzurichten, ohne dass man es ihnen nachweisen konnte, das war ja keine Raumfahrttechnik. Man brauchte bloß minimale Kenntnisse in der Blog-Welt, einen Laptop und einen Hotspot.

Baldur war aber nach dem peinlichen Auftritt auf der Pressekonferenz so beschäftigt damit, Entschlossenheit und Tatkraft an den Tag zu legen, dass er sein Visier unverzüglich auf das richtete, was er für den aussichtsreichsten Gänsetrupp hielt, und ballerte aus allen Läufen.

Darüber hätte Árni sich freuen sollen, doch das war nicht der Fall.

Bisher hatte er nur mitgespielt, hatte das ausgeführt, womit Baldur ihn beauftragte. Sich Vernehmungen angehört und darüber nachgedacht, in was für einer Verbindung die alten Freunde zu dem Mord an Daníel stehen konnten, aber sozusagen mehr theoretisch als konkret. Das war so lange nur so etwas wie gedankliche Gymnastik gewesen, bis Baldur ihn gebeten hatte, den wahrscheinlichsten Mörder in der Gruppe zu wählen. Dadurch war in Árnis Hirn eine Art von Karussell in Bewegung geraten, das sich immer noch drehte. Und jetzt, wo Baldur angefangen hatte, in anderen Bahnen zu denken, zumindest zeitweilig, war er selbst zu der Überzeugung gekommen, dass alle diese Bahnen nach Hafnarfjörður führten.

Kristjáns Verhaftung im späteren Verlauf des Tages trug

auch nicht gerade dazu bei, seinen wankenden Glauben an die Unschuld der alten Clique zu festigen. Das IKA hatte Kristján und seine Frau wegen des Verdachts auf Beteiligung an dem ersten Polenmord festgenommen. Dafür konnten die Medien kein Interesse aufbringen, sie hatten wenig übrig für tote Polen, nachdem auf der berüchtigten Blog-Seite sämtlichen Expansionswikingern dasselbe Schicksal angedroht worden war wie Daníel Marteinsson. Sie schienen auch kaum noch Zeit zu haben, sich angemessen mit der eigentlichen Krise zu befassen, sie verpulverten ihre gesamte Kraft auf Milliardäre in Lebensgefahr. Fotos und Storys über sie wurden veröffentlicht, sie hatten sich in den letzten Tagen und Wochen Leibwächter zugelegt; und außerdem wurden dümmliche Spekulationen darüber angestellt, wer aus ihren Reihen das nächste Opfer des »Scharfrichters der Demokratie« sein würde, wie sich der Blogger selbst nannte.

Kristján Kristjánsson im Gefängnis, dachte Árni, kaum zu glauben. Katrín hatte ihm davon berichtet, wie es zu der Festnahme gekommen war, und Kristjáns wertloses Alibi hatte Árni nachdenklich gemacht. Am selben Abend des Tages, an dem Una Árnadóttir geboren wurde, hatte Sigþór beobachtet, wie Daníel und Freyja sich innig umarmten, wenn er sich richtig erinnerte. Gegen zehn, hatte er gesagt. Árni bekam keine Verbindung zu Sissó, um die Zeit genauer festzulegen, aber von Erluás war es nicht weit bis Hellnahraun, wo sich Kristjáns Büro befand. Und jetzt – es war schon nach neun, und ein langer, anstrengender und verrückter Tag lag hinter ihm – hielt er vor dem Haus von Freyja. Er fand, dass er es Kristján schuldig war, oder besser allen alten Freunden, die nicht mehr seine Freunde waren und es vielleicht auch nie gewesen waren, diesem Fall auf den Grund zu gehen und das Seinige zu tun, damit er aus der Welt geschafft würde.

Árni gab sich einen Ruck, erklomm die Stufen und klingelte. Ich bin ein großer Junge, dachte er, ich bin ein großer Junge, und ich schaffe das. Er schaffte es ganz gut, sich selbst zu glauben, aber er war nichtsdestotrotz froh, als Freyja zur Tür kam und ihm sagte, dass Gunnar nicht zu Hause sei.

»Er ist im Büro«, erklärte sie, »dort ist er jetzt jeden Tag von morgens früh bis abends spät, um das zu retten, was zu retten ist.« Nicht am Montagabend, dachte Árni, da war er bei mir, und zwar bis spät in die Nacht. Er überlegte, ob Freyja davon wusste. »Komm rein«, sagte sie, »es ist kalt draußen.«

Freyja freute sich nicht, ihn zu sehen. Sie war aber auch nicht so feindselig, wie er befürchtet hatte.

»Weshalb hat man mich heute wieder nach Hause geschickt?«, fragte sie, als sie auf einem weißen Ledersofa Platz genommen hatten. »Man hatte mich um zwei Uhr zur Vernehmung bestellt, und dann wurde mir einfach erklärt, sie sei auf unbestimmte Zeit verschoben.«

»Ja, da war – da ist so eine Sache dazwischengekommen. Wie dem auch sei, ich würde dich gern nach etwas fragen.« Er schilderte ihr kurz, was Sissó über den Abschied zwischen Freyja und Daníel ausgesagt hatte, und die Worte, die Daníel anschließend Sissó gegenüber hatte fallen lassen.

»Quatsch«, erklärte Freyja, stinkwütend und blutrot. Das stand ihr gut, fand Árni. »Das ist doch verdammter Quatsch, totaler Blödsinn«, wiederholte sie. »Am Donnerstag?«

»Ja, am Donnerstagabend«, sagte Árni.

»Also weißt du, jetzt bin ich… Also ich weiß überhaupt nicht mehr…« Freyja hob resignierend die Hände. »Ich raff das nicht«, sagte sie. »Ich raff das einfach nicht. Und Gunni ist auf einer Besprechung mit Sissó, stell dir vor. Hat Sissó Gunnar wirklich diesen Schwachsinn erzählt?« Sie blickte Árni an.

»Ja.«

»*Shit*, was läuft da eigentlich? Danni hat hier am Donnerstag kurz vorbeigeschaut, das stimmt«, sagte sie. »Ungefähr gegen zehn, vielleicht auch etwas früher. Er wollte mit Gunni sprechen, aber der war nicht zu Hause. Wir haben uns ein bisschen unterhalten und dann verabschiedet. Wie immer. Ich meine, wir sind Nachbarn, und wir sind befreundet, seit wir Kinder waren. Aber von wegen Abknutschen und Betatschen oder so etwas – das ist einfach Quatsch. Und dass Daníel Sissó gefragt haben soll, ob er auch mal ... Ich kann das nicht glauben.«

»Ihr wart natürlich zusammen«, sagte Árni vorsichtig, »bevor er – du weißt schon...«

»Bevor er zu Birna Guðný überwechselte, vielen Dank, daran brauchst du mich nicht zu erinnern. Und ich war danach erst stinksauer auf beide. Aber dann habe ich mit Gunni angefangen, und – ach, Árni, Mensch, das ist doch zwanzig Jahre her. Und hat Birna Guðný wirklich gesagt, dass sie das von uns glaubt?«

»Jawohl, hat sie«, sagte Árni. Freyja konnte kaum stillsitzen und drehte unruhig an einer langen dunklen Locke herum. »Was überlegst du?«, fragte er.

»Ich ...« Freyja schlug die Beine übereinander. Kurze Beine, kurzer Rock, dachte Árni.

»Okay«, sagte sie, »Danni hat mich manchmal angebaggert. Und zwar nachdem er mit Birna Guðný angefangen hatte, und sogar auch noch nachdem sie geheiratet hatten. Aber da ist nie etwas gewesen, ich wollte nichts mit ihm zu tun haben. Und erst recht nicht, seitdem ich mit Gunni zusammen war. Ich habe keine Ahnung, was da bei euch Jungs los ist – wenn ihr einmal mit einer geschlafen habt, dann glaubt ihr anscheinend, dass wir auch weiterhin immer zu haben sind, so als wär's ein Naturgesetz. Vor allem, wenn ihr was intus habt. Bist du auch so?«

»Äh…«, stammelte Árni, der sich an viel zu viele alkoholisierte und peinliche Augenblicke erinnern konnte, auf die Freyjas Beschreibung ausgezeichnet zutraf.

»Ach, spielt keine Rolle«, sagte Freyja. »Danni hat ja mit seinem Pimmel in der ganzen Stadt herumgewedelt, das weißt du doch.« Árni errötete nicht einmal. Freyja hatte sich im Bedarfsfall schon immer ziemlich ordinär ausdrücken können, und er nahm es als ein Zeichen dafür, dass sie ihm den Überfall mit der Hausdurchsuchung verziehen hatte. Dass er jetzt wieder Árni Ey war. Das gefiel ihm.

»Ich hab nie verstanden, dass Birna Guðný das einfach so hinnimmt«, sagte Freyja. »Wenn Gunni das machen würde, ich schwör's, Árni, ich würde ihn kastrieren. Im Ernst. Aber das Komische bei euch Jungs ist dann auch«, sagte sie, indem sie den Kopf schräg legte, »oder zumindest bei Danni, vielleicht kann man das nicht so pauschal sagen – er selbst ist allen wie ein spitzer Hund hinterhergelaufen und fand das normal, aber Birna Guðný durfte selbstverständlich kein anderes männliches Wesen auch nur ansehen, ohne dass es total Zoff gab.«

Árni spitzte die Ohren. »Moment mal«, sagte er. »Hat Birna Guðný dann ebenfalls so rumgemacht?«

»Ja«, sagte Freyja. »Sie hat rumgemacht, und zwar nicht nur mit irgendwelchen x-beliebigen Typen.« Sie lehnte sich auf dem weißen Sessel mit den breiten Armlehnen zurück. »Eigentlich wollte ich nichts auspacken, nichts ins Spiel werfen, denn ich glaube einfach nicht, dass Birna Guðný – oder irgendein anderer aus der alten Clique – etwas damit zu tun hat, mit diesem entsetzlichen, widerwärtigen…« Sie verstummte und wischte sich über die Augen. Zog das rote Näschen hoch. »Aber wenn die aus der Clique jetzt damit angefangen haben, solche komischen Lügengeschichten auszustreuen, sehe ich keinen Grund, die Klappe zu halten«, sagte sie dann. »Sissó hat bestimmt ein oder anderthalb Jahre mit Birna Guðný gevögelt. Und als Danni das herausfand, ist er total ausgerastet. Das war letztes Jahr.«

Árni runzelte die Brauen. »Aber sie waren doch Businesspartner, und noch vor einer Woche haben sie gemeinsam in die Kameras gelächelt«, wandte er ein. »Und am Samstag beim Klassentreffen haben sie Seite an Seite gesessen.« Allerdings nicht so dick vertraulich wie sonst, dachte er. Trotzdem, Seite an Seite.

»Was bist du bloß für ein Baby, Árni. Hast du denn nichts dazugelernt? *Business is business*, das ist deren Motto. Sie haben viel zu sehr voneinander profitiert, als dass sie sich durch solche Lappalien davon abhalten lassen würden. Was glaubst du, weshalb Birna Guðný und Danni letztes Jahr ihren Wohnsitz ins Ausland verlegt haben, wo sie doch dieses tolle Haus in Hafnarfjörður besitzen? Und wozu bauen sie sich wohl diese neue Villa da auf Seltjarnarnes, um auch in Island einen Standort zu haben? Weil Sissó hier ganz in der Nähe wohnt, und er hat nicht vor wegzuziehen. Das ist der Grund.«

Árni musste das erst einmal verdauen. Diese Story hörte sich so an, als stammte sie direkt aus einem Drehbuch von *Dallas* oder *Dynasty* oder vielleicht sogar *Guiding Light.* »Aber es war doch Schluss zwischen ihnen, oder nicht? Sie haben damit aufgehört, als Danni dahinterkam?«

»Ja, das haben sie«, sagte Freyja. »Aber Sissó hat sich in den letzten Tagen riesige Mühe mit dem Händchenhalten gegeben. Natürlich kann sie das brauchen, trotzdem, ich finde es *creepy*. Möchtest du übrigens was zu trinken? Kaffee? Wasser? Saft? Oder vielleicht ein Bier?«

»Nein, danke«, sagte Árni noch halb verwirrt. »Es ist schon spät, ich glaube, ich muss jetzt los.« Er stand auf, und sie ging mit ihm in die Diele.

»Wann bekommt Gunni seine Klamotten wieder?«, fragte sie. »Und das Auto?«

»Ich weiß es nicht«, keuchte Árni, während er sich in die Schuhe zwängte. »Hoffentlich so bald wie möglich.«

»Eins noch«, sagte Freyja, als er schon auf der Vortreppe stand. »Ich weiß natürlich nicht, ob du mir das sagen darfst, aber was hat Birna Guðný gesagt, wo sie in der Nacht gewesen ist? Ihr müsst sie doch danach gefragt haben.«

»Du hast recht, ich darf nichts ...«

»Nein, natürlich nicht«, sagte Freyja. »Ich frage auch nur aus purer Neugier. Ich konnte nämlich in der Nacht nicht schlafen, und – ja, ich erinnere mich nur, dass ich mich gefragt habe, wohin sie wohl so mitten in der Nacht fährt.«

* * *

Marek bog auf den Parkplatz beim Guten Hirten ein und parkte den Wagen unterhalb der Steinwand, um das Haus durch die Windschutzscheibe beobachten zu können. Als er das Handy einschaltete, stellte sich heraus, dass Ewa seit ihrem letzten Gespräch dreimal versucht hatte anzurufen. Von der gleichen Nummer aus. Er trocknete sich den Schweiß von der Stirn und den Händen und rief an.

»Hallo«, sagte er, als Ewa antwortete.

»Hallo. Marek, bitte tu ...«

»Wo bist du?«

»In Reykjavík. Marek, die, die Andrzej umgebracht haben, das waren ...«

»Können wir uns nicht heute Abend treffen?«

»Nein, es ist zu spät, Marek, ich will nicht ... Marek, man hat sie verhaftet, Kristján und ...«

»Bist du bei einem Bullen?«, fragte er. »Geht es darum? Hat der Bulle dich geschnappt, und du versuchst jetzt ...«

»Nein, Marek, ehrlich, ich bin nicht ...«

»Was bringt dir das?«, schnaubte er. »Darfst du jetzt noch länger in diesem Scheißland bleiben?«

»Marek, warum sagst du ...«

»Wir treffen uns morgen«, sagte Marek. »Ich ruf morgen früh wieder an.« Er beendete das Gespräch und stieg aus, blickte sich misstrauisch um, sah jedoch nichts Verdächtiges. Die rechte, verbundene Hand tief in der Jackentasche vergraben ging er auf den Vorplatz des Blocks und zur Haustür. Guðni P. Pálsson, 1. l. Er war am richtigen Ort. Und soweit er wusste, stand l für links und r für rechts, und in Island hieß der erste Stock Parterre, und der zweite Stock war entsprechend der erste. Er schlenderte um den Block herum und inspizierte die Rückseite des Hauses. Manchmal war Parterre auch in Island Parterre, vor allem, wenn es ein Souterrain gab. Er ging zurück zur Haustür. Unter dem Schild mit Guðnis Namen befand sich noch eines, auf dem stand ein Name und P. l. Daraufhin wollte Marek wieder zur Rückseite des Hauses, aber er hielt inne, als sein Blick auf den Wagen fiel, der auf dem Parkplatz direkt beim Eingang stand. Den kannte er, da war er sich sicher. Ein gewaltiger Mercedes, grün metallic – wo hatte er dieses Auto erst vor kurzem gesehen?

Nachdenken, scharf nachdenken ... Marek ging zurück zum Auto und setzte sich wieder in den Volvo. Ein paar Minuten später besann er sich darauf, dass ein solcher Mercedes – nein, *dieser* Mercedes bei dem Schuppen von Leslaw und Henryk vorgefahren war, kurz bevor Henryk selbst auf seinem Lancer eintraf. Der Mercedes hatte zwar nicht gestoppt, aber trotzdem, er glaubte nicht an einen Zufall. Leslaw hatte Ewa in seiner Gewalt. Entweder das, oder Ewa war ihm in den Rücken gefallen und machte jetzt gemeinsame Sache mit Leslaw und den anderen Russenlakaien. Die verfluchte Nutte, sie log ihm die Hucke voll und betrog ihn nach Strich und Faden. Er versuchte, die Ruhe zu bewahren und seinen Atem und die Gedanken unter Kontrolle zu bekommen. War es wahrscheinlich, dass Ewa ihn hintergangen hatte, ohne dazu gezwungen worden zu sein? Wohl kaum. Wahrscheinlich befand sich Leslaws Messer genau jetzt an ihrem Hals.

Er streckte seine Hand nach dem Fleischmesser auf dem Beifahrersitz aus, holte den Radmutternschlüssel aus dem Kofferraum und ging wieder hinter den Wohnblock. Links, dachte er, war das nicht mit Sicherheit erster Stock links? Durch einen Gardinenspalt drang Licht aus dem Wohnzimmerfenster. Er kletterte auf das Geländer der Veranda, die zum Souterrain gehörte, legte das Messer und den Radmutternschlüssel auf den Balkon über sich und fasste mit der Hand nach dem Balkongitter. Ich schaff das, dachte er, ich komm da rauf. Und da rein. Was dann folgte, musste sich zeigen.

✳ ✳ ✳

Árni gab sich einen Ruck, straffte ein weiteres Mal den Rücken und klingelte an der Tür des Hauses, das immer noch hell erleuchtet war, obwohl es schon auf Mitternacht zuging. Birna Guðný kam zur Tür und führte ihn schweigend ins Wohnzimmer. Entweder war sie allein zu Hause, oder alle anderen waren bereits schlafen gegangen. Wohin man auch blickte, überall brannte Licht.

»Ich muss es hell um mich haben«, sagte sie zur Erklärung, als sie sah, dass Árni verwundert um sich blickte. »Ich ertrage im Augenblick keine Dunkelheit.«

»Nein, das ist verständlich«, sagte Árni. »Also ich – ich hätte gern eine Kleinigkeit mit dir besprochen. Ich weiß, dass du dich ganz entsetzlich fühlst, aber ich, ja… Ich muss dich einfach trotzdem fragen. Sorry.« Er versuchte nach besten

Kräften, die mit Furcht und Lüsternheit gemischten Minderwertigkeitsgefühle von sich abzuschütteln, die ihn immer in Gegenwart dieser Frau lähmten.

»Dann frag mich doch«, sagte Birna Guðný. »Es muss ja wohl etwas schrecklich Wichtiges sein, wenn es nicht bis morgen Zeit hat.«

»Äh… also, ich hatte drüben im Nachbarhaus zu tun«, sagte Árni, »und als ich sah, dass noch Licht bei dir war, da…«

»Ja, ja, ist ja schon in Ordnung«, sagte Birna Guðný. »Was willst du?«

Großer Junge, dachte Árni, atmete tief durch, und dann platzte er damit heraus.

»Seid ihr beide, du und Sissó – ich meine, bist du mit Sissó fremdgegangen?«

»Ja«, sagte Birna Guðný. »Das bin ich. Du hast also mit Freyja gesprochen?«

»Ja, ich komme von ihr«, gab Árni zu. »Du bist gestern danach gefragt worden, ob du dich gerächt hättest, ihn betrogen hättest. Da hast du es abgestritten.«

»Ja, habe ich, weil ich fand, dass das niemanden etwas anging. Das finde ich auch immer noch, und es ist schon lange vorbei. Aber jetzt weißt du es. Zufrieden?«

»Und wann, also, wann…«

»Von ungefähr Ostern 2006 bis voriges Jahr im Juli«, sagte Birna Guðný. »Angefangen hat es im Hótel Búðir. Danni hatte mich für ein Wochenende dorthin eingeladen, um unseren Hochzeitstag zu feiern, aber dann entschied er, sich lieber hier in der Stadt volllaufen zu lassen. Ich habe Sissó eingeladen, an seiner Stelle mit mir zu fahren, einfach zum Spaß. Und das hat dann so geendet. Danni hat es im vergangenen Jahr herausgekriegt, und Sissó und ich haben Schluss gemacht, es war ja auch nie was Ernstes. *End of story*.«

Cool, dachte Árni, sie ist viel zu cool. »Freyja hat mir aber auch noch mehr erzählt«, sagte Árni und überlegte, wie das Verhältnis zwischen den beiden Freundinnen nach seinen Besuchen sein würde. Wahrscheinlich nicht besonders gut.

»Ach?«

»Ja. Sie hat gesagt, sie hätte dich in der Nacht auf den Sonntag gegen ein Uhr wegfahren sehen. Wo bist du hingefahren?«

»Nirgends«, sagte Birna Guðný. »Ich bin nirgends hingefahren. Das ist gelogen.«

»Gelogen?«

»Ja.«

»Weshalb sollte Freyja lügen?«

»Es dürfte wohl deine Aufgabe sein, das herauszufinden. Wann kann ich weg?«

»Weg?«

»Ja, das Land verlassen. Wann kann ich Danni beerdigen und das Land verlassen? Ich trau mich nicht mehr aus dem Haus, die Kinder trauen sich nicht mehr aus dem Haus, das ist der reinste Belagerungszustand überall. Ich musste meine Schwester bitten, ein paar Sachen für mich zu kaufen«, sagte sie und strich über ihre Bluse, »nachdem ihr die Razzia in meinen Kleiderschränken gemacht habt. Die früheren Klassenkameradinnen unserer ältesten Tochter haben sie schon auf der Straße angepöbelt. Die Typen von der Presse und vom Fernsehen rufen ständig an, und heute Morgen lauerten nicht nur Fotografen vor der Tür, nein, auch noch ein Aufnahmeteam. Und dann diese scheußlichen, diese ekelerregenden Fotos, die … Wann kann ich wieder ins Ausland gehen, Árni?«

Doch nicht so ganz cool, dachte Árni. »Ich weiß es nicht«, sagte er. »Sobald wir den Fall geklärt haben, wann immer das sein wird.« Er stand auf.

»Willst du schon gehen?«

»Ja.«

»Geh nicht«, bat Birna Guðný. »Nicht gleich, bitte. Ich ertrage es nicht … Bitte, geh nicht.«

»Ich muss«, sagte Árni, der feuerrot angelaufen war. »Und eigentlich sollte ich überhaupt nicht hier sein. Und du erwartest doch sicher Sissó?«

Birna sprang wie von der Tarantel gestochen vom Sofa auf. »Und? Ist etwas dabei?«

»Nein, nein«, murmelte Árni. »Entschuldige, das sollte nicht so klingen. Aber was Baldur gesagt hat – der Mann, der gestern das Verhör durchführte. Was er gesagt hat, solltest du ernst nehmen.«

»Keine Sorge, ich habe bereits einen anderen Rechtsanwalt. Ich habe Sissó gefragt, ob er mir einen besorgen könnte, aber das wollte er nicht, er meinte, ich sollte mir besser selbst einen wählen. Und er hat mir auch das mit den Hinterziehungen erklärt. Das heißt, erklärt hat er gar nichts, er sagte nur, dass alles überprüft würde, aber dass er den Verdacht hatte, Danni hätte … Aber daran glaube ich nicht. Danni war einfach nicht so.«

»Und du hältst trotzdem den Kontakt zu Sissó?«, fragte Árni erstaunt. »Auch wenn er derjenige ist, der Danni beschuldigt?«

»So wie er es mir erklärt hat, möchte er ganz einfach Klarheit gewinnen«, sagte Birna Guðný. »Und ich halte das für gut und richtig, in unser aller Sinne. Ich mag Sissó, und mit ihm im Haus fühle ich mich wohler, er hat …« Sie sah Árni an, als würde ihr ein Licht aufgehen. »Ach, da ist wohl jemand eifersüchtig?«, fragte sie mit einschmeichelnder Stimme. »Du findest vielleicht, dass ich lieber dich bitten sollte, bei mir zu übernachten?«

»Nein«, sagte Árni. »Das finde ich nicht. Ich finde es nur komisch, wenn …«

»Klar bist du eifersüchtig, Árni Ey«, unterbrach sie ihn. »Du bist wie alle anderen, das warst du schon immer. Hast damals versucht, mich zu küssen! Du warst nicht besser als die anderen Jungs, nachdem Ellert gestorben war. Ich kann mich noch genau erinnern, wie du mich mit hungrigen Hündchenaugen angeglotzt hast. Bei allen Partys immer der Eckensteher, immer so geheimnistuerisch und blasiert. Aber ich hab gesehen, dass du mich angegafft hast, Árni. Du hast Danni glühend beneidet, alle haben das. Außer Sissó. Er war der Einzige, der Danni nie beneidet hat, nicht um mich noch um irgendetwas anderes. Deswegen …«

»Ich muss los«, sagte Árni. »Wir sehen uns.«

Birna Guðný ging hinter ihm her. »Und du hast dich kein bisschen verändert«, sagte sie. »Immer noch in Schwarz, immer noch so … in Bodennebel. Du glaubst wohl, dass du dadurch cool wirkst. Und du sehnst dich immer noch danach, mit mir zu schlafen, das kannst du ruhig zugeben.«

Árni öffnete die Haustür und drehte sich zu ihr um. »Nein, ich sehne mich nicht danach, mit dir zu schlafen«, sagte er, »kein bisschen.« Er beugte sich vor, verpasste ihr einen leichten Kuss auf die Wange und war im nächsten Moment bereits die Treppe hinuntergesprungen. Und das Allerbeste war, dachte Árni, als er den Motor anließ – er hatte überhaupt nicht gelogen.

* * *

Seit mindestens zwanzig Jahren hatte Guðni nicht so schnell überlegt oder war so schnell aufgesprungen.

»Los, rein in mein Zimmer, ihr beiden, sofort!«, schrie er, als es Glasscherben regnete und Marek plötzlich mitten im Wohnzimmer stand, blutüberströmt und mit irrem Blick. Es gab nur zwei Möglichkeiten zur Flucht: entweder durch die zerdepperte Balkontür mit den scharfkantigen Glasscherben, die noch im Rahmen steckten, oder an Marek vorbei, der ihnen den Weg zum Korridor versperrte. Guðni fand beide Optionen gleichermaßen übel.

»Marek!«, rief Ewa, aber Helena zog sie hinter sich her ins Schlafzimmer. Guðni blickte auf den ungebetenen und offensichtlich kraftstrotzenden Gast und hatte ein mieses Gefühl. In der einen Hand hielt Marek ein Fleischermesser, in der anderen einen Radmutternschlüssel. Und in seiner eigenen war nur eine Fernbedienung. Der einzige Lichtblick war, dass Marek nach der ersten Attacke benommen und taumelig wirkte. Er schwankte hin und her und wischte sich mit der Messerhand Schweiß und Blut von der Stirn. Rückzug oder Angriff? Marek nahm ihm diese Entscheidung ab, denn er schüttelte energisch den Kopf, brüllte und sprang mit erhobenem Messer auf Guðni los.

»Die Kommode!«, schrie Guðni drei Sekunden später mit dem Rücken zur Schlafzimmertür. »Hierher mit der verdammten Kommode!« Die Tür erzitterte unter Mareks tobsüchtigen Hieben und Tritten. Ewa und Helena schoben mit vereinten Kräften die Kommode in Richtung Tür.

»Noch ein Stück«, sagte Guðni, während er sich umdrehte und sich mit den Händen gegen die Tür stemmte, um Platz zu machen. »Ganz dicht an die Tür, und dann dagegenhalten. Alles klar?« Helena nickte. Guðni nahm die Hände von der Tür und sprang hinter die Kommode. »Jetzt mach ich weiter. Los, weg mit euch.« Er nickte zum offenen Fenster. »Da kommt ihr raus, macht bloß dalli. Helena, du zuerst, und du rufst die 112 an, sobald ihr in sicherer Entfernung seid. Aber dann sofort.« Helena gehorchte widerspruchslos, zwängte sich mit den Füßen zuerst durch das offene Fensterfach und sprang ab. Ewa winkte ihr vom Fenster aus zu, um ihr zu bedeuten, dass sie nicht warten sollte.

330

»Raus mit dir«, fauchte Guðni, »du verstehst doch Isländisch, mach, dass du rauskommst!«

»Nein«, sagte Ewa. »Wenn er hier reinkommen, besser sein, dass ich hier.« Sie trat auf Guðni zu. »Da ist Blut«, sagte sie. »Am Rücken und Hemd, das ist Blut. Hat Marek das getan?«

»Es ist nichts«, sagte Guðni. »Nichts Ernstes.«

Weiber, dachte er, ewig diese Weiber mit ihrem verfluchten Gewese.

16

Donnerstag

Das Loch war nicht groß, befand sich aber an der besten Stelle.
Eine halbe Minute nachdem sie einen dumpfen Knall gehört
und die Tritte und Schläge aufgehört hatten, ließ Guðni die
Kommode los, presste beide Hände gegen die Tür und lehnte
sich vorsichtig vor. Das Schweigen konnte was auch immer bedeuten, Guðni war auf alles gefasst. Er blickte zunächst aus angemessener Entfernung durch das Loch, nach links und rechts,
sah nichts, nur die Wand, wo der Fernseher stand, und die Tür
zum Flur. Kein Hindernis. Nun ging er mit dem Auge direkt an
das Loch, mit angewinkelten Armen, bereit, sich wieder abzustoßen. Doch dann entkrampfte er sich und richtete sich auf,
ohne seine hundert Kilo auch nur einen Zoll von dem Möbel
wegzubewegen. Er fand es zwar unwahrscheinlich, aber trotzdem war es nicht vollständig auszuschließen, dass Marek hier
einen Trick versuchte. Guðni überlegte und blickte sich um.

»Die Lampe«, flüsterte er mit einem Kopfnicken. Ewa hatte
die ganze Zeit mitten im Zimmer gestanden und keinen Mucks
von sich gegeben. Sie begriff sofort, was er meinte. Ging zum
Nachttisch und zog den Stecker aus der Dose, entfernte den
blauen Schirm mit den Troddeln, wickelte die Schnur um den
Ständer und reichte Guðni die Lampe.

Langsam, unendlich langsam und so geräuschlos wie möglich schoben sie die Kommode von der Tür weg. Guðni warf einen weiteren Blick durch das Loch, Marek lag immer noch mit geschlossenen Augen auf dem Boden und rührte sich nicht. Er schloss die Tür auf, packte den Türgriff mit der linken und die Nachttischlampe fest mit der rechten Hand und holte tief Luft. Dann riss er die Tür auf und machte mit hoch erhobener Lampe einen Satz ins Wohnzimmer. Marek lag unbeweglich da, er blutete aus zahlreichen Verletzungen an Armen, Kopf, Hals und Schultern. Isolierverglasung hielt also nicht nur schön warm, dachte Guðni zufrieden und stieß Messer und Radmutternschlüssel mit dem Fuß in sichere Entfernung.

»Geh jetzt raus«, sagte er zu Ewa, die zitternd in der Schlafzimmertür stand und mit nassen Augen auf ihren bewusstlosen Lebensgefährten hinunterstarrte. »Bitte tu das, geh ins Treppenhaus und ins Stockwerk darüber«, sagte er. »Warte dort, bis ich dich rufe, please?« Sie zögerte zwar, aber nicht lange, und rannte an ihm vorbei auf den Flur.

»Ewa!«, rief Guðni hinter ihr her. Sie drehte sich noch einmal um. »Das wird schon wieder«, sagte er.

»Nein«, sagte Ewa und verließ die Wohnung.

Guðni griff an seinen Gürtel und legte Marek die Handschellen um die blutigen Handgelenke. Der nächste Griff galt dem Telefon auf dem Wohnzimmertisch, um über den Notruf einen Krankenwagen zu bestellen. Daraufhin wählte er Katríns Nummer, und sie antwortete ungefähr im gleichen Augenblick, als das erste Tränengasgeschoss zur kaputten Balkontür hereinsegelte.

* * *

Das Bild vom wutschäumenden Guðni und dem gut gepanzerten, aber zu Tode erschrockenen pechschwarz gekleideten SEK-

Truppführer an seiner Seite, der mit hängenden Schultern vor der Hauswand stand, ging Katrín immer noch im Kopf herum, als sie auf dem Heimweg die Brücke überquerte, um ins Grafarholt-Viertel zu gelangen. Sie konnte nicht anders, sie musste einfach grinsen. Mindestens die Hälfte der Hausbewohner hatte sich auf dem Parkplatz oder im Treppenhaus eingefunden, um das Theater mitzuverfolgen, und mindestens vier Handys und zwei Kameras wurden gezückt. Guðni hatte sich rundheraus geweigert, sich irgendwo hinbringen zu lassen, er wollte trotz der Schnittverletzung am Rücken weder zur Ambulanz noch wegen der zersplitterten Balkontür in ein Hotel. Bei der flüchtigen Untersuchung vor Ort stellte sich heraus, dass der Schnitt weder tief noch lang war, und was die Balkontür betraf, genügten Guðnis Meinung nach zwei schwarze, fest verklebte Abfallsäcke. Katrín betätigte den Blinker, als sie auf den Hallsvegur einbog, und noch einmal, als sie die Linkskurve zum Langarimi nahm, aber sie unterließ es beim Abbiegen in ihre eigene Straße, denn dort war nicht einmal mehr eine Katze unterwegs. Helena hatte das ihre dazu beigetragen, die Szene zusätzlich zu beleben, als sie die Männer vom Einsatzkommando daran zu hindern versuchte, Ewa in Handschellen abzuführen, doch damit war sie nicht durchgekommen. Stattdessen hatte sie sich auf ihren Vater gestürzt. Der schwarze Kommandoleiter ergriff die Gelegenheit zu verschwinden, während Guðni sich bemühte, seine Tochter zur Raison zu bringen. Katrín war gezwungen gewesen, zwischen die beiden zu treten, bevor die Szene ausartete. Aber als der Krankenwagen mit Marek an Bord losfuhr, hatte es doch den Anschein gehabt, als seien sie wieder halbwegs versöhnt zusammen mit den anderen Hausbewohnern zurück in ihre Wohnungen gegangen. Katrín hatte auf das Unvermeidliche gewartet. Als Friðrik fünf Minuten später vorfuhr, gelang es ihr, ihn davon zu überzeugen, dass man die Vernehmung von Vater und Tochter auf morgen früh verschieben konnte. Das war nicht einfach gewesen, und natürlich würde man demnächst sowohl sie als auch Stefán zur Rechenschaft ziehen, aber sie war entschlossen, sich deswegen keine grauen Haare wachsen zu lassen. Marek und Ewa waren in Gewahrsam, das IKA konnte zufrieden sein, befand sie.

Im Küchenfenster brannte Licht, als sie ihren altersschwachen Mazda neben den glänzenden Riesenjeep in der Einfahrt stellte. Einen Vorteil hatte es zumindest, dass Svenni arbeitslos war, dachte Katrín. Sie hatte nämlich immer ein ungutes Gefühl gehabt, die Kinder abends allein zu lassen, auch wenn Íris ihren Eltern unbedingt weismachen wollte, dass sie erwachsen genug war, um auf ihren Bruder aufzupassen. Aber ein derartiges Alternativangebot zum Babysitting konnte unmöglich die Grundlage für eine gute Ehe sein, ermahnte sich Katrín, als sie den Schlüssel ins Schloss steckte.

Sveinn saß am Küchentisch vor seinem Laptop, rings herum waren Ordner gestapelt, und am Rand stand eine Dose Bier. Er hatte sich weder rasiert noch gekämmt, die Augen waren gerötet, und er sah müde aus. Es fehlte nicht viel, und Katrín hätte ihn bemitleidet und in die Arme genommen, aber er bewahrte sie in letzter Sekunde davor.

»Na endlich«, sagte er. »Ist dir klar, wie spät es ist?«

»Moment mal, hast du irgendwo einen Termin?«, fragte Katrín und ließ Wasser in ein Glas laufen.

»Unheimlich witzig. Ich muss mit dir reden, über das Haus, die Wohnung und all das, du weißt schon. Ich habe eine Einfrierung der Kredite bekommen, sowohl für den Jeep als auch für das Haus.«

»Okay«, sagte Katrín, »dann können wir uns vielleicht bis Weihnachten über Wasser halten. Und was dann? Das gilt doch nur für einen bestimmten Zeitraum?«

»Was dann?«, echote Sveinn. »Was dann? Dann wird diese verdammte Krise vielleicht vorbei sein oder zumindest wieder abflauen, und dann können wir verkaufen und ...«

»Willst du damit sagen, dass wir das so irgendwie gedeichselt kriegen? Ist das vielleicht eine Lösung, die Abbezahlung um ein paar Monate zu verschieben und einfach darauf zu vertrauen, dass sich alles schon regeln wird?«

»Ja, das will ich damit sagen. Und außerdem habe ich dann auch vielleicht wieder eine Arbeit.«

Katrín stellte das Glas ab. »Ach ja? Und wo, wenn ich fragen darf?«

»In Spanien«, murmelte Sveinn. »Dort brauchen sie Informatiker. Das Gehalt ist gut, und noch dazu in Euros. Richtiges Geld.«

»Und ich, was soll ich in Spanien machen?«, fragte Katrín.

Sveinn zuckte mit den Achseln. »Weiß nicht. Irgendwas. Ich meine, du bist doch ausgebildete Psychologin und im gehobenen Dienst bei der Polizei, also da ...«

»Ich hab nur einen B.A. in Psychologie«, entgegnete Katrín, »und ich spreche kein Spanisch. Und mir ist nicht bekannt, dass die spanische Polizei in letzter Zeit versucht hat, isländische Polizistinnen anzuwerben. Im Ernst, Svenni, wie wär's zur Abwechslung mal damit, realistisch zu sein?«

»Was soll denn das, Katrín? Ich hab mich da voll reingekniet, und diese Jobs in Spanien ...«

»Wir reden später miteinander«, sagte Katrín. »Wenn ich diese anstrengende Runde hinter mir habe. Aber jetzt muss ich ins Bett, es ist schon sehr spät, wie du gesagt hast.«

»Katrín ...«

»Gute Nacht.« Männer, dachte Katrín. Ewig und immer dieses verdammte Gewese mit Männern.

* * *

Árni fühlte sich beschissen, als er zur Arbeit erschien, und das verschlimmerte sich während der morgendlichen Besprechung. Er hatte nach seinen Besuchen in Hafnarfjörður nur wenig und schlecht geschlafen, und die Nachrichten von den nächtlichen Abenteuern bei Guðni und Katrín dämpften seine Laune umso mehr. Er war stinksauer auf die beiden, dass sie ihn nicht angerufen hatten, und überhaupt, sie hatten ihn in dem Fall mit den Polen völlig außen vor gelassen. Katrín hatte keine Lust, ihm Honig um den Bart zu schmieren.

»Es ist eben einfach so gelaufen«, sagte sie über die Schulter hinweg zu ihm, während sie vor ihm auf den Korridor hinauseilte. »Du warst mit anderen Dingen beschäftigt, und das bist du immer noch. Genau wie wir alle. Marek und Ewa sind jetzt leider bei Friðrik und Konsorten gelandet, damit muss man sich abfinden. Wir haben an genug anderes zu denken.«

»Ja, aber…«, keuchte Árni, der Schritt mit ihr zu halten versuchte, »warum konntet ihr nicht…«

»Ach, Kleiner, nun hör auf mit dem Gejammere«, sagte Katrín unwirsch. »Wir müssen an die Arbeit.« Sie bog um die Ecke und verschwand im Konferenzzimmer. Árni verlangsamte seine Schritte, und deswegen ging ihm der Platz neben ihr durch die Lappen, um weitere Neuigkeiten aus ihr herauszuholen.

In der Besprechung passierte genau das, was er befürchtet hatte: Baldur erklärte, dass er diese Jugendlichen nun praktisch abgeschrieben hatte. Auch wenn es möglicherweise nicht ratsam sei, sie vollständig von der Liste der Verdächtigen zu streichen, habe er doch vor, sich im nächsten Schritt wieder auf diese Freunde aus Hafnarfjörður zu konzentrieren. Die Frau, die über die Fußgängerampel gegangen war, und der Fahrer des Wagens, der so ruckartig gebremst hatte, dass Daníels Auto gegen den Baum geflogen war, hatten sich endlich ge meldet, aber auf sie fiel nicht der geringste Verdacht. Die Frau war auf dem Weg zu einer Party gewesen, und es gab keinen Grund, die Aussagen anderer Partygäste anzuzweifeln, dass sie ungefähr um halb zwei eingetroffen war und schweigend in einer Ecke gesessen hatte, bis die Fete sich in den frühen Morgenstunden auflöste. Der Fahrer des anderen Autos hingegen war auf dem Weg zum Fischereihafen gewesen und hatte von da aus direkten Kurs auf den Ozean genommen, wie sein Kapitän und die übrige Mannschaft bestätigten. Er behauptete, er habe überhaupt nicht gemerkt, dass Daníels Range Rover in den Park gerast sei. Er hatte nur auf die Straße geachtet, hatte Metallica gehört und dabei an die Frau gedacht, die der Grund dafür war, dass er das Auslaufen des Trawlers beinahe verpasst hätte. Dass nach ihm gesucht wurde, hatte er erst mitbekommen, als er wieder an Land war.

Wodurch sich erneut alles auf die Viererclique aus Hafnarfjörður richtete. Und auch auf Freyja, nachdem Árni von seinen Gesprächen mit ihr und Birna Guðný am Abend vorher berichtet hatte. Denn wie Baldur richtig festgestellt hatte, eine von beiden musste lügen, eindeutig. Aber welche und weshalb?

Nach Baldurs Ansicht waren das die Fragen, auf die es jetzt galt, eine Antwort zu finden. Die Operation Krösus wurde fortgesetzt, und der nächste Schritt bestand darin, diese ehemaligen Freundinnen von Árni ein weiteres Mal zur Vernehmung zu bestellen, aber gleichzeitig mussten auch sämtliche anderen Fäden weiterverfolgt werden. Am liebsten hätte Baldur alle vier vorgeladen und ihnen allen den Status eines Tatverdächtigen verpasst, denn ihre Alibis waren weder hieb- noch stichfest, und ihre Aussagen sowohl lückenhaft als auch irreführend.

Stefán legte jedoch ein Veto ein, und der Staatsanwalt schloss sich dem an. Derartige Maßnahmen wären nach Meinung der beiden verfrüht, und sie forderten Baldur auf, nichts zu überstürzen. Es war der Sache nicht dienlich, sich von einem Tag auf den anderen wie eine Wetterfahne im Wind zu drehen und eine Großaktion nach der anderen einzuleiten, ohne etwas Konkretes in Händen zu haben. Es handelte sich um einflussreiche Persönlichkeiten, deren Festnahme sofort publik werden würde, genau wie die Hausdurchsuchungen.

»Dass wir die ersten Informationen sowohl über den Unfall als auch über die Blog-Seite von den Medien erhalten haben, ist völlig inakzeptabel«, erklärte Stefán, »und wir können uns keine weiteren Vorkommnisse dieser Art leisten.« Der Zustand in der Gesellschaft, fuhr er fort, sei zu brisant, und es habe schon viel zu viele Fehlentscheidungen und Missgriffe im Rahmen dieser Ermittlung gegeben, als dass man das Risiko eingehen könnte, eine weitere Schlappe zu erleiden. »Und die steht uns gewiss bevor, falls wir all diese Personen festnehmen, und zwar wahrscheinlich nur, um sie gleich wieder auf freien Fuß setzen zu müssen.«

Baldur war bei diesen Ausführungen blutrot geworden, aber er nahm Vernunft an und schlug den Kompromiss vor, stattdessen weitere und sehr viel umfangreichere Hausdurchsuchungen bei allen Verdächtigen durchzuführen, in Privathäusern und Autos sowie an den jeweiligen Arbeitsplätzen. Das sei zwar auch eine großangelegte Maßnahme, gab er zu, aber sie diente doch unbestreitbar dem Zweck, Beweismaterial zu beschaffen und gleichzeitig sicherzustellen, dass solches nicht verloren ging.

Stefán und der Staatsanwalt blieben aber bei ihrer ablehnenden Haltung. Sie wiesen darauf hin, dass sich die gesamte Garderobe von vier der fünf Personen, auf die sich nunmehr die Ermittlung konzentrierte, bereits in Friðjóns Händen befände und außerdem der Wagen von Gunnar, der Einzige, auf den die Beschreibung der jungen Leute zutreffen konnte.

»Wir holen uns die Genehmigung, auch Freyjas Sachen zu holen«, sagte Stefán, »und du nimmst dir die beiden Damen noch einmal vor, Baldur. Ich denke, es wäre auch einen Versuch wert, Handys und Computer von all diesen Leuten näher zu untersuchen.«

»Wozu?«, fragte jemand. »Ich meine, wer immer diese Fotos gemacht und diese Blog-Seite eingerichtet hat, er wird doch wohl kaum so blöde sein, die Aufnahmen im Handy und im Computer aufzubewahren?«

»Wohl kaum«, stimmte Stefán zu. »Aber hoffen kann man immer. Und jetzt reicht es meiner Meinung nach.«

* * *

Árni holte sich einen Kaffee, bevor er sich vor seinen Computer setzte, um mit den schriftlichen Protokollen über seine Gespräche mit Freyja und Birna Guðný anzufangen, wie Baldur angeordnet hatte. Da es keine Zeugen für diese Gespräche gab und Árni sie nicht aufgenommen hatte, konnten die beiden natürlich alles von dem abstreiten, was Árni jetzt mühsam in den Computer eintippte. Aber selbst wenn es so laufen würde, dachte Árni, und selbst wenn deswegen diese Gespräche vor Gericht keinerlei Beweiskraft hätten, dann änderte es nichts daran, dass er diese Worte gehört hatte. Gehört hatte, wie sie sich gegenseitig bezichtigten, Unwahrheiten und Gemeinheiten zu verbreiten. Er hatte Gunnar gehört, der von Daníels und Sigþórs Betrügereien und Tricks erzählte, und Sigþór hatte in dieselbe Kerbe gehauen und war sogar noch weiter gegangen, indem er eine enge Beziehung zwischen Daníel und Freyja behauptet hatte. Birna Guðný wusste ebenfalls von Sigþórs Anschuldigungen. Aber auch wenn sie allesamt unschuldig wären, dachte Árni, selbst wenn alle genau das getan hätten, was sie vorgegeben hatten, und keiner von ihnen etwas mit dem Mord an Daníel zu tun gehabt hatte – die alte Gemeinschaft existierte nicht mehr. Der Einzige, der Daníel bis über seinen Tod hinaus die Treue gehalten hatte, der Einzige, der kein hässliches Wort über irgendjemanden aus der Gruppe verloren hatte, war Kristján. Und der saß nun in einer Gefängniszelle, des Mordes an einem polnischen Arbeiter verdächtigt. Nichts war mehr, wie es sein sollte. Anstelle von Vertrauen und Freundschaft herrschten jetzt Misstrauen und Abneigung. Die Clique war tot, sie war mit Daníel gestorben. Árni konnte sich nicht entscheiden, was er davon halten sollte, wie er selbst sich fühlte oder fühlen sollte. Die Mädchen hatte er vor siebzehn Jahren zuletzt getroffen, die Jungs vor fünf, und er hatte sie absolut nicht vermisst. Im Gegenteil, er war wahnsinnig froh gewesen, als er nach dem Abitur aus diesem Kreis ausscheiden konnte, indem er nach Reykjavík zog. Dort hatte er neue Menschen kennengelernt, andere Leute, die über etwas andere und wichtigere Dinge reden konnten als über Popmusik, Kino und Autos, über das letzte Besäufnis und das nächste. Mir sollte es gleichgültig sein, dachte er, mich sollte das gar nicht berühren. Trotzdem vergrößerte sich der Kloß in seinem Magen. Er musste sich dazu zwingen, den Bericht fertig zu schreiben, anschließend las er ihn durch und versuchte, Antworten auf die Fragen zu finden, die sich beim Lesen einstellten.

Welche der beiden Frauen log? Wer war die bessere Lügnerin? Weshalb hatten sie es beide für nötig gehalten zu lügen, und was hatte das zu bedeuten?

Er schreckte aus seinen Überlegungen auf, als Guðni hereinplatzte und von den zehn, zwölf Leuten, die an ihren Computern arbeiteten, stürmisch empfangen wurde. Sogar Katrín klatschte und lächelte ein wenig. Alles, dachte Árni, alles ist anders. Er klatschte ebenfalls und lauschte wie die anderen gespannt und mit offenem Mund dem, was Guðni von den sensationellen Ereignissen der Nacht zu berichten hatte.

* * *

»Hier habe ich den Bericht, den Baldur wollte«, bellte Friðjón mitten in eine Lachsalve hinein. »Wo ist er?«

»Wahrscheinlich auf dem Weg ins Dezernat, mit zwei Damen im Arm«, sagte Katrín. »Worum geht es?«

»Er hat vorgestern darum gebeten, diesen Gunnar prioritär zu behandeln«, sagte der Hund. »Nichts im Auto, nichts an den Sachen. Basta. Nirgends ein einziger Tropfen Blut.«

»Aber vielleicht irgendetwas anderes? Sand vom Tatort, Haar von Daníel ...«

»Oder Samen von einer seltenen Pflanze, die nur an einer einzigen Stelle in Island wächst, nämlich in der Einfahrt zum Mordschauplatz?«, beendete der Hund höhnisch den Satz. »Leider nein. Und gemessen an dem Zustand des Ermordeten nach dem Unfall und den Ausschreitungen am Unfallort muss er unterwegs geblutet haben, erheblich.«

»Und was ist mit der Ladefläche?«, knurrte Guðni ärgerlich, weil er mitten in der Darstellung seiner Heldentaten unterbrochen worden war. »Hätte er ihn nicht auf der Ladefläche transportieren und die dann anschließend gründlich abspritzen können?«

»Du solltest es eigentlich besser wissen«, kläffte der Hund zurück. »Wir würden trotzdem immer etwas finden. Und im Übrigen ist die Ladefläche bei diesem Wagen schon lange nicht mehr abgespritzt worden, so viel steht fest. Der ganze Wagen wirkt alles andere als gepflegt. Deswegen ...«

Er brach ab, drehte sich um und verschwand ebenso schnell, wie er aufgetaucht war.

»Na denn«, sagte Guðni. »Was bringt uns das?«

Katrín zuckte mit den Achseln. »Im Grunde nichts. Wir wissen nur, dass Gunnar, falls er es getan hat, dann nicht mit diesem Wagen unterwegs war und andere Kleidung trug als die, die wir bei ihm gefunden haben. Was hatte er eigentlich an dem Abend an?«

Árni zog das Gesicht in Falten und versuchte zu überlegen. »Einfach Jeans und ein T-Shirt, glaube ich, ein schwarzes T-Shirt.«

»Er ist natürlich zwischenzeitlich nach Hause gefahren«, sagte Guðni. »Da hat er sich dann in was anderes geworfen, und er kann was auch immer angehabt haben, um deinen... Sorry, ich weiß, dass er nicht dein Freund war. Ist vielleicht dieser Gunnar auch nicht dein Freund?«

»Doch«, sagte Árni lahm. »Ich glaube, das könnte man so sagen.« Verflucht, dachte er, jetzt zeigt sich auch Guðni auf einmal rücksichtsvoll und entschuldigt sich. Die Welt war wirklich umgekrempelt geworden.

»Sie haben aber noch ein anderes Auto, oder nicht?«, fragte Katrín.

»Zwei, glaube ich«, sagte Árni. »Einen Audi und einen BMW. Den Pick-up verwendete Gunnar zumeist im Zusammenhang mit der Arbeit.«

»Weshalb nehmen wir diese Schlitten nicht auch unter die Lupe?«, fragte Guðni. »Und ebenso all die anderen Autos von dieser Truppe, wenn dieser blöde Heini so sicher ist, dass einer von denen es war?«

Katrín berichtete Guðni von den wichtigsten Ergebnissen der Besprechung, und der mokierte sich über das Verhalten seiner Vorgesetzten. »Was ist denn da los bei denen«, fragte er schockiert. »Hat Stefán auf einmal so viel Schiss in der Hose, dass er sich vor hypothetischen Schlagzeilen in den Zeitungen fürchtet? Brisanter Zustand in der Gesellschaft, *my ass*, als würden nicht alle normalen Isländer gern sehen, wenn solches Gesocks…« Er sah Árni entschuldigend an. »Sorry, aber du weißt, was ich meine. Natürlich müssen wir uns die krallen, ich meine, entweder stehen die unter Verdacht oder nicht. Was soll dieser *bullshit*?«

Árni protestierte. »Da in der Nacht wurde ein Pick-up beobachtet«, sagte er. »Beim Museum Kjarvalsstaðir, genau zur richtigen Zeit. Kein Audi und kein BMW, auch nicht der Cadillac oder Mercedes oder der Porsche von Daníel und Birna Guðný, und genauso wenig der Porsche oder der Bentley von Sigþór.«

»Was gar nichts besagt«, erklärte Guðni. »Rein gar nichts. Zwei besoffene Jüngelchen sehen da einen Pick-up so ungefähr um halb drei – als würde das ausschließen, dass da zu anderen Zeiten noch andere Autos waren, oder sogar zur gleichen Zeit. *Come on*, Junge, jetzt stell dich nicht dümmer, als du bist. Auch wenn es um deine Freunde geht.«

»Was für Autos besitzt Kristján?«, fragte Katrín, bevor Árni antworten konnte.

»Kristján?«

»Ja. Als wir bei ihm zu Hause die Durchsuchung machten, kam er mit einem Lieferwagen, und seine Frau hat einen japanischen Pkw. Zumindest stand der in der Einfahrt. Besitzt er noch mehr Autos?«

»Weiß ich nicht«, sagte Árni. »Keine Ahnung. Aber Kristján – nein, das ist einfach absurd«, sagte er. »Kristján hat Daníel angebetet, Danni war wie ein Gott…«

»Und Daníel ist tot. Und Danni war Kristjáns Alibi für den Donnerstagabend, an dem er nach Meinung der Idioten beim IKA den minderbemittelten Polen abgemurkst hat«, sagte Guðni bedächtig.

»Ja«, sagte Árni. »Und das macht es nur noch absurder zu glauben, dass Kristján ihn umgebracht hat.«

»Wieso?«, fragte Guðni. »Kristján bringt den Polen um, will dann, dass sich Daníel ein Alibi für ihn zusammenlügt, und Daníel weigert sich. Mensch, du sagst, dass dieser anhängliche Knabe Daníel wie einen Gott verehrt hat. Wenn nun dieser Gott sich weigert, ihn zu decken, tja – es sind schon Leute wegen wesentlich weniger ausgerastet.«

»Das geht einfach nicht auf«, beharrte Árni störrisch. »Egal, von welcher Seite du das betrachtest. Kristján war zu Hause, woher hätte er beispielsweise wissen sollen, wo Daníel war? Daníel hat ihn in der Nacht nicht angerufen…«

»Nein«, sagte Katrín, »aber er hat Gunnar angerufen. Hätte Gunnar mit Kristján telefonieren können?«

Árni überlegte. Kristján Kristjánsson, der ewige Retter. Wenn Daníel Gunnar gebeten hatte, ihn mitten in der Nacht irgendwo abzuholen, um nicht in Schwierigkeiten zu kommen, dann war es vielleicht gar nicht so abwegig, dass Gunnar versucht hatte, das auf Kristján abzuschieben.

»Möglich wär's«, sagte er. »Aber weshalb hätte dann Gunnar uns nichts davon gesagt? Ich kann nicht einsehen, weshalb er für Kristján lügen sollte, nicht in so einem Fall. Und außerdem hat Daníel am Telefon keinen Ton von sich gegeben.«

»Dafür haben wir nur Gunnars Wort«, erinnerte Katrín.

* * *

Freyja und Birna Guðný blieben bei ihren Aussagen. Freyja behauptete, Birna Guðný sei nachts gegen oder kurz nach ein Uhr in ihren Mercedes gestiegen, auf jeden Fall lange bevor Gunnar nach Hause gekommen war. Sie habe beobachtet, wie sie die Straße entlangfuhr und um die Ecke bog. Sie habe nicht bemerkt, dass sie zurückgekommen war, aber sie hätte sozusagen jederzeit zurückkehren und das Auto in die Garage stellen können. Birna Guðný hingegen blieb fest bei ihrer Aussage, sie habe in jener Nacht das Haus nicht verlassen.

Birna Guðný war natürlich die wesentlich bessere Lügnerin, dachte Árni, nachdem er fünf Stunden lang mitverfolgt hatte, wie Baldur die beiden Frauen abwechselnd in die Zange nahm. Das war sie immer gewesen. Freyja war allerdings auch keine Amateurin in dieser Hinsicht. Er konnte sich nicht entscheiden, wem er glauben sollte. Baldur offensichtlich auch nicht.

»Nehmen wir an, dass Freyja lügt«, sagte Baldur in einer Pause. »Was bezweckt sie damit? Welche Erklärungen sind möglich?«

»Um Gunnar zu decken«, sagte Árni. »Vielleicht ist Gunnar gar nicht nach Hause gekommen, und sie versucht, uns auf eine andere Spur zu lenken. Ich weiß es nicht, ehrlich gesagt.«

»Um Gunnar zu decken«, stimmte Baldur zu. »Das wäre denkbar. Oder sich selbst, nicht wahr? Ihr Alibi ist ja keinen Deut besser als das des Ehemanns, und bei näherer Betrachtung sogar wesentlich weniger stichhaltig. Er versteckt sich hinter der Aussage seiner Frau, die angeblich bis zum Morgen wachgelegen hat. Sie dagegen beruft sich auf einen schlafenden Ehemann und schlafende Kinder. Was ist, wenn Sigþórs Aussage über leidenschaftliche Liebkosungen von Daníel und Freyja der Wahrheit entsprochen hat und weder eine bösartige Verleumdung noch eine Überinterpretation einer harmlosen Umarmung zwischen zwei alten Freunden war?«

Baldur konfrontierte im nächsten Durchgang Freyja selbst mit dieser Frage und bot dabei diverse Deutungsmöglichkeiten an, denen zufolge Daníel da auf der Treppe entweder die Beziehung zwischen ihnen beendet hatte oder sich Gunnar gegenüber mit seiner Eroberung gebrüstet hatte; der wiederum hatte Freyja der Untreue bezichtigt, als er aus dem Wikingerlokal zurückkehrte; er ließ auch die Variante einfließen, dass sie selbst ans Handy gegangen war, als Daníel mitten in der Nacht anrief, was zu den bekannten Konsequenzen geführt habe. Entweder log Gunnar für sie, oder sie log für ihn. Freyja ließ sich jedoch nicht beirren, sondern hielt sich genau an das, was sie bereits mehrmals ausgesagt hatte: Birna Guðný sei weggefahren. Gunnar sei nach Hause gekommen und ins Bett gegangen. Sie habe sein Handy klingeln hören, und Gunnar habe irgendetwas gesagt, mit großen Abständen dazwischen. Er sei danach wieder eingeschlafen, sie sei wach geblieben.

Árni ertappte sich dabei, dass er lieber Freyja glauben wollte als Birna Guðný. Er wusste nicht genau, weshalb, und war nicht daran interessiert, das zu analysieren, weil er das Ergebnis fürchtete. Aber er musste sich auch eingestehen, dass es noch schwieriger war, sich mit den möglichen Erklärungen dafür abzufinden, weshalb Birna Guðný log. Da kamen nur zwei in Frage: Entweder hatte sie selbst Daníel umgebracht, oder sie hatte ein so geheimes nächtliches Stelldichein mit jemandem gehabt, dass sogar eine drohende Mordanklage sie nicht dazu bringen konnte, den Liebhaber preiszugeben. Die letztere Erklärung war einfach absurd, befand Árni – und die erstere eigentlich auch.

Die Überprüfung von Daníels Handy hatte ergeben, dass er seine Frau in der besagten Nacht dreimal angerufen hatte, mehr als eine Stunde später, nachdem Freyja sie angeblich hatte wegfahren sehen. Ihre Voicemail enthielt zwei Anrufe mit Schweigen, das war bestätigt. Für das gleiche Schweigen am Anrufbeantworter des Festnetztelefons gab es keine anderen Beweise als Birna Guðnýs eigene Aussage, aber auch wenn Daníel tatsächlich etwas aufgesprochen und ihr gesagt hätte, wo er war, und sie gebeten hätte, ihn zu holen, dann hätte sie

347

das nicht hören können, falls sie denn tatsächlich weggefahren war, und deshalb auch nicht wissen können, wo Daníel steckte.

Baldur hatte eine Lösung dafür. »Freyja erinnert sich nicht richtig an die Zeit«, sagte er. »Das könnte eine Erklärung sein. Oder Birna Guðný ist zwischendurch nach Hause gekommen. Fuhr weg, kam zurück, hörte die Nachricht und ist wieder fort. Das kann doch nicht ausgeschlossen werden?«

Wahrscheinlich nicht, dachte Árni, aber die Vorstellung, dass Birna Guðný mitten in der Nacht ihre drei Kinder, von denen das jüngste erst zwei Jahre alt war, ganz allein im Haus zurückgelassen hätte, um seelenruhig nach Reykjavík zu kutschieren und Daníel umzubringen, war trotzdem irgendwie zu bizarr. War es glaubhaft oder möglich, dass sie von Hafnarfjörður bis fast zur Stadtmitte von Reykjavík gefahren war, dort im Park ihren schwer verletzten Mann eingeladen hatte und mit ihm statt nach Hause oder zur Ambulanz zur halbfertigen Villa auf Seltjarnarnes gefahren war? Und sich ausreichend Zeit gelassen hatte, ihn zu foltern, zu töten und die Leiche zu schänden? Außerdem alles zu fotografieren, bevor sie wieder nach Hause fuhr und sich zu den Kindern legte, als wäre nicht das Geringste vorgefallen? Um anschließend zur Krönung des Ganzen diese scheußlichen Fotos vom Vater ihrer Kinder ins Internet zu stellen?

Nein, beschloss Árni, niemand, nicht einmal Birna Guðný, könnte so kaltschnäuzig, perfide, gewissen- und gefühllos sein.

Was wahrscheinlich bedeutete, dass Freyja log. Für sich selbst oder für Gunnar. Oder? So wie derzeit die Stimmung in der Clique war, dachte er, und angesichts von Freyjas Reaktion, als er ihr von Sissós Anschuldigungen und Birna Guðnýs Reaktion darauf erzählt hatte, war die dritte Erklärung vielleicht genauso wahrscheinlich wie jede andere: Demnach ging es Freyja einfach nur darum, Birna Guðný zu piesacken. Dass

Freyja boshaft und gehässig sein konnte, hatte sie auch schon früher bewiesen, und solche Gefühle schlummerten bei ihr ganz dicht unter der Oberfläche.

* * *

Guðni stand zu der Zusage, die er Helena gegeben hatte, und sprach bei erster Gelegenheit bei seinem Chef vor.

»Ich weiß nicht«, sagte Stefán. »Hast du mit Friðrik oder Leifur darüber geredet?«

»Nein«, sagte Guðni. »Nicht darüber. Aber ich habe natürlich mit ihnen gesprochen, das ließ sich nicht vermeiden. Ich habe auf dich verwiesen. Habe die Besprechung heute Morgen wegen dieser Idioten verpasst, du hast hoffentlich gemerkt, dass ich nicht zur Stelle war.«

»Das war unübersehbar«, schmunzelte Stefán. »Sie haben auch mit mir geredet und mit dem Boss in der obersten Etage.«

»Und? Theater?«

»Nichts Ernstes«, sagte Stefán gelassen. »Nichts Ernstes. Aber ich bezweifle stark, ob sie daran interessiert sind, uns einen Gefallen zu tun.«

»Ich habe keine Ahnung, weshalb die sauer sind«, brummte Guðni. »Das stünde doch wohl eher uns zu. Ich meine, sie schulden mir einen Gefallen, schließlich habe ich diesen Depp für sie geschnappt.«

»Irgendeine Idee, wie dieser Marek euch gefunden hat?«, fragte Stefán.

»Wenn ich unseren großartigen Geheimagenten richtig verstanden habe, hat Ewa Marek gestern von meinem Telefon aus angerufen. Typisch Frau. Ich hatte ihr verboten anzurufen und Helena verboten, das Haus zu verlassen. Glaubst du vielleicht, die hätten auf mich gehört? Verdammt noch mal, nein.

Ich hätte natürlich wissen müssen, dass sie das nicht tun würden, es ist wie im Film – Weiber tun immer genau das Gegenteil von dem, was der Held ihnen sagt. Ruf an, sagt der Held, und sie rufen nicht an. Bleib hier, sagt der Held, und sie hauen ab. Ewig dasselbe.«

»Und du bist also der Held in diesem Film?«, fragte Stefán ironisch.

»Wer denn sonst?« Guðni steckte die Daumen in den Hosenbund und lehnte sich zurück. »Aber egal, ich kapier nicht, wieso das ein Problem darstellen sollte. Dass sie das Land nicht verlassen darf, okay, aber es ist doch wohl kaum notwendig, sie in eine Zelle zu sperren. Besonders nicht, wenn ein angesehener Kriminalbeamter wie ich sich für sie verbürgt.«

»Aber weshalb?«, fragte Stefán. »Und wo soll sie wohnen? Sag mir bloß nicht, dass du ...«

»*Bullshit*, Stefán«, sagte Guðni gekränkt. »Das weißt du auch. Du solltest es jedenfalls wissen. Ich hab's Helena versprochen«, murmelte er. »Sie – nun ja, sie hat mich darum gebeten.« Er blickte hoch. »Und Ewa wohnt natürlich bei ihr, bis der Fall vor Gericht geht. Es ist ja nicht, als ginge es um eine gefährliche Kriminelle. Sie hat nur Pech mit ihrem Kerl gehabt, wie viele andere auch.«

»Ja, du solltest solche Frauen kennen«, pflichtete Stefán ihm bei und erntete, wie beabsichtigt, einen bösen Blick. »Es herrscht also Tauwetter zwischen dir und deiner Tochter?«

»Keine Ahnung, vielleicht«, sagte Guðni achselzuckend. »Ich glaube allerdings, dass sie in erster Linie blank ist, und dann kann man auf einmal mit Daddy reden.«

»Und Daddy schmilzt dahin?«, fragte Stefán.

»Ha, ha. Na egal, glaubst du, dass da was zu machen ist?«

»Wie gesagt, ich weiß es nicht. Aber ich werde mich der Sache annehmen, in Ordnung?«

»*Right*«, sagte Guðni. »Dann mach ich mich am besten an die Arbeit. Muss mich durch einen Haufen Berichte für diesen verfluchten Heini wühlen. Warum zum Teufel hast du ausgerechnet Baldur die Leitung der Ermittlung anvertraut?«

»Weißt du was«, sagte Stefán, »genau diese Frage habe ich mir heute Morgen auch schon gestellt. Bis später.«

* * *

»Wieso lässt du sie wieder gehen?«, fragte Árni. Er stand am Fenster und sah auf den Parkplatz hinunter, wo Freyja und Birna Guðný zu ihren Autos gingen, Freyja mit der Pranke von Gunnar um die Schultern, und Birna Guðný in angemessenem Abstand zu Sigþór. Als Sigþór ihr die Hand reichen wollte, wich sie zurück. Und beide Paare würdigten sich keines Blickes. »Du hättest sie bis morgen dabehalten können, ohne Anklage.«

»Ja«, sagte Baldur, »das hätte ich. Aber ich schätze die Lage so ein, dass es zu nichts geführt hätte, solange ich nur die widersprüchlichen Aussagen an der Hand habe. Ich brauche mehr, ich brauche diese Genehmigungen. Ich verstehe nicht, wieso Stefán dem nicht stattgegeben hat.«

»Tja«, sagte Árni, »in Gunnars Auto hat man schließlich nichts gefunden, auch nicht an seinen Klamotten.«

»Umso dringender ist es, die Suche auszuweiten«, erklärte Baldur. »Innerhalb dieser Gruppe – und nur bei ihnen – hat es so vehemente Gefühle gegenüber Daníel Marteinsson gegeben, dass es zu diesen tragischen Ereignissen führen beziehungsweise diese Vorgehensweise zur Folge haben konnte, diese Verstümmelung und diese Erniedrigung. Oder hast du eine bessere Theorie?«

Árni schüttelte den Kopf. »Vielleicht nicht, aber trotzdem. Die Leute haben ganz allgemein eine unheimliche Wut auf die sogenannten Expansionswikinger. Verständlicherweise. Und Daníel war einer der großkotzigsten. Ich meine, allein der Akt, sich neben einen funkelnagelneuen Range Rover zu stellen, der zig Millionen gekostet hat, und so zu reden, als täte er der Nation einen Gefallen damit, diesen Wagen zu kaufen. Und außerdem die Blog-Seite.«

»Das war ein Ablenkungsmanöver«, sagte Baldur. »Es handelt sich, wie wir schon vermutet haben, um eine Mischung aus schrankenlosem Hass und einem ausgeklügelten Versuch, uns in die Irre zu führen. Der Tatort sagt uns doch auch, dass der Schuldige, oder die Schuldigen, in dieser Gruppe zu suchen sind und nicht anderswo, die Wahl des Tatorts ...«

»Die halbe Nation wusste von seiner Villa«, protestierte Árni. »Das war ja auch wieder ein Beispiel für das, was ich meinte, diese Unverfrorenheit und immer diese Überheblichkeit und Angeberei bei Daníel. Das wurde in dem Blödsinn auf der Blog-Seite ausdrücklich erwähnt.«

»Sag mir etwas anderes«, schnitt Baldur ihm das Wort ab und wiegte sich von den Fersen zu den Zehen, die Hände hinter dem Rücken verschränkt. »Wenn wir vermuten, dass hier zwei oder mehr Personen aus dieser Gruppe gemeinsame Sache gemacht haben, welche kämen am ehesten in Frage?«

Árni hatte genug von diesem Spiel. »Ich habe keine Ahnung«, sagte er rundheraus. »Keinen blassen Schimmer.«

»Hm, na schön«, sagte Baldur. »Dann kommt jetzt die nächste Vernehmung, die Zeugin muss in fünf Minuten eintreffen. Sei dann im Hinterzimmer. Hast du dir schon das Protokoll von dem Unfall am Djúpavatn seinerzeit angesehen?«

Scheiße, dachte Árni. »Nein«, sagte er, »bisher nicht. Ich glaube, es ist auch noch gar nicht auf meinem Schreibtisch gelandet.«

»Dann mach dich daran, sobald die Vernehmung beendet ist«, sagte Baldur in scharfem Ton. »Beschaff es dir notfalls eben selbst. Ich dulde keine Saumseligkeit, ich dachte, ich hätte mich verständlich genug ausgedrückt?«

Halt die Schnauze, dachte Árni.

* * *

Guðni hatte einige Mühe damit, seine Freude über die Freude seiner Tochter zu verhehlen.

»Im Grunde ist es natürlich am meisten Stefán zu verdanken«, sagte er so bescheiden, wie es ihm möglich war. »Aber ich hab ihm ordentlich Druck gemacht.«

Helena saß vergnügt auf dem Beifahrersitz, und Ewa lächelte ihn schüchtern im Rückspiegel an. »Darf ich Marek besuchen?«, fragte sie.

»Äh, nein«, sagte Guðni. »Auf jeden Fall nicht gleich. Ihr – ihr dürft euch erst sehen, wenn das, also wenn alles mit dem ... du weißt schon ...« Guðni geriet ins Stocken.

»Mit Mord von Henryk Olbrys«, vollendete Ewa den Satz. »Das ich versteh. Aber ...«

»Sorry«, sagte Guðni, »so ist es leider.«

»Aber Andrzej«, sagte Ewa. »Kann ich ... Andrzej sehen?«

Guðni räusperte sich. »Ich kümmere mich darum«, versprach er. »Gleich heute noch, ich werde ... also, ich werde mit dem sprechen, mit dem ich sprechen muss.« Wer immer das war. Er bereute es bereits, so viel Entgegenkommen gezeigt zu haben. Gewese zog doch stets mehr Gewese nach sich, das hätte er sich vorher sagen können.

»Papa deichselt das schon«, sagte Helena und warf ihrem Vater einen strengen Blick zu. »Ganz bestimmt.« Dann wandte sie sich Ewa zu. »Aber heute denken wir nicht daran, okay? Wir machen uns einen gemütlichen Abend, du nimmst ein

Bad, und wir essen was Schönes und schauen uns danach einen Film an oder so. Du schläfst in meinem Bett, ich hau mich aufs Sofa. Okay?«

Ewa murmelte etwas Zustimmendes. Sie schien nicht gerade vor Freude in die Luft zu springen, dachte Guðni. Was vielleicht durchaus normal war, fügte er aus seinem legendären menschlichen Einfühlungsvermögen heraus hinzu.

»Und keine Sorge«, fuhr Helena fort, »heute Nacht wirst du gut schlafen. Ich schnarche nämlich nicht wie Daddy.«

Guðni schnitt eine Grimasse. Ewa gab sich Mühe zu lächeln. »Dann ich machen wie Zyta«, sagte sie, »ich einfach ...« Sie sah Guðni an. »Ist Zyta auch im Gefängnis?«

Guðni nickte. »Ja, das glaube ich zumindest.«

»Wegen Andrzej?«

»Ja.«

»Ich nicht glaube, dass Zyta etwas tun«, sagte sie verlegen. »Ich glaube, nur Kristjan das war. Sie ihm vielleicht helfen wollen und sagen, dass zu Hause war, aber ich nicht glauben, dass Zyta was tun. Zyta ist gut. Vielleicht sie hat Pille genommen, weil er so viel schnurchen. Das sie mir gesagt, sie nimmt Pille manchmal deswegen.«

Guðni spitzte die Ohren. »Was für Pillen?«, fragte er.

* * *

»Védís Gestsdóttir«, sagte Dísa. Sie war nicht ganz so hübsch, wie Árni sie in Erinnerung hatte. Auf jeden Fall nicht im Augenblick.

»Du hast ausgesagt, die Nacht von Samstag auf Sonntag in der vergangenen Woche mit Sigþór in dem Hotel neben dem Wikingerlokal verbracht zu haben?«, sagte Baldur.

»Ja.«

»Und du stehst zu dieser Aussage?«

»Ja, selbstverständlich. Wieso sollte ich das nicht tun?«

Sie ist in der Defensive, dachte Árni, eindeutig.

Baldur dachte dasselbe. »Ihr habt die Gesellschaft wann verlassen, um ein Uhr fünfzehn? Ein Uhr dreißig?«

»Ja, um die Zeit etwa.«

»Was denn nun? Ein Uhr fünfzehn oder ein Uhr dreißig?«

»Ach, so ungefähr. Ich habe da nicht dauernd auf die Uhr geguckt. Ich hatte anderes im Kopf.«

»Und Sigþór lag an deiner Seite, als du am Sonntagmorgen aufgewacht bist?«

»Ja, aber das habe ich doch alles neulich gesagt, ich kapier nicht ganz, wieso …«

»Die Sachen, die Sigþór an dem Morgen anzog«, unterbrach Baldur sie, »waren es dieselben Sachen, die er in der Nacht ausgezogen hatte?«

»Die Sachen? Moment mal, ich versteh nicht …«

»Es handelt sich um eine simple Frage. Hat Sigþór am nächsten Morgen sich in dieselben Sachen gekleidet, die er beim Zubettgehen ausgezogen hatte, ja oder nein? Lass dir Zeit, gute Frau, und überlege scharf, bevor du antwortest.«

Védís schien diese Aufforderung ernst zu nehmen und runzelte die Augenbrauen. »Weißt du was, ich kann mich nicht erinnern. Am Abend hatte er einen grauen Anzug an und ein rosa Hemd.«

»Unterwäsche?«

Árni glaubte zu sehen, dass Védís errötete.

»Boxer«, sagte sie. »Violette Boxershorts aus Seide, mit Smileys.«

Árni verschluckte sich am Kaffee.

»Aber kein Unterhemd.«

»Und hat er dieselben Sachen getragen, als ihr das Hotel verlassen habt?«

»Ich hab das schon neulich dem anderen Polizisten gesagt, ich bin vor ihm gegangen. Er hat noch geschlafen, auf seine Klamotten hab ich nicht geachtet. Was soll das…«

»Warst du völlig nüchtern?«, fragte Baldur.

»War ich nüchtern?«, echote Védís entgeistert. »Wie kommst du denn auf die Idee?«

»Ich komme hier nicht auf eine Idee«, sagte Baldur abweisend. »Ich stelle dir eine Frage. Wie betrunken warst du?«

»Och, irgendwie war ich ganz schön beschickert.«

»Ein Zeuge hat ausgesagt, du seist an dem Abend sehr alkoholisiert gewesen«, fuhr Baldur in demselben schroffen Ton fort. »Man könnte auch sagen volltrunken, denn Sigþór musste dich beinahe vom Restaurant über die Straße ins Hotel tragen. Kannst du das bestätigen?«

»Kann ich was – ey, wer hat das gesagt? Sigga, oder Elsa? Oder war es vielleicht Systa?«

»Das tut nichts zur Sache, und es gibt auch mehr als einen Zeugen. Bestreitest du diese Beschreibung deines Zustands an jenem Abend?«

Védís kämpfte mit sich und kaute abwechselnd auf ihren Lippen und ihren Nägeln herum.

»Nein«, sagte sie schließlich. »Das stimmt. Ich war an dem Abend total knülle.«

Aha, dachte Árni. Damit war ein weiteres Alibi geplatzt.

* * *

»Wo ist dieser dämliche Heini?«, fragte Guðni und plusterte sich auf. »Ich hab da eine kleine Info für ihn, die vielleicht eine Rolle spielen…«

»Falls du mich gemeint hast«, sagte Baldur, der im gleichen Moment zu einer anderen Tür des Großraumbüros hereingekommen war, »hier bin ich.«

»Gut«, grinste Guðni. »Wie gesagt, eine kleine Info. Es geht um diesen Kristján, einer von Árnis Freunden. Ich glaube, man muss seiner Alten noch ein bisschen mehr auf die Finger fühlen. Ich habe es aus zuverlässiger polnischer Quelle, dass sie sich durchaus mal abends ein paar Pillen reinzieht, um anständig schlafen zu können. Wer sagt, dass sie das nicht auch am Samstagabend gemacht hat?«

»Interessant«, sagte Baldur und sah Árni an. »Die Alibis brechen eines nach dem anderen zusammen. Aber sie waren ja auch nicht gerade hieb- und stichfest. Also schön, wir gehen der Sache nach. Sind die Eheleute noch in Haft?«

Katrín schüttelte den Kopf. »Nein, sie wurden vor zirka einer halben Stunde entlassen. Aber hier ...« Sie drehte den Computerbildschirm zu ihm hin. »Das IKA hat fünf von den neun Polen aus Breiðholt geschnappt«, sagte sie. »Darunter auch diesen Leslaw. In einem Wohnwagen in der Nähe von Egilsstaðir, sie hatten für Samstag einen Platz auf der Fähre gebucht.«

»Na und?«, fragte Guðni. »Was ändert das? Hätte dieser Kristján nicht trotzdem den Polen ...«

»Ja, schon«, gab Katrín zu. »Aber ich habe es aus zuverlässigen isländischen Quellen, dass ein gewisser Pole das Bewusstsein wiedererlangt hat. Und er hat Kristjáns Geschichte bestätigt – der Kerl hat ihm vor einem halben Monat zwanzig Flaschen geliefert.«

»Halt mal, woher weißt du das denn?«, fragte Guðni misstrauisch. »Hast du da irgendwelche Freunde unter diesen Idioten vom IKA?«

»Ich habe überall Freunde, mein lieber Guðni«, sagte Katrín. »Einige von uns können sich eben Freunde machen, so läuft es halt.«

»*Funny lady*«, erklärte Guðni und wandte sich wieder Baldur zu. »Also, Chef, was dann als Nächstes? Soll ich vielleicht diesen Kristján und sein polnisches Weib noch einmal herbeischaffen und wieder in die Zelle verfrachten?«

»Nein«, sagte Baldur. »Du gehst nach Hause.«

»*Fuck it*«, sagte Guðni gereizt. »Was ist eigentlich hier mit allen los? Man strengt sich an und will…«

»Ich muss darauf bestehen, dass du Feierabend machst, du darfst für heute nicht länger arbeiten. Punktum.«

»Aber…«

»Keine Widerrede«, sagte Baldur resolut. »Du darfst dich gerne bei Stefán beschweren, aber zuvor gehst du nach Hause und ruhst dich aus. Eines kannst du allerdings noch auf dem Weg erledigen, schau beim Erkennungsdienst vorbei und bitte sie, alle Kleidungsstücke von Sigþór zusammenzusuchen, auf die diese Beschreibung passt. Diese Analyse muss priorisiert werden. Wenn die beschriebenen Sachen nicht unter der Garderobe sind, die wir beschlagnahmt haben, lässt du es mich bitte sofort wissen.«

Auf dem Weg in den Keller fluchte Guðni die ganze Zeit halblaut vor sich hin, und seine Laune wurde nicht besser, als er einige Zeit darauf warten musste, dass jemand die hermetisch verriegelte Tür öffnete.

»Hi«, sagte Eydís, als sie endlich aufgemacht hatte. »Was ist?«

Guðni reichte ihr die Liste von Baldur und folgte ihr.

»Der dämliche Heini will, dass…« Er blieb so abrupt stehen, dass nicht viel gefehlt hätte, und er wäre vornübergekippt. »Woher kommt das?«, fragte er, indem er auf die Flaschen deutete, die reihenweise auf einem Stahlregal standen. »Ist das der Schnaps von diesem Kristján, den er von dem Polen gekriegt hat?«

»Ja.«

»Habt ihr den Inhalt schon analysiert?«

»Ja.«

»Darf ich?« Er ging zu dem Regal und griff nach einer der Flaschen.

»Was machst du denn da, Guðni, bist du vollkommen durchgeknallt? Du kannst doch nicht einfach ...«

Guðni schenkte ihr keine Beachtung, sondern schraubte den Verschluss von einer Flasche ab und schnupperte. Probierte. Wodka vom Feinsten, dachte er, genau wie allerbester Wodka, verflucht noch mal.

17

Freitag

»Diese verdammten Flaschen hab ich nie zu Gesicht bekommen«, erklärte Guðni grimmig. »Der Hund hatte sie schon einkassiert, bevor ich in der Garage aufgekreuzt bin. Du hast sie gesehen, nicht ich. Und da unten beim Erkennungsdienst hatte ich erst gestern Abend etwas zu tun. Also versuch nicht, mir die Schuld daran zu geben, dass Marek diesen Mafioso aus der russenfreundlichen Liga abgemurkst hat, wie immer er heißen mag.«

»Henryk«, sagte Katrín. »Und Guðni, ich versuche nicht, dir die Schuld an etwas zu geben. Ich hab nur gesagt, falls du eher geschaltet hättest, dann hätte Marek wahrscheinlich nie ...«

»Katrín, ich hab das gerafft, okay? Und vergisst du da nicht einfach auch etwas? Wenn ich mich nicht am letzten Freitag mit Skari Mar unterhalten hätte, anstatt deiner Anweisung zu folgen und mich in die Falle zu hauen, dann wären wir vielleicht nie auf den Dreh gekommen. Darum geht's.«

»Ja, richtig, aber das ist auch wieder so ein Ding«, sagte Katrín nachdenklich. »Du musst dir doch über die Folgen im Klaren sein, dass genau das uns auf seine Spur gebracht hat? Dass du Schnaps von ihm gekauft hast und dass diese Tatsache uns auf seine Spur geführt hat? Was glaubst du, wie sein Verteidiger so etwas ausschlachten wird?«

Guðni schüttelte sich. »Was gibt es da auszuschlachten? Ich sehe nicht, dass es irgendwelchen Einfluss auf Skari Mars Lage haben würde. Für mich könnte es nachteilige Folgen haben, das hängt davon ab, wie das Ganze aufgebauscht wird, nehme ich an. Das wird sich einfach zeigen, ich hab schon schlimmeren Schlamassel erlebt. Ich bin nur verdammt sauer auf mich selbst, dass ich nicht eher draufgekommen bin, ich hätte diese verdammten Pullen gar nicht zu sehen brauchen. Ich meine, der Schnaps war so viel besser als das Gesöff, das der Kerl sonst immer zusammengepanscht hat. Und außerdem war ich von Anfang an der Meinung, dass irgendwelche Schwarzhändler dahintersteckten. Ich ging bloß davon aus, dass es sich um Polen handeln müsste, ich hätte nie gedacht, dass Skari Mar zu so etwas fähig gewesen wäre, der verdammte Kerl.«

»Nein«, sagte Katrín, »das hast du ja auch gesagt. Ich kann mich daran erinnern, als wir seinerzeit seinen Nachbarn geschnappt haben, Steinar Ísfeld. Der sitzt immer noch in Litla-Hraun, und nun werden sie dann wieder Nachbarn sein. Er ist nur ein kleiner Fisch, nicht wahr?«

»Ja«, knurrte Guðni. »Und außerdem ein wandelndes Wrack, herzkrank. Was klüngeln die da eigentlich so herum, warum geben die nicht den Einsatzbefehl?«

Nachdem Guðni die bei Skari Mar erstandenen Flaschen geholt hatte, um sie mit den sichergestellten im Keller des Erkennungsdienstes zu vergleichen, hatte er Katrín und Stefán informiert, und daraufhin nahm die Ermittlung eine neue Wendung. Jetzt, dreizehn Stunden später, saßen sie in einem neutralen japanischen Pkw in der Nähe des Hauses von Óskar Marínósson, genannt Skari Mar, mit Haftbefehl und Genehmigung zur Hausdurchsuchung in der Tasche. Und um die nächste Ecke wartete ein Streifenwagen auf ein Zeichen von ihnen. In Hafnarfjörður waren Árni, Baldur und andere im Begriff, eine weitere Hausdurchsuchung vorzunehmen, und warteten ebenfalls auf das Signal zum Einsatz, um sich den Arbeitsplatz von Skari Mar vorzuknöpfen. Stefán hatte großen Wert darauf gelegt, das IKA so weit wie möglich da herauszuhalten.

»Das ist ein Fall für uns«, sagte er, »ein ganz normaler, schäbiger isländischer Mord, der nichts mit einem polnischen Mafiakrieg zu tun hat. Es war von Anfang an unser Fall, und jetzt ziehen wir das einfach durch.« Niemand hatte irgendwelche Einwände erhoben.

Es war sechs Uhr. Das Handy in Katríns Tasche jaulte.

»Bereit?«, fragte sie. »Prima.« Sie beendete das Gespräch. »Also dann, Guðni, jetzt wecken wir den Kerl.«

* * *

Skari Mar leistete nicht den geringsten Widerstand, er ließ sich schweigend und mit hängenden Schultern in die grüne Minna abführen, die allerdings gar nicht grün war, sondern weiß. In regelmäßigen Abständen zog er die Nase hoch. Guðni verspürte im Gegensatz zu den früheren beiden Malen überhaupt keine Befriedigung, ihn zu schnappen.

»Entschuldige, Guðni«, schniefte Skari, als man ihn zwischen zwei bärenstarken Uniformierten platziert hatte. »Ich hätte es dir natürlich sofort sagen sollen. Aber ich hab einfach… Ja. Aber es ist gut, dass es ein Ende hat, ich hab mich nicht wohl dabei gefühlt. Ich wollte auch gar nicht – das war irgendwie ein Unfall, verstehst du.«

»Sei so schlau und halt die Klappe«, knurrte Guðni. »Du hast bald Gelegenheit, mit deinem Rechtsanwalt zu reden. Vergiss bloß nicht, sofort um Rechtsbeistand zu bitten, wenn sie dich einbuchten.«

»Kommst du nicht mit?«, fragte Skari wehleidig. »Es wär mir lieber.«

»Sorry«, sagte Guðni. Er schloss die hintere Tür und schlug gegen das Auto, um das Zeichen zum Abfahren zu geben. Mit blinkenden Blaulichtern rollte der Wagen nahezu geräuschlos die Straße entlang.

»Dreimal verfluchte Kacke«, murmelte er und ging zu Katrín. »Und was sagt der Kleine? Haben sie da in Hafnarfjörður was gefunden?«

»Oh ja«, sagte Katrín. »Jede Menge Schnaps und geschmuggelte Zigaretten ohne isländischen Aufdruck. Wir werden wohl versuchen müssen, Marek die Geräte und die Ware identifizieren zu lassen. Was auch immer dabei herauskommt.«

»Vielleicht. Aber ich bezweifle sehr, dass Skari Mar irgendwelches Theater machen wird. Jetzt muss ich in die Falle, ich bin echt kaputt. Fährst du mich nach Hause?«

»Wenn du möchtest«, sagte Katrín. »Willst du Skari denn nicht selbst einliefern? Es ist doch von A bis Z dein Fall gewesen, und dein Name sollte da ...«

»Nein, will ich nicht«, brummte Guðni. »Nicht dieses Mal.«

* * *

Árni hatte kein Bedürfnis nach Schlaf. Im Gegensatz zu Guðni hatte er es nämlich genau wie Katrín geschafft, sich vor der Festnahme ein paar Stunden hinzulegen und war erstaunlicherweise auch sofort eingenickt. Er fühlte sich wie neugeboren, als er morgens um halb fünf aufgewacht war. Baldur dagegen hatte die ganze Nacht durchgearbeitet und war nach der erfolgreichen Durchsuchung in Skari Mars Laden nach Hause gefahren. Er hatte Katrín die vorbehaltliche und provisorische Leitung der Ermittlung übertragen, was weder Árni noch irgendjemand anders bedauerte. Nicht dass Katrín viel ausrichten konnte, denn die anliegenden Aufgaben für den Tag waren klar abgesteckt, sie hatte nur dafür zu sorgen, dass alles plangemäß verlief. Árni hoffte, dass Baldur nicht zu seiner Drohung stünde, um zwei Uhr wieder da zu sein, aber er war eher pessimistisch.

Eine verblichene hellblaue Mappe mit graugelben zerfledderten Gummibändern über den Ecken erwartete ihn auf seinem Schreibtisch, als er wieder im Dezernat eintraf. Der alte Bericht über den tödlichen Unfall am See Djúpavatn war endlich bei ihm angelangt. Er schob die Gummibänder vorsichtig von den Ecken und zögerte lange, bevor er die Mappe öffnete. Und dann begann er zu lesen.

Árni brauchte gerade mal fünf Minuten für seine gründliche Lektüre, denn der Bericht bestand aus nur drei Seiten. Er legte die Blätter zurück in die Mappe, klappte sie zu, schloss die Augen und stöhnte. Was hatte er erwartet? Eigentlich gar nichts, glaubte er. Und genau das hatte er bekommen. Ellert Viktorssons tödlicher Unfall war am Sonntagmorgen von zwei anderen Teilnehmern an diesem Anglerwochenende gemeldet worden, Kristján Kristjánsson und Sigþór Jóhannesson, die im Auto nach Hafnarfjörður gefahren waren. Polizei und Krankenwagen waren ihnen zurück zum See gefolgt und hatten Ellert tot aufgefunden. Einer von den drei Kriminalbeamten, die damals in Hafnarfjörður tätig waren, hatte die vier jungen Männer vernommen, die mit Ellert im See gefischt hatten, und alle hatten ungefähr dasselbe ausgesagt: Am Samstagabend hätten sie schwer getrunken, alle fünf, und wären im Lauf der Nacht einer nach dem anderen umgekippt. Als sie am späten Morgen ihren Rausch ausgeschlafen hätten, sei Ellert vermisst worden, und sie hätten ihn kurz darauf ein paar Meter vom Seeufer entfernt aufgefunden.

Der Obduktionsbericht war kurz und bündig und lautete

auf Todesursache durch Ertrinken, vermutlich acht bis zehn Stunden, bevor der Arzt die Leiche untersuchte. Von irgendwelchen Verletzungen war keine Rede.

* * *

Es lief so, wie Guðni prophezeit hatte: Óskar Marínósson, früherer Schwarzhändler und ehemaliges Unschuldslamm, machte kein Theater. Er weigerte sich zwar, mit irgendjemand anderem als Guðni zu reden, und schwieg sich aus, sosehr Katrín ihm auch zusetzte, sanft bittend, befehlend oder drohend, aber Theater machte er nicht. Er saß mucksmäuschenstill und unbeweglich auf seinem Stuhl und unterbrach sein Schweigen nur, um höflich darum zu bitten, mit seinem Freund Guðni sprechen zu dürfen. Zum Schluss befand Katrín, dass es reine Zeitverschwendung sei, und sie ließ den Kerl in seine Zelle zurückbringen, bis er sich eines Besseren besonnen hatte oder Guðni wieder eingetroffen war.

Nachdem sie sich vergewissert hatte, dass alle bei der Arbeit waren, wovon sie ohnehin ausgegangen war, machte sie sich auf den Weg zu Stefáns Büro.

»Störe ich?«, fragte sie, den roten Schopf durch die Tür streckend. »Du steckst vielleicht bis zum Hals in Revolutionspräventionsaktionen?«

Stefán brummte etwas und bedeutete ihr hereinzukommen. »Es ist fast schon nicht mehr witzig«, sagte er und setzte zur Feier des Tages seine grüne Kappe auf. »Wenn die Leute, die angeblich dieses Land regieren, so weitermachen, würde es mich ehrlich gesagt gar nicht wundern, wenn es hier überkocht. Aber lassen wir das. Was kann ich für dich tun?«

»Ich hab nur überlegt«, sagte Katrín forsch, »ob es nicht doch an der Zeit wäre, das durchzuziehen, was Baldur gestern vorschlug? Damit auf jeden Fall sämtliche Autos dieser Leute abgecheckt werden können, mehr nicht. Ich meine, Marek haben wir, den anderen Mafioso auch, beides fette Brocken, beide von Europol und Interpol gesucht und was weiß ich. Und Skari Mar hat bereits so gut wie zugegeben, dass er den ersten Polen umgebracht hat. Wir stehen also heute etwas besser da, findest du nicht? Und eigentlich muss ich Baldur zustimmen, obwohl es mir gegen den Strich geht. Ich glaube, wir tun richtig daran, uns auf diese engere Gruppe zu konzentrieren. Vor allem jetzt, wo sich herausgestellt hat, dass keines der Alibis auch nur einen Pfifferling wert ist.«

Stefán lehnte sich zurück, schob den Schirm bis über die Augen und zupfte mit Daumen und Zeigefinger an seiner Unterlippe herum. Das war ein gutes Zeichen. »*All right*«, sagte er nach kurzem Schweigen. »Lassen wir es drauf ankommen. Ich rede mit dem Staatsanwalt und taste mich vor, was er dazu meint, bevor wir weitere Schritte unternehmen. Und Katrín …« Er schob den Schirm wieder hoch und sah Katrín in die Augen.

»Ja?«

»Du sollst wissen, dass ich dir die Leitung in diesem Fall anvertraut hätte, wenn du nicht schon mit dem anderen Fall angefangen hättest. Nur damit das klar ist.«

»Danke«, sagte Katrín. »Ich weiß.«

Sie führt Regie, dachte Stefán, nachdem sie gegangen war, sie will keine Soloauftritte, sondern sie führt Regie. Genau wie ich, dachte er zufrieden. Dann erinnerte er sich an das, womit er beschäftigt gewesen war, als sie ihn unterbrochen hatte, und seine Miene verdunkelte sich. Er machte sich wieder an die Lektüre. Es wurde damit gerechnet, dass etwa fünftausend Leute sich am nächsten Samstag vor dem Parlament am Austurvöllur einfinden würden. Konnte das sein? Fünftausend protestierende Isländer?

»Nee«, brummte Stefán vor sich hin, »zum Teufel noch mal. Das glaube ich erst, wenn ich es sehe.« Er legte den Bericht zur Seite und griff zum Telefon. Besser, man steht zu dem, was man verspricht, dachte er und rief den Staatsanwalt an.

* * *

Baldur blühte förmlich auf, als er Schlag zwei Uhr erschien und erfuhr, dass die Genehmigung zur Durchsuchung sämtlicher Fahrzeuge von Sigþór, Kristján, Gunnar, Freyja, Daníel und Birna Guðný binnen kurzem vorliegen würde. Er dachte, dass Stefán nun endlich, wenn auch spät, eingesehen hatte, dass es das Beste war, seinem ausgezeichneten Vorschlag zu folgen. Sofort begann er die Aktion zu organisieren. Als Erstes, befand er, musste festgestellt werden, wo die Wagen derzeit waren. Zu seiner Enttäuschung wurde ihm mitgeteilt, dass diese Arbeit bereits in Angriff genommen worden und sogar schon recht weit gediehen war. Aber irgendwelche Anzeichen von Frustration schüttelte er rasch ab und gruppierte seine Leute. Kristján und Zyta wurden Katrín und Árni zugeteilt, wogegen Árni nichts einzuwenden hatte. Er glaubte, sich bei Kristján wegen der Verhaftung entschuldigen zu müssen, selbst wenn sie aufgrund der Umstände keineswegs falsch gewesen war und er überhaupt nichts damit zu tun gehabt hatte.

»Hast du dich jemals in einer ähnlichen Situation befunden?«, fragte er Katrín, als sie durch Kópavogur fuhren.

»Ähnlich wie was?«

»In einem Fall zu ermitteln, in den Freunde oder gute Bekannte von dir involviert sind, die du vernehmen oder sogar festnehmen musst?«

»Einmal, ja«, gab Katrín zu. »Aber das war nicht so ein ernster Fall. In meinem zweiten Jahr bei der Polizei, glaube ich, zumindest war ich fertig mit der Ausbildung, 1993 oder 94, da lief ich noch in Uniform herum.« Sie musste lächeln. »Wir wurden zum Einkaufszentrum Kringla gerufen, es ging um Ladendiebstahl. Kein Problem also, und wir sind hochmarschiert zum Büro des Hagkaup-Magazins – und da saß Tante Alma, die Schwester meines Vaters, die feine Dame aus dem Laugarnesviertel. Sie hatte eine Puderdose und einen Lippenstift mitgehen lassen. Es war peinlich.«

»Ach ja, kann ich mir vorstellen«, sagte Árni.

»He, ich hab dir doch gesagt, es war nichts Ernstes. Aber doch für Tante Alma so ernst, dass sie immer noch bei irgendwelchen Familienfeiern eine beleidigte Miene aufsetzt und mich ignoriert. Und zur Konfirmation von Íris ist sie auch nicht gekommen, sondern hat nur eine Karte und Geld geschickt. Und das, obwohl ich zu niemandem in der Familie darüber geredet habe. Zu überhaupt niemandem, bis jetzt.« Sie hielt bei einer roten Ampel und sah Árni an. »Weshalb hattest du diese Abneigung gegen Daníel?«, fragte sie. »Das hast du mir noch nicht so richtig erklärt.«

Árni stöhnte. »Ich weiß es selbst kaum«, sagte er, als sie auf die alte Straße nach Keflavík einbogen. »Ich glaube nicht, dass es eine besondere Abneigung war, aber gemocht habe ich ihn auch nicht. In der Grundschule war er die ersten Jahre ganz in Ordnung, da war ja auch das Leben noch relativ einfach. Bevor man anfing, über das Leben und den Tod nachzudenken, und über Sex natürlich.«

Katrín spitzte die Lippen. »Huh«, sagte sie spöttisch, »hat mein Junge es in der Pubertät echt schwer gehabt?«

»Vielleicht nicht so sehr in der Pubertät«, sagte Árni, »sondern eher in den letzten Jahren auf dem Gymnasium. So ab der elften Jahrgangsstufe. Hier nach links.« Katrín bog nach Flatahraun ein. »Und wieder die nächste links.«

»Ich erinnere mich«, sagte Katrín, »ich war doch erst vor

ein paar Tagen hier. Aber wie war das denn, du gehörtest zu Daníels Clique, und was ist dann passiert? Was war so schwierig?«

»Ach, ich hab keinen Bock, darüber nachzudenken«, murmelte Árni, feuerrot angelaufen. »Es war irgendwie – ich fand manchmal, nein oft, dass ich überhaupt nichts in dieser Gruppe zu suchen hatte. Und ich hatte das Gefühl, dass ich eher so wie Kristján war, nicht wie die anderen drei. Ich gehörte nur dazu, weil sie jemanden brauchten, über den sie sich lustig machen konnten, auf den sie herunterblicken konnten. Aber vielleicht sehe ich das ganz falsch.«

»Kristján war aber jedenfalls in dieser Rolle?«

»Ja, das war er«, sagte Árni. »Und ich fürchte, ich habe mich auch nicht besser benommen als die anderen, was ihn betraf.« Katrín hielt an, und sie stiegen aus. Beide Autos standen in der Einfahrt, der Lieferwagen und der Nissan. »Ich glaube, dass ich deswegen den Kontakt zu ihnen nach dem Abitur praktisch abgebrochen habe«, sagte Árni. »Ich fand mich selbst unerträglich, wenn ich mit ihnen zusammen war, wenn wir alle zusammen waren. Mit Gunnar allein hatte ich beispielsweise keine Probleme.«

»Und mit Kristján?«

»Kristján allein?«

»Ja.«

»Das war nur ganz selten der Fall.« Er drückte auf die Klingel.

»Ey!«, sagte Kristján, als er die Tür öffnete. Er trug immer noch den Jogginganzug vom Dienstagabend. »Árni Ey! Hereinspaziert. Ich soll wohl wieder festgenommen werden, mein Junge?« Er nahm die dicke Brille und wischte sie mit seinem Ärmel ab, breit grinsend.

* * *

»Die polnischen Brüder sind ein paarmal zu mir gekommen«, sagte Skari Mar, nachdem Guðni das Aufnahmegerät eingeschaltet und die üblichen Formalitäten aufgesprochen hatte. »Wenn ihnen Ersatzteile fehlten, verstehst du. Ich hatte dir ja gesagt, dass manchmal Polen zu mir kämen, erinnerst du dich? Auf jeden Fall hatte ich meist das da, was sie für ihren Toyota brauchten, aber nicht für den Polo. Da musste ich sie immer anderswohin schicken. Sie haben von mir Kotflügel und eine Motorhaube gekriegt, das war bei denen alles total durchgerostet. Ich hatte zwar keine Haube in der gleichen Farbe, aber das kümmerte sie nicht. Und dann haben sie noch eine Lichtmaschine gekriegt und einen Starter und andere Kleinigkeiten. Der große Dunkle war mir anfangs nicht richtig geheuer, der wirkte gefährlich. Aber der andere, der, den ich … Ja, der Ärmste war ein lieber Kerl, er war ziemlich dick und hat immer übers ganze Gesicht gestrahlt und was auf Polnisch gebrabbelt, der Ärmste konnte ja kein Englisch. Ich glaube, dem hat da oben einiges gefehlt, du verstehst? Und dann hat irgendwann mal, beim zweiten oder dritten Mal, der andere eine Flasche rausgeholt und mir gegeben. Bonus, hat er gesagt und ein Auge zugekniffen. Den hab ich natürlich probiert, als sie weg waren, Mann, fantastisch. Schwarzgebrannt, das wusste ich sofort, aber unheimlich gut. Besserer ist mir nie über die Lippen gekommen, sogar besser als mein eigener.« Skari schüttelte den Kopf, als wüsste er immer noch nicht, was da eigentlich abgelaufen war.

»Und als sie das nächste Mal kamen«, fuhr er fort, »da haben sie wieder eine Flasche mitgebracht. Und da habe ich gefragt, woher sie den hätten, und ob ich ihnen vielleicht mehr abkaufen könnte. Ich musste ja die Konkurrenz abchecken, verstehst du? Darüber hat er mir natürlich nix gesagt, legte nur den Finger auf die Lippen, du verstehst, *psst, geheim*. Und dann neulich, das war Mittwoch in der letzten Woche, da kamen sie wieder und wollten eine Pleuelstange von mir. Er wusste natürlich nicht, wie so etwas hieß, aber er konnte mir zeigen, was er wollte, und ich hatte eine auf Lager.« Skari Mar zog die Nase hoch, holte ein Taschentuch aus der Tasche und schneuzte sich gründlich.

»Ich, also, Guðni, das hab ich dir ja schon neulich gesagt, ich wusste, dass gute Zeiten im Sprithandel bevorstanden. Krisen wie diese erzeugen genug Nachfrage. Aber meine Geräte, meine Destillieranlage, die war eigentlich kaum noch zu gebrauchen. Ich hatte schon so lange nicht mehr gebrannt, da war ja in den letzten Jahren überhaupt nichts dran zu verdienen. Also wenn ich wieder loslegen wollte, wenn ich wieder ins Geschäft einsteigen wollte, verstehst du, dann brauchte ich natürlich neue Geräte. Entweder welche kaufen oder selbst bauen, oder so ein Mix aus beidem wie das letzte Mal. Daran habe ich gar nicht gedacht, als ich ihn da am Donnerstag wiedersah, den Dicken. Also zuerst hab ich den Toyota gesehen, den hab ich sofort erkannt, der stand da am Rand in umgekehrter Richtung zu mir, aber dann hat er direkt vor mir gewendet, und ich bin ihm nachgefahren. Einfach um abzuchecken, wo er denn so hinwollte. Und er fuhr direkt zu der Schnapsfabrik. Das wusste ich natürlich nicht gleich, ich habe aber gehalten, so wie er, ein bisschen weiter weg. Und hab gewartet, bis er wieder wegfuhr, und dann bin ich zum Haus und hab zum Fenster reingeguckt. Da konnte ich erst mal nix sehen, es war dunkel, und die Vorhänge waren vorgezogen. Aber ich war neugierig, also bin ich … Ja, eigentlich bin ich eingebrochen. Das Kit dafür hab ich schon lange, aber kaum je benutzt. Und dann hab ich Licht gemacht und die ganzen Regale voll mit Schnaps gesehen, und die Zigaretten, und die Fässer und die Destille. Superanlage, perfekt. Und daneben die Werkzeugtasche und die Pleuelstange. Ich schwör's, Guðni, ich hab überhaupt nicht an so was gedacht, als ich da reinging oder als ich ihm nachgefahren bin. Aber während ich da drinnen stand und die ganze Einrichtung sah, da – ja, da ist einfach was mit mir passiert. Hab die Werkzeuge aus der Tasche geholt und angefangen, die Anlage auseinanderzuschrauben. Zwei Fliegen mit einer Klappe, verstehst du? Ich kam zu meiner Destille und war die Konkurrenz los, zumindest eine Zeit lang. Doch plötzlich kehrte der Dicke zurück. Spazierte einfach zur Tür rein, grinste wie ein Honigkuchenpferd und brabbelte irgendwelches Zeug, aber dann sah ich ihm an, dass er auf einmal kapierte, was ich da machte. Und da wurde er wütend und schrie und schimpfte und ging auf mich los. Ich hatte Panik und schnappte mir die Pleuelstange und haute sie ihm über die Rübe. Er versuchte kehrtzumachen und zu fliehen, aber er sackte einfach zusammen. Als ich ihn mir anschaute, da war er – ja, er war tot. So war's, Guðni. Das hätte nie passieren sollen, aber es ist trotzdem passiert.«

* * *

Kristján bot ihnen wieder eine Tasse Kaffee an, während sie darauf warteten, dass der Abschleppwagen zurückkehrte und den Pkw abholte. Eine oberflächliche Inspektion hatte nichts Verdächtiges zutage gebracht, zumindest waren keine größeren Flecke auf den Sitzen oder dem Fußboden zu sehen gewesen, und die wenigen Flecken in dem Lieferwagen sahen mehr nach Anstrichfarbe und Lösungsmitteln aus als nach Blut.

Zyta war offenbar wesentlich weniger begeistert über diesen Besuch als Kristján. »Du lassen sie beiden Autos holen?«, fragte sie empört. »Und bieten ihnen auch noch Kaffee?«

»Liebe Síta, die tun doch nur ihre Pflicht«, sagte er. »Stimmt das nicht, Árni Ey? Wann, ja, also wann glaubst du, dass es möglich ist, Danni zu beerdigen?«

»Ich weiß es nicht«, sagte Árni wahrheitsgemäß.

»Da kommen bestimmt tausend Mann und mehr.«

»Bestimmt«, sagte Árni.

»Und wann kriegen Kristján seine Sachen?«, fragte Zyta. Sie stand am Küchenfenster, die kurzen Arme über der Brust verschränkt, und ihre Augen schossen Blitze. »Er kann nicht immer rumlaufen so.«

»Bald«, versprach Katrín. »Hoffentlich spätestens morgen«, log sie, wohl wissend, wie die Arbeitsbelastung beim Erkennungsdienst war, der sich nun noch mit acht weiteren Autos befassen musste. »Vielleicht solltet ihr aber trotzdem etwas kaufen«, schlug sie vor, um ihr Gewissen zu beruhigen, »einfach sicherheitshalber, falls es sich hinauszögert. Vielleicht einen neuen Anzug für bessere Gelegenheiten, Kristján. Oder einfach nur was für den Alltag.«

»Und wie wir das bitte machen?«, fauchte Zyta. »Hast du draußen gesehen? Regen, Sturm. Und ihr nehmen Autos weg.«

Árni räusperte sich. »Stjáni, ich kann gern mal schnell mit dir ins Zentrum fahren oder irgendwo anders hin, wenn du möchtest.«

»Ach was, nein, das geht schon in Ordnung«, sagte Kristján. »Diese Montur ist doch ganz okay.«

Árni mochte nicht widersprechen, obwohl er vielleicht wegen des Geruchs, der von seinem alten Kumpel ausging, einigen Grund dazu gehabt hätte. Stattdessen gab er einem anderen und wesentlich dringenderen Bedürfnis nach. »Stjáni«, sagte er, »es tut mir wirklich leid, aber ich muss euch noch etwas fragen. Oder wir, wir müssen euch noch einmal über den Samstagabend befragen. Und Sonntagnacht.«

»Wieso?«, konterte Zyta prompt. »Ihr oft genug fragen. Wieso mehr?«

»Nun lass mal«, sagte Kristján. »Worum geht es?«

»Zweierlei«, sagte Katrín, die jetzt Árni ablösen wollte. »Zum einen, Zyta, hast du am Samstagabend eine Schlaftablette genommen? Oder in der Nacht, nachdem Kristján nach Hause gekommen war?«

»Woher du wissen über Schlafpille?«, fragte Zyta verblüfft. Dann begriff sie. »Ewa? Ewa dir sagen von Schlafpille?«

»Das spielt keine Rolle«, sagte Katrín. »Aber ich muss wissen...«

»Ich glauben, Ewa Freundin sein«, sagte Zyta gekränkt. »Ich ihr helfen, ich ihr baden lassen, schlafen lassen, Kleider waschen, Geld leihen, alles. Und sie uns in Gefängnis bringen. Sagen, dass wir Andrzej töten! Du haben recht, Stjáni, wir ihr nicht helfen sollten.«

»Ewa hat große Angst bekommen, als sie die Flaschen in der Garage sah«, versuchte Katrín zu erklären. »Sie wusste nicht, dass Kristján sie von Marek bekommen hatte, und sie...«

»Ganz egal«, sagte Zyta. »Wenn Freundin, dann auch Freundin glauben. Und auch, wie heißt das, Kristján? Nicht glauben, sondern mehr?«

»Vertrauen?«, schlug Katrín vor.

»Ja. Vertrauen. Aber ich Schlafpille nehmen, diese Nacht, stimmt. Nur weil Stjáni so schlimm schnurchen. Er schon ein bisschen schlafen hat, aber ich nicht schlafen können. Erst dann.«

»Gut«, sagte Katrín. »Weißt du noch, wann das gewesen ist? Um wie viel Uhr?«

»Zwei oder halb drei.«

»Prima. Und, Kristján...«

Kristján hatte wie hypnotisiert auf diese tapfere und kämpferische Frau gestarrt, die ihm das Glück beschert hatte. Er zuckte zusammen, als Katrín seinen Namen nannte, und sah sie an. »Ja?«

»Da ist noch die Sache mit Djúpavatn. Das Gespräch zwischen dir, Sigþór und Daníel, in dem der Name des Sees fiel. Kannst du dich jetzt vielleicht etwas besser daran erinnern?«

* * *

»Weswegen das Feuer?«, fragte Guðni. »Warum hast du versucht, die Leiche anzuzünden?«

Skari Mars Blick wurde flatterig. »Ich, also ich dachte, das wär so mafiamäßig oder so was, du weißt schon, als wär's eine Abrechnung zwischen irgendwelchen Banden. Hab das mal in einem Film gesehen, verstehst du. Deswegen. Machen diese Mafialeute das nicht so?«

»Nicht dass ich wüsste«, brummte Guðni. »Das war es zumindest bis jetzt nicht, aber vielleicht startest du ja einen neuen Trend.«

Er schaltete das Aufnahmegerät aus, griff in seine Brusttasche und zog eine London Docks heraus. »Ich bin froh, dass du nicht auf einem Rechtsanwalt bestanden hast«, sagte er dann. »Ich weiß, dass ich dir heute Morgen geraten habe, einen hinzuzuziehen, denn da dachte ich noch, ich würde vielleicht Mitleid mit dir haben. Aber ich bin wie gesagt froh, dass du es nicht getan hast, denn dann hätte ich dir nicht sagen können, was ich dir jetzt sagen werde. Du bist ein Arschloch, Skari Mar, ein widerliches Stinktier. Rundherum ein Scheißkerl.«

Skari sank auf seinem Stuhl zusammen, und alle Farbe wich aus seinem Gesicht. »Aber – ich hab dir doch gesagt, das war nur ein Unfall. Ich wollte das gar nicht. Ich ...«

»Schnauze!«, bellte Guðni. »Da hat man gerade mal ein bisschen Vertrauen in die Menschheit bekommen, sogar Vertrauen in dich. Ich dachte, du hättest dir auf deine alten Tage das Leben ein bisschen leichter machen wollen, so nebenbei ein bisschen schwarzbrennen, kein Problem. Der alte Skari

Mar, der ist schon ganz in Ordnung, hab ich gedacht. Und was dann? Was dann, verdammt noch mal?«

»Ich, was denn, was?«, stammelte Skari.

»Ich will dir sagen, was passiert ist, du Stinktier«, donnerte Guðni. »Man kapiert auf einmal, dass man von Anfang an recht gehabt hat und auf der richtigen Spur war. Dass du und sämtliche anderen verkrachten Existenzen und Scheißkerle nie besser werden können, nur schlimmer. Und dass man ein verfluchter Idiot ist, wenn man sich gestattet, was anderes zu glauben.«

»Aber das war doch nur – Mensch, Guðni, ich würde dir doch nichts vorlügen!«

»Ich weiß, dass du nicht vorgehabt hast, den minderbemittelten Polen umzubringen«, sagte Guðni verächtlich. »Ich weiß, dass du gar nicht die Traute zu so etwas hast, nicht vorsätzlich. Aber du bist eingebrochen und hast dieses arme Schwein umgebracht. Und was hast du dann getan? Hast du einen Krankenwagen gerufen? Hast du uns angerufen? Oder mich? Bist du schleunigst verschwunden? Nein!« Er ließ die Faust so heftig auf den Tisch niedergehen, dass der Stahltisch unter der Wucht erzitterte. »Du hast einfach weitergemacht, hast die Destillationsanlage auseinandergeschraubt, bist mit dem Auto rückwärts rangefahren und hast die Bude ausgeräumt. Hast sogar die Werkzeugtasche mitgehen lassen. Zur Krönung des Ganzen hast du die Leiche angezündet, und dann hast du mir – ausgerechnet *mir* – vier von den geklauten Flaschen verkauft.« Er schüttelte resignierend den Kopf. Skari hatte angefangen zu schluchzen.

»*Fucking scumbag*«, sagte Guðni. Er stand auf und öffnete die Tür. »Bring diesen Jammerlappen zurück in seine Zelle«, sagte er zu dem Uniformierten, der neben der Tür stand. »Und von mir aus darfst du gern den Schlüssel verlieren.«

* * *

»Ist Baldur noch nicht zurück?«, fragte Katrín und hängte ihre Jacke über den Stuhl.

»Nein«, murmelte Guðni. »Und hoffentlich bleibt das so.«

»Na, du strahlst ja einen Frohsinn aus«, sagte Katrín. »Ich hätte gedacht, du würdest dich jetzt wie der Hahn auf dem Mist aufplustern, nachdem du innerhalb von zwei Tagen zwei Mörder zur Strecke gebracht hast. Und außerdem zwei Schwarzbrennereien.«

»Tu ich aber nicht«, sagte Guðni, »und das sollte dich vielleicht freuen.«

»Wieso?«, fragte Katrín erstaunt.

»Du solltest dich darüber freuen, dass ich wieder in meinen Pessimismus und meine Menschenverachtung zurückgefallen bin. Hast du das nicht kürzlich noch von mir verlangt?« Er stand auf und griff nach seinem Jackett. »Und jetzt ist es schon mehr als spät, und deswegen muss ich mich wohl nach Hause verpissen, nicht wahr? Oder wolltest du mich vielleicht darum bitten, Überstunden zu machen?«

»Was sollte das denn?«, fragte Árni, der diesem Gespräch schweigend gelauscht hatte.

»Frag mich nicht«, sagte Katrín. »Da ist wohl einfach der alte Guðni zum Vorschein gekommen. Aber wie steht es mit diesem Gespräch über Djúpavatn, was glaubst du, wen Kristján zu schützen versucht, sich selbst oder Sigþór?«

»Ich verstehe das eigentlich gar nicht«, gab Árni zu. »An dem Fall ist doch überhaupt nichts Dubioses. Zumindest deutet in dem alten Rapport nichts darauf hin. Etwas merkwürdig finde ich allerdings, dass er sich auf einmal deutlich erinnern kann, und zwar an genau das, was Sissó ausgesagt hat, deswegen ist es natürlich verlockend, auf Sissó zu tippen. Aber es hätte ihm auch darum gehen können, Danni in Schutz zu nehmen.«

»Daníel?«

»Ja.«

»Auch noch nach seinem Tod?«

»Ja. Stjáni ist – also das musst du doch inzwischen auch selbst sehen. Er ist seinen Freunden ein Freund, und Danni war eben sein allerbester, das glaubte er zumindest. Du hast gehört, was er über ihr Treffen am Donnerstagabend gesagt hat. Danni hat behauptet, alles würde in Ordnung kommen, und Kristján hat das geglaubt, Punkt, aus. Und er glaubt meiner Meinung nach immer noch, dass alles klargegangen wäre, wenn Daníel lange genug gelebt hätte. Aber wo wir schon von Sigþór sprechen«, sagte Árni, »ich hab da nachgedacht…«

»Ja?«, sagte Katrín, die mit ihren Gedanken woanders war und ihre Hand nach einer Mappe auf dem Schreibtisch ausstreckte. »Was ist mit ihm?«

»Ach, einfach nur, dass sein Name irgendwie überall auftaucht«, sagte Árni, als er sich auf seinen Stuhl geworfen hatte. »Er hat Kristján instruiert, was er zu diesem Gespräch über Djúpavatn zu sagen hat. Und er gehört ganz bestimmt zu den Drahtziehern in all diesen Businessstrategien. Was Daníels Hinterziehungen betrifft, haben wir dafür nur seine Aussage, aber das wird sich sicher noch herausstellen. Und es war ebenfalls Sissó, der Gunnar von diesen Betrügereien und dem angeblichen Geschmuse zwischen Daníel und Freyja erzählt hat. Er ist der einzige Zeuge dafür, aber Freyja streitet rundheraus ab, dass es so gewesen ist. Er hat noch im vergangenen Jahr mit Birna Guðný geschlafen, und jetzt verbringt er jede Nacht bei ihr. Also, wie ich versucht habe zu sagen, irgendwie taucht er überall auf.«

»Ich hab das Gefühl, dass du da vielleicht recht hast«, sagte Katrín und schob ihm eine DIN-A4-Seite zu, die sie ausgedruckt hatte. »Das kam gerade vom Telefonanbieter. Wir wussten bereits, wen Daníel in dieser Nacht angerufen hat: seine Frau auf dem Festnetzanschluss und auf dem Handy, und deinen Freund Gunnar. Aber nun wissen wir ebenfalls, wen die beiden im Anschluss daran angerufen haben. Oder besser gesagt er, denn sie hat nicht mehr telefoniert.«

18

Mittwoch bis Donnerstag

Die Stiege, die hinauf zur Mansarde führte, war unangenehm
steil, beinahe senkrecht, und kaum einen halben Meter breit.
Kein Geländer, und es knarrte bedenklich auf jeder weißla-
ckierten Stufe, als Árni vorsichtig emporkletterte. Es war ihm
unbegreiflich, wie dieser dicke Kerl, der oben in der Öff-
nung saß, es geschafft hatte, da hochzukommen, und darüber
dachte er immer noch nach, als er durch das laute Zuschla-
gen von Autotüren vor seinem Wohnzimmerfenster aus seinem Traum erwachte. Ein knatternder Auspuff und blaugraue
Abgase, die durch die Fensterritzen hereindrangen, bestätigten, was das Türenschlagen angedeutet hatte: Die Leute aus der
oberen Etage fuhren mit ihrem dreißig Jahre alten Käfer zur
Arbeit.

Árni sah auf die Uhr. Er stand von seinem Sessel im Wohnzimmer auf, ging ins Bad und zog sich aus. Zwanzig Minuten später hatte er sich geduscht, angezogen und trat an zum
Dienst. Im Dezernat hatte sich seit gestern nichts verändert,
oder seit vorgestern oder vorvorgestern. Guðni war immer
noch stinkig und Katrín verdächtig gut gelaunt. Und er selbst
fühlte sich mies.

Baldur hingegen war wie immer, er stolzierte durch die

Korridore, ihm gehörte die Welt. »Nur eine Zeitfrage«, lautete seine stereotype Antwort, wenn er nach dem Gang der Vernehmungen gefragt wurde, »nur eine Zeitfrage, wann einer von den beiden zusammenklappt.«

Árni war keineswegs so optimistisch. Oder sollte man lieber gleich sagen, pessimistisch? War es Pessimismus oder Optimismus, darauf zu hoffen, dass ein ehemaliger Schulfreund kapitulierte und zugab, einen anderen alten Freund grauenvoll umgebracht zu haben? Das wusste er nicht, aber er brauchte einen Kaffee, und den holte er sich.

Dreiundzwanzig Sekunden, so lange hatte das Gespräch gedauert. Von Gunnars Nummer zu Sigþórs Nummer, präzise um eine Minute nach drei in der Nacht, in der Daníel ermordet worden war. 03:01, also knapp eine Stunde nachdem Daníel Gunnar angerufen und ins Telefon geschwiegen hatte – laut Gunnars Aussage. Eine Stunde, nachdem Gunnar angeblich nach Hause gekommen und schlafen gegangen war, laut seiner und Freyjas früheren Aussagen.

Aber nun gab Freyja zu, die ganze Nacht geschlafen zu haben. Kurz bevor sie mit Gunnar zum Klassentreffen gehen wollte, hatte sie einen Migräneanfall erlitten, deswegen war sie zu Hause geblieben. Sie hatte Tabletten genommen und war auf dem Sofa eingenickt. Sie hatte nicht auf die Uhr geschaut, als sie aufwachte und ins Bett kroch, und sie hatte keine Ahnung, wann Gunnar nach Hause gekommen war. Aber morgens gegen sechs hatte er an ihrer Seite geschlafen, sagte sie.

Freyja hatte ebenfalls zugegeben, dass sie die nächtliche Autofahrt von Birna Guðný erfunden hatte, weil sie gekränkt und wütend auf ihre alte Freundin war, nachdem Árni ihr von ihrer Reaktion auf den bösartigen und gelogenen Quatsch von Sissó erzählt hatte. Aber auch um die Aufmerksamkeit von Gunnar abzulenken. Sobald sich die Nachricht von dem Mord an Daníel herumgesprochen hatte, hatte Gunnar sie um die Bestätigung gebeten, dass er nach Hause gekommen war und die ganze Nacht dort verbracht hatte. Um unnötiges Theater und irgendwelche Mutmaßungen zu vermeiden, hatte er ihr erklärt. Nur deswegen.

Baldur hatte sie schwer unter Druck gesetzt, nachdem sie ihre Lügenmärchen zugegeben hatte, doch sie blieb felsenfest bei ihrer Aussage, dass Gunnar sie erst um ihre Hilfe in Form einer falschen Aussage gebeten hatte, nachdem sie von dem Mord erfahren hatten. Sie hatte nicht einen Augenblick geglaubt, dass Gunnar irgendetwas damit zu tun haben könnte, sagte sie, sonst hätte sie ihm nie den Gefallen getan zu lügen. Und trotz des Telefongesprächs glaubte sie es immer noch nicht.

Dreiundzwanzig Sekunden, dachte Árni. Was konnte man in dieser Zeit besprechen? Erstaunlich viel, wenn man es bedachte, aber trotzdem gar nichts, wenn man dem Glauben schenken wollte, was Gunnar und Sissó aussagten. Jedenfalls nichts von Bedeutung, denn keiner der beiden erinnerte sich angeblich an das Gespräch.

»Vielleicht, ja wahrscheinlich habe ich Sissó angerufen«, hatte Gunnar bei einer Vernehmung gesagt, »wenn es so auf meinem Handy dokumentiert ist. Aber ich kann mich nicht daran erinnern. Ich war in der Nacht völlig durch den Wind.«

Sigþórs Darstellung klang ganz ähnlich. Er sagte aus, er sei sturzbetrunken gewesen, und vermutlich hatte er sich gerade mit einer ehemaligen Klassenkameradin vergnügt, als der Anruf kam. »Ich bin nicht stolz darauf«, hatte er erklärt, »aber an dem Abend habe ich übermäßig gesoffen. Es kann gut sein, dass Gunnar mich spät in der Nacht angerufen hat. Aber ich kann mich nicht erinnern, dazu war ich schlicht und ergreifend zu blau.«

Er hatte keinen sehr betrunkenen Eindruck gemacht, als Árni gegen halb neun in der Wikingerkneipe aufkreuzte. Und Gunnar ebenfalls nicht, er hatte sogar völlig nüchtern gewirkt. Doch als Árni vom Schauplatz abtrat, war er selbst wiederum viel zu betrunken gewesen, um den Alkoholpegel anderer Gäste beurteilen zu können. Freie Getränke, übervolle Bierkannen und ungezählte Weinflaschen auf sämtlichen Tischen machten es unmöglich einzuschätzen, was die Gäste im Einzelnen zu sich genommen hatten.

Der Anruf als solcher war natürlich nicht kriminell und hätte auch keineswegs verdächtig wirken müssen, wenn nicht Gunnar selbst ausgesagt hätte, er sei zu diesem Zeitpunkt schon lange eingeschlafen gewesen; außerdem hatten weder er noch Sigþór ihn erwähnt. Und genau diese Unterlassung hatte dazu geführt, das Gespräch genauer unter die Lupe zu nehmen, und dabei hatte sich herausgestellt, dass sich Gunnar noch nicht einmal in der Nähe seines Hauses in Hafnarfjörður befunden hatte, als er Sigþór in dieser Nacht anrief, sondern im Westend von Reykjavík, möglicherweise sogar auf der Halbinsel Seltjarnarnes. Diese Tatsache reichte aus, um für Gunnar eine zweiwöchige Untersuchungshaft zu erwirken. Der Richter lehnte es aber ab, Sigþór länger als eine Woche in U-Haft zu lassen, er hatte das Gespräch nur entgegengenommen, aller Wahrscheinlichkeit genau an dem Ort, den er angegeben hatte, in einem Hotel mitten in Hafnarfjörður. Und in seinen Aussagen gab es keine Widersprüche.

»Wie gesagt, ich erinnere mich nicht an dieses Gespräch«, hatte er in der zweiten Vernehmung nach seiner Verhaftung gesagt, bei der Árni dabeisaß. »Ich war mit Védís Gestsdóttir in einem Hotelzimmer. Wir waren beide betrunken, und ich bin alles andere als stolz auf das, was ich in dieser Nacht getan habe. Aber ebenso wie manche andere, die sich jetzt in derselben Situation befinden wie ich, konnte ich damals nicht wissen, dass ich ein Alibi für diese Nacht brauchen würde. Sonst hätte ich gewiss die Dinge anders angepackt, um eben nicht in eine derartige Lage zu geraten.«

Mal wieder typisch Sissó, dachte Árni, und er klang sogar ziemlich überzeugend. Sigþór Jóhannesson war nicht der Typ, der den Dingen einfach so ihren Lauf ließ, bei ihm war alles hundertprozentig perfekt, und er war mit allen Wassern gewaschen. Er hätte sich nie auf die Aussage einer einzigen betrunkenen Frau verlassen, wenn er es vorsätzlich und von vornherein auf ein Alibi angelegt hätte. Árni störte nur, was Sissó über sich und seinen alkoholisierten Zustand gesagt hatte, das passte nicht zu diesem megakorrekten Typen. Überhaupt nicht.

Er musste jedoch zugeben, dass Gunnars Schilderung dessen, was sich angeblich in dieser Nacht zugetragen hatte, wesentlich unglaubwürdiger war, und er konnte noch nicht einmal eine betrunkene Klassenkameradin zu seiner Entlastung anführen. Gunnar behauptete nämlich, überhaupt nicht zu wissen, wo er sich zum Zeitpunkt des Anrufs befunden hatte.

»Irgendwie bin ich ziellos« durch die Stadt gekurvt«, hatte er bei seiner ersten Vernehmung nach der Festnahme erklärt, nachdem man ihn mit dem Telefongespräch konfrontiert hatte, das bewies, dass er, oder zumindest sein Handy, um drei Uhr ganz in der Nähe des Tatorts unterwegs gewesen war. Zur gleichen Zeit, als Daníel in seinem halbfertigen Haus den Tod fand.

»Ich bin in der Nacht mit dem Taxi nach Hause gefahren und hab mich anschließend in die Küche gesetzt und ein Bier getrunken«, erklärte er ruhig. »Ich habe nachgedacht, über Daníel, GVBau, City Miracool und den ganzen Wahnsinn. Und über mich und Freyja, über die alte Clique. Über alles, was vor die Hunde gegangen ist. Und auf den Ruin zusteuerte. Hab mich dann ins Auto gesetzt, in den Pick-up, und bin einfach so durch die Gegend gefahren. Das mache ich oft, wenn ich nachdenken muss, das können dir alle möglichen Leute bestätigen.« Baldur hatte Árni gefragt, der diese Behauptung durchaus bestätigen konnte, aber das war auch das Einzige, und es änderte nichts an den nackten Tatsachen.

»Bin einfach so durch die Gegend gefahren«, wiederholte Gunnar, »durch das neue Viertel, das wir in Hafnarfjörður bauen, und dann nach Mosfellsbær und zurück ins Zentrum, zum Hafen und nach Seltjarnarnes. Und zum Schluss bin ich nach Hause gefahren und ins Bett gegangen. Als ich dann erfuhr, was mit Danni passiert ist, da habe ich schon etwas Panik bekommen. Ich meine, wir hatten uns gestritten, sogar ziemlich gefetzt, und er hat mich ruiniert. Und ich hatte kein Alibi. Deswegen habe ich Freyja gebeten – also, ihr wisst ja schon, um was ich sie gebeten habe, was sie tun und sagen sollte, weil ich Angst hatte, eben in dieser Situation zu landen. Und außerdem kam hinzu, dass ich alkoholisiert gefahren bin. Aber mit dem Mord habe ich nichts zu tun. Ich habe Danni zuletzt gesehen, als er die Kneipe verließ. Wir waren zerstritten, aber ich habe ihn nicht umgebracht. Das hätte ich nie tun können, niemals.«

Er bestritt nicht, mit Sigþór telefoniert zu haben, aber er sei zu betrunken, zu durcheinander gewesen, um sich noch an den Inhalt des kurzen Gesprächs zu erinnern.

Árni glaubte ihm nicht und genauso wenig Baldur, der Staatsanwalt und der Richter. Allerdings bewies dieses Gespräch nur, dass Gunnars Handy sich im Bereich desselben Sendemastes befunden hatte, der unter anderem auch die Straße abdeckte, in der Daníel sich sein neues Haus baute. Was bedeutete, dass Gunnar sowohl am Fischereihafen oder beim

Leuchtturm auf Grótta gewesen sein konnte, als das Gespräch stattfand. Aber auch in Daníels Haus.

Solange sich die beiden an ihre Aussagen hielten – was sie immer wieder hartnäckig taten –, konnten sie nicht widerlegt werden, so unglaubwürdig sie klangen. Nicht ohne weiteres Beweismaterial, und daran mangelte es. Am Tatort keine brauchbaren Fingerabdrücke, in keinem Auto irgendwelche Spuren, weder Haare noch Blut noch Fingerabdrücke oder irgendetwas anderes, was darauf hindeutete, dass Daníel auf diesem letzten Stück seines Lebenswegs in einem Auto transportiert worden war, das Gunnar oder Sigþór gehörte. Und kein einziges Tröpfchen Blut an den Kleidungsstücken der beiden Männer.

Die verschiedenen DNA-Proben von Daníels Leiche, unter anderem aus diversen Wunden, berechtigten zwar zu der Hoffnung, dass sich dadurch etwas ergeben könnte, aber sicher war es keineswegs. Sowohl Geir als auch der Hund wiesen darauf hin, dass etliche Leute in dieser Nacht Daníel körperlich angegriffen hatten, und außerdem waren sowohl Sigþór als auch Gunnar Daníel auf dem Klassentreffen sehr nahe gewesen. Falls sich bei irgendwelchen dieser DNA-Proben Übereinstimmungen mit denen von Sigþór und Gunnar ergaben, konnte es deshalb äußerst schwierig sein zu beweisen, dass sie nicht auf natürliche Weise zu erklären waren.

Und obendrein waren diese DNA-Proben so zahlreich und so über Daníels Körper verteilt, dass es praktisch unmöglich war, sie für das norwegische Institut, das die Analyse durchführte, nach ihrer Wichtigkeit einzustufen. Deshalb würden wahrscheinlich sechs bis acht Wochen vergehen, bis man irgendwelche Ergebnisse erwarten konnte.

Baldur ließ sich dennoch nicht entmutigen und machte mit den stundenlangen Verhören weiter, Tag für Tag. Árni hatte sich auch einmal selbst mit Gunnar und Sigþór zusammengesetzt und rundheraus gefragt, ob sie Danni umgebracht hatten, aber nur verächtliche Blicke geerntet, er war keiner Antwort gewürdigt worden. Daraufhin hatte Árni darum gebeten, nicht mehr direkt an den Vernehmungen beteiligt zu werden. Baldur respektierte seine Bitte, bestand aber trotzdem auf seiner Anwesenheit hinter der Spiegelscheibe. Nach zwei solchen Sitzungen hatte Árni sich da ebenfalls ausgekuppelt, er sah keinen Sinn darin, Tag für Tag dieselbe Leier zu hören. Und er glaubte nicht, dass sie freiwillig auch nur einen Deut davon abweichen würden.

Diese Typen waren einfach nicht so, versuchte er Baldur zu erklären. Doch der hatte nur herablassend gelächelt und weiter in dieselbe Kerbe gehauen. Mit demselben Erfolg.

»Irgendwas da drin?«, fragte Árni, als Katrín eine weitere Mappe öffnete.

»Nein«, sagte sie, »bestimmt nicht.« Sie schloss die Mappe wieder, ohne sich den Inhalt anzusehen, und stand auf. »Komm«, sagte sie, »mir langt's jetzt. Ich weiß nicht, was du denkst, aber dieses Gerede über die Angeltour am Djúpavatn lässt mir schon seit Freitag keine Ruhe. Hältst du es für möglich, dass sich das Gedächtnisproblem bei deinem Freund Kristján wieder gegeben hat?«

»Keine Ahnung«, sagte Árni. »Aber wir können das ja noch einmal abchecken.«

* * *

»Mensch, Stjáni«, sagte Árni in einem Versuch, den richtigen Ton zu treffen, »ich weiß, dass du lügst. Sissó hat diese Geschichte erfunden, dass Danni den See kaufen wollte, und du hast sie von ihm. Stimmt's?« Kristján fiel es offensichtlich schwer, sich zu einer Entscheidung beziehungsweise zu einer Antwort durchzuringen, und Árni bohrte weiter.

387

»Mann, du tust doch keinem einen Gefallen damit, diese Lügenmärchen von Sissó nachzuplappern. Weder dir selbst noch Gunni, und nicht einmal Sissó. Und vor allem nicht Danni. Du kannst nichts mehr für Danni verderben. Ich meine, vielleicht spielt es ja auch überhaupt keine Rolle, aber wir müssen es trotzdem wissen, verstehst du? Sonst können wir ja nicht beurteilen, ob es eine Rolle spielt oder nicht. Das verstehst du doch, Stjáni?«

Kristján nahm die Brille ab und setzte sie gleich wieder auf, ohne sie zu putzen.

»Worum ging es?«, fuhr Árni fort. »Wieso habt ihr über Djúpavatn geredet? Hatte es etwas mit Gunnis Bruder Ellert zu tun? Habt ihr darüber gesprochen, dass Ellert ertrunken ist? Bitte, Stjáni, du musst uns jetzt die Wahrheit sagen. Du willst doch, dass wir den kriegen, der Danni umgebracht hat, oder?«

»Du bist ein Verräter«, erklärte Kristján mit zittriger Stimme. »Er hat es mir gesagt, er hat mich gewarnt. Ich – Danni hat gesagt, dass er Djúpavatn kaufen wollte. Und Sissó hat behauptet, das sei nicht möglich. Das habe ich doch schon zu Protokoll gegeben.«

»Wieso bin ich ein Verräter, Stjáni?«, fragte Árni so nachsichtig wie möglich. »Und wer behauptet das?«

»Das spielt keine Rolle«, entgegnete Kristján verquer. »Du bist es einfach. Du kommst nicht zu Chorproben, du bildest dir ein, was Besseres zu sein. Ich habe dir die Wahrheit gesagt, du hast Kaffee bei mir bekommen, ich hab mich mit dir unterhalten, alles. Aber du behandelst mich so, als sei ich irgendein Krimineller, du machst mir das Leben schwer, ich musste sogar in den Knast, obwohl ich immer nett zu dir war. Und du machst sogar noch weiter. Du glaubst mir nicht, du glaubst Sissó nicht, du glaubst Gunni nicht. Als würden die jemals …«

Er schüttelte verächtlich den Kopf.

»Stjáni«, sagte Árni, »ich glaube auch selbst nicht daran, ich glaube nicht, dass Sissó oder Gunni das getan haben. Ich habe bloß nichts zu bestimmen, ich tu nur meine Arbeit. Aber wenn ich den beiden helfen soll, wenn ich den richtigen Mann finden und ihnen aus diesem Schlamassel heraushelfen soll, dann muss ich alles wissen. Alles, verstehst du? Egal, was Sissó dir gesagt hat. Es geht doch nicht darum, dass ich mir unbedingt ihn oder Gunni schnappen will. Im Ernst.«

Er gab Katrín ein Zeichen. Sie zog zwar missbilligend die Augenbrauen hoch, hielt es aber trotzdem für geraten, das Zimmer zu verlassen.

»Also, jetzt kannst du reden«, sagte Árni. »Wenn es wirklich keine Rolle spielt, brauch ich niemandem davon zu erzählen, dann bleibt es einfach unter uns. Jetzt sag mir doch endlich, worüber ihr geredet habt.«

Kristján nahm wieder seine Brille ab, und diesmal putzte er sie lange. »Eigentlich habe ich das gar nicht kapiert«, sagte er schließlich. »Aber Sissó hat mich trotzdem gebeten, den Mund zu halten, er sagte, es sei schlecht für Danni, es würde … Also es würde sein Andenken beschmutzen, irgendwas in der Art. Wenn es herauskäme, verstehst du?« Árni nickte ihm aufmunternd zu.

»Ich hatte es auch echt schon völlig vergessen, bis ihr mich danach gefragt habt. Ich wusste nämlich überhaupt nicht, worum es da bei denen ging. Ich musste zum Klo, und als ich wieder rauskam, hat Sissó irgendwas über Djúpavatn zu Danni gesagt, *denk doch bloß an Djúpavatn* oder so. Und Danni wurde total wütend und hat geschrien, dass er ihn nicht an Djúpavatn zu erinnern bräuchte. *Du brauchst mich nicht an Djúpavatn zu erinnern, du Arschloch*, in der Art. Und als sie sahen, dass ich wieder da war, haben sie aufgehört, sich darüber zu streiten. Also ich, ich habe dann Danni gefragt, was los sei, aber er hat nur gelacht und gesagt, ich sollte mir nicht den Kopf darüber zerbrechen. Und als Sissó mich gebeten hat, euch das zu sagen, was ich gesagt habe, da habe ich ihn auch danach gefragt. Aber die Antwort war eigentlich dieselbe wie bei Danni, ich sollte dieses Gespräch einfach vergessen. Und dass es nicht gut für Danni wäre, darüber zu reden, schon gar nicht nach seinem Tod. Außerdem schlimm für Birna Guðný und die Kinder, sagte er. Also habe ich – ja… Und wieso glaubst du, dass es irgendeine Rolle spielt? Ich wusste doch wirklich nicht, worüber die da geredet haben, aber wenn es so ist, wie Sissó sagt, dass es sich um etwas dreht, was Danni mit Schmutz bewerfen könnte, also dann… Musst du jetzt jemandem davon erzählen?«

»Hoffentlich nicht, Stjáni«, entgegnete Árni. »Hoffentlich nicht. Bis bald.«

* * *

»Geld«, sagte Katrín, »Geld, Rache und Eifersucht. Deswegen morden Menschen. Außerdem um andere zum Schweigen zu bringen, damit sie keine unangenehmen Dinge in die Welt setzen können, etwas Kriminelles, etwas Niederträchtiges oder etwas Skandalöses. Und natürlich gibt es auch noch den altbekannten Mord im Affekt, meist im Alkohol- oder Drogenrausch. Vergesse ich irgendwas?« Sie ließ den Motor an, setzte auf die Straße zurück und fuhr los.

»Geistige Umnachtung«, brummte Árni. »Anfälle von Mordlust oder wie man's nennt. Kapier gar nicht, wie du mit deiner Ausbildung das vergessen kannst.«

»Ha, ha«, sagte Katrín. »Und? Was glaubst du? Wieso hat Sigþór darauf gedrängt, dass Kristján dichthält?«

»Keine Ahnung«, sagte Árni. »Tod durch Ertrinken, so lautete damals die Todesursache. Und ich kann mich nicht erin-

390

nern, dass nach diesem Vorfall etwas in der Clique mehr oder anders komisch war, als es unter diesen Umständen zu erwarten gewesen wäre. Verstehst du, was ich meine?«

»Ich glaube schon«, sagte Katrín. »Du darfst es trotzdem gern etwas besser erklären.«

»Ach, ich weiß nicht. Alle waren deswegen schwer down, vor allem Gunnar und Birna Guðný natürlich, aber auch die anderen Teilnehmer an dieser Angelpartie, Sissó, Danni und Stjáni. Wir alle, denn Ellert war ein unheimlich netter Typ gewesen. Aber alle verhielten sich den Umständen entsprechend. Auf jeden Fall fand ich das damals, und auch im Nachhinein erinnere ich mich an nichts, was seltsam war oder nicht zu einem Unfall gepasst hätte.«

»In Ordnung«, sagte Katrín. »Schieben wir jetzt mal den Fall Djúpavatn beiseite und konzentrieren uns auf den Mord an Daníel und diese Misshandlungen. Was schließt du daraus?«

»Nichts anderes als das, was wir bislang schon geglaubt haben«, sagte Árni, der am liebsten so wenig wie möglich daran denken wollte. »Wie du selbst gesagt hast, angesichts dieser vielen und unterschiedlichen Verletzungen muss man davon ausgehen, dass sie uns zu falschen Annahmen verleiten und auf eine falsche Fährte locken sollten, und deswegen können wir gar nichts daraus schließen.«

»Das habe ich nie gesagt«, widersprach Katrín. »Ich habe gesagt, dass viele Verletzungen symbolischen Charakter zu haben scheinen und in die unterschiedlichsten Richtungen deuten. Und dazu gedacht waren, uns irrezumachen. Aber ich habe nie gesagt, dass daraus nichts zu schließen sei, denn sie sagen ja schließlich eine ganze Menge aus. Das sind keine Zufälligkeiten, nicht einfach irgendwelche x-beliebigen Schnitte und Stiche. Kastrierung, Kreuzigung, Zungenstich, und dann dieser Holzkeil im – also du weißt schon, im After. Die Kreuzigung war vor dem Tod, der Beitel im Bauch ebenfalls, der Rest geschah nach dem Tod. Und die Todesursache ist ein Stich ins Herz. Eine Fundgrube für Psychologen.«

»Und wir schließen daraus?«, fragte Árni.

»Das ist eben die Frage«, sagte Katrín. »Aber wenn wir nur an das denken, was ich vorhin aufgezählt habe, die verbreitetsten Motive für Mord – was dann? Der Stich durch die Zunge deutet darauf hin, dass jemand wegen was auch immer zum Schweigen gebracht werden soll. Indiskretion. Die Kastration steht für Eifersucht irgendeiner Art, und die Kreuzigung für was? Es ist natürlich eine uralte Hinrichtungsmethode, aber heutzutage verbindet man sie mit anderen Dingen. Und außerdem noch dieser Holzkeil im After und der Stich ins Herz – alles zusammengenommen, was sagt dir das?«

»Ich weiß es nicht«, sagte Árni. »Jedenfalls nichts, was mir dabei hilft, mich zwischen Gunnar und Sigþór zu entscheiden, wenn du darauf hinauswillst. Denn falls der Täter einer von den beiden war – und missversteh das jetzt bitte nicht so, als wäre ich sicher, dass es so war, nur um das klarzustellen –, dann kann es genauso gut für beide gelten. Sissó hatte was mit Birna Guðný, und vielleicht hat Gunnar wirklich geglaubt, dass Daníel Freyja gevögelt hat, was auch immer er sagt, also das mit der Kastration könnte auf beide zutreffen. Beide geben Daníel die Schuld daran, dass ihre Firmen ruiniert sind, was wahrscheinlich das mit dem, du weißt schon, mit dem After erklärt. Beide haben ihm vertraut, an ihn geglaubt. Natürlich nicht wie an einen Gott oder Erlöser, aber trotzdem. Und das mit der Zunge – darüber wissen wir gar nichts. Egal, wie man es dreht und wendet, alles kann sich auf beide beziehen. Aber nicht nur auf sie, sondern wahrscheinlich auch noch auf eine Menge anderer Leute. Alle möglichen Leute, die entweder Daníel persönlich gehasst haben, oder das, wofür er stand.«

»Sag bloß nicht, du hoffst immer noch, dass ein großer Unbekannter dahintersteckt?«, fragte Katrín, als sie auf dem Parkplatz hinter dem Hauptdezernat vorgefahren war und den Motor abgestellt hatte. »Du musst doch sehen, dass…«

»Man darf ja wohl noch hoffen«, sagte Árni trübsinnig. »Damit ist nicht gesagt, dass ich es glaube.«

* * *

Sigþór hatte weder eine Miene verzogen noch die Farbe gewechselt, als Baldur sich die neuesten Informationen von Árni zunutze machte, um Sigþórs Version des Djúpavatn-Gesprächs in Zweifel zu ziehen.

»Er hat mit keiner Wimper gezuckt«, sagte Baldur, »er war genau wie zuvor völlig ungerührt. Er sagte nur, dass Kristján sich wohl in seiner Verwirrung verhört haben müsste, und stritt natürlich ab, ihm irgendwelche Instruktionen gegeben zu haben, was er aussagen sollte. Da steht Wort gegen Wort. Und auf Gunnar hatte es ebenfalls keine Wirkung. Aber sie werden langsam weich, und sie werden nicht mehr lange durchhalten, du wirst sehen.«

Árni fand Baldurs Optimismus weiterhin unangemessen. Wenn Gunnar sich in etwas verbiss, konnte er hartnäckiger als der Teufel persönlich sein, und Sissó abgefeimter als dessen Großmutter. »Verfluchter Quatsch«, murmelte er, während er vor dem offenen Kühlschrank in seiner Wohnung stand und nichts sah, was ihm zusagte. Viel gab es ohnehin nicht zu sehen, nur eine halb leere Milchtüte, ein altes Stück Käse und eine noch ältere Packung Margarine sowie eine verschrumpelte grüne Paprika. Das Brot auf der Küchenanrichte schimmelte bereits. Er warf einen Blick in das Gefrierfach –

eine Packung Brokkoli, eine Packung Möhren und eine Schale mit Eisklümpchen.

»Los, ab in den Supermarkt, Junge«, murmelte er zu sich selbst. Er zog seine Lederjacke an, schnappte sich die Autoschlüssel und ging nach draußen. In der Einfahrt zögerte er, öffnete die Garage und machte Licht. Unter normalen Umständen bot die Garage Platz für einen Kleinwagen, aber nicht viel mehr. Im augenblicklichen Zustand jedoch hätte man höchstens eine Vespa dort einstellen können. Die Esszimmergarnitur, die er bei Ikea gekauft und einen Monat, bevor Ásta zu ihm gezogen war, zusammengeschraubt hatte, stand da mitten in der Garage und verstaubte. Er ging zu dem Tisch und strich mit dem Finger darüber.

Ich kann das nicht, dachte er, löschte das Licht und schloss die Tür. Ich kann das nicht, und ich will das nicht.

Árni setzte sich ins Auto, ließ den Motor an und stöpselte den iPod ein. Amy Winehouse erklang mit ihrer unglaublichen Stimme: *And I wake up alone, and I wake up alone …*

✳ ✳ ✳

»Nein«, sagte Katrín, »das ist überhaupt nicht drin, Svenni, das ist vorbei.«

»Aber …«

»Jetzt sei nicht so blöd, Svenni, das musst du doch selbst sehen. Dieses Einfrieren gilt für wie lange? Vier Monate? Und was wird dann? Bei der Lage der Dinge reicht dein früheres Monatsgehalt nicht einmal für die Abzahlungen, und ich bin mir nicht sicher, ob sich so bald was an diesem Zustand ändert. Deswegen bleibt uns überhaupt nichts anderes übrig. Und außerdem dreht es sich nicht nur darum, es geht nicht nur um Geld, das weißt du.«

»Das weiß ich gar nicht«, entgegnete Sveinn sauer. »Aber

wie gewöhnlich weißt du ja immer alles. Super, wenn man so superintelligent ist!«

»Genau darüber rede ich auch unter anderem, Svenni«, sagte Katrín möglichst geduldig. »Es ist sehr schwierig, mit dir zu reden, du drehst einem die Worte im Mund herum. Du willst nie etwas durchdiskutieren, machst nur Ausflüchte.«

»Wenn ich das Bedürfnis hätte, mit einem Psychologen zu reden, hätte ich mir einen Termin bei einem Psychologen geben lassen. Was soll ich denn deiner Meinung nach eigentlich sagen oder tun?«

»Das habe ich doch gerade erklärt«, sagte Katrín. »Du hast es genau gehört und auch verstanden.«

»Und was jetzt?«, fragte Sveinn. »Ich soll mich also einfach verpissen?«

»Habe ich das gesagt?«

»So gut wie.«

»Hm, vielleicht hast du recht«, sagte Katrín. »Zumindest ungefähr, auch wenn ich es etwas vorsichtiger formuliert habe. Im Ernst, Svenni, es ist die einzige Lösung. Ich kann das einfach nicht mehr, ich kann nicht mit dir zusammenleben und so tun, als sei alles in schönster Ordnung. Das ist es nämlich schon lange nicht mehr. Es ist schon lange keine Ehe mehr, und das weißt du auch. Und wenn wir so weitermachen, gehen wir beide pleite, und die Kinder haben kein Zuhause mehr.«

»Deswegen soll ich die Pleite auf mich nehmen, ist das die Lösung?«

»Ja«, sagte Katrín ganz direkt. »Die einzige Lösung. Dieses Haus wird auf dich überschrieben, solange das noch möglich ist, bevor wir mit den Abzahlungen zu sehr in Verzug geraten, und die Wohnung in Hvassaleiti auf mich. Ich ziehe mit den Kindern wieder dorthin, und du gehst nach Spanien. Dir wird der Bankrott erklärt, falls das Haus nicht verkauft werden

395

kann. Aber dazu kommt es bestimmt nicht, es ist auf zweiund-
vierzig Millionen Kronen geschätzt, und das Darlehen ist auf
dreiundsiebzig Millionen geklettert. Ich schaffe es mit meinem
Gehalt, für die Abzahlung der alten Kredite für die Wohnung
aufzukommen, und es reicht auch für den Unterhalt von mir
und den Kindern. Aber nicht mehr. Nicht mehr von diesem
ganzen Quatsch. Und wie wär's, es einfach mal zuzugeben,
Svenni, du bist mich genauso leid wie ich dich.«

Na also, damit war es raus, dachte sie. Und es war genauso
einfach und wunderbar befreiend gewesen, wie sie es sich vorgestellt hatte. Für sie, wohlgemerkt.

»Ach, Svenni«, sagte sie und reichte ihm die Küchenrolle.
»Du kommst schon darüber hinweg. Und du wirst noch sehen,
dass es das Beste für uns beide ist. Für uns alle, auch für dich.
Vielleicht sogar vor allem für dich, glaub mir das.«

* * *

In dieser Nacht träumte Árni gar nichts, nicht das Allerge-
ringste. Zumindest erinnerte er sich an nichts, als er durch
das leise Weinen von Una geweckt wurde und das noch leisere
beschwichtigende Gemurmel von Ásta im Schlafzimmer. Er
hatte die Nacht auf einem schlechten Sofa verbracht, das sich
zudem noch in einer Wohnung in einem Block in Grafarvogur
befand, aber das konnte ihm nicht gleichgültiger sein. Hauptsache, er war im selben Haus mit Una und Ásta – nicht im selben Raum, im selben Bett, aber im selben Haus. Das musste
doch eine Bedeutung haben, etwas Gutes bedeuten. Auch das
Gespräch mit Ásta gestern Abend verhieß nur Gutes. Frühling und Tauwetter, Sonne und Wärme, dachte er, als er sich
mit einem strahlenden Lächeln im Gesicht auf dem Sofa auf-
gesetzt hatte.

Ásta gab ihm sogar einen Kuss zum Abschied, und er sang

lauthals mit Michael Hutchence mit, als er in die Stadt fuhr. INXS, dachte er, eine tolle Gruppe. Eine tolle Gruppe, die ihre größten Erfolge hatte, als er noch zu Partys mit Gunni, Sissó und Danni ging. Und Stjáni und Freyja und Birna Guðný und all den anderen. Alles ganz nette Leute, dachte er, richtig prima Leute – bloß eben nicht meine Leute.

Immer noch summte er *Need you tonight* vor sich hin, als er sich auf seinen Schreibtischstuhl fallen ließ und die Website eyjan.is aufrief.

Insolvenz und bevorstehender Bankrott bei DMCapital, City Miracool Holding, GVBau und anderen Unternehmen, die in Geschäftsverbindung zu dem verstorbenen Daníel Marteinsson und zu Sigþór Jóhannesson standen. Die staatliche Finanzkontrolle führte eine Hausdurchsuchung durch, und seitens der Abteilung für Wirtschaftskriminalität lief eine Ermittlung an. Árni begann zu lesen. Bei diesen Unternehmen lag offensichtlich alles im Argen, aber das war ihm egal, komplett egal.

»Bist du im Internet?«, fragte Katrín auf der anderen Seite der Abtrennung.

»Ja.«

»Liest du auch das über DMCapital und GVBau und all die anderen?«

»*Yes.*«

»Vergiss mal den Text«, sagte Katrín. »Was sagst du zu dem Foto? Du bist doch auf eyjan.is?«

»Doch«, sagte Árni und sah sich das Foto an, das das Hauptquartier von GVBau zeigte. Nicht nur das Bürogebäude, wo er vor ein paar Tagen gewesen war, sondern das gesamte Gelände mit dem, was die Seele des Unternehmens ausmachte, dem Maschinen- und Gerätepark. »Was soll ich da sehen?«

»Ganz unten links in der Ecke«, sagte Katrín.

Árni besah sich die linke untere Ecke.

»Okay«, sagte er, »okay.« Er verstand, worauf Katrín hinauswollte, aber er war sich nicht sicher, ob ihm das gefiel, was sich
da offenbarte. »Müssen wir das nicht abchecken?«, fragte er.

»Das müssen wir«, sagte Katrín. »Keine Frage.«

Árni konnte sich nicht von dem Foto losreißen. Eins, zwei,
drei, vier, zählte er. Und womöglich noch weitere dunkelblaue
Nissan Navara-Pick-ups mit Doppelkabine. Das Foto war zwar
nicht sonderlich gut, aber er konnte keinen Unterschied zwischen diesen Wagen und dem von Gunnar sehen.

❊ ❊ ❊

Der Hund mit seiner Mannschaft hatte in weniger als einer
halben Stunde das richtige Auto gefunden und konnte bestätigen, dass es auf der Rückbank zahlreiche Blutflecken gab, die
nur wenig gesäubert und nicht zugedeckt worden waren. Indem sie die Herstellungsnummer des Wagens, den sie anfäng-
lich untersucht hatten, beim Fahrzeugregister überprüften, bekamen sie seine Zulassungsnummer, und danach war es ein
leichtes Spiel. Die Herstellungsnummer des Wagens mit dieser
Nummer passte zu der Zulassungsnummer des Pick-ups, den
Gunnar ihnen zur Durchsuchung überlassen hatte. Er hatte
ganz einfach die Nummernschilder von zwei identisch ausse-
henden Autos vertauscht.

Als Gunnar klar wurde, dass das Spiel verloren war, bat er
darum, mit Árni zu sprechen.

Árni hingegen weigerte sich, mit ihm zu reden. Er wollte es
nicht, konnte es nicht. Gunnar ließ sich aber nicht davon ab-
bringen, und Baldur versuchte, Árni dazu zu zwingen. Katrín
und Guðni redeten ebenfalls auf ihn ein, doch erst als Stefán
ihm geradezu befahl, sich zusammenzureißen, gab Árni nach.

Es war ein schwerer Gang zum Vernehmungszimmer an

diesem Tag, und an der Tür zögerte Árni noch einmal. Dann überwand er sich. Großer Junge, du bist ein großer Junge, schärfte er sich ein und öffnete die Tür. Gunnar blickte hoch.

»Hi«, sagte Árni und sah zu dem rauchdunklen Fenster an der Wand, hinter dem Baldur und Katrín standen, das wusste er. Vielleicht auch Stefán und Guðni.

Er räusperte sich und nahm Platz. »Also«, sagte er, »also …«

»Ich möchte damit anfangen«, erklärte Gunnar, nachdem Árni den Rekorder eingeschaltet und die Formalitäten aufgesprochen hatte, »dass Sissó nur versucht hat, mir zu helfen. Nichts anderes, Árni. Ich habe Danni umgebracht, ich trage die Schuld, nur ich. Nicht er. Ist das klar?«

»In Ordnung«, stimmte Árni sofort zu.

»Danni rief mich an, als ich gerade nach Hause gekommen war«, sagte Gunnar. »Er sagte, er sei da in dem Park am Klambratún, er bräuchte Hilfe. Er bat mich zu kommen, ihn abzuholen. Ich war müde und gereizt, nicht zuletzt wegen Danni, aber ich bin trotzdem gefahren. Ich hatte nicht viel getrunken, ja, etwas schon, aber nicht viel, und deswegen war es kein Thema. Ich hab das Auto bei dem Museum geparkt und bin zu Fuß zu dem Spielplatz, wo Danni mich hinbestellt hatte. Und da hab ich ihn gefunden, blutüberströmt und völlig zerschunden. Irgendwie hab ich es geschafft, ihn zum Auto zu schleifen, und wollte mit ihm zur Ambulanz, aber dann wurde er gesprächig und fing an zu quasseln, sturzbesoffen und völlig durcheinander, wie er war. Ich hab ihm zugehört, obwohl er unerträglich war, und bin dabei wie ein Verrückter zur Ambulanz gefahren. Er faselte zwar davon, dass er nicht ins Krankenhaus wollte, sondern nach Hause, aber ich hab's ignoriert. Und ich war schon fast dort – da hat er plötzlich davon angefangen.«

Árni beschloss, möglichst lange mit Gunnar zu schweigen.

399

»Ein Unfall, hat er gesagt, es sei nur ein Unfall gewesen. Ich dachte zuerst, er redete über seine Karambolage, aber nein, darum ging es nicht. Er sollte nicht sterben, sagte Danni, Ellert sollte nicht sterben, das war doch nur eine Gaudi, ein kleiner Jux, der aus dem Ruder lief. Nur ein Unfall. Da hab ich erst mal gehalten. Und er redete weiter, über DM, über Miracool, GVBau und all das. Und ich sollte mir bloß keine Gedanken machen, das würde er alles schon wieder auf die Reihe kriegen. Und da hat's bei mir ausgesetzt, verdammt, Árni, ich wäre am liebsten ausgestiegen und hätte ihn völlig zu Brei geschlagen. Alles ging zum Teufel oder war längst zum Teufel gegangen, und er tat immer noch so, als könnte er alles deichseln.«

Er verstummte. Árni wartete geduldig.

»Aber das hab ich nicht getan. In dem Moment spielte das mit dem Geld nämlich gar keine Rolle. Ich wollte nur hören, was er da über meinen Bruder gesagt hatte. Über diesen Unfall. Ich fuhr los und kurvte durch die Gegend, und hinter mir lag Danni und laberte vor sich hin. Zwischendurch hielt er immer mal eine Zeit lang die Klappe, weil er weggesackt war, doch dann ging es wieder los. Ich konnte kein vernünftiges Wort aus ihm rausbekommen, als ich versuchte, ihn nach meinem Bruder zu fragen – er sagte nur, du musst mir verzeihen, und kam ständig zurück zum Thema Geld. Ich hab überhaupt nicht darauf geachtet, wohin ich fuhr, aber dann merkte ich auf einmal, dass ich ganz in der Nähe seiner neuen Villa war, die er sich von mir bauen ließ, ich war in der nächsten Straße. Also bin ich da eingebogen, bin zum Haus gefahren und hab ihn in das Haus bugsiert. Und ...« Gunnar lehnte sich vor, vergrub das Gesicht in seinen Händen und saß stumm und reglos da. Árnis Magen verkrampfte sich mit jeder verstreichenden Sekunde mehr. Und wie mag Gunnar sich fühlen, wenn es mir schon so geht, dachte er.

400

»Also dann«, sagte Gunnar schließlich und richtete sich wieder auf. »Ich hab ihn also ins Haus geschafft. Wozu, wusste ich gar nicht, ich hatte da gar keinen Plan, ob du es glaubst oder nicht.«

Árni gab immer noch keinen Ton von sich.

»Da hat er auf mich eingeschrien, hat gebrüllt und gestöhnt, als ich ihn aus dem Auto zog und ins Haus schleifte. Ich hab gar nicht hingehört. Ich habe ihn in diesem Riesenraum, der das Wohnzimmer werden sollte, auf den Boden fallen lassen und die Arbeitsscheinwerfer eingeschaltet. Und dann hab ich mich einfach auf ihn draufgesetzt und Antworten verlangt. Ich war fest entschlossen, ihn nicht mit irgendwelchen Ausreden davonkommen zu lassen, und ehrlich gesagt, Árni, ich hab ihn da halbwegs gefoltert. Auf dem Boden lag dieser Beitel, und ich, ja … Árni, ich schäme mich dafür, ehrlich. Ich musste aber einfach wissen, was er gemeint hatte. Und ich hab's aus ihm herausbekommen, nach und nach. Auf dieser Angeltour, bei der Ellert ertrunken ist, weißt du noch?«

Árni nickte. »Ja.«

»Du warst damals nicht dabei. Aber du weißt, was da immer ablief.«

»Ja.«

»Und die war genau wie alle anderen, anfangs. Am Freitag ging das Besäufnis los, und am Samstag ging es weiter, alles wie gehabt. Am Samstagabend hatten wir alle wirklich den Kanal total voll. Ich besonders, ich glaube, ich bin schon vor Mitternacht umgekippt. Und bei dieser Tour hatten wir eine Luftmatratze dabei, eine große grüne Luftmatratze. Erinnerst du dich an die?«

»Nein«, sagte Árni.

»Nein. Spielt auch keine Rolle, wir hatten sie dabei. Und an dem Abend, oder in der Nacht, hat Danni mir dann endlich gesagt, nachdem ich ihn dazu gezwungen hab, in der Nacht ist Ellert auf dieser Luftmatratze gestorben. Nur Ellert und Danni waren noch wach und haben im Suff die Angeln ausgeworfen, aber von Angeln konnte natürlich keine Rede sein, sie haben vor allem weitergezecht. Elli hat die Luftmatratze geholt und sich draufgelegt und immer noch gesoffen. Und da – und da hat Danni diese superwitzige Idee bekommen, die Luftmatratze mit meinem volltrunkenen Bruder darauf zu Wasser zu bringen und vom Ufer abzustoßen. Und er hat sich selbst anschließend einfach in die Koje gehauen und ist eingepennt. Total abgefüllt natürlich, das war seine Entschuldigung. Das war die Erklärung, die ich bekam. Er war besoffen, und er hatte es witzig gefunden. Bis wir anderen aufwachten und meinen Bruder gefunden haben.«

Árni zögerte zunächst, aber er konnte sich die Frage nicht verkneifen. »Diese Luftmatratze – was habt ihr mit ihr gemacht?«

Gunnar zuckte mit den Achseln. »Ich weiß es nicht mehr. Wahrscheinlich ist sie da irgendwo ans Ufer getrieben, und irgendjemand hat sie an Land gezogen, ohne darüber nachzudenken. Vielleicht hat Danni das ja auch selbst gemacht, ich hab ihn nicht danach gefragt. Ich – ach, ich bin einfach ausgerastet. Ich konnte nicht mehr klar denken oder überlegen. Er lag da und hat sich gekrümmt und immer wieder geschrien und gewimmert, ich sollte ihm verzeihen – und das hat sich alles in meinem Kopf zusammengeballt. In all den Jahren, seit das passiert ist, hat er nie einen Ton gesagt, hat so getan, als sei überhaupt nichts gewesen. Und dann fiel mir auch wieder GV-Bau ein, Miracool und der Bankrott. Die ganze Arbeit und die Anstrengungen, die ich reingesteckt habe, um die Firma aufzubauen, und er hatte das einfach alles mit seinen wahnsinnigen Unternehmungen aus ungeheuerlicher Geldgier heraus ruiniert. Und als Nächstes musste ich an Freyja denken, und das hat eigentlich das Fass bei mir zum Überlaufen gebracht, glaube ich zumindest im Nachhinein. Ich hab dir erzählt, was Sissó mir über Danni und Freyja gesagt hatte? Neulich, als ich zu dir nach Hause gekommen bin?«

»Ja.«

»Ja, das hatte ich auch so in Erinnerung. Aber ich habe dir nicht die ganze Geschichte erzählt, also nicht die ganze Wahrheit über Danni und Freyja. Tut mir leid.«

»Ist schon in Ordnung«, sagte Árni. Aus irgendwelchen Gründen hatte sich sein Magen ein wenig entkrampft.

»Du hast mich nämlich danach gefragt, ob ich Freyja zur Rede gestellt hätte, und ich habe Nein gesagt. Das war eine Lüge. Ich habe sie gefragt. Sie hat alles abgestritten, aber ich – nun ja, ich habe ihr nicht geglaubt. Und da in der Nacht, ich weiß nicht, was es war – vielleicht hab ich Danni auf einmal so gesehen, wie er war? Und kapiert, dass er nicht so war, wie ich immer geglaubt hatte. Nicht wie er wollte, dass ich ihn sehen sollte. Ich sah jetzt nicht mehr Danni, meinen Freund seit der zweiten Klasse in der Grundschule, sondern nur das Schwein, das meinen Bruder umgebracht und mein Unternehmen ruiniert hatte und mit meiner Frau schlief. Und dann noch die Unverschämtheit besaß, mir zu sagen, er würde mir wieder aus dem Schlamassel heraushelfen, er würde die Chose schon deichseln. All das brach da über mich herein, und ich bin ausgerastet. Hab zugestochen, so tief ich konnte. Hab gesehen, wie das Blut floss, und…«

Árni wäre am liebsten aufgestanden und hätte Gunnar auf die Schulter geklopft, ihm gut zugeredet und ihm gesagt, es würde schon alles wieder gut. Stattdessen bot er ihm ein Glas Wasser an.

Gunnar trank einen Schluck. »Du warst selbst nie besonders angetan von Danni, stimmt's?«, fragte er dann. »Du hast nie etwas Besonderes in ihm gesehen?«

»Nein, eigentlich nicht«, gab Árni zu. »Aber ich hab auch nichts …«

»Das hab ich nie begriffen«, fiel Gunnar ihm ins Wort, »was du gegen ihn haben konntest. Aber jetzt … Also wie dem auch sei, ich hab zugestochen, bin aufgestanden und hab auf ihn runtergestarrt. Ich hab lang gebraucht, um zu kapieren, was ich getan hatte, sehr lange. Dann hab ich ihm den Puls gefühlt. Und Sissó angerufen.«

»Warum?«, fragte Árni. »Warum hast du Sissó angerufen?«

»Ich wollte, dass er bei mir wäre. Ich hab ihm gesagt, er solle die Polizei anrufen und kommen. Hab ihm gesagt, dass ich Danni umgebracht hatte, und wo ich war – und ich bat ihn zu kommen. Mit der Polizei. Ich hab gewartet, aber er kam allein und wollte nichts davon hören, sich mit euch in Verbindung zu setzen. Das kriegen wir schon hin, sagte er – genau wie Danni. Als hätte man da noch irgendwas hinkriegen können.«

»Und?«, fragte Árni, als sich das Schweigen unangenehm in die Länge zog.

»Er hat mich ausgefragt, hat sich das Auto angeschaut und mir gesagt, ich solle versuchen, die Flecken wegzumachen oder zu verdecken und die Nummernschilder mit denen von einem anderen Wagen zu vertauschen. Sand und Dreck auf die Blutflecken schaufeln. Die Klamotten ins Meer werfen oder verbrennen, jedenfalls sie irgendwie loswerden. Den Rest würde er besorgen. Und ich hab auf ihn gehört.«

»Du bist dann weggefahren?«, fragte Árni, »du bist danach weggefahren? Du hast dich dann nicht an … an all dem anderen beteiligt?«

»Nein«, sagte Gunnar. »Alles andere hat er gemacht. Die Kreuzigung, die Verstümmelung …« Gunnar schüttelte sich.

»Er ist zu weit gegangen, viel zu weit. Und das mit dem Blog, das war richtig ekelhaft. Als ich ihm das vorwarf, erklärte er nur, er hätte es getan, um mir zu helfen und den Verdacht in andere Richtungen zu lenken. Viel sagen konnte ich nicht, aber meine Meinung hat er zu hören bekommen.«

Árnis Herz hämmerte in seiner Brust, er traute sich kaum, die nächste Frage zu stellen, aus Angst vor einer falschen Antwort.

»Du hast ausgesagt, auf Daníel Marteinsson eingestochen zu haben. Womit?«

»Womit ich zugestochen hab?«

»Ja.«

»Mit dem Beitel, der da herumlag.«

»In den Bauch?«

»Ja.«

»Du hast ihn mit einem Beitel in den Bauch gestochen, nicht mit einem Schraubenzieher ins Herz?«

»Nein, was…«

»Okay«, sagte Árni und stöhnte so erleichtert, wie die Umstände es erlaubten. »Okay, machen wir weiter.«

November 2008

»Sie haben sämtliche Polen aus Breiðholt freigelassen«, sagte Katrín gähnend. »Nur den einen nicht, nach dem gefahndet wurde. Leslaw sowieso.«

»Den Russenlakai«, knurrte Guðni. »Den schicken sie hoffentlich bei nächster Gelegenheit per Express zurück nach Polen.«

»Warum sind die anderen wieder frei?«, fragte Árni.

»Es lag nichts gegen sie vor, außer dass sie in einem Haus gewohnt haben, in dem wir die Leiche eines gesuchten Mörders gefunden haben, und geflüchtet sind. Geir kann sich nicht entscheiden, was ihn umgebracht hat – Feuer, Rauch, Schläge, möglicherweise auch eine schwere Blutvergiftung infolge all dieser Verletzungen. Der Mann hat nämlich noch eine Weile gelebt, nachdem Marek ihn angezündet hat, hat es bis nach Hause geschafft, aber ist wahrscheinlich auf dem Weg nach Seypisfjörður gestorben. Deswegen haben sie wohl beschlossen kehrtzumachen und die Leiche in dieser Garage zu entsorgen. Vielleicht werden wir's nie erfahren, denn aus denen war natürlich nichts herauszuholen. Und jetzt sind sie allesamt auf dem Weg zurück nach Polen. Die halten zusammen, diese Typen«, brummte Guðni vor seinem Computer.

»Die Polen?«, fragte Árni.

»Ja.«

»Das ist jedenfalls mehr, als wir tun«, sagte Katrín.

»Wer? Wir hier bei der Polizei?«

»Nein. Wir halten im Großen und Ganzen zusammen, und es wäre schlimm, wenn es anders wäre. Obwohl es in Bezug auf einige von uns manchmal schwierig ist, ich nenne keine Namen. Aber das meinte ich gar nicht, sondern uns alle, die normalen Isländer, falls es denn solche gibt. Wir halten nicht zusammen. Wir lassen uns permanent über den Tisch ziehen, uns belügen und bestehlen, lassen uns diesen Wucher gefallen und von allen demütigen, die sich ihren Spaß mit so etwas machen.«

»Aha«, sagte Guðni grinsend. »Wer denn zum Beispiel?«

»Einfach alle. Die Politiker, die Banken, die Versicherungen und große Firmen aller Art. Wir meckern nur herum, jeder in seiner Ecke, aber wir unternehmen nichts, überhaupt nichts. Und wenn sich endlich welche zu Protesten aufraffen und sich erdreisten, Eier gegen das Parlamentsgebäude zu werfen, setzen sich diese Herrschaften aufs hohe Ross und tun so, als wäre etwas Grauenhaftes passiert. Kleinbürgerliches, kleinkariertes Pack.«

»Vielleicht solltest du den Polizeidienst quittieren und stattdessen Island retten«, sagte Guðni höhnisch, »Wale und Blümchen und den kleinen Mann. Aber damit hast du ja auch schon angefangen, oder hab ich dich da nicht auf dem Austurvöllur gesehen? Mit Protestschild und allem Drum und Dran?«

»Ist was dabei?«, fragte Katrín scharf. »Besteht dazu nicht aller Grund? Und wieso warst du nicht da, bist du vielleicht total einverstanden mit dem Zustand?«

»Wenn man keine Lust hat, wie ein Halbidiot rumzustehen und sich was von irgendeinem Schwulen vorpredigen zu lassen, heißt das noch lange nicht, dass man mit allem einverstanden ist«, erklärte Guðni verächtlich. »Und was sagt eigentlich Stefán dazu, dass du da mitten in diesem Mob stehst und ein Schild ins Fernsehen reckst? Hat er dich noch nicht zur Rede gestellt?«

»Das muss sich zeigen«, sagte Katrín scharf. »Was ist mit dir, Árni? Ich weiß, dass es keinen Zweck hat, Guðni zur Vernunft bringen zu wollen, aber wirst du nicht wenigstens am Samstag kommen und protestieren?«

»Ich weiß es nicht«, sagte Árni lahm. »Ändert das irgendwas?«

»Hoffentlich«, sagte Katrín. »Auf jeden Fall ändert sich nichts, wenn wir nichts machen.«

»Es ändert sich nichts, Punkt, aus«, sagte Guðni. »Wir können protestieren und mit Eiern werfen und Häuser anzünden, aber nichts ändert sich. Dazu ist viel zu viel Dreck unter viel zu viele Teppiche gekehrt worden. Diese Typen, diese Politiker und diese Finanzhaie, bei denen ist doch nach der großen Sause alles so miteinander verquickt und verflochten, dass sie sich gar nichts anderes trauen, als gegenseitig auf ihre Ärsche aufzupassen, damit die Scheiße nicht ruchbar wird. Darauf kannst du Gift nehmen. Aber im Übrigen gratulier ich dir, Jungchen.«

»Wozu?«, fragte Árni verblüfft.

»Einfach so. Das Jahrhundert der Mulatten hat begonnen, beispielsweise bei der Formel 1, im Weißen Haus. Dein kleines Mädchen hat also eine glänzende Zukunft vor sich.« Zu Guðnis Enttäuschung reagierte Árni nicht auf die Anspielung. »Na egal, ich bin weg«, sagte Guðni und stand auf. »Helena hat ihren alten Herrn zum Essen eingeladen, ist das zu glauben?«

»Schöne Grüße an sie«, sagte Katrín. »Wohnt Ewa immer noch bei ihr?«

»Nein«, sagte Guðni. »Sie hat Andrzejs Leiche nach Polen

410

gebracht. Marek ist ja im Augenblick nicht in der Lage, Reisen zu unternehmen.«

»Wie steht es mit dem Fall?«, fragte Árni. »Wisst ihr da was?«

»Nicht so richtig«, gab Guðni zu. »Ich weiß bloß, dass es irgendwelche Verhandlungen zwischen ihm und den Idioten vom IKA gibt, beziehungsweise arbeiten die im Auftrag der polnischen Polizei. Er ist wohl bereit, über das eine oder andere zu reden, was die gerne wissen würden, aber er will auf keinen Fall zurück nach Polen. Irgendwie scheint er eine höhere Meinung von Litla-Hraun zu haben als von polnischen Gefängnissen. Jetzt muss ich los, bis dann.«

»Ich glaube nicht, dass Guðni recht hat«, sagte Katrín, als er die Tür hinter sich zugemacht hatte. »Ich glaube einfach nicht, dass es so weitergeht wie bisher. Das kann doch nicht sein. Ich glaube, dass die Stimmung wirklich bald überkocht, und dann ist hier die Hölle los. Was meinst du?«

»Also ich hoffe, dass du recht behältst«, sagte Árni. »Aber ich fürchte, dass Guðni das richtig sieht.«

»Auf jeden Fall irrt er sich aber, was den Zusammenhalt betrifft«, widersprach Katrín. »Soweit ich sehen kann, graben diese Typen sich jetzt gegenseitig das Wasser ab. Sie deuten immer auf die anderen, nie auf sich selbst. Ein bisschen so wie deine beiden Freunde.«

Árnis Gesicht verzerrte sich bei dem Gedanken an sie. Sigþór stritt rundheraus ab, irgendetwas mit dem Tod von Daníel zu tun gehabt zu haben, und behauptete, er habe die Leiche so vorgefunden wie auf den Fotos auf der Blog-Seite, mit der er angeblich ebenfalls nichts zu tun hatte. Aussage stand gegen Aussage, und es war nicht abzusehen, wo das enden würde. Árni selbst glaubte Gunnar, aber er war alles andere als unvoreingenommen, und seine private Meinung würde vor Gericht kein Gewicht haben. Sigþór wusste angeblich auch nichts darüber, was dem Tod von Gunnars Bruder am Djúpavatn vorausgegangen war, obwohl der Wortwechsel in der Wikingerkneipe auf etwas anderes hindeutete. Im Augenblick sah es so aus, als würden seine Behauptungen über Daníels Alleingang im Zusammenhang mit Unterschlagungen in Milliardenhöhe und Pseudogeschäftsbeziehungen zu Briefkastenfirmen in aller Welt jeglicher Grundlage entbehren, denn offensichtlich waren die beiden zusammen am Werk gewesen, anders ließen sich diese umfangreichen Transaktionen nicht erklären.

Es ließ sich auch denken, dass Daníel Skrupel bekommen hatte, dachte Árni, und sogar vorgehabt hatte, seine großspurigen Versicherungen Gunnar und Kristján gegenüber wahrzumachen und »alles zu deichseln«, indem er erhebliche Summen des verschwundenen Geldes in die Firmen zurückführte. Das wiederum wäre aber nicht nur riskant, sondern auch kostspielig gewesen, und höchstwahrscheinlich hatte sich Sigþór nicht mit solchen Maßnahmen einverstanden erklärt.

Dadurch konnte man sich dann auch seine indirekte Drohung gegenüber Daníel erklären, den alten Unfall am See an die Öffentlichkeit zu bringen. Gleichzeitig bestätigte es die Aussage von Birna Guðný über Rastlosigkeit, Stress und Sorgen, die Daníel in den letzten Wochen seines Lebens geplagt hatten, obwohl ihm nach außen hin nichts anzumerken gewesen war. Aber nichts davon würde sich beweisen lassen.

»Gehst du zu der Beerdigung von Daníel?«, fragte Katrín nach einigem Schweigen.

»Nein«, sagte Árni. »Ich glaube nicht. Ich möchte nichts damit zu tun haben, auch wenn es bestimmt interessant sein könnte zu sehen, wer sich dort blicken lässt.« Freyja sicher nicht, dachte er, und natürlich weder Gunnar noch Sigþór. Birna Guðný würde mit den Kindern und den engeren Angehörigen erscheinen. Und Kristján selbstverständlich. Und darüber hinaus noch eine ganze Reihe anderer Leute, aber Árni bezweifelte, dass er von vielen betrauert werden würde. »Allerdings, so interessant nun auch wieder nicht, dass ich mir das antun müsste. Bei mir liegen wichtigere und angenehmere Dinge an.«

»Ja, richtig«, sagte Katrín. »Ásta wird wieder zu dir ziehen, nicht wahr?«

»Jawohl«, sagte Árni fröhlich. »Wir haben herausgefunden, dass wir doch lieber zusammen als getrennt sein mögen. Oder besser, sie hat es herausgefunden, ich wusste es natürlich die ganze Zeit. Und ich darf weiterhin rauchen, nur nicht zu Hause. Und ich darf bei der Polizei bleiben – die Krise hat also auch ihre positiven Seiten.« Das alberne Grinsen in seinem Gesicht verschwand gleich wieder. Es war irgendwie fehl am Platz, so fröhlich zu sein, dachte er.

»Und was ist mit dir? Mit euch? Wie geht es dir?«

»Ich fühl mich prima«, sagte Katrín und klang putzmunter. »Richtig prima. Und Svenni wird sich schon wieder berappeln. Unsere Beziehung war längst tot, alles hing nur noch an alten Gewohnheiten. Ich glaube, er begreift so langsam, dass es besser für uns beide ist. Für uns alle, auch die Kinder. Und ich bin mir sicher, dass er allen Ernstes daran glaubt, dass alles wieder in Ordnung kommen wird – und damit meine ich das Haus, nicht die Ehe. Dass er das Haus verkaufen kann, dass der Devisenkurs sich erholt, die Krise verkrümelt sich und alles paletti. Einige sind eben unverbesserlich. Hast du am Sonntag Zeit?«

»Was ist denn am Sonntag?«

»Ich werde vierzig«, sagte Katrín.

»Aha – eine Party?«

»Eine Art von Party, ja, aber erst, wenn die Möbel an Ort

und Stelle sind. Wer mithilft, bekommt Bier – drei Etagen hoch, kein Aufzug.«

Scheiße, dachte Árni.

»Ja«, sagte er. »Ich glaube, ich habe Zeit.«